本书为黑龙江省普通高等学校青年学术骨干支持计划项目（编号：1253G043）结项成果；本书受黑河学院博士科研启动基金资助。

柴华◎著

# 中国现代象征主义
# 诗学研究

中国社会科学出版社

# 图书在版编目(CIP)数据

中国现代象征主义诗学研究/柴华著. —北京：中国社会科学出版社, 2016.5
ISBN 978-7-5161-7809-6

Ⅰ.①中… Ⅱ.①柴… Ⅲ.①新诗—诗歌研究—中国 Ⅳ.①I207.25

中国版本图书馆 CIP 数据核字(2016)第 051376 号

| | |
|---|---|
| 出 版 人 | 赵剑英 |
| 责任编辑 | 郭晓鸿 |
| 特约编辑 | 王　彬 |
| 责任校对 | 王　影 |
| 责任印制 | 戴　宽 |

| | |
|---|---|
| 出　　版 | 中国社会科学出版社 |
| 社　　址 | 北京鼓楼西大街甲 158 号 |
| 邮　　编 | 100720 |
| 网　　址 | http://www.csspw.cn |
| 发 行 部 | 010-84083685 |
| 门 市 部 | 010-84029450 |
| 经　　销 | 新华书店及其他书店 |

| | |
|---|---|
| 印刷装订 | 三河市君旺印务有限公司 |
| 版　　次 | 2016 年 5 月第 1 版 |
| 印　　次 | 2016 年 5 月第 1 次印刷 |
| 开　　本 | 710×1000　1/16 |
| 印　　张 | 17.25 |
| 插　　页 | 2 |
| 字　　数 | 258 千字 |
| 定　　价 | 66.00 元 |

凡购买中国社会科学出版社图书，如有质量问题请与本社营销中心联系调换
电话：010-84083683
版权所有　侵权必究

# 目　录

序言 ……………………………………………………… 罗振亚（1）
绪论 …………………………………………………………………（1）
　一　"诗本体"：现代象征主义诗学的阐释起点 ………………（1）
　二　现代象征主义诗学的品格特质 ……………………………（7）
　三　现代象征主义诗学的研究思路与方法 ……………………（13）

## 第一章　中国现代象征主义诗学概观 ……………………（19）
### 第一节　"源头活水"：西方象征主义诗学速写 ……………（19）
　一　法国象征主义运动 …………………………………………（19）
　二　法国象征主义诗学内质 ……………………………………（26）
　三　后期象征主义诗学拓展 ……………………………………（37）
### 第二节　异地而居：中国现代象征主义诗学的自我建构 ……（45）
　一　合目的与合规律的呈现：现代象征主义诗学的发展构图 …（45）
　二　"偶然相遇"与契合认同：现代象征主义诗学的中西会通 …（50）
　三　"蜕变的自然程序"：现代象征主义诗学的建构特征 ……（53）
### 第三节　重新命名：象征主义的本土化阐释 …………………（57）
　一　"非正式"联结：传统手法的现代面孔 ……………………（59）
　二　合理"误读"：中西合璧的体系确立 ………………………（62）
　三　"他者"界定：阶级话语权的别样论调 ……………………（67）

· 1 ·

## 第二章 诗歌本质存在论:走向诗本体的"纯诗"之路 …………… (73)
### 第一节 诗本体的探寻:现代"纯诗"观念的审美自觉 …………… (73)
  一 与新诗"散文化"对决:现代"纯诗"观的本体初探 …… (74)
  二 向新诗现代化掘进:现代"纯诗"观的本体自建 ………… (82)
  三 追求"综合"的现实自觉:现代"纯诗"观的本体新变 …… (87)
### 第二节 同步互动:现代"纯诗"批评的审美意蕴 ………………… (92)
  一 与"诗"呼应:现代"纯诗"批评的审美动向 …………… (93)
  二 深化"纯诗"内涵:现代"纯诗"批评的审美旨趣 ……… (95)
  三 独到的评断眼光:现代"纯诗"批评的审美尺度 ……… (97)
  四 主体交流:现代"纯诗"批评的审美对话模式 ………… (101)
### 第三节 矛盾的统一体:现代"纯诗"观念与诗的纠葛 ………… (105)
  一 "纯诗"理想的尴尬:初期象征派的实践背离 ………… (106)
  二 "纯诗"的"非纯化":现代派的成功悖论 ……………… (111)
  三 口语化与散文化:"九叶派"回返中的超越 …………… (115)
### 第四节 立场坚守下的消隐:现代"纯诗"与"国防诗歌"的
    论争 ……………………………………………………… (119)
  一 两种诗学的发展态势:自由·均衡·激化 …………… (120)
  二 论争焦点透视:立场·题材·形式 …………………… (124)
  三 内因之"和":政治越位·诗歌悖谬·文人气度 ……… (131)

## 第三章 艺术形式镜像论:"象征"之道与"意象"之思 ………… (136)
### 第一节 本体模式的现代图解:象征的思维术 ………………… (137)
  一 栖居"诗的世界":象征境界的理想吁求 ……………… (137)
  二 倾心"大的暗示能":象征文法的表达空间 …………… (141)
  三 从"意象化"到"戏剧化":象征理路的内在延展 ……… (147)
### 第二节 本体论视角下的诗传达:意象的凝定 ………………… (151)
  一 本体观念的阐释:意象内旨的审美流变 ……………… (151)
  二 核心之维的营造:意象传达的审美策略 ……………… (157)
  三 诗化的哲学境界:意象知性品格的塑造 ……………… (164)

# 目 录

## 第三节　形式本体的质素再造:音画与陌生化 …………………(169)
 一　"纯粹之声"的力量:"流动"的音画时尚 ………………(170)
 二　审美的可感性前置:"陌生化"表征 ……………………(174)
 三　"特殊光辉":意义"充盈"的范式空间 …………………(181)

## 第四章　审美价值认同论:从"朦胧"到"晦涩"的言说 …………(186)
### 第一节　"晦涩":一种现代诗歌审美价值观的凸显 ……………(186)
 一　怀念"古典"的现代自觉:"朦胧"作为诗歌风格的显现 ……(189)
 二　修正"明晰"诗学:"晦涩"作为文学本体观念的张扬 ……(191)
 三　现代立场的张目:"晦涩"作为诗歌审美价值观的认定 ……(195)

### 第二节　集体演绎:"晦涩"的理论阐释维度 …………………(199)
 一　作者"制造":现代表达维度的"晦涩"旨素 ……………(200)
 二　读者"生成":阅读欣赏维度的"晦涩"取向 ……………(204)
 三　文本"尺度":诗歌批评维度的"晦涩"判别 ……………(208)

### 第三节　"合法性"辩难:"晦涩"论争中的姿态对峙 …………(213)
 一　诗歌本体层面的驳议:与"明白清楚"的诗学较量 ……(214)
 二　大众化立场的"判决":现实主义歌者的诗学盘点 ……(220)
 三　内隐的"主义"冲突:晦涩评判的本质揭秘 ……………(224)

### 第四节　独辟蹊径:现代解诗学的"晦涩"体认 ………………(228)
 一　"自我救赎":聚焦作品本体的"晦涩"解读 ……………(229)
 二　烛照的现代之光:"晦涩"体认的主体审美品格 ………(239)
 三　回归艺术本体:隐匿的解诗旨归 ………………………(245)

## 结语 ………………………………………………………………(249)
## 参考文献 …………………………………………………………(255)
## 后记 ………………………………………………………………(266)

# 序　言

罗振亚

1983年，我大学毕业后到黑龙江畔的黑河师专任教。金秋时节，随一个同事到当地的书法家柴若愚先生家做客，认识了他只有八九岁的女儿柴华。而后，关于她的聪明、好学的印象，也慢慢随着记忆的翻转逐渐模糊了。直到2005年夏天，去东北师范大学给自己在那里指导的博士研究生开题，中间休息时，一位同学大大方方地走上前来自我介绍，说自己就是我二十多年前在黑河见过的柴华，蛰伏的记忆一下子又清晰起来。当时，她正在从程革教授攻读文艺学专业的硕士学位，并表达了想报考我在南开大学招收的博士研究生的打算。第二年，她以理想的分数成了我在南开大学带的第一届学生，三年下来，她的刻苦、严谨和耐力有目共睹。学位论文开题时，考虑到硕士阶段的专业背景和毕业论文方向，和她几番商量，最后定为做《中国现代象征主义诗学研究》。

谈起象征主义这个文学话题，我的脑海里浮现出来的，并不是西方象征主义理论和那些诗人"大咖"，而是20世纪80年代以来，中国学界如何围绕象征主义、现代主义掀起新诗研究热潮的情景。一批学人大胆而新锐的观照，沉稳又厚重的阐释，使那些曾经被政治话语"遮蔽"得太久的现代诗人，开始"浮出历史地表"，成为90年代中国诗学界的学术热点，而且积累了相当丰富的学术成果。

世事流转，岁月如梭。如今，诗歌及诗歌研究早已被边缘化，和新鲜时髦无缘了，而象征主义也似乎风光不再。但柴华没有被时尚所裹挟，仍然将其作为博士学位论文的选题,并付诸了极大的阐释热情和精力,这种选择看似平淡缺乏新意,其实是颇耐人寻味的。柴华是力图"平中见奇",将"感受性主体的存在"视为思考象征主义诗学的起点。在她看来,一些批评家谈到的人类遭遇不幸时,人类"心中的痛苦要说话","遭遇的事件与情境",均不能完全还原为语言,由此,单纯的诗歌语言和诗学观念,也就不足以呈现象征主义诗学建构的真实情境。正是基于对语言这种传递有限性的认知,基于对审美主体表达困境的精神理解,她的论文在已有研究成果基础上,立足20世纪上半叶新诗本体探寻的现代化进程,紧紧抓住象征主义"感受性主体的存在",透过诗人感受主体与诗学建构主体在审美现代性追求中的"痛苦"和"遭遇",深细考察象征主义诗学观念建构的各种情状。其探讨避开了诗歌文本研究的熟路,从关注象征主义的"自然形式",转向了关心象征主义的"生命存在"。于是,以往象征主义诗歌研究中那些被忽略的现象世界里的"松散边角",晋升为柴华研究的兴趣点,这些"松散边角"可能存在的视域,自然构成了考量象征主义诗学潜在的三个维度——诗歌创作、诗学批评和诗学论争。可以说,生态审美观念的渗透和运用,使柴华的象征主义诗学研究大气而又不失活力。

  柴华论文的长处是能够紧扣中国新诗现代化对"诗本体"的探求,抓取象征主义诗学在诗歌本质、艺术形式、审美价值三方面的核心命题,在文学与审美、文学与政治、文学与革命等开阔的维度上,整体性地建构中国现代象征主义诗学景观,阐释现代象征主义诗学的现代化诉求;做到了宏观审视和微观探究的结合,分层、立体地呈现了诗学建构主体对"诗本体"的自觉认同和建设心态,指认其明晰的精神主脉孕育了诗学研究特有的责任和情怀。而且企望横向建构诗学框架,纵向深入命题内质,虚实相映,层层剥茧,使社会时代感与观念的生存情境和生命历程紧密关联,使研究突破纯粹的诗学研究范畴,从论文的实际效果看达到了这一学术目标。论文最为突出的一个亮点是,尤其注意从多元视角切入现代新诗"晦涩"的言说场域,从审美观念诞生到理论维度阐释,从合法性辩难到"解诗学"慰藉,始终不离审美现代性的主脉,立体呈现现代象征主义诗学审美价值观的建构风貌和精神旨归,使诗学研究在不知不觉中摆脱了枯燥的学理逻辑，走向了更为开阔的境界。

不必讳言，象征主义的话题"老生常谈"，却也"常谈常新"。柴华的论文对象征主义诗学的观照虽然定格于20世纪上半叶，但其思考还是穿越了以政治呼喊代替艺术美探求、以集体意志代替个人心灵悸动的那个特殊时代，与20世纪80以来当代诗人重寻返乡的精神路向实现了内在的对接。她在论文中努力捕捉"晦涩"、"纯诗"等象征主义诗学核心范畴在当代诗歌创作中的影响力，把握现代象征主义诗学赋予当代诗歌发展的精神动力；并从另一个向度上感受到了当代诗人自觉回望、承续象征主义诗学的新趋势。

有时优点即局限。柴华论文值得圈点之处远不止上述几个方面，但在展开过程中也存在着一些遗憾，如对象征主义诗学在当代诗歌创作中延展路向的探求，尚限于一种态势论断，语言的通透性上也还有完善的余地。但是，也正是这些"弱点"为柴华将来的耕拓留下了许多可待拓展的学术空间，让人充满期待。

黑河，是我的学术生命开始生长的地方，一晃离开它已经三十一年了。而今，柴华又回到了那里，这更深化了我们的师生缘分。愿她的学术研究在黑河的"沃土"上开出更艳丽的花儿来。

2016年5月6日于天津阳光100寓所

# 绪　论

## 一　"诗本体"：现代象征主义诗学的阐释起点

20世纪上半叶，作为注重诗歌审美意识、语言模式、文化属性等方面建设的一种理论形态，中国现代象征主义诗学取得丰硕的成果，在中国现代诗学体系中具有重要而特殊的位置。这一方面缘于它在理论层面为进入建设期的中国新诗提出"诗"的追求，为新诗发展注入具有现代意义的动力，促成新诗审美观念的现代转型；另一方面是因为在"诗"的追求中，它创建了新的诗学观念、审美原则和表达技巧，以独特的美学品格赋予中国新诗鲜明的现代特质，丰富着诗学本体的建设风貌。从这一意义上说，正是源自现代象征主义诗学的探索行为，20世纪中国诗学才获得借鉴汲取西方现代诗学的契机，中国新诗才融入世界诗歌发展的现代路向，最终实现由传统向现代的转换。

20世纪中国新诗的发展是一个逐步走向现代化的过程，与之相伴的现代象征主义诗学也表现出强烈的现代化诉求。它积极借鉴西方现代诗学，努力更新传统诗学观念，赋予诗学以创新性、先锋性的精神品质；它从现代人的生存状态和生存体验出发，立足现代人对"诗"的理解和要求，创建具有丰富审美内涵的现代诗学体系；它适应现代人的思维特点，以新的感知方式确立新奇的艺术表达原则。从"纯粹"观念的确立到诗性原则的传达，象征主义诗学建构呈现鲜明的现代质素，其将"现代化"作为追求目标，究其实质，是缘于对"诗本体"的强烈认同和建设心态。所谓"本体",即关于存在的本质、本原、本性,是指存在事物"本身"。这一术语源自西方诗学,它因康德的应用而在哲学领域声名大噪,后来几经内涵"变迁",在20世纪中期,被新批评大家兰色姆引入诗学批评领域。在他们看来,关注诗歌"本体"就是关注诗歌的内在元素,关注诗歌作为语言艺术产品的话语特征。就中国现代新诗发展的复杂境况而言,本书所指的"诗本体",其关涉现代诗歌审美意识的生成发展、文化属性的存在以及语言模式的特征等内涵,从"诗本体"出发,就是立足诗歌自身的独立特性、发展规律和艺术价值等方面,认识和阐释诗歌的发展历程。

20世纪上半叶,对"诗本体"的高度重视,成为象征主义诗人和诗论家的"集体责任",他们普遍关注新诗"本体"问题,把对"诗本体"的思考作为诗学建设的出发点,提出诸多重要诗学命题。在他们看来,白话自由诗学建立在初期白话诗和浪漫自由诗基础上,它取消了诗与文、诗情与感情的差别,导致诗歌走向散文化,而通俗化诗学偏执明白清楚、坦白直抒,其原则也破坏了诗歌的艺术自律和审美规范。同时,为满足现实政治需要,伴随新诗大众化要求兴起的大众化诗学则完全扼杀"诗本体"的存在活力和美学价值,制约着中国新诗艺术水准的提高和诗学内涵的多元化。针对这些忽视"诗本体"的诗学表征,象征主义诗学家始终保持"本体"自觉,重视借鉴西方象征主义诗学成果,自觉融合中国古典诗学的优秀传统。在这一建构理念和审美趣味的驱动下,现代"纯诗"观念的先驱者穆木天和王独清,象征主义理论"中坚"梁宗岱,构建新诗现代化理论的袁可嘉和唐湜,现代纯诗批评的实践者李健吾,现代解诗学的建设者朱自清……这些诗论家和批评家致力于新诗本体建设,以独特的诗学建树集体描绘了现代象征主义诗学的建构风貌。他们撰写了《谭诗》《再谭诗》《象征主义》《谈诗》《新诗现代化》等理论篇章,阐述丰富的内涵和独到的见解,成为象征主义诗学的经典;显示本体自觉意识的"诗的思维术",张扬现代诗质的象征主义"纯诗"论,走向新诗现代化的"现实、象征、玄学的综合传统",逐步建构的理论体系呈现出象征主义诗学发展的内在流脉;特别是纯诗、象征、意象、音画、契合、晦涩、知性等诗学范畴的

## 绪 论

诠释，彰显了象征主义诗学的本土化努力，以及其探究"诗本体"所具有的深度和广度。

具体来看，现代象征主义诗学的建设实绩主要体现在诗歌本质、艺术形式和审美价值三方面的系统言说，它们之间互为因果，融为一体，成为诗学自身探究诗歌本体的标志。

在中国传统诗学观念中，诗歌的社会功能占据着突出位置。《尚书·尧典》的"诗言志"说、孔子的"兴观群怨"与"诗教"说等，都深刻揭示了诗歌的社会功能，成为后代文人探讨诗歌本质的主要理论依据。及至晚清"诗界革命"，黄遵宪提出的"复兴古人比兴之体"，依然是注重诗歌贴近现实生活、反映社会重大历史事件的诗学主张。而具有振聋发聩之势的现代白话诗的诞生，也是作为新文化运动的组成部分，更多担负"启蒙"的重任，重视精神和观念的表达。在这样的时代语境下，白话自由诗学成为20世纪20年代前期的主流诗学，它扬起"诗体大解放"的旗帜，主张作诗如作文和明白清楚的诗学原则，强调感情的自我表现和自然流露。这样的诗学观念导致诗歌创作粗制滥造，使诗歌失去深沉含蓄之美，造成新诗审美薄弱的局面。对此，20世纪20年代中期，象征主义诗人和诗论家遵循诗歌本体的发展要求，强调"诗之为诗"的根本特质，开始诗学建设的新目标，并在20世纪三四十年代诗论家们不断提升的审美自觉中，逐步发展成为独树一帜的象征主义"纯诗"理论。

针对"作诗须如作文"的"散文化"诗学观念，象征主义诗学家明确提出建立一个"纯诗的世界"，强调诗是内生活的象征，与散文有截然不同的建构方式，即主张"纯粹诗歌"的审美意识，反对诗中介入大量散文成分，以"纯粹"的"诗的世界"恢复文学特有的审美形态。在这种审美观的统摄下，他们突出强调诗歌的暗示性、音乐性和语言的重要性等本体特质，明确声称"诗是要有大的暗示能力"，"诗要兼音乐与造形之美"，"纯诗"就是凭借艺术形象的暗示力表现理想艺术境界。象征主义"纯诗"论者还深度思考诗歌形式与内容的关系、诗歌语言的本体特性等问题，他们立足内容与形式统一的一元论立场，强调诗歌要注重形式的审美创造，凸显诗歌表现手段的价值。他们认为，现代诗就是"用现代的辞藻排列成的现代的诗形",重视语言作为诗歌传达工具的地位和作用,使之成为"纯诗"重要的诗学内涵。特别说明的是,象征主义"纯诗"观念虽然意在追求艺术自主原则,倡导诗歌本体自足,但在此基础上实现对社会现实意义的传达,也是诗论家们不曾忽略的问题。尽管在观念建设初期,对此问题的诗学思考未能与社会时代精神相合拍,但随着社会现实语境和观念自身处境的变化,如何融入现实因素,也成为诗论家观念反思的出发点,并以建设性姿态作出积极调整,赋予"纯诗"观念追求"现实"的新质内涵。

因系统的阐述和饱满的内涵,"纯诗"观成为中国现代象征主义诗学重要的核心命题,它从"诗本体"的审美视点出发,高扬艺术自主性,标志诗歌本质观念在认识层面的重要转变。任何观念变化都会引起相应的连锁反应。"纯诗"观念的倡导和构建,必然带来诗歌艺术形式的"革命性"变革,对象征、意境、音画和陌生化等艺术法则的诗学追求,使现代象征主义诗学创建了与众不同的形式本体世界。

白话自由诗学过于强调诗歌语言的明确性,使新诗失去含蓄之美,误入"明白清楚"的"散文化"世界。与之相对,象征主义诗学家明确提出,要栖居"诗的世界","诗的世界"首先是一个象征的理想境界,它反对客观世界的说明和叙述,反对诗人情感的直接抒发,意在创造一个繁复的诗歌意蕴空间,"象征之境"也因此被赋予朦胧的迷幻色彩和超验的神秘气息。创造"诗的世界"必然要摒弃"文的思维",追求"象征之境"必然要依托"诗的思维",象征主义诗学开始倡导"暗示"性思维逻辑。受这一思维方式支配,象征主义诗人自觉颠覆已有的诗歌语法规则,在非逻辑化的追求中,创造独特的形式表达空间。他们尝试具有新奇想象力的"远取譬",运用赋予新质的"通感",遵循语言省略的逻辑规范,努力追求"纯粹的诗的世界"。这些诗学法则给新诗带来审美心理的惊奇感和陌生感,是象征主义诗学在艺术传达领域的美学拓展。象征主义诗学不仅把"暗示"作为象征文法的思维支撑点,还使其成为象征理路延展的内在生长点,它把广泛用于意象层面的象征扩大到语言、结构等层面,提出诗是"象征的行动",践行"新诗戏剧化",使象征完成从意象化到戏剧化的诗学转向。

营造意象之维也是现代象征主义诗学艺术形式的重要举措，它从"诗本体"出发，从"象征化"到"纯诗化"，再到"诗质化"，精深的诗学阐释丰富着意象观念的审美内旨，构建了意象本体观的新格局。其意蕴呈现是通过新鲜的艺术表现策略完成的。它首先打破中国古典诗歌意象形态的和谐性、静态性和审美性，公然亮出"以丑为美"原则，将审美趣味转向丑怪意象、恶美气息和异化景观；它创造意象"奇接"的构成法则，一方面将单纯意象或并置或叠加，形成具有鲜明个性的意象群，另一方面，打破事物间常态的客观秩序，罗致并不相关的事物、形象和观念，通过意象的繁复表现和奇特联络，传达现代人对现代生活的微妙感受和复杂情致；它提出"沉潜雕塑"原则，强调潜在意识和内在心理对意象生成的重要作用，追求意象质地的充盈和丰厚，拓宽象征主义意象生成的审美路向。同时，象征主义者不再提倡意象抒情的主导思路，以潜沉的智性体验代替浓厚的感性色彩，淘洗意象过重的抒情意绪，增强意象的客观化与戏剧性因素，让意象走向凝聚智慧之思、散发理性之光的智性之路，提升意象艺术表现的审美内涵。

如果说，深度发掘象征与意象的本体内涵及表现策略，展现出现代象征主义诗学艺术形式论的丰赡内蕴，那么对音画和陌生化的质素再造，更彰显其艺术追求的创新精神。借助诗歌音乐性，强调艺术表达的暗示性、含蓄性、象征性和情感的引发性，是法国象征主义者的愿望。受此影响，现代象征主义诗学也钟情音乐的流动性和音色的交合美，将其作为"纯粹诗歌"的形式法则，反驳初期白话新诗浓厚的理性色彩，营造诗歌朦胧的审美意境。但诗歌音乐美的外在表现，终究不能体现诗歌本质追求的暗示和联想，所以，转而探求诗的节奏和诗人内在情绪律动的一致性，将音乐美视作对诗情节奏的把握，是诗论家们富有学术眼光的诗学思考。与追求音乐美同步，形式审美的"陌生化"特征也极为引人注目。从意象体系到比喻方式，从结构逻辑到语言特质，一个迥别传统诗歌的艺术空间诞生了。它打破审美的思维定式，聚焦具有恶美气息的丑怪意象、日常生活的普通意象和被异化的都市荒诞景观，完成意象题材的重大变革；它解构传统比喻的固定法则,以脱离日常审美经验的陌生化比喻,实现传统比喻的现代转换;它不再依靠时空逻辑和物理逻辑捕捉诗人意绪,代之注重心理情绪的情感逻辑;它拒绝语言传达客观事物信息的明确性,凸显诗歌语言自我指称、独立自主的本质,使主体在感受诗歌语言时受到阻碍,最终获得异乎寻常的能指体验。

现代象征主义诗学卓然的艺术创造已经表明,它将"诗本体"作为生存命脉,追求"纯粹的诗歌",建构与众不同的形式审美空间。一方面以"纯诗"观念为统摄,标榜新异的艺术精神,进行颠覆性的形式变革;另一方面,通过形式法则的诗学创造,为"纯诗"的理论内涵搭建艺术实践平台,二者相互依托,彼此蕴化,又催生出关于"晦涩"的审美价值观,其观念认同是在充满诗学争议的氛围中逐渐明晰的。

从诗歌审美价值观的立场出发,象征主义诗人和诗论家就"晦涩"问题进行诗学辨析。李金发的"晦涩"诗歌可谓是别开生面的艺术实践,但彼时对"晦涩"诗风微词颇多,尚未得到理论认可。及至穆木天的诗学阐释开始,针对白话自由诗学造成的新诗发展流弊,作为一种审美观念,"诗越不明白越好"得到初步张扬,由题材和主题调整带来的诗歌"晦涩"开始拥有自己的审美内涵。"晦涩"观念的现代内涵最终经袁可嘉的学理剖析得以认定,"晦涩"滋生于诗人对现代文明的复杂感受,它是现代诗人一种独特的审美趣味,应归属诗歌审美经验范畴。

尽管现代象征主义诗学视"晦涩"为独特的审美经验,并由此确认其审美价值,但这种认定始终与争议相伴随。更多的诗论家将"晦涩"纳入理论批评视域,从作者、读者、文本等不同视角,分析"晦涩"的成因,丰富"晦涩"的诗学内涵。但纷杂言说虽扩大了"晦涩"的美学范畴,但未能触及"晦涩"价值观的现代本质。就此问题,某些现代批评家与现代象征主义诗学保持同一立场,以解诗的方式聚焦作品本体,通过作品本体欣赏和审美判断,重新解读现代诗歌的"晦涩难懂",真正打开现代诗歌艺术本体的审美空间,呼应现代象征主义诗学"晦涩"的审美价值观。

综上所述,现代象征主义诗学从观念更新、诗艺变革到审美价值取向，都表现出回到诗本体的努力，它把"诗本体"作为艺术建构的主旋律，实现了"一次从'主体的诗'到'本体的诗'的美学位移"①，在中国现代诗学的历史发展中独树一帜。韦勒克在理解象征主义是一个时期概念的同时，认为还"应该把它理解为一种'包含某种规则的观念'，一套规范、程式和价值体系，和它之前和之后的规范、程式和价值体系相比，有自己形成、发展和消亡的过程"②。依此判定，中国现代象征主义诗学在诗歌本质、艺术形式、审美价值三方面的本体探求已经表明，"纯诗""象征""意象""晦涩"等核心命题，在支撑诗学体系框架的同时，更是"一套规范、程式和价值体系"："纯诗"观念倡导新诗发展要依据自身的规定性、情绪特征和文体特征等本体尺度，成为现代诗歌本质观念的新规范；"象征"与"意象"等程式法则直接开启新诗艺术形式的"革命性"变革，创造诗歌形式本体的艺术新范式；"晦涩"经纷杂的诗学言说，最终通过象征主义的诗学脉动完成审美"正名"，其作为一种现代诗歌审美价值观确立了自身的属性。它们倚重诗歌独立性、诗歌无功利性、艺术与现实的分离以及纯形式等具体内涵，符合诗歌自身发展规律，是在文学发展的特殊阶段，针对迫切需要改变的诗歌现状而进行的锐意探索，推动着诗学观念发生重要转变，也成为不可或缺的一脉诗学传统。

基于上述理解，本书认为，研究阐释现代象征主义诗学，只有从"诗本体"角度出发，立足新诗本体建设的核心命题，才能准确把握诗学体系的丰富内涵，才有助于深度发掘和理解诗学建构的艰难历程及其重要意义。

## 二 现代象征主义诗学的品格特质

中国现代象征主义诗学通过"诗本体"的探求，围绕诗歌本质、艺术形式、审美价值等核心命题，阐发一系列诗学观念，成为具有独立形态的诗学体系。在体系形成和发展过程中，其建构行为呈现鲜明的品格特质，

---

① 王光明：《现代汉诗的百年演变》，河北人民出版社2003年版，第295页。
② [美] R. 韦勒克：《文学思潮和文学运动的概念》，刘象愚选编，中国社会科学出版社1989年版，第254页。

体现强烈的现代性追求。

论及此题,首先需要考察诗学现代特质的生成语境,其实质关涉的是中国现代象征主义诗学与现代新诗、西方象征主义诗学和中国古典诗学之间的关系。唯此,才有助于准确把握诗学特质的成因及表现。

中国现代象征主义诗学是随中国新诗的现代化进程一道发展起来的,既是它的内在部分,又是它的特殊部分。这一方面表现在,出于新诗现代化的迫切需要,现代象征主义诗学常常传达来自新诗领域的强烈呼唤,并以自身的诗学理念向新诗发出行动指令。这一"行为"与新诗诞生期的特殊境况有密切关联。从文学发生学的视角审视新诗,其诞生不仅标志现代文学一个类型的兴起,更是被设计为新文化战略中的革命力量。当年,身在美国的胡适率先提出文学革命,传至国内,受到陈独秀的热情欢迎,将其视为离经叛道、反对传统的"五四"新文化运动的组成部分。在胡适看来,文学革命实质是一场语言革命,他力图争辩和阐明的是白话可以成为一种文学工具。虽然早在胡适提出文学革命观念以前,白话的重要意义已经得到认可,但只被看作大众化和政治教育的一种手段,并未成为文学表达的主要方式。为此,胡适提出,中国文学的主流将不是从古典文体的诗歌和散文中发掘,而是从白话文学中去发现。他以白话尝试作新诗,以"诗体大解放"拉开新诗充当新文化运动先锋的帷幕,显然,这一"诗体革命"已非单纯的文学演进与变革,早已不自觉地充任了时代变革的马前卒。由此判定,现代新诗的诞生并非发自文学内部,而是来自文学外部,来自比文学更广泛的新文化运动的战略要求。所以,新诗诞生伊始就扮演了革命先锋者的角色,脱离了自身发展的审美轨道,忽略了诗的本体建设。正是基于现代新诗对本体的呼唤,现代象征主义诗学应运而生,并以理论先行的姿态主动干预新诗发展,引导新诗走上"纯诗化"的现代之路。尤其在新诗发展的不同阶段,它积极调整诗学观念,使理论干预具有更切实的针对性。另一方面,在从文化革命和社会政治行动中拯救新诗的同时,现代象征主义诗学致力为现代新诗创建审美空间,它面向现代人的内心世界,强调"诗的世界"和"纯粹诗歌",遵奉符合现代人思维品格的审美原则,为现代诗人争取表达个体审美经验的权利。可以说,在中国

## 绪 论

新诗现代化进程中,它始终扮演着理论干预和审美建构的双重角色。

中国现代象征主义诗学受到西方象征主义诗学的巨大影响,这是不可否认的事实,后者是前者实现自身建构的知识背景和理论源泉。从20世纪初期诗坛译介法国象征主义诗歌开始,直至诗学发展的每一阶段,都能看到西方象征主义诗学对中国诗人和诗论家产生的深刻影响。特别是中国现代象征主义诗学的基本观念、认知思维与审美追求,大都以西方象征主义诗学为立论依据。首先,从诗歌本质观念来看,中国现代象征主义诗学承认诗歌的独立地位,尊重诗歌的审美价值,其直接受惠于从波德莱尔到魏尔伦、兰波及至马拉美、瓦莱里等人对"纯诗"的倡导。法国象征主义诗人以诗的独特性和非功利性为逻辑起点,张扬"纯诗"理念,意在为诗的领域划定界限,确立相应的有效原则。正是波德莱尔等人对诗本体意义的充分发掘,适应了中国现代诗人解救新诗发展脱离本体轨道的迫切心理,激发了他们建构本土化象征主义诗学的内在热情,发出"艺术独立"的呐喊,要求改变中国新诗依附政治和道德的状况。同时,对诗歌本体的诉求也迅速转化为诗学领域的建构动力。穆木天、梁宗岱等人从理论层面提出"纯粹诗歌"的主张,探究诗作为本体存在的构成方式及其最高境界;袁可嘉立足现实层面,对"纯诗"地位和特性作出新的理论提升。虽然他们接受法国象征主义"纯诗"观念的侧重点不同,但都是以波德莱尔、瓦莱里等人的诗学思想为基础,以纯粹和审美作为诗歌的本质属性,强调诗歌特性的充分敞开,极力解决诗歌面对人生的问题。可以说,作为凸显诗歌独立地位的一种诗学观,中国现代象征主义的"纯诗"思想以法国象征主义诗学为底色,化成一脉新的诗学传统,植根于中国现代诗歌的发展进程中。其次,在认知思维层面,作为注重抽象逻辑和系统演绎的思维模式,西方象征主义诗学的知性认知对中国现代象征主义诗学产生持久影响。从20世纪初开始,中国现代象征主义诗学自觉探索诗歌的知性思维,特别是20世纪30年代,现代派诗人超越以直观、领悟、体验为主的感悟性思维,反驳浪漫主义诗学青睐的坦白奔放,强调以玄学思辨为特征的知性认知。及至20世纪40年代,袁可嘉提出"现实、象征、玄学"的综合理论,以张力、机智、悖论等范畴为理论经纬,更是代表知性思维的诗学确立。再次，中国现代象征主义诗学倡导"朦胧晦涩"审美风格，也与西方象征主义诗学的直接影响有关。后者出于对现实主义摹写自然和浪漫主义歌颂自然的反驳，以象征和暗示表现人隐秘的内心世界，凸显个体生命的内在悸动，更视其为对宇宙奥秘的把握，将"晦涩"提升至哲学层面，认定其特有的价值。中国现代象征主义诗学也认定"晦涩"是一种诗歌审美价值观，因为"纯诗"所要揭示的"潜在意识的世界"和"人的内生命的深秘"是不能明示的，必须运用暗示营造朦胧的氛围，由此而致，"晦涩"已是一种诗学观念的表达。特别是袁可嘉站在诗歌本体立场，阐释"晦涩"的现代内涵，与西方象征主义诗学保持一致的认同。

可以说，中国现代象征主义诗学是借西方诗学话语完成自身的体系建构，走上与传统诗学迥然不同的现代之路，因此断言，其没有自己的独特品格，是与实际不符的。作为在本土语境中建构起来的诗学体系，其自身的本土气质是不容忽视的。事实上，与中国古典诗学传统相融也是现代象征主义诗学的题中之意，其诗学阐释总能看到传统质素的影子。对此，以"兴"为例略作说明。"兴"作为中国古典传统的诗学遗产，使诗歌"正式走上主观思想感情客观化、物象化的道路，并逐渐达到了情景相生、物我浑然、思与境偕的主客观统一的完美境地，最后完成了诗歌艺术特殊本质的要求"[①]。"兴"的诗学价值不仅对中国新诗发展具有重要启示，更成为现代象征主义诗学建构的生长点。诗论家凭借对"兴"的历史记忆，对西方象征主义诗学命题施以"变形"，周作人首先以发生学的意识，把"兴"与西方的象征相联系，使外来诗学话语与中国古典诗学传统对接。梁宗岱则通过系统的理论建构，把"兴"与法国象征主义的契合论、语言暗示性特征等融合在一起，创造出中西融会的诗学形态。外来诗学的强力冲击，以及对古典诗学传统的集体记忆，使急切建设本土诗学的理论家忽略了"兴"与象征之间深刻的文化差异，在接受西方诗学的同时，表现出依存本土文化的自主性，"复活"了古典诗学的传统质素。本土文化的依存性和本土语境的具体性，决定了中国现代象征主义诗学

---

[①] 赵沛霖：《兴的源起》，中国社会科学出版社1987年版，第184页。

## 绪 论

不可能完全模仿西方话语，丧失自主性，更不可能与古典诗学传统相断裂，丧失自身根基。

如上所述，中国现代象征主义诗学的生成既不是全盘"西化"，也不是简单割裂传统，而是适应现代新诗发展需要的新创造。换句话说，现代新诗本体建设的特殊需要，西方象征主义诗学的权威感召，中国古典诗学传统的影响，这些因素交织在一起，成就了中国现代象征主义诗学的独特内涵，催生出诗学本身鲜明的现代特质，具体表现为以下四个方面。

一是显在的排他性。自"五四"文学革命伊始，中国现代文学的发展就露出文学事业政治化的端倪，至20世纪20年代后期和30年代，逐步成为一种潮流，将文学推上政治化、口号化、宣传化的非文学之路，"侵蚀"文学本体特有的审美质素。与这种潮流相反，中国现代象征主义诗学全力摆脱非文学因素的干扰，注重诗歌的独立性和审美性，强调诗歌是独立社会价值体系之外的特殊形式，抵制伦理、道德等外在社会价值对艺术本体的侵袭，诗歌无功利性的本质特征拒绝价值判断，它以情感为驱动力和主要内涵，无法承担"载道"的重量，审美性是其至高无上的终极目标。在这种诗学观念的感召下，诗歌始终保持纯粹与本真的特质。就此意义而言，现代象征主义诗学建立了一个自主而独立的文学场，以纯粹的美学姿态，排斥艺术对道德诉求和功利目的的追逐。在与对立诗学的论争中，这种显在的排他性体现得尤为鲜明，它以纯粹的审美目光排斥、净化大众化诗学，进而将无功利的艺术审美指定为神圣领域。事实上，在20世纪三四十年代，伴随中国社会形势的客观变化，因为强调诗歌本体观，现代象征主义诗学排斥社会政治等外在标准，也使自身因疏离主流诗学不得不面临被"边缘化"的境遇。

二是锐意的变革性。审视现代象征主义诗学的发展轨迹，从观念内涵的阐释，到艺术法则的应用，及至审美风格的张扬，诗学自身凝聚着先锋的精神品质和强劲的变革力量。诗人和诗论家深切感受到中国新诗现代化进程的艰难性和曲折性，认为其症结在于新诗发展偏离了审美轨道，如不重新唤起诗歌本体意识的自觉，就无法真正推动新诗现代化。正是缘于"诗本体"的强力牵拉，中国现代象征主义诗学对纯诗、象征、意象、晦涩等核心命题的阐释，都表现出本体意识的理性自觉，并以变革姿态积极建构诗学空间。它以现代人的生存状态和价值观念为着眼点，表现现代人深层而微妙的内心世界，重新确立现代诗学的审美品格；它以暗示为核心，强调知性化、戏剧化和间接性的表达原则，以新的感知方式把握世界；它不再遵循新诗既有的诗学规范，在诗歌形象和审美层面打破传统的逻辑限定，展开艺术实验，强调审美距离，彰显创新性和先锋性，成为现代象征主义诗学特质的主旋律。当然，处于新诗现代化的复杂进程中，任何诗学变革都要面对来自不同立场的力量阻碍，甚至是论争。由此，在审美观念变革中面对冲突，在对峙冲突中实现自我提升，成为现代象征主义诗学"革命性"变革的基本态势。

三是西方的参照性。中国现代象征主义诗学的建构以西方象征主义诗学为参照系，其诗学框架和内在机理多是对后者的借鉴吸收。纯诗、象征、意象、晦涩等核心命题的内蕴都受到西方象征主义诗学思想的浸染，其认知世界的思维方式也取法西方象征主义诗学特有的非理性逻辑。从这一角度说，中国现代象征主义诗学不折不扣地显出"西方"特征。客观来看，西方象征主义文学潮流的全球化，中国传统诗学向现代的转换，在这二者交互并存的文化语境中，"西方"特征实在是现代象征主义诗学发展的必然选择，是不以特定民族意志为转移的。但是，这种"西方"特征显然不等同于西方象征主义诗学本身，而是本土语境对之"过滤"的结果，后者的影响程度和轨迹必然受到一定因素的制约。因此，论及中国现代象征主义诗学的西方参照性，不简单意味着全盘模仿西方，而是"拿来主义"思维产生的能动作用，是为推动中国现代新诗的发展而积极地借鉴利用。

四是隐在的传统性。如果说，西方象征主义诗学对中国现代象征主义诗学的影响是显在的、直接的，那么中国古典诗学的影响则是隐蔽的、间接的。具体来说，由于受到中国本土文化语境的"过滤"和"塑形"，中国现代象征主义诗学必然承继传统诗学的某些风貌，这种承继显得既微妙又关键。它或是诗论家不自觉的"集体无意识"，或是被西方"他者"所激发的对传统的自觉怀念。无论是不自觉的契合，还是自觉的历史继承，

绪 论

在由古典向现代转换的大文化背景下，古典诗学传统的"复活"都是局部的、不完整的。一方面，象征主义诗论家重构传统诗学的自觉度不同。如相比穆木天对传统诗学的浮光掠影，梁宗岱的诗学话语更多地嵌入兴、情、景、意、象、含蓄等中国传统诗学范畴，意在将象征主义诗学与中国传统诗学接轨；另一方面，传统诗学质素对象征主义诗学命题所产生的影响具有程度差别。例如，在现代象征主义诗学建构过程中，古典诗学的"意境""意象""含蓄"等范畴获得较为鲜明的时代特征。确切地说，古典诗学传统在融入现代象征主义诗学的同时，大多经过改造和变异，其传统身份的确认需要仔细辨识，这也证明古今诗学之间的联系是隐蔽的、间接的。

总之，通过诗歌本质、艺术形式和审美风格等方面的探索，中国现代象征主义诗学建构了一个相对独立的本体世界，在诗学自身形成、发展和消亡的过程中，其极具现代意义的品格特质也得到鲜明呈现。对诗学建构历程和风貌的揭示是本书的研究目标，那么，立足新诗本体建设，就象征主义诗学核心命题而言，其诗学内涵和发展态势如何，"诗本体"的追求经历怎样地曲折，在既往的学术研究中，这些问题得到何种程度的展现，本书又将通过何种研究思路和方法重新认识诗学生动而复杂的"面孔"，进而实现对诗学建构历程的整体观照，对此作出进一步说明是十分必要的。

## 三 现代象征主义诗学的研究思路与方法

在中国新诗现代化转型过程中，象征主义诗学所起的作用颇受关注。在其影响接受中，经李金发、穆木天、王独清、戴望舒、梁宗岱、袁可嘉等人的理论阐释和积极建构，中国象征主义诗歌理论自20世纪20年代中期起步，至30年代的发展和40年代的深化，已形成相对完整的诗学体系，为中国新诗走上"本体"之路提供强大的精神动力和智性的理论支撑。随着20世纪80年代的思想大解放，象征主义研究重新进入学术视野，成为新时期研究中国新诗现代化转型的重要课题之一。关注象征主义诗学的研究者逐渐增多，并取得丰硕的研究成果。在已经问世的研究论文中，有专注李金发、穆木天、戴望舒、梁宗岱、袁可嘉等象征主义理论家的个案研究；有立足新诗流派视角开展的象征主义诗学断代研究；还有"纯诗""象征""意象""晦涩"等象征主义诗学范畴研究。研究成果或重新发现并肯定诗人在诗歌理论领域的贡献，或通过诗论家诗学成就的阐释，揭示其为新诗现代化而作出的自觉努力，而对具体诗学观念的剖析，则展示了象征主义诗学内涵的深度和掘进的力度。从近年来出版的关于象征主义诗学研究的论著来看，孙玉石、金丝燕、尹康庄、吴晓东、张大明、陈太胜、许霆、曹万生、贺昌盛等都有一定的建树，[①] 他们在尊重前人研究成果的基础上，不断发掘梳理象征主义在中国传播译介的历史资料，总结概括中国现代诗人接受象征主义的特点和规律，阐述西方象征主义在中国现代诗学建构中的意义和价值，揭示中国现代象征主义从发生、发展到成熟转化的基本历程。毫无疑问，这些学者的努力，已经把象征主义研究推向细致深入的学术境地。

上述研究成果代表了20世纪80年代以来象征主义诗学研究的最新进展，如果考察研究者对象征主义理论的阐释分析，可得出两种普遍的研究模式：一是以诗歌流派或诗论家研究为框架，以观念阐释为核心，系统分析象征主义诗学命题，揭示诗学主旨的体系构成，呈现中西融合的现代理想追求；二是从诗与诗学的双重视界出发，运用二者互证的研究策略，呈现象征主义诗学"现代"的进化线索，揭示其与新诗现代化的同步历程。但问题是，当我们把握了象征主义诗学在新诗现代化进程中的发展动向，理解其中西融合的诗学特质时，明显感觉到，前一种研究模式只凸显诗学本身的思想内涵和体系构架，而忽视了象征主义诗学思想在中国新诗现代化进程中的复杂境况；后者的研究在中规中矩的谈论中，虽然揭示出象征

---

① 孙玉石：《中国初期象征派诗歌研究》，北京大学出版社1983年版；金丝燕：《文学的接受与过滤——中国对法国象征主义诗歌的接受》，中国人民大学出版社1994年版；尹康庄：《象征主义与中国现代文学》，暨南大学出版社1998年版；吴晓东：《象征主义与中国现代文学》，安徽教育出版社2000年版；曹万生：《现代派诗学与中西诗学》，人民出版社2003年版；陈太胜：《梁宗岱与中国象征主义诗学》，北京师范大学出版社2004年版；《象征主义与中国现代诗学》，北京大学出版社2005年版；许霆：《中国现代主义诗学论稿》，上海文化出版社2005年版；张大明：《中国象征主义百年史》，河南大学出版社2007年版；贺昌盛：《象征：符号与隐喻——汉语象征诗学的基本型构》，南京大学出版社2007年版。

## 绪 论

主义在中国现代诗歌和诗学领域的发展脉络,但程式化的研究结构和基本结论有似教科书常识,遮蔽了象征主义在中国社会现实语境下所承受的诸多质疑和指责,而这恰好是其在新诗本体探寻中的曲折"遭遇",是一种诗学体系最为重要的建构细节。正如布罗茨基所言:"一个清晰的概念固然美妙,但它所指的永远是斩去松散边角的含义的浓缩体。而在现象世界中,松散的边角是极为重要的,因为它们是相互交织的。"[①] 该如何发掘象征主义诗学建构被忽略的"松散边角"呢?

现代象征主义诗学建构源自中国新诗现代化进程的现实体验。按照胡塞尔关于体验的认识,这种现实体验是一种交流活动的发生。他认为,"每一体验本身就是一生成流"[②],这种体验不仅是体验自身的生成流,更为重要的是一种话语生成流。也就是说,诗论家对新诗发展处境的体验决定其诗学话语的生成,激活其诗学话语流。诗学话语诞生后,与诗论家脱离"脐带"关系,获得相对独立性,此时,诗学话语的"社会效应"和接受者的"心灵回声",决定着诗学话语能否实现其思想价值、美学价值乃至社会价值。当一种诗学观念的接受群体越多,诗学话语的"效益"值就相对增加,就会从静态的思维世界转入动态的效用验证空间。而在特定的生存背景或发展境遇中,一种诗学话语或精神被接受时,受众的立场和态度会有差别,或是认可,或是排斥,这也是诗学体系顺利建构和地位确立的关键因素。

按照上述理解,前述两种研究思路所忽略的"松散边角",正是指受众对象征主义诗学话语的效用验证。由此,本书选择中国现代象征主义诗学为研究对象,必须规避"现代发展进程论"和"中西融合论"两种习见的研究思路,不能仅对象征主义诗学思想作单纯的"整理工作",更要发掘其"生存"层面的"松散边角",考察诗学命题在体系建构中的"存在"活力,揭示其维护自身地位的"抗争"精神,展现诗学复杂的生存空间。在这一目标驱动下,研究选择以下维度,作为问题展开的基本思路。

首先,选择诗歌创作维度,考察象征主义诗学命题从理论到实践的转

---

① [美] 布罗茨基:《文明的孩子》,刘文飞译,中央编译出版社 2007 年版,第 26 页。
② [德] 胡塞尔:《纯粹现象学通论》,李幼蒸译,商务印书馆 1992 年版,第 121 页。

换态势和表现样态。如前所述，诗学体验一经具体阐释，便会作为一种话语存在，其诗学地位的确立必须经由受众"检验"。就诗歌领域而言，受众作为一个群体概念，大体包括读者、诗人和批评家。读者是中国古代诗论的主要建构主体，因为古代诗论以关注"成品"阅读、汇集"成品"知识、传达个人鉴赏心得为主要特色，是一种读者"鉴赏论"。而中国现代诗论关心新诗创作经验问题，思考主体创作规律，揭示艺术创作奥妙，探讨创作者复杂精神活动，读者的阅读感受不再参与诗论建构，诗人具有发言权，并成为诗论的阐释主体之一。就此而言，诗人对诗论的具体理解，也直接关系到诗歌的创作和发展，诗论内化于诗人的创作，经由诗歌实现转换和表现，从单纯的理论意义转而具有实践指导意义。从这一理解出发，我们把象征主义诗学观念置于现代诗歌的创作空间，考察观念与诗歌之间相互促动与提升的具体样态，以及在矛盾中寻求统一的转换态势，以此呈现现代象征主义诗学命题在诗歌领域的真实风貌。

其次，立足诗学批评维度，考察象征主义诗学命题所引发的审美效应，及其在批评实践中获得的丰富内涵。批评家作为诗学话语的受众者，其对诗学命题内涵的理解程度和认同态度，都蕴含于批评实践中，就此而言，批评家也是诗学观念的历史建构者。这种建构方式与观念的理论阐述不同，一方面，通过诗学观念主旨的把握，在诗歌品评中突出观念主导作用，逐步深化其诗学内涵，使静态理论在批评实践中获得鲜活的生命力；另一方面，它还摆脱狭隘的观念立场，在更大范围就诗学命题展开批评探讨，发掘诗学命题的丰富内涵。所以，审视与象征主义诗学观念密切相关的批评实践，可以揭示其对象征主义诗学体系构建产生的推动作用，彰显批评领域的诗学建构活力。

最后，把握诗学论争维度，考察象征主义诗学命题为取得"合法地位"而进行的自我"辩护"。中国古代诗学崇尚静观默识的体悟，与之不同，现代诗学则追求积极主动亮出立场，即许多诗歌理论问题都是通过多方建设性的探讨完成的。但因中西方文化碰撞和时代风云变幻，现代诗歌观念变化和艺术革新处于较为复杂的文化语境中，所以，面对同一个理论问题，不同立场的新旧双方必然会意见相左，甚至发生论争。讨论与论争也因此成为现代诗学建构的特殊表现形式。在中国现代象征主义诗学的建构历程中，围绕"象征主义""纯诗""晦涩"等核心命题，都曾有过热烈的讨论和激烈的论争，但遗憾的是，这些建构细节常被当作分离的"碎片"，很少纳入研究的整体范畴。事实上，对立双方的论争交锋正是诗学体系建构态势的复杂表现，影响着诗学合法地位的确立。为此，重新审视围绕象征主义诗学核心命题而发生的数次论争，回到"历史现场"，透视论争史实，呈现诗学建构阻力，阐发诗学地位确立的复杂因素，十分必要。

基于以上考虑，本书以诗歌本质、艺术形式、审美价值三方面为结构框架，将"纯诗""象征""意象"与"晦涩"等核心范畴，置于20世纪上半叶新诗本体探寻的现代化进程中，以诗歌创作、诗学批评、诗学论争等维度为切入点，考察象征主义诗学观念的审美自觉及其生存样态。当然，具体研究中，三个维度的关注并非均衡。对于诗歌本质方面的"纯诗"探求，围绕观念的审美自觉、"纯诗"批评实践、"纯诗"与诗的纠葛、与"国防诗歌"论争等问题，综合展现走向诗本体的"纯诗"之路的发展状貌；对于艺术形式方面"象征"与"意象"的审美创造，重点突出其"变革性"的理论内涵及其通过诗歌实践所获得的独特风貌；在论证现代诗歌"晦涩"审美价值观的同时，注重从批评维度揭示诗歌"晦涩"产生的复杂原因及其存在的合理依据。本书还特别关注现代解诗学的批评实践，它避开复杂的理论纷争，独辟蹊径地找到解读"晦涩"诗歌的钥匙，是对"晦涩"审美价值观极具说服力的认同。此外，透视"晦涩"论争，也意在揭示来自文学本体之外的因素对审美价值认同产生的影响。还需说明的是，推动新诗获得本体意义上的审美意识与审美形态，是中国现代象征主义诗学的本质所在。因此，新诗现代性的本体追求，是问题研究的内在逻辑脉络。

本书以1918年至1949年间的中国现代象征主义诗学为研究对象，综合考察其核心命题。单就每个诗学命题而言，我们努力采取多角度的观照方式，以问题意识凸显诗学建构整体风貌。在具体行文中，20世纪上半叶，现代象征主义诗学从起步建设，到成熟深化，及至开放融合，这一线性发展脉络成为论述问题时遵循的隐性时间。本书综合运用审美批评、现象学、符号学、接受美学等批评与研究方法，深入分析阐述现代象征主义诗学的建构历程。

孙玉石先生曾言："任何新文学的流派，包括新诗的流派，不应该生存在学院式的理论抽象和臆想中，而应该存活于有血有肉的历史里。过分主观的对于历史的任何'整合'都会失去太多的历史的真实性与丰富性。"① 这样的理性断言为诗学体系研究提出了警示。本书从诗学核心命题的生存样态出发，系统考察中国现代象征主义诗学体系的建构，目的在于把诗学建构从抽象的概念分析和枯燥的理论阐释中解救出来，在"有血有肉的历史里"，呈现其真实性和丰富性。但任何研究在实现既定目标时，都会有不足之处。本书立足象征主义诗学立场，在中国现代诗学发展中，分析论证"纯诗""象征""意象"和"晦涩"等核心范畴，此外，还有许多非象征主义立场的诗人和诗论家，也对它们作出有意义的诗学阐释，尽管研究过程中努力整合这些理论言说，但限于题旨，不可能面面俱到，在某种程度上，遮蔽了这些诗学范畴在现代诗学中的建构全貌，只待今后另行成篇弥补此遗憾。

---

① 孙玉石：《何时成为一匹有野性而又聪慧的狼呢？——新诗流派与诗学批评发展断想》，《学习与探索》2001年第2期。

# 第一章 中国现代象征主义诗学概观

## 第一节 "源头活水":西方象征主义诗学速写

任何一种诗学体系的创新活力,都是对相应文学创作现象的反映,或是为新的文学思潮筚路蓝缕,摇旗呐喊,或是对文学创作进行理论总结或逻辑分析。就此而言,中国现代象征主义诗学就是诗人和理论家为推进中国新诗现代化而作出的理论探索和美学审视。为更好地理解中国现代象征主义诗学特质和意义,有必要观照影响其形成和发展的源头——西方象征主义诗学,以期在象征主义的世界背景下,审视其观念的审美构成和复杂流变。

### 一 法国象征主义运动

"正式的象征主义运动源于法国,且原则上只限于诗歌,因此成为一种只有内行人明白的运动。但随着时间的流逝,象征主义运动似乎注定要扩散至整个西方,所主张的文学原则亦被广泛应用,这是当初哪怕最热心的推动者也未曾梦见的事情。"[1] 象征主义运动的这种国际化身份在雷纳·韦勒克那里得到规范认定,他从时间和空间的维度作出三种理解:一个流派,一个运动,一个时期,并建议使用"一个时期"作为象征主义最有效的验明正身,"即把一八八五年至一九一四年之间的欧洲文学称作象征主义时期,并把它看作一个以法国为中心向外辐射同时在许多国家造就了伟

---

[1] [美]埃德蒙·威尔逊:《阿克瑟尔的城堡——1870年至1930年的想象文学研究》,黄念欣译,江苏教育出版社2006年版,第16页。

大作家和诗歌的国际运动。"① 而就其对诗歌的影响程度而言,"不仅在法国而且遍及西方世界,20世纪诗歌观念已为法国象征主义运动中所宣明的学说原理一统天下。"② 法国象征主义运动何以能产生世界性影响,主要在于,其赋予象征这一并不新鲜的术语以新的生命质素。在漫长的历史发展过程中,作为术语,象征在使用时"即便现今也是极其模棱两可而又含义多变:在诸如'符号逻辑'或'数理符号'之类的词组中,它的含义与'诗的象征'恰恰相反。这个名词在文学中的用法已经日益离开了单单符号或寓意的用法而变成一个包括形象和比喻的用语,一个表示'具体的普遍者'的代用词,一个意指一切艺术的基本手段的名称"。③ 直到19世纪中后期法国的波德莱尔、兰波等人,将其从单纯的象征手法或符号表性解脱出来,演变为诗人们通过梦想达到超验现实的一种创造性观念。正如1886年诗人让·莫雷亚斯在《象征主义宣言》中所说:"象征主义诗歌力图使'观念'具有一种可感觉的形式,但这种形式不会是它的目的本身",而是通过观念的强调和重视,力图挖掘人的内心,"表达出不可表达的东西"。

为清晰把握象征主义发生、发展脉络,有必要梳理法国象征主义运动的起止时间,④ 因为这也常常成为后世文学史家聚讼纷纭的事情,他们依据自身的文学史观,发表不同看法,张扬着现代学者对既往历史的"建构"之力。

看法之一:1885—1900年。法国学者巴尔将象征主义的最初源流上溯到16世纪的神秘主义和19世纪初的浪漫主义,他认为,1885—1900年法国诗坛发生的象征主义诗歌运动是以诗人莫雷亚斯发表《象征主义宣言》为标志性事件,这篇文章刊载于1886年9月18日的《费加罗报》文艺增

---

① [美]雷纳·韦勒克:《文学思潮和文学运动的概念》,刘象愚选编,中国社会科学出版社1989年版,第284页。
② [美]雷纳·韦勒克:《近代文学批评史》第四卷,杨自伍译,上海译文出版社1997年版,第508页。
③ 同上。
④ 陈太胜在《象征主义与中国现代诗学》一书中对法国象征主义运动的起止时间有较为明晰的阐述,本文关于这一问题的看法参考了该书相关内容。

## 第一章 中国现代象征主义诗学概观

刊,通常被看成是象征主义的"出生证明书"①。

看法之二:1850—1920年前后。法国学者米舍在《象征主义诗歌使命》一书中,将象征主义分为前后两个时期,前期从1850年左右的波德莱尔,经洛特阿蒙到魏尔伦、兰波、马拉美,后期为1885—1900年由莫雷亚斯等年轻诗人发起的诗歌运动以及20世纪20年代初的后期象征派。② 查德威克在《象征主义》一书中也持有相同观点,认为象征主义作为一个术语,仅仅是指从1850年到1920年前后法国那些为数不多的诗人。他区分了"象征主义"和"象征主义学派",认为"象征主义学派"是莫雷亚斯在1886年发表那篇著名的文章之后建立的一个学派,加入这个学派的有勒内·吉尔、斯图亚特·梅里尔、弗朗西斯·维埃雷-格里凡和居斯塔夫·卡恩等人。而一些批评家却做了一件丝毫无益的事,将"象征主义"作为"象征主义学派"的同义词,常用相当可观的篇幅去论述这些后来的、名气不大的诗人,反而将波德莱尔、魏尔伦、兰波和马拉美这"四大诗人"冷落一旁,降到仅仅是象征主义先辈的等级上。③ 查德威克的区分澄清一个事实,即莫雷亚斯《象征主义宣言》一文发表之时,"象征主义已经存在,他也知道自己只不过是把这件事向大部分公众宣布一下罢了"。④ 由此可以断定,以巴尔为代表的学者对象征主义起止时间的认定,其实谈的是"象征主义学派",而不是更大范围的象征主义运动。

看法之三:1870—1920年前后。这是法国学者中另一有影响的代表性观点。依据当时统治法国诗坛的美学思想,1852年一般被认为是巴那斯派诗歌开始的年代,而1872年庞维勒发表的《法国诗歌简论》被认为是巴那斯派的终结。所以象征派的出现被认为是在1870年左右,是对巴那斯派的反动。⑤ 事实上,19世纪70年代正是马拉美、魏尔伦以及兰波的创作高峰期。

---

① 《法国拉罗斯百科全书》"象征主义"词条,载黄晋凯等主编《象征主义·意象派》,中国人民大学出版社1989年版,第704页。
② 参见金丝燕《文学接受与文化过滤——中国对法国象征主义诗歌的接受》,中国人民大学出版社1994年版,第14—15页。
③ 参见柳扬编译《花非花——象征主义诗学》,北京旅游教育出版社1991年版,第9页。
④ [英]查德威克:《象征主义》,肖聿译,北岳文艺出版社1989年版,第12页。
⑤ 参见葛雷、梁栋《现代法国诗学美学描述》,北京大学出版社1997年版,第84页。

其实，按照瓦莱里 1936 年的观点，1886 年的象征主义的事实，"根本不取决于在 1886 年是否存在过某种叫作象征主义的东西"。"象征主义"这一名称应该是诞生于它自身功成名就之后，因为"生活在中世纪的人们不太会想到他们生活在那个时代；生活在 15 或 16 世纪的人们也不会在他们的名片上书写：文艺复兴时代的某某先生。对于象征主义者来说，同样如此。他们如今是象征主义者：当初并不是"。他们只是"正在创造象征主义"①。

如上三种看法，究竟哪一时间定位更符合"正在创造象征主义"呢？显然，最后一种时间定位更具合理性。这样一来，我们该如何认定波德莱尔在象征主义诗歌运动中的身份呢？出版于 19 世纪 50 年代的《恶之花》与巴那斯派的诞生属于同一时代，而死于 1867 年的波德莱尔也不可能成为象征主义运动的参加者，但事实上他的写作和理论已经开启了象征主义运动的先声。韦勒克在《近代文学批评史》中对此有明确认定，认为波德莱尔固然不应冠以"象征主义者的称号"，因为象征主义运动始于多年之后，但他可以被称为"先驱"。

按照法国文学史的常规叙述，象征主义运动是作为对此前浪漫派和巴那斯派的反动而出现的，那么，作为一种文学运动的更迭，"事实当然不是一套方法论或价值观完全被另一种取代，相反，一切是在反复对抗和修正中生长的。"② 而"反复对抗和修正"任务的逐步完成，无疑得益于一批具有法国思想面貌的"志愿者"，他们身上凝聚着"批判的、哲学的、拥有对美学理论的重视和对特别效果的自觉，并且严谨地研究各种文学手段"③，他们在 19 世纪的杰出表现是法国象征主义诗学得以建立，并产生世界性影响的内动力，这一切是从真正兼容并蓄而又敢于标新立异的"先驱"波德莱尔开始的。

1857 年，波德莱尔（Charles Baudelaire, 1821—1867）出版惊世骇俗

---

① [法]保罗·瓦莱里：《象征主义的存在》，《文艺杂谈》，段映虹译，百花文艺出版社 2002 年版，第 210 页。

② [美]埃德蒙·威尔逊：《阿克瑟尔的城堡——1870 年至 1930 年的想象文学研究》，黄念欣译，江苏教育出版社 2006 年版，第 9 页。

③ 同上书，第 17 页。

# 第一章 中国现代象征主义诗学概观

的诗集《恶之花》,引发法国文学领域的现代骚动,并拉响法国历史开始进入"世纪末"轨道的"警报"。他对世界现代诗歌的巨大贡献,在他人的诸多赞誉中得到证明。兰波誉其为"第一流的幻觉者,诗人之王,真正的上帝"[①];瓦莱里认为,他使"法国诗歌终于跨出了国界而在全世界被人阅读;它树立起了自己作为现代诗歌的形象"[②];艾略特认为,"波德莱尔确实是现代诗的一个最伟大的典范"[③]。不仅如此,按照韦勒克的说法,他还是大家公认的"20世纪最伟大的批评家之一",其感受力的新颖和独创性"使他成为现代诗歌的伟大教父"[④]。确实如此,从象征主义角度谈到波德莱尔,这是一个极为特殊的人物:他首先作为象征主义运动的"先驱"被我们熟知;作为十分卓越的美学家和文学批评家,他并没有自成体系的美学和批评理论,他将"批评的智慧与诗的才华结合到一起"[⑤],因对诗歌新颖独到的艺术感受力成就了他在批评史中的声誉;他全部的诗学观念都暗含在美学和批评之中,想要探究其内涵,则必须从他的美学观中寻找"真理"。同时,他的诗学与诗在某种意义上具有同一性,互相印证,成为现代诗歌的重要源流。如上"特殊情形",足以呈现波德莱尔超越同时代人的非凡成就:他从"人恶中抽出美"的艺术主张,使诗歌从浪漫主义的"华美"国度夺路而出,把"丑"与"恶"升华为艺术美,冲破"真善美"三位一体的流行法则,为象征主义及后来的现代主义宣泄个人忧愤抑郁之情和表现社会"病态之花"开辟了道路,他本人也成为现代艺术精神的象征。波德莱尔把诗歌从大自然拉到大都市,以其独有的洞察力,深入书写畸形变态的巴黎生活,开拓诗歌创作新领域,并吸引几代诗人步其后

---

① [法]兰波:《致保尔·德梅尔(1871年5月15日)》,载葛雷、梁栋译《兰波诗全集》,浙江文艺出版社(原书版权页上无出版年标识),第279—282页。

② [法]保罗·瓦莱里:《波德莱尔的地位》,《文艺杂谈》,段映虹译,百花文艺出版社2002年版,第168页。

③ [英]艾略特:《波德莱尔》,载王恩衷编译《艾略特诗学文集》,国际文化出版公司1989年版,第112页。

④ [美]雷纳·韦勒克:《近代文学批评史》第四卷,杨自伍译,上海译文出版社1997年版,第510页。

⑤ [法]保罗·瓦莱里:《波德莱尔的地位》,《文艺杂谈》,段映虹译,百花文艺出版社2002年版,第168页。

尘。波氏还以"通感"论,为象征主义艺术方法奠定理论基础。那首被誉为"象征派宪章"的诗歌《感应》,把世界看作是"象征的森林",认为不仅主客观之间或者说是精神与物质之间存在着某种神秘的联系,就是人的各种感官之间也是相互沟通的。虽不代表理论的成熟,却预示一场诗歌的现代变革。波德莱尔能够成为现代主义的预言家和先锋者,是因为他身上具有同时代人及其继承者所缺乏的一种精神,正如马歇尔·伯曼所言,他"决意要与现代生活的各种复杂性和矛盾搏斗到最后一刻,并在它的运动着的混乱的痛苦和美中间找到和创造自己"。①

  19世纪70年代,在塞纳河畔或蒙玛特尔山脚的咖啡馆,孕育滋生了法国象征主义的闪光思想和新奇诗句,在青年才俊们狂放不羁的舌战中,魏尔伦(Paul Verlaine,1844—1896)和兰波(Arthur Rimbaud,1854—1891)这对放浪形骸而又才华横溢的诗友成为引人注目的象征主义先行者。曾经作为浪漫派与巴那斯派诗歌追随者的魏尔伦,以清新流畅的诗作蜚声文坛,他主张艺术"真诚",强调"至高无上"的内在音乐美,追求"模糊与精确"的结合,从而与前两者分道扬镳。而"并非以诗人的名义存活"的兰波,其"整个事业生涯展现出了一种戏剧性的光芒"②,超群的才智在诗人敏感性格的操纵下,短短几年时间,便使其成为法国象征主义不可或缺的"代言人"。他以"语言的炼金术"作为诗人改造诗歌世界的基本工作,十四行诗《元音》作为其诗歌与诗学的标志,与波德莱尔《感应》相应和,通过元音字母的色彩辨析,为"通感"论提供了略带稚气但又值得玩味的样板。他提出诗人应该成为"通灵者",与波德莱尔主张的"洞观者"相对应,独有建树地发挥了"通感"理论,为人们准确把握象征主义的精髓提供了钥匙。遗憾的是,兰波很快就选择一种不受干扰的艺术家的生活,永远地作别诗坛,"逃到现代生产文明与民主建制还未发展的国度去寻找美好的生活"③,最终走上一条辗转漂泊

---

① [美] 马歇尔·伯曼:《一切坚固的东西都烟消云散了——现代性体验》,徐大建、张辑译,商务印书馆2003年版,第218页。
② [美] 埃德蒙·威尔逊:《阿克瑟尔的城堡——1870年至1930年的想象文学研究》,黄念欣译,江苏教育出版社2006年版,第193页。
③ 同上书,第204页。

# 第一章 中国现代象征主义诗学概观

的不归路。

随着法国象征主义鼎盛时期的来临，马拉美（Stephane Mallarme, 1842—1898）成为19世纪80年代法国象征主义的领袖人物。当时在诗人寓所举行的"周二聚会"，对19世纪末的英法年轻作家产生奇异而深远的影响。马拉美强调诗歌的本体特性，被视为法国象征主义"纯诗"传统的发端，他专注于诗语言本身。作为一名"艰深作者"，"他提高了对读者的要求，并且他还带着一种真正光荣的令人钦佩的智慧，为自己选择了为数甚少的一群特殊爱好者，这些人一旦领略过他的作品，就再也不能忍受不纯粹、肤浅和毫不设防的诗歌。"① 由此，威尔逊称马拉美"是一个真正的文学圣者：他为自己定义一个几乎不可能达到的目标，并且一往无前地追求，将整个生命投放于诗学语言的前所未有的实验之中"。② 这种致力于诗歌的执着精神，是对每一位象征主义大师的赞誉。进入19世纪90年代，随着以马拉美为中心的"周二聚会"的解体，法国象征主义运动进入了衰落期。这时期莫雷亚斯又有宣言发表，宣告象征主义的结束，但实际上这只是表明那个"象征主义学派"的结束，而并未消歇的法国象征主义运动开始以其自身的影响向外辐射，逐步成为20世纪的国际运动。

象征主义的第二次高潮出现在20世纪20年代左右，经过"国际性"的濡染，这一被冠名以"后期象征主义"的运动已不再具有专属法国诗人的集团性质。踵步法国前期象征主义诗人及其先驱波德莱尔的瓦莱里（Paul Valery，1871—1945）成为后期象征派大师，他一生追求没有任何非诗歌杂质的纯粹的诗作，力图赋予诗歌语言以本体论的意义和地位。尽管他曾一度放弃写诗，长时间研究哲学、数学等学科，尽管"纯粹诗歌"的存在只是一种理想状态，但这仍不妨碍瓦莱里成为"纯诗"理论的代表人物，成为为诗的自主性而斗争的时代"领袖"。这一时期，在法国以外的美国，庞德举起意象主义大旗，从艺术策略角度，对象征主义诗学作了外

---

① ［法］保罗·瓦莱里：《关于马拉美的信》，《文艺杂谈》，段映虹译，百花文艺出版社2002年版，第202页。
② ［美］埃德蒙·威尔逊：《阿克瑟尔的城堡——1870年至1930年的想象文学研究》，黄念欣译，江苏教育出版社2006年版，第14页。

在规定,并使象征艺术日趋"精细化";在俄罗斯,象征主义诗学重新获得了社会历史内涵,他们力图把古老的宗教神话的功能转化到现代社会文化结构中,诗歌的审美功能、结构和语言,尤其是语义世界,都异位移植于宗教和神话的功能与主题;在奥地利,里尔克通过对这一艺术样态的本质性还原,使象征主义呈现出了全新的"本体论"面貌;在爱尔兰,由于叶芝的努力,象征主义与民族性的神话系统发生联系,创造性地生成一种独特的象征—神话模式,象征成为某种民族"记忆"的显性标志;在英国,艾略特通过复活玄学诗学传统,将民族性的象征—神话模式进一步推演成一幅世界范围内的人类生存图景,象征也因此具有了"世界结构"的深层内蕴。

在第一次世界大战前后,象征主义运动达到高潮,其深刻体现了社会动荡所带来的人类灵魂的战栗,诗人们为抗拒"知识、人性的异化、工具化、隔离化、减缩单面化的现行社会,为了要从文化工业解放出来,并设法保持一种活泼的、未变形的、未被玷污的诗,他们要找回一种未被工具化的含蓄着灵性、多重暗示性和意义疑决性浓缩的语言"①。显然,诗人们已肩负起自觉的使命感,他们期望借助象征体系重建这个混乱的世界,并使之秩序化。为此,继续保持对"通感"说的旺盛热情,去寻找思想的"客观对应物",努力架起主观世界与客观世界之间的具象化桥梁,成为后期象征主义的诗学宏愿。

## 二 法国象征主义诗学内质

在兼容、改造浪漫主义和巴那斯派基础上,法国象征主义运动巧妙解决了"所谓主观与客观、抒发与描述、热情与冷静、个人情感的流露与隐匿之间的矛盾与冲突,从而通过一种纯艺术性的手法来达到纯诗的境界",② 标志现代诗歌美学和诗歌创造的巨大革命,直接推动西方现代主义诗歌的发展。其艺术目标就如安娜·巴拉基昂在《象征主义诗学的演变》中所描述的,"它试图追求沉默事物的内在性,追求差异语言和暧

---

① 叶维廉:《中国诗学·增订版序》,人民文学出版社2006年版,第4页。
② 葛雷、梁栋:《现代法国诗歌美学描述》,北京大学出版社1997年版,第85页。

## 第一章 中国现代象征主义诗学概观

昧言语所暗示的潜在现象的内在性。象征主义建立了人与影子之间的对话，不再幻想升天，而渴望走入地狱。诗歌语言的暧昧性喻示着人的多重性及其在世界中的地位的虚无缥缈、瞬息性和不稳定性。"① 从诗学效果来看，这种审美现代性的明显特征就是：非实用性和非功利性的纯艺术追求首先成为现代诗歌独立的本质特征；现代情感丰富而幽深的内涵赋予现代诗歌极强的抽象性，成为诗歌走向象征化的历史必然；更为突出的是，诗歌本身的音韵、格律不再是一般的技巧，已成为表达诗人追求的新的美学境界的纯语言方式，获得更为内在化和本质化的丰盈。这些基本特征虽源于现代象征主义诗人的实践探索，但"象征主义的根本在于一种新诗学的诞生"②，从诗学维度建构的"现代性之美"显然是其内在支撑。就此意义而言，法国象征主义诗学创造了他者无法比拟的卓然成就。

如何准确把握象征主义的诗学内涵，韦勒克早已从方法上为研究者指明了方向，即"与其去追踪一个无所不在的词的多变意义，或者去阐释那些杂乱的声明——它们被19世纪80—90年代众多的象征主义追随者、推广者和敌对者提出来，从来都不紧凑，也未经连贯的分析而为批评理论作出真正的贡献——似乎还不如去考察那些特殊的批评家完整的学说更为有益。"③ 所以，"较之早期研究者，后来的人变得聪明一些。他们不再竭力定义'象征主义'，不再用'是什么'的模式，而去研究诗人怎么说的、怎么做的、反对的是什么、所引起的对古典诗学的革命及其结果。"④ 如此，考察象征主义的批评行为，完成对法国象征主义诗学的整体观照，是科学的研究行为。

（一）诗学出发点：捍卫"艺术自主"的尊严

如果把象征主义运动比作一首诗歌的诞生，那么它诞生在"同事实性的战斗中，在反对以前的诗歌的限制性力量的过程中，所能使用的武器就

---

① [法]让·贝西埃等编：《诗学史》（下册），史忠义译，百花文艺出版社2002年版，第635页。
② 同上书，第645页。
③ 柳扬：《花非花——象征主义诗学》，北京旅游教育出版社1991年版，第114页。
④ 金丝燕：《文学接受与文化过滤》，中国人民大学出版社1994年版，第16—17页。

是自由的姿态和立场"。① 象征主义者紧紧守护着"自由",通过对艺术本质的全新认识,在他们所处的那个时代,为诗歌自主性而斗争。"诗除了自身之外没有其他目的,它不可能有其他目的,唯有那种单纯是为了写诗的快乐而写出来的诗才会这样伟大,这样高贵,这样真正地无愧于诗这名称。"② 波德莱尔唤醒象征主义这个"精灵",首先扛起诗歌艺术自主性的旗帜,竭力为诗的独立性辩护,主张将诗与道德、科学区分开来,认为"诗不能等于科学和道德,否则诗就会衰退和死亡;它不以真实为对象,它只以自身为目的"。③ 他明确指出,道德目的对诗人的"侵蚀"将大大减弱诗歌本身的力量,而那些"想让艺术品接受另一条件,如表达思想,或表达与艺术不相干的领域中的观念,科学观念,政治观念,等等"的错误思想将直接导致诗的毁灭。④ 波德莱尔的艺术自主性原则有极为明确的指向,即他不反对诗能产生或具有道德作用或功利效果,但他对许多人把诗拿来当成说教工具不满,出于匡正时弊的目的,他强调诗与其他表现方式的区别,反对为功利目的写诗。

可以看出,波德莱尔实际是纠偏现代诗歌的发展方向,这就决定其未能从诗学建设角度探寻实现诗歌自主性的路径,这一任务的完成自然落到法国象征主义诗人身上。他们自觉捐起捍卫诗歌艺术自主性的重任,将其揉碎在具体的诗学观念中,使之成为诗学建设的出发点。瓦莱里在"纯诗"观念倡导过程中,很清醒地意识到:"不管言语与我们的联系如何紧密,不管言语以讲话表达思想的事实是多么接近我们的灵魂,言语……仍然属于纯粹的实用目的。"因此,他提出:"诗人的课题应是从这实用的工具中提取出创造一部全无实用价值的诗作的方法","创造一个跟实用秩序没有任何关系的世界,或一种事物的秩序,一种关

---

① [美]哈罗德·布鲁姆:《批评、正典结构与预言》,吴琼译,中国社会科学出版社2000年版,第110页。
② [法]波德莱尔:《论泰奥菲尔·戈蒂耶》,《波德莱尔美学论文选》,郭宏安译,人民文学出版社1987年版,第74页。
③ 同上。
④ [法]波德莱尔:《对几位同代人的思考》,《波德莱尔美学论文选》,郭宏安译,人民文学出版社1987年版,第107页。

系的体系。"① "诗歌，语言的艺术，因此必须与实用、与现代日益加剧的实用作斗争。"② 瓦莱里确定了现代诗歌"以语言自身为对象和任务"的传统，这一实践意义背后，正是诗歌艺术自主性原则的张扬。可以说，从魏尔伦的"音乐高于一切"，到马拉美、瓦莱里的"纯诗"理念，对诗歌趋向音乐的追求，对诗歌语言本体的青睐，无不体现着他们对艺术自主性原则的深刻把握。捍卫"艺术自主"成为统领象征主义诗学的基本纲领。

（二）诗学基石："应和"论

"通过诗人心灵中极为复杂、隐秘情感的魔法式的再现并将这种再现同外部世界的万物之间的内在的神秘关系相对应，使读者既能隐约地感受或者猜测到诗人心灵的极为复杂的情感，同时又能在诗中感受到，或者灵动地体悟到自然界的某种固有的玄机。"③ 这是法国象征派诗歌的基本特征，其诗学基础源于波德莱尔倡导的"应和"美学原则，它关涉艺术与现实的关系，艺术创作中题材的选择和主题的处理，艺术家观察自然和表现主观内心境界的态度和方法，艺术表现形式等一系列问题，成为法国象征主义诗学体系的基础。在波德莱尔眼里，世界是一个复杂而不可分割的整体，他一方面承认"我们的世界"的真实性，但认为更真实的是在"我们的世界"后面存在的"另一个世界"。而诗人之所以为诗人，就是因为他独具慧眼，能够洞见这"另一个世界"的整体性和相似性，世界的"整体性"是依据万物的"相似性"而获得的。"这种'整体性'和'相似性'的表现就是自然万物之间、自然与人之间、人与人之间、人的各种感官之间、各种艺术形式之间有着隐秘的、内在的、应和的关系。而这种关系是发生在一个统一体之中的。"④ 如此，诗人在诗中创造的形式和语言就是对这神秘的另一世界的揭示。十四行诗《应和》被誉为"象征派的宪章"，

---

① ［法］保尔·瓦莱里：《瓦莱里散文选》，唐祖论、钱春绮译，百花文艺出版社2006年版，第302页。
② ［法］保罗·瓦莱里：《美学创造》，载《文艺杂谈》，段映虹译，百花文艺出版社2002年版，第354页。
③ 葛雷、梁栋：《现代法国诗歌美学描述》，北京大学出版社1997年版，第85页。
④ ［法］夏尔·波德莱尔：《恶之花》，郭宏安译，广西师范大学出版社2002年版，第99—100页。

波德莱尔借此诗集中、精练、形象地表达了"应和"理论。① 在这兼具修辞和美学的诗歌文本中,诗人揭示了象征本质的形成过程,经由"通感"到"象征",从"横向应和"到"纵向应和"。所谓"横向应和",是指应和现象在感官层面的展开,指一种实在的感知和另一种实在的感知在同一层面的水平应和关系。这种应和关系强调事物与事物之间的隐喻性关联,强调人的感官与感官之间的相互沟通。"芳香、色彩和声音"的互相应和就属于"横向应和"。由于事物之间存在着相互交流、相互应和的关系,存在着"普遍的相似性",这就为人的不同感官之间的沟通和应和提供了可能性。所谓"纵向应和",是指物质客体与观念主体、外在形式与内在本质在不同层面上的垂直应和关系。这种应和关系强调具体之物与抽象之物、有形之物与无形之物、自然之物与心灵或精神的状态、现实世界与超现实世界之间的象征关系,是应和现象在象征层面的展开。正是通过"纵向应和",诗人得以"歌唱精神与感官交织的热狂"。纵向应和关系体现在文学艺术中便是一种象征关系。如果只有同一层面的"横向应和",还不能构成艺术的全部,一部作品要成为艺术作品,必须在"横向应和"基础上引出更高层次的"纵向应和"。"我总是喜欢在可见的外部自然寻找例子和比喻来说明精神上的享受和印象。"② 这句话是波德莱尔对以"应和论"为基础的艺术思想的经典概括。

波德莱尔的"应和"理论并非其个人创造,是在传统诗学资源滋养下,经过创新而获得的,基督教文化中的神性世界通过现象世界显现自身的观念,瑞士神秘主义哲学家斯威登堡的思想,都直接扳动了波德莱尔的智慧"阀门"。而应和思想的倡导,直接引导象征主义诗人的艺术活动走向本原的复归,同时在后继诗人那里得到进一步阐发。兰波以《元音》一诗进一步证明,在人所创造的超现实世界中,一切都是互相"应和"的,他对元音字母所做的色彩辨析,为"通感"论提供了略带稚气但又颇值得玩味的样板。马拉美也同样强调诗人与自然神秘的应和关系,认为"对大

---

① 关于《应和》一诗的解析参见郭宏安译《恶之花》一书,第102—103页。
② 转引自刘波《〈应和〉与"应和论"——论波德莱尔美学思想的基础》,《外国文学评论》2004年第3期。

# 第一章 中国现代象征主义诗学概观

地作出神秘教理般解释是诗人的唯一使命,是杰出的文学技巧",① 诗就是以一种神秘的方式重新创造出内在自然的。

在"应和"理论所强调的诗与自然的关系中,诗人的地位和使命"不再是浪漫主义美学观念中的'灯',也不是现实主义美学观念中的'镜',而是波德莱尔所谓的能看见事物本质的幻象的'洞观者'",② 诗人成为一个具有"超视力"的人,能够捕捉世间万物通过色彩、声音、气味、形状、质感、运动等因素传达的信息,透过世界表象窥见其背后的隐秘本质,揭示事物之间的复杂关系及其内在统一性,洞察人生的底蕴。兰波也与波德莱尔的"洞观者"相呼应,提出诗人应该成为"幻觉者"的主张,认为只有打破感官之间的界限,使各种感觉"经历长期的、广泛的、有意识的错位",诗人才能成为"至高无上的智者",成为"通灵者"。③ 诗人就是使自己成为"他人",成为"幻觉者"。马拉美也发展了波德莱尔的"洞观者"思想,认为诗人没有"自家面目",必须将诗人自身面目隐藏起来,并凭借不同于浪漫主义直接宣泄的语言来实现。

诗人在履行"洞观者"和"幻觉者"的使命过程中,想象力起着至关重要的作用。波德莱尔将想象力视作诗人独具的天赋,他在1856年的一封致友人信中写道:"长久以来,我都认为诗人是最高的智慧者,是最杰出的智慧,——并且认为想象力是一切才能中最科学的才能,因为只有它才懂得普遍的相似性或某种神秘宗教所谓的应和。"④ 波德莱尔所理解的艺术家具有一种"超自然"的艺术能力,诗人作为"洞观者",面对自然必须具有源自心灵的非凡的想象力,如此才有可能奇异地使艺术与自然相"应和"。

(三)诗学主旨:沉醉于自由舞蹈的"纯诗"

"纯诗"是象征主义诗学的核心范畴,又是一个独立自主的语言的艺

---

① [法]马拉美:《自传》,载《马拉美诗全集》,葛雷、梁栋译,浙江文艺出版社(原书版权页上无出版年标识),第379页。
② 陈太胜:《象征主义与中国现代诗学》,北京大学出版社2005年版,第18页。
③ 黄晋凯、张秉真、杨恒达主编:《象征主义·意象派》,中国人民大学出版社1989年版,第34页。
④ 转引自刘波《〈应和〉与"应和论"——波德莱尔美学思想的基础》,《外国文学评论》2004年第3期。

术世界，它直接引发了关于诗歌存在和诗歌形式的本体论探讨。

　　从艺术自主性原则出发，在所有关于"纯诗"的界定及其相关讨论中，象征主义诗人倡导"纯诗"都是为了捍卫诗歌艺术自主的尊严，他们意识到自己肩负的责任和使命，极力强调要抵制和剔除"非诗"成分，使"诗"真正获得属"诗"的独立地位。波德莱尔曾指出："艺术越想达到哲学的明晰性，便越降低自己，回到象形文字的幼稚状态；反过来说，艺术越摆脱教训，便越取得大公无私的纯粹之美。"[①] 也就是说，"纯诗"强调的是"诗"除了以其本身为目的以外"别无他用"，它追求把诗和其他非诗的东西分开，消除一切遮蔽而孑然独立。由此出发，瓦莱里强调，区别诗歌与散文是象征主义"纯诗"思想的第一要务。在他看来，"纯诗"一方面要赋予诗歌语言以本体论的意义和地位，另一方面是力图以诗的语言创造自身的"现实"。他把散文比喻成"走路"，人们步行去往某个地方时，无论其速度如何、方式怎样，也无论走哪条路，一旦到了目的地，所经过的路程就作废了，这是有功利目的的行为；而诗歌却是"舞蹈"，目的不是把一人从一地送到另一地，而是以本身为旨归。"走路或跳舞都是相同的人体在动作，用于交流或变成诗歌的语言也是同一种语言，只是两者各自的'协调法不同，有不同的兴奋点'"，后者"不因到达了目的地或传递了含义而消失"。[②] 瓦莱里一生追求的就是"从散文过渡到诗；由说话过渡到唱歌；由步行过渡到舞蹈——这既是行动也是梦想的时刻"。[③] 其实，象征主义诗人要"使诗成为诗本身"，并不意味着要使之与急剧变化的社会现实彻底脱钩，成为毫无指向的虚空的文字游戏，相反，波德莱尔、瓦莱里等人的诗对社会现实的丑陋、邪恶的挞伐人所皆知。"纯诗"之"纯"是要在与其他艺术门类，特别是与散文的对比中，确立只属于它自身的文体特征，即"纯"首先针对的是散文的理解性功能，它要割除的

---

　　① [法]波德莱尔：《随笔》，载伍蠡甫主编《西方文论选》（下），上海译文出版社1979年版，第225页。

　　② [法]达维德·方丹：《诗学——文学形式通论》，陈静译，天津人民出版社2003年版，第87页。

　　③ [法]保尔·瓦莱里：《一个诗人的笔记本》，《瓦莱里散文选》，唐祖论、钱春绮译，百花文艺出版社2006年版，第290页。

## 第一章 中国现代象征主义诗学概观

是人们在阅读诗歌时,像阅读散文一样刻意追求理解所谓"意义"的痼疾,甚至以此作为衡量诗歌价值的标尺。这实际上是把诗歌等同或降低为散文,从而导致诗歌作为一种独立的、富有魅力的文体的取消。

象征主义强调诗之文体特征,从诗与散文的区别认识诗的纯粹性,这是一种形式意识的觉醒。"纯诗"论者大都持有机形式的论调,认为内容离不开形式,形式是内容的自然延伸;离开了形式,内容也就无从谈起。瓦莱里将这种诗的形式本体的自觉称作"自动回收",认为诗的效果就是"它试图以自己的形式再现:它刺激我们的头脑照原样复制它。如果用一个工业技术上的词语,我就会说诗的形式会自动地回收"。[①] 他用一幅钟摆图像的比喻来具体解释这一命名:设想一个在两个对称点之间晃动的钟摆,假定其中一个摆点代表诗的节奏、音节、词语组合等形式因素,另一摆点是构成某首诗的"内容"或"意义"的观点和感情。当钟摆从"声音"摆到"意义"——从形式到内容之间——的活动开始后,会立即回到其起始点,即词语和音乐的那个点上。如此循环往复,"在形式与内容、声音与意义、诗与诗的状态之间,显露出了一种摆动,一种对称,一种权力和价值的平等。"[②] 基于这样的认识,瓦莱里"不把词语作为能够传达思想的交流工具———旦完成其职能便消亡——来使用,他根据它们的暗示及心理创新的潜能把它们组合在一起"。[③] 就此意义而言,相对那些以理解为目的而导致形式被取消的非诗,"纯诗"之"纯"就是指诗以自身语言的特殊形式为目的。"纯诗"这一内质所显现的文学意义和历史价值,正如斯科特所言:"象征主义革命的成就是什么呢?最基本的是它唤醒了对语言的敏锐直觉。语言不再被当作人的自然表露,而是当作具有自己的法则和自己特殊生命的物质来对待。"[④]

---

[①] [法]保罗·瓦莱里:《论诗》,《文艺杂谈》,段映虹译,百花文艺出版社2002年版,第337页。

[②] 同上书,第338页。

[③] [法]马塞尔·雷蒙:《从波德莱尔到超现实主义》,邓丽丹译,河南大学出版社2008年版,第128页。

[④] [英]马·布雷德伯里、詹·麦克法兰:《现代主义》,胡家峦等译,上海外语教育出版社1992年版,第186—187页。

虽然我们竭力为"纯诗"存在找寻合理内涵,但对象征主义诗人追求的这种"最精妙和最完善的美"①,其难以实现的程度就连他们自己也不得不承认。瓦莱里在面对由此二字引起的轩然大波时,就已明确指出:"纯诗的概念是一种不能接受的概念,是一种欲望的理想范围,又是诗人的努力和强力所在。"② 因为相对于散文"理解"的目的而言,诗人要将用于日常生活的实用语言转用于某种特别的目的,真的是难乎其难,所以在诗中,"一切必须表达的几乎都是不可能很好地表达的。"③ 就此而言,"法国象征主义表现了把语言本身作为象征来看待的诗学,这种诗学表现了象征主义的虚幻性:在语言之内寻求启示,把语言当作启示之源。这是新类型的语言崇拜或语言拜物教。"④ 那么,一面深知"纯诗"实现的不可能,只存在向纯理想状态接近的努力,一面又不断张扬自己的诗歌理想和信念,对于瓦莱里这种知其不可为而为之的举动,我们更愿意将其倡导"纯诗"的意图理解为,他是为评判一切诗歌树立一个最高尺度,在这一最高尺度背后,蕴含的是象征主义诗人对诗歌"尊严和力量"的护卫精神。

(四)诗学精魂:"至高无上"的音乐美

象征主义诗人利用象征和暗示追求一种神秘朦胧的境界,让读者通过自由联想感悟他们神秘的内心世界。音乐作为一种时间的艺术,依存于稍纵即逝的"音","具有象征主义诗人正梦寐以求的暗示的本质,不具备词所固有而他们希望抛弃的精确的因素"⑤,具有"不确定性"。同时,如果我们用心倾听音乐,在音乐消失后,心中将描绘出某种印象,给人以无限的想象空间,又具有"稳定性"。正是音乐具有的"不确定性"和相对的"稳定性",吻合了象征主义所追求的神秘朦胧的理想境界。在象征主义者

---

① [法]保罗·瓦莱里:《斯蒂凡·马拉美》,《文艺杂谈》,段映虹译,百花文艺出版社 2002 年版,第 192 页。
② [法]瓦莱里:《论纯诗(之一)》,《瓦莱里诗歌全集》,葛雷、梁栋译,中国文学出版社 1996 年版,第 311 页。
③ [法]保罗·瓦莱里:《关于〈阿多尼斯〉》,《文艺杂谈》,段映虹译,百花文艺出版社 2002 年版,第 37 页。
④ 耿占春:《失去象征的世界——诗歌、经验与修辞》,北京大学出版社 2008 年版,第 92 页。
⑤ [英]查尔斯·查德威克:《象征主义》,《花非花——象征主义诗学》,柳扬编译,北京旅游教育出版社 1991 年版,第 6 页。

## 第一章 中国现代象征主义诗学概观

看来,在某种程度上,象征主义运动就是使诗接受音乐条件的运动,音乐美不仅是他们实现"纯诗"追求的一种手段,更是为重新唤醒读者对语言形式本身的敏感。

波德莱尔对音乐美的追求没有太多创新,如果说他的诗接近音乐美,那也仅指音乐美的韵味,并且是与细心选择的不同感觉、充分发展的意象、均衡的诗行等诸多方面结合体现出来的。魏尔伦强调诗歌语言的音乐性,是其为象征主义者留下的标志性"成果",他力图在音乐中寻找诗歌语言的特质,把诗歌语言视为无声的韵律和音响。其以诗论诗的作品《诗艺》可谓其个人诗学主张的宣言,"音乐,永远至高无上"甚至成为象征主义诗学的一个重要标志。这里所提到的音乐,不是要将诗歌音响与音乐音响相混淆,而是指"理念的节奏"。这种节奏不仅仅是指狭隘的韵脚,而是包括"奇数""字词""色调""音韵"等因素。在魏尔伦看来,音乐性即"细腻而亲切的旋律性"[①],只有音乐才能更好地实现诗歌语言的暗示性功能。

继魏尔伦把音乐作为诗歌的最高品质之后,兰波在音乐性基础上,又把绘画性导入诗歌,自称画与他魔幻化语言的主张一脉相承。他把音乐性及与之相关的"暗示"定为诗歌语言的理想,认为诗人是"节奏的仆人"[②]。其"语言的炼金术"认为,在人的色彩和音响感觉之间存在一种微妙的相互对应和相互转换的关系,声音可以唤起人们的色彩感觉。兰波把一种声音和一种色彩感觉固定地搭配起来,要求语言不仅要具有音乐性,同时还要产生一种色彩的和谐,这就是后来的象征主义者津津乐道的"色的听觉"理论。

马拉美在那个时代也看到,诗创造的努力与音乐的变革几乎同步,他将象征主义诗人对音乐纯粹的审美功能和诗歌音乐性的探求推向极致。马拉美意识到,音乐具有特殊功能,不凭借视觉就能发出暗示,创造幻境,激起联想和想象,震动灵魂,引起精神共鸣;音乐的旋律和节奏是诗歌固

---

[①] [英]查德威克:《象征主义》,肖聿译,北岳文艺出版社1989年版,第63页。
[②] [法]马拉美:《牧歌》,《马拉美诗全集》,葛雷、梁栋译,浙江文艺出版社(原书版权页上无出版年标识),第379页。

有的属性，因而力图使诗歌完全体现音乐的功能和审美效果。马拉美是在诗歌语言内部来谈音乐的，音乐即理念的节奏。在他看来，只有这种内在于诗的音乐性，才能使诗歌回避对事物的直接描述和对思想的明确表达，充分发挥其"诱发、暗示和暗指"的功能，去揭示和表现事物的"纯粹本质"。

在瓦莱里的纯诗里，"音乐之美一直继续不断，各种意义之间的关系一直近似谐音的关系。"① 显然，瓦莱里对音乐的追求是为了实现其纯诗所要达到的形式与内容的水乳交融，这是复合的思想情感渗入诗的语言而呈现的审美意象体系，是"诗的语言"和"诗意"天衣无缝的结合创造的艺术境界。因此，语言是否富有音乐韵律，是"纯诗"能否存在的重要前提，而"纯诗"自然"要求或暗示出一个迥然不同的境界，一个类似于音乐的世界，一种声音的彼此关系的境界：在这个境界里产生和流动着音乐的思维"。② 在内容与形式有机统一的层面上，"象征主义对声音、颜色以及音乐的强调都指向了非语言形式的交流"③，由此，音乐性成为"纯诗"的内形式，排除了对音乐性的孜孜以求，"纯诗"将不复存在。但诗歌要想达到如音乐般的纯粹是不可能的，象征主义诗人只能在"纯诗"的追求中享受着"自己的流亡和孤独状态"④，在他们义无反顾、步步危险的追求中，"诗歌不可取代的尊贵地位，也只有在不是顺从而是强力改变语言的实用性，使其应和心灵的真实情态的过程中高高矗立。"⑤

综上所述，象征主义者始终维护自身对艺术的独特认知，他们的"破坏"行为，其目的不在于"清除社会政治规约，而是为了取缔存在规约"⑥，以期修正诗人在交流中的作用。象征主义诗学内质的张扬，使得从

---

① 伍蠡甫主编：《现代西方文论选》，上海译文出版社1983年版，第29页。
② [法]瓦莱里：《关于〈海滨墓园〉的创作》，《瓦莱里诗歌全集》，葛雷、梁栋译，中国文学出版社1996年版，第288页。
③ 耿占春：《失去象征的世界——诗歌、经验与修辞》，北京大学出版社2008年版，第94页。
④ [法]让·贝西埃等编：《诗学史》（下册），史忠义译，百花文艺出版社2002年版，第635页。
⑤ 魏天无：《新诗现代性追求的矛盾与演进》，湖北教育出版社2006年版，第35页。
⑥ [法]让·贝西埃等编：《诗学史》（下册），史忠义译，百花文艺出版社2002年版，第644页。

诗人到读者的直接交流逐渐退隐，纯粹的作品意味着表述性诗人的消失，诗人把主动性让给激活起来的字词。由象征密码所构成的诗学视野成为象征主义呈现给读者的空白空间，"对于内行的读者来说，这片空白的存在近似于一种契约，一种承诺。既具体又朦胧的意象是非决定论时代的特征，非确定性的象征主义表达再现了这个时代的特征，同时又建构了意义的不确定性。"①

## 三 后期象征主义诗学拓展

西方象征主义分为前后期。前期主要诗人有波德莱尔、魏尔伦、兰波、马拉美等，后期主要诗人有瓦雷里、德语诗人里尔克、爱尔兰诗人叶芝等，而 T. S. 艾略特也常常被研究者们视为后期象征主义的代表人物，因为艾略特的"现代性"，主要是由 17 世纪英国玄学派和法国象征主义综合而成的。单就法国象征主义而言，它经由波德莱尔到马拉美，再到瓦雷里，最终完成自身的艺术发展及其"纯诗"理念的诗学建构。为更好地把握西方象征主义诗学的整体脉络，尤其是前后期象征主义之间究竟发生怎样的诗学承继与变化，有必要简单梳理后期象征主义的诗学观念。

（一）叶芝：以神话传说为载体的象征修辞术

爱尔兰现代诗人 W. B. 叶芝（1865—1939）对象征主义萌生趣味，是因为从友人阿瑟·西蒙斯那里得到教诲，后者对法国象征主义诗作的翻译将叶芝引向了对象征主义诗歌哲学的实践与探讨。当我们以象征主义尺度评价叶芝的成就时，正反两个向度的审视都显露其不可忽略的独特地位：一方面，"如果我们不把叶芝看成主要的象征派诗人，那是因为叶芝把象征主义带进爱尔兰的时候，为它加入了新的元素，赋予了特别的风味"②；另一方面，叶芝不仅被视为象征主义诗人，他更有意识地构造了一套超验的象征主义体系，一种具有神秘含义的精神的"幻象"。同法国象征主义诗人一样，叶芝也看到在科学理念权倾四方的时代，那些解释真实的科学

---

① 耿占春：《失去象征的世界——诗歌、经验与修辞》，北京大学出版社 2008 年版，第 95 页。
② ［美］埃德蒙·威尔逊：《阿克瑟尔的城堡——1870 年至 1930 年的想象文学研究》，黄念欣译，江苏教育出版社 2006 年版，第 22 页。

语言或技术正在无孔不入地渗透人的思想。那么,"现代的诗人若要继续走过去那条路,又希望能全面地处理人生的话,就必须为自己创造一个独特的个性,或者一种精神状态,以便跟当代社会隔绝或互不相干。"① 于是,在工业、政治与科学的真实世界同想象性的诗歌生命的对立中,叶芝为自己的文学生命选择了与自然主义划清界限的象征主义。

在叶芝看来,没有象征功能的形象化逼真描写和语言的精雕细刻,那种直抒胸臆、直陈己见等传统手法不可能创造出优秀的文学作品,恪守这些写实原则是对文学的毁灭。所以,叶芝拒绝停留于外在事物的客观描写,从精神内部的迫切需要来发展他的象征主义。他的"象征"往往是心灵的启示性意象,"每个人生命中的一道风景、一次历险、一幅图画,都是他的私密人生中的意象……这个意象,如他能终生反复沉思,有一天会把他的灵魂带到遥远的家园,远离无意义的处境与人生起落。"② 叶芝采用神话和民间传说作为一种修辞策略,以爱尔兰民族的古老神话和民间传说为意义载体,演变成阐释诗歌主题的修辞术。正是在这个层面,他与法国象征主义诗人同出一辙,都在"利用自己的象征体系(包括古代的神话)作为使混乱的世界得到连贯性和秩序的一种认识生活、表达思想的手段"。③

但与法国象征主义诗人独立自主的"纯诗"追求不同,叶芝提倡象征主义,但并不赞成艺术完全超越尘寰脱离现实,追求忘形的境界和创造超验的美,都应事先深刻体验人间的丑恶,诗人"不是站在神圣的庙堂里,而是生活在包围庙堂大门的旋风中"④。正是在苦涩的尘世与"遥远的家园"这两个世界之间承受折磨,"在他所渴望的纯洁与等待他的腐烂之间寻求平衡"⑤,叶芝的诗歌才具有感人的力量,这种力量的凝铸就是他所认

---

① [美]埃德蒙·威尔逊:《阿克瑟尔的城堡——1870年至1930年的想象文学研究》,黄念欣译,江苏教育出版社2006年版,第32页。
② 同上书,第33页。
③ 袁可嘉:《象征主义》,《外国文学研究》1985年第3期。
④ 伍蠡甫:《现代西方文论选》,上海译文出版社1983年版,第53页。
⑤ [法]让·贝西埃等编:《诗学史》(下册),史忠义译,百花文艺出版社2002年版,第635页。

# 第一章　中国现代象征主义诗学概观

为的情感象征与理智象征的结合。在叶芝看来,情感犹如"踩在我们心灵上的脚步,感染我们,使我们摆脱现实的桎梏"[①],但"那唯独唤起情感的象征"还"不能充分愉悦我们",只有那"唤起理念的象征,或与情感交加的理念"能使人越过物象探寻本质,[②] 两种象征相结合便能产生无穷的含义和触动人灵魂的力量。在具体谈到情感象征时,叶芝强调诗的情感凝聚在有象征意义的形式上,声音、色彩、形状这些"层出不穷而难以定义的象征主义元素"因它们注定的感染力和久长的心理联系,总能唤起清晰不过的情感。而决定诗歌艺术感染力的"完美的象征"取决于一种"合一的情感",即"当声音、色彩和形状间具有一种和谐的联系,相互间一种优美的联系,它们仿佛变成一个色彩,一个声音,一个形状,从而唤起一种由它们互不相同的魅力构成的情感。"[③] 叶芝这里强调的是内容与形式的融为一体,这与法国象征主义保持一致。

与法国象征主义诗人相比,叶芝极为推崇想象在认识世界和诗歌创作中的重要作用,并通过想象为象征主义涂上极为浓厚的神秘主义色彩。他认为人的奇特想象来自一种神秘的力量,象征便是"一切神秘力中最伟大的力量,无论是法术家全意识地使用这种神秘力,或是法术家的继承者半意识地使用这些神秘力,而法术家的继承者即是诗人、音乐家与艺术家"。[④] 叶芝并不想把诗歌变成一种法术,他只是想借神秘力来增强想象的丰富性,以期充分把握象征意义,由此走入谬误的歧途也是必然。

(二) 里尔克:诗是由忍耐锻造出的生命"经验"

莱纳·马利亚·里尔克(1875—1926)是一位对中国现当代诗人产生深刻影响的现代德语诗人,他终其一生呈现给世人的形象是一个以寂寞滋润生命心田的黑暗中的精神舞者,用孤独画着无穷无尽的圆圈,用想象制造自己的传奇。他信守"艺术品都是源于无穷的寂寞",所以要"让每个

---

① 叶芝:《诗歌的象征主义》,载潞潞主编《准则与尺度——外国著名诗人文论》,北京出版社 2003 年版,第 323 页。
② 同上书,第 327 页。
③ 同上书,第 322—323 页。
④ [美]卫姆塞特、布鲁克斯:《西洋文学批评史》,颜元叔译,中国人民大学出版社 1987 年版,第 553 页。

印象与一种情感的萌芽在自身里、在暗中、在不能言说、不知不觉、个人理解所不能达到的地方完成。以深深的谦虚与忍耐去期待一个新的豁然贯通的时刻：这才是艺术地生活，无论是理解或是创造，都一样。"① 无穷的寂寞意味着无穷的忍耐和等待，在忍耐等待过程中，体验和回忆得到情感和智慧的发酵，就会创造出包括诗歌在内的伟大的艺术作品。由此，体验、寂寞、忍耐、回忆成为里尔克提出的"诗是经验"这一诗学理念的思想主调，在《布里格随笔》中，那段令人难以忘怀的诗意描述，以其语言的光辉成为他诗学的经典代言：

> 为了一首诗我们必须观看许多城市，观看人和物，我们必须认识动物，我们必须去感觉鸟是怎样飞翔，知道小小的花朵在早上开放时的姿态。我们必须能够回想：异乡的路途，不期的相遇，渐渐的离别——回想那还不清楚的童年岁月……想到儿童的疾病，……想到寂静、沉闷的小屋内的白昼和海滨的早晨，想到海的一般，想到许多的海，想到旅途之夜，在这些夜里万籁齐鸣，群星飞舞——可是这还不够，如果这一切都能想得到。我们必须回忆许多爱情的夜，一夜与一夜的不同，要记住分娩者痛苦的呼喊，和轻轻睡眠者、翕止了的白衣产妇。但是我们还要陪伴过临死的人，坐在死者的身边，在窗子开着的小屋里有些突如其来的声息。我们有回忆，也还不够。如果回忆很多，我们必须能够忘记，我们要有很大的耐心等着它们再来。因为只是回忆还不算数。等着它们成为我们身内的血，我们的目光和姿态，无名地和我们自己再也不能区分，那才能以实现，在一个很稀有的时刻有一行诗的第一个字在它们的中心形成，脱颖而出。②

"诗不是像一般人所说的情感（情感人们早就很够了）——诗是经

---

① [德]里尔克：《给一个青年诗人的十封信》，冯至译，生活·读书·新知三联书店1994年版，第14—15页。
② [德]里尔克：《布里格随笔》，《给一个青年诗人的十封信·附录二》，冯至译，生活·读书·新知三联书店1994年版，第73页。

# 第一章 中国现代象征主义诗学概观

验",言说热烈充溢着诗与生命同在这一要义。作为一个诗人,里尔克经受了一个敏感的现代心灵所经历的全部磨难和危机,对他而言,从事艺术即意味着生命的投入。所以,一个诗人要成就伟大,必须将诗等同于自己的生命,同时将自己的生命转化为诗的状态。正如里尔克在给一个青年的信里所说,"探索那叫你写的原因,考察它的根据是不是盘在你心的深处"。来自内心深处的诗情使里尔克把诗与生命的本真紧密相连,正是在此意义上,霍尔特胡森称其为"'心灵'的诗人、内心世界的诗人"①。以此为基点,我们才能把握"诗是经验"的另一层含义:诗不仅与生命同在,诗更是生命的经验的揭示。在诸多感性经验的罗列中,里尔克呈现的是世事的"存在"本身,他强调,诗歌创作要冷静观察客观事物,经过认真体验之后,再做出精确描绘。这种体验是寂寞的体验,是体现为回忆的一种忍耐,也是无限接近事物本质转为主体内心体验的一种等待,"等着它们成为我们身内的血,我们的目光和姿态"。显然,里尔克已把忍耐和等待看成一种丰富的生命怀念,在浪漫主义过度的情感抒发面前,经里尔克"制造"的这种怀念,扮演了一个极为重要的诗学角色:它通过时间的距离,阻断了浪漫主义者随感而发的主观抒情方式,怀念因拉开距离而更显客观、冷静,但冷静背后却蕴藏着更深沉的情感,这种经过沉浸化育的情感必将变为一种不期而至的经验。从诗思来源看,在那个喧嚣时代,这无疑是对诗可以被人毫无敬畏地用于各种功利目的之风气的拒斥。"诗是经验"的理念闪耀着独特而深刻的诗学光辉,从里尔克这里,哲学开始与象征主义联姻,象征主义在某种程度上已成为"诗化的哲学"。

(三)艾略特:"非个性化"与"客观对应物"

T. S. 艾略特(1888—1965)立足审美之维的本体论诗学,从不同侧面折射出后期象征主义诗歌的审美质素和概貌。综观其诗学观点,"非个性化"和"客观对应物"是理解其诗学的核心概念,这些理论对中国现当代诗人均产生深远的影响。

对"传统"概念的重新言说,是艾略特提出"非个性化"和"客观对

---

① [德]霍尔特胡森:《里尔克》,魏育青译,生活·读书·新知三联书店1988年版,第228页。

应物"的诗学基础。文艺复兴以来,欧洲文学一直忽略传统的制约和引导作用,而以个人主义发展为荣,标榜的是艺术家的原创性、天才、创造、直觉等,强调以个人创新对抗外在传统和权威。这种拒绝传统、力求独创的倾向在浪漫主义时代达到高峰。针对于此,在著名的《传统与个人才能》一文中,艾略特以精辟有力的话语创造性理解"传统",赋予"传统"新的内涵和功能机制,成为"第一个指出传统与独创性并不是互不相容的现代文学评论家"[①]。在艾略特看来,"传统"并非是停滞在过去时间状态中静止不动、唾手可得的祖先遗物,不是压迫个人才智发展的巨大负荷和应当极力摆脱的阴影,它是诗人整体经验中可以被时刻感觉的、活的存在,它们为个人创作提供创造的灵感源泉。"传统""本身包含着运动的意思,包含着某种不可能是静止的,不断为人传递并且吸收的意思。"[②] 同时,"传统"还是一种"历史意识",这种"历史的意识又含有一种领悟,不但要理解过去的过去性,而且还要理解过去的现存性"[③]。既然过去的作品仍被后人阅读和研究,就表明它仍参与并影响后人的活动和思想;反之,古人也只有通过后人的阅读才能获得生命力。如此,"已故的诗人只有在我们拥有活着的诗人的情况下,对我们才有意义"[④]。因此,"个人"和"传统"之间应该是一种辩证关系,即诗人和传统并不是处于对立的毫不相关的隔离状态,他本身就处于传统和历史这个连续体之中。其作品与前辈或同辈诗人息息相关,他无意识就加入了由过去诗人组成的诗人谱系中,对他个人的评价也就有了一个由传统构成的理想参照体系。显然,艾略特对传统的新见其矛头指向的是浪漫主义的极端个人化和自由化倾向,他将这一思考具体到艺术创作过程中,提出了"非个性化"和"客观对应物"的诗学原则。

---

① [美]希尔斯:《论传统》,傅铿、吕乐译,上海人民出版社1991年版,第201页。
② [瑞典]安德斯·奥斯特林:《授奖词》,艾略特:《四个四重奏》,裘小龙译,漓江出版社1985年版,第282页。
③ [英]艾略特:《传统与个人才能》,《艾略特诗学文集》,王恩衷编译,国际文化出版公司1989年版,第2页。
④ [英]艾略特:《诗的社会功能》,《艾略特诗学文集》,王恩衷编译,国际文化出版公司1989年版,第244页。

## 第一章　中国现代象征主义诗学概观

　　针对浪漫主义的艺术情感表现说，艾略特指出："诗不是感情，不是回忆，也不是宁静。诗是许多经验的集中，集中后所发生的新东西"，"诗不是放纵感情，而是逃避感情，不是表现个性，而是逃避个性。"① 艾略特看到，由于过分崇尚个人情感，浪漫主义者常常是在来不及对之进行冷静或远距离观照的情况下，就使许多未经想象加工和规范的情感或未经统一的意象一起涌现出来，缺乏艺术的"集中"或"提炼"。因此，他强调，诗人要用理性辨别经验的能力和批判能力，使诗歌具有集中、浓缩、提炼等效果。艾略特实际是运用一种具有现代意味的新古典主义，重新以理性、传统、秩序、形式等节制和规范不受约束的情感之流，重视诗歌的艺术表达形式。由此，"诗人没有什么个性可以表现，只有一个特殊的工具，只是工具，不是个性，使种种印象和经验在这个工具里用特别的意想不到的方式来相互结合。"② 所以，诗人的角色不再是"感受的人"，而是"创造的心灵"。实际上，艾略特提出"非个性化"理论的同时，并没有完全否定诗人的个性和情感，而只是反对那种直接抒发个人情感的方式。

　　针对浪漫主义诗歌的直抒胸臆和意象朦胧，艾略特提倡以"客观对应物"原则诊治那种具有主观倾向的情感状态："用艺术形式表现情感的唯一方法是寻找一个'客观对应物'；换句话说，是用一系列实物、场景，一连串事件来表现某种特定的情感；要做到最终形式必然是感觉经验的外部事实一旦出现，便能立刻唤起那种情感。"③ 这一原则应用在诗歌创作中，便是要通过一系列意象呈现某种思想感情，要把事件、人物作为客观物来传达思想，还应运用戏剧性场景做到主观情感的非个人化。显然，作为一种艺术表达手段，艾略特的"客观对应物"原则是从法国象征主义诗人波德莱尔、马拉美等人那儿吸收的一种新的诗歌形式，它与象征主义诗学有着一致的理念，即诗歌不是个人情感的直接流露，必须通过暗示、意象、隐喻等艺术手法含蓄准确地呈现出来。在这一原则烛照下，诗人从作

---

　　① [英]艾略特：《传统与个人才能》，《艾略特诗学文集》，王恩衷编译，国际文化出版公司1989年版，第8页。
　　② 同上书，第6页。
　　③ [英]艾略特：《哈姆雷特》，《艾略特诗学文集》，王恩衷编译，国际文化出版公司1989年版，第13页。

品中消失，把自己的位置让给了词语，从而"替换了旧的抒情诗的灵感或词语热情的个人因素"①。正是从这一意义上来说，艾略特吸纳和拓展了法国象征主义诗歌的艺术手法，并扩大其表现范围和技巧。同时，当过分严格的象征主义因为技艺而导致"纯诗"，或因象征意象过于清晰的寓意形式而陷于沉默时，艾略特的"客观对应物"法则在一定程度上恢复了直接交流的价值和意义，重新开启"叙事""描述"和意义的阐释，是对象征主义"应和"论的修正。

西方象征主义诗学是一个庞大、丰富、深邃而又不断发展的理论体系，尽管前后期象征主义诗人之间存在追求差异，但整体审视他们的诗学成就，不能不承认，他们在反对19世纪浪漫主义过度倾向上所持有的不可动摇的一致态度，他们在开拓具有现代性特质的文学审美方向上所表现的探索精神和卓然智慧，使象征主义成为对世界文学影响时间最久、范围最大的文学思潮。特别是它对中国文学现代化转型所产生的影响备受关注，象征主义诗学体系的艺术观念、审美取向、表现法则等改变着中国现代诗人的精神结构，对中国现代象征主义诗学的建构产生了多元化的影响。从波德莱尔"恶之美"在中国现代诗人灵魂深处引发"新的战栗"开始，马拉美、魏尔伦、兰波、瓦莱里等人的思想和创作都参与了现代象征主义诗学的建构，而里尔克和艾略特的诗学魅力更是推动了这一诗学的内部转化，并使其与世界文学潮流同步接轨。这些都表明一个事实，即现代中国象征主义诗学接受了西方象征主义诗学的"辐射"，后者对前者而言，可谓"源头活水"。还有一点不可回避，西方象征主义诗学近百年的发展历程，被浓缩于中国现代文学30年历史中，时间过于短暂，历史容量过于浓缩，外加渴望追赶世界潮流的迫切心情，必然导致对其不能深入探索和细致雕琢，"囫囵吞枣"式的粗糙吸收自然造成一定程度的"消化不良"，必将对诗学体系建构产生无法避免的影响。

---

① [英]西蒙斯：《象征主义文学运动》，《花非花——象征主义诗学》，柳扬编译，北京旅游教育出版社1991年版，第105页。

第一章 中国现代象征主义诗学概观

## 第二节 异地而居:中国现代象征主义诗学的自我建构

韦勒克将象征主义理解为文学史的一个时期概念,同时强调要考虑象征主义的空间位置。在他看来,"文学术语往往是能够以一个中心向四面辐射出光芒,但却未必那么均衡。它们可能停留在某些国家的边境上,或者跨过边境之后衰亡,或者竟在新的土壤上意外地大放异彩。"① 确实如此,任何关注象征主义运动的研究,都不能回避其在世界性范围产生的影响,"世界性"也使思潮本身呈现为一个丰富开放的艺术系统,其对不同国别、不同文化背景的诗人也产生异彩纷呈的"吸引力"。从西方象征主义对中国新诗发展产生的影响来看,它不仅对中国现代诗人及其诗歌产生极大的"辐射",推动中国新诗由传统向现代转换,同时其诗学内涵也触动了一些现代诗人和诗论家的理论建树,从译介象征主义的开放心态,到吸收成果的理论独创,他们以个人化的诗学阐释,围绕诗歌观念、艺术方式和审美风格等方面,构建起具有本土化特质的中国现代象征主义诗学体系。这幅体系结构相对完整的诗学构图,不再是封闭的"自给自足"的文学现象,突破闭锁态势的发生、发展机制,必然决定它是由中西诗学的相互碰撞与交融而完成的一种"塑造"。同时,在 20 世纪上半叶极为复杂的中国社会语境中,中国现代象征主义诗学不仅经历了艰难起伏的建构历程,更以鲜明的现代特征为中国新诗现代化做出了贡献。

### 一 合目的与合规律的呈现:现代象征主义诗学的发展构图

"现代诗学的历史发展,既受社会外部历史条件的影响,又受中国诗学的内在力量的驱动,是一种合目的与合规律的呈现。"② 作为中国现代诗学的有机组成部分,现代象征主义诗学的发生与发展处于中国社会复杂的现实语境,其顺应中国新诗现代化的发展需要,积极开创生存延展空间,

---

① [美] R. 韦勒克:《文学思潮和文学运动的概念》,刘象愚选编,中国社会科学出版社 1989 年版,第 252 页。
② 龙泉明:《中国现代诗学历史发展论》,《文学评论》2002 年第 1 期。

其在20世纪20年代中期获得起步建设的契机，经过30年代的探索走向成熟深化，最终在40年代的反思超越中迎来自身的开放融合。可以说，中国现代象征主义诗学的历史发展同样也是"一种合目的与合规律的呈现"。

20世纪20年代中期以前的新诗坛，本土化的象征主义理论建设还处于"荒芜"状态，即使谈到象征主义，也多以介绍为直接目的，就是对象征主义较为集中的译介行为，也都混淆使用"表象主义""新浪漫主义"和"象征主义"等概念，[①] 一度显现中国新诗坛最初接受西方理论时理解的混乱状况。及至1926年，周作人在为《扬鞭集》写的序中，还把"浪漫主义"与"象征"混为一谈，"中国的文学革命……正当的道路恐怕还是浪漫主义——凡诗差不多无不是浪漫主义的，而象征实在是其精意。"就当时的译介文章来看，虽然几乎囊括所有的法国象征诗人，也评判这些诗人的创作和诗论，但大都笼统肯定较多，具体剖析较少。更重要的是，这些译介者大多抱着"先入为主"的目的，以固有的艺术价值目标进行评介。有的是抱着其他目的求救于象征主义，而并不真正要吸收象征主义。如茅盾的文章《我们现在可以提倡表象主义的文学么？》谈道，就是因为"新浪漫的文学，能引我们到正确的人生观"，同时对写实主义感到"失望""灰心"，才想借象征主义"并时走几条路"，从而起到治"社会的恶根"的作用；刘延陵在《法国诗之象征主义与自由诗》中肯定象征主义，是因为"象征主义是自由精神的表现"[②]。他们似乎都只看到象征主义对此前文学的反动精神，而完全忽视它的哲学内蕴和"纯诗"理论。还有些译介者对象征主义的理解并未切中实质，根本谈不上对其"庐山真面目"的

---

① 在象征主义译介的初期，中国文坛共有四人将"象征主义"译作"表象主义"，分别是陶履恭：《法比二大文豪之片影》，载《新青年》1918年第4卷第5号；赵若英：《现代新浪漫派之戏曲》，载《新中国》1919年第1卷第5期；雁冰：《表象主义的戏曲》，载《时事新报·学灯》1920年"文学丛谈"专栏和《我们现在可以提倡表象主义的文学么？》，载《小说月报》1920年第11卷第2号；谢六逸：《文学上的表象主义是什么》，载于《小说月报》1920年第11卷第5号、第6号；而赵若英在《现代新浪漫派之戏曲》一文中实际上是将"表象主义"和"新浪漫主义"混同使用来指称象征主义的，还有昔尘：《现代文学上底新浪漫主义》，载《东方杂志》1920年第17卷第12号；很快雁冰也在《为新文学研究者进一解》，载《改造》1920年第3卷第1号中将象征主义归为"新浪漫主义文学"之列，认为中国新文学的出路"便是新浪漫主义了"。

② 刘延陵：《法国诗之象征主义与自由诗》，《诗》1922年第1卷第4号。

# 第一章 中国现代象征主义诗学概观

深度识别和准确把握。如陈群在《欧洲十九世纪文艺思潮一瞥》中,以中国人的眼光给象征主义下了定义:"象征主义文学全把宇宙及人生的实状做个标象,表示思想感情时间,专用解剖心理的办法,来做他描写的资料。"① 此理解与象征主义本质相去甚远。可以这样说,在"五四"至20世纪20年代中期这一阶段的译介热潮中,译介者忽略了欧洲象征主义文学盛行的根本原因,也没有考虑到新文学自身是否具备接受条件,仅仅是一种浅易的传输行为,还缺乏系统性和整体感。就诗歌创作而言,这一时期真正堪称象征主义的作品也是"缺乏"的,象征主义仅作为艺术手法局部存在,周作人在《小河·序》中从文本格式的角度,自称《小河》一诗与波德莱尔的象征主义散文诗有相似之处,"有人问我这诗是什么体,连自己也回答不出。法国波德莱尔(Baudelaive)提倡起来的散文诗,略略相像,不过他是用散文格式,现在却一行一行地分写了。"② 实际看来,这一时期的诗人在借鉴西方象征主义诗潮方面,明显缺乏探究意识,对法国象征主义诗学缺乏深入了解,更谈不上有纯粹的象征主义诗作。因此,就象征主义建设而言,这一象征主义译介热潮只能算是一场"热身"运动。

20世纪20年代中期开始,中国社会环境发生急剧变化,政治革命形势以刻不容缓的姿态牵引着诗歌的神经,"向外转"的工具色彩逐渐遮蔽诗歌艺术探求的光环,在大规模的白话新诗试验之后,新诗发展误入"歧途",出现只重白话不重诗的"非诗化"倾向,存在着坦白直说、感情过分宣泄的艺术缺陷,由此引发"纯诗化"诗学潮流,一批新诗建设者着重探讨诗歌艺术规范、表现技巧及诗艺革新等本体问题。在树立"纯诗"风气的浪潮中,以李金发为首的初期象征派诗人崛起诗坛,特别是诗人穆木天、王独清以《谭诗》和《再谭诗》两篇理论文献,掀开本土化象征主义诗学建设的帷幕,象征主义诗学正式登上新诗发展的历史舞台。他们汲取法国象征主义美学思想,明确提出,"诗不是说明,诗是得表现的","把纯粹的表现的世界给了诗歌作领域,人间生活则让给散文担任";他们明确追求诗的"幽深、晦涩和含蓄","从意象的联结,企望完成诗的使命"。

---

① 陈群:《欧洲十九世纪文艺思潮一瞥》,《民国日报·觉悟》1919年11月6日。
② 周作人:《小河·序》,《新青年》1919年第6卷第2号。

他们保护诗歌本体的自觉意识，使上述理论成为诗学建设初期的一道风景线。尽管他们的创作实践并不成功，但这些诗学思想的"功效"不能低估，他们抵制"非诗化"倾向，革除新诗弊端，提高诗歌艺术水平，这正是建设初期的象征主义诗学对新诗发展的审慎思考。但遗憾的是，《谭诗》发表后不久，穆木天就完全抛弃象征主义，认为自己"已往的文艺生活，完全是一场幻灭"，是"盲目地""步着法国文学的潮流往前走，结果，到了象征圈里了"，评价自己先前对象征主义的沉醉是"不要脸地在那里高蹈"[①]。穆木天诗学立场的转变有其复杂原因，但透视其"转身"行为，可明显觉察到，诗学家们置身现代中国风云变幻的社会现实，他们无法抗拒时代的召唤，革命政治需要与诗艺探求之间的矛盾左右象征主义诗学的生存与发展，深刻影响着诗学内涵的深度和诗学地位的确立，这在诗学建构伊始已初露端倪，并贯穿建构过程始终。

从诗学发展规律来看，穆木天等人的努力奠定了象征主义诗学的建设基础。随着20世纪30年代现代派的登场，伴随新诗发展的艺术探索，对象征主义的理解得到深化，标志就是现代派诗论家梁宗岱系列诗论。他结合诗歌创作，深入阐发象征主义本质特征，理论系统全面，标志着本土化象征主义诗学建设进入成熟阶段。

梁宗岱关于"象征即兴"说的理解，在纯属外来新潮的象征主义中，意识到我国传统诗学因子，找到了中西融合的契合点；他提出的象征之道"契合"论，抓住了象征主义真谛，揭示象征主义主要特征："意"与"象"的"融成一片"，并"暗示给我们的意义和兴味的丰富和隽永"；他特别注意到象征主义"纯诗"说及其对音乐形式的特殊追求，认为"把诗提到音乐的纯粹的境界""是一般象征诗人在殊途中共同的倾向"[②]。可以说，梁宗岱深谙法国象征主义精髓，其诗学建树丰富深刻，这一点连瓦莱里也感到惊诧，认为他对法国文学不仅深谙，而且运用和谈论起来都十分得当。

---

[①] 穆木天：《我的文艺生活》，《大众文艺》1930年第2卷第5、6期合刊。
[②] 梁宗岱：《保罗梵乐希先生》，《诗与真·诗与真二集》，外国文学出版社1984年版，第20页。

# 第一章 中国现代象征主义诗学概观

现代派代表诗人戴望舒在阅读法国象征派诗歌后写出的《诗论零札》,以及苏汶的《望舒草·序》,都可视为对象征主义诗学的丰富。他们认为,写诗的动机是在"隐藏自己与表现自己"之间,"是一种吞吞吐吐的东西"。"一个人在梦里泄露自己的潜意识,在诗作里泄露隐秘的灵魂,然而也只是像梦一般地朦胧的。"这些得自法国象征主义影响而形成的诗学观念已成为象征主义诗学命题的"经典"表述。差不多与此同时,批评家李健吾以独树一帜的批评文字,精到评论卞之琳、何其芳等现代派诗人的作品,他开创的现代"纯诗"批评具有丰富的审美内蕴,与梁宗岱的理论相得益彰,代表象征主义诗学成熟阶段的发展状貌。

从这一时期的现实语境来看,20世纪30年代的诗坛始终并存两种姿态,与普罗诗派、中国诗歌会、密云期诗人群的战斗姿态不同,面对左翼作家的全盘否定态度,走"纯诗"路线的诗人奋力摆脱政治斗争的干扰,强调艺术本体精神,积极扭转新诗创作的"非诗化"倾向,从诗歌写作和诗学创建的双重路向出发,努力维护文学的独立性和纯洁性。但在中国社会日趋动荡的形势下,象征主义诗学只想依靠自身的内驱力来保持艺术"纯度",只能是一个美好的"乌托邦",在日趋艰难的建构环境中,它不得不反思对自身的"纯艺术"立场,并逐步意识到,要把诗学的发展纳入时代与其自身的多重关联中。在这样的自觉中,20世纪40年代的"九叶派"诗人获得一种敏锐的诗学创造力,他们把现实主义成分整合到象征主义诗学内涵中,使其以沉稳的发展步伐走向开放与综合。

袁可嘉是这一时期不可多得的理论研究者,他关于"新诗现代化"的多篇诗论文章,在借鉴西方后期象征主义诗学基础上,继承20世纪30年代现代派诗学传统,重新阐释了艺术与现实的关系这一无法回避的诗学话题。他提出"现实、象征、玄学的新的综合传统",把"对当前世界人生的紧密把握"作为诗歌综合的第一要义,更希望"诗在反映现实之余还享有独立的艺术生命",保留"广阔自由"的想象空间。[①] 这一具有突破性的诗学创见,纠正了此前诗学过于"尊重诗的实质"而回避反映现实的偏

---

① 袁可嘉:《诗的新方向》,《论新诗现代化》,生活·读书·新知三联书店1988年版,第220页。

颇，在一个新的逻辑起点上，推动了中国现代象征主义诗学的深入发展。在诗艺上，他特别强调"知性与感性的融合"，注重诗与经验的关系，响亮提出"新诗戏剧化"主张，这些独特的艺术表现策略，使象征主义诗学发展摆脱艺术窘境，更具宽容性和包含性，拓宽了自身的生存路径。此外，唐湜在这一时期由感悟出发，就现代派诗作写下大量诗论和诗评文章，他的"诗是经验说"和"意象凝定论"直指"新诗现代化"问题，目标指向与袁可嘉一致，以融合中西文化的建构姿态完成时代赋予的诗学话题。可以说，20世纪40年代的中国现代象征主义诗学以"重返大地"的学理反思，较好解决了象征表现现实的问题，找到自身的建构生长点，推动了诗学现代转型，步入一个深厚开阔的诗学境地。

20世纪上半叶中国现代象征主义诗学建构轨迹表明，一种诗学体系的最终确立，必须遵循新诗本体的艺术发展规律，自觉抵制非文学因素的"侵袭"，要坚持从新诗创作实践需要出发，发掘和深化诗学内涵，要在复杂多变的诗学发展境遇中，通过自我反思找寻建构生长点，如此才能在诗学建构的曲折历程中，赋予自身旺盛的生命力。

## 二 "偶然相遇"与契合认同：现代象征主义诗学的中西会通

回首20世纪前半叶，文学思潮此起彼伏，现代中国匆忙演绎着西方几个世纪的文学思想，尼采的权利意志、柏格森的创造进化论、叔本华的意志说、弗洛伊德的精神分析，等等，都成为新文学探索者言必征引的时尚经典。面对"汹涌而来"的西方诗学，面对新诗现代变革的迫切要求，我们的确不能否认，"西方文化和诗学的影响，是中国诗学实现现代化转换的根本动力"[①]，新诗建设者必然要采取开放姿态。但需要追问的是，在中国诗学的现代转型中，引进西方诗学究竟意味着怎样的建构立场，这是需要深入思考的。

"中国现代诗学的发展，它的基本指向，就是借用西方话语改建中国诗学话语，实现中国诗学的现代化。"[②] 的确，西方话语作为中国现代诗学

---

[①] 龙泉明：《中国现代诗学历史发展论》，《文学评论》2002年第1期。
[②] 龙泉明、赵小琪：《中国现代诗学与西方话语》，《文学评论》2003年第6期。

## 第一章　中国现代象征主义诗学概观

建构的主要资源，其具有的作用和产生的影响是不可低估的。在这一接受过程中，西方理论话语一经被"借用"，便意味着命题的"中国化"。之所以将西方文论"中国化"，归根到底是为了实现中国诗学的现代化。也就是说，"'化'的前提并不在西方而恰恰在我们自己，是西方文论对于文艺的阐述方式有助于解决我们自己的理论困惑才促使我们产生了'化'的欲望。"① 由此可确认，面对西方诗学的强大来势，中国现代诗人和诗论家是以适应中国诗学发展的现实要求为条件和取舍标准的，而不是完全依附、盲目吸收西方话语资源的。这样，当我们深入讨论中西诗学会通的问题时，"便应该竭力从这样的比附式的思维形式中解脱出来：不是我们必须要用西方文论来'提升''装点'自己，而是在我们各自的独立创造活动中'偶然'与某一西方文论的思想'相遇'了。作为人类际遇的共同性与选择的相似性，我们不妨'就便'借用了西方文论的某些思想成果，而一旦借用，这一来自西方文论的思想也就不再属于它先前的体系，它实际上已经被纳入了中国文论的范畴，属于中国文艺思想家创造过程的一个有机组成部分。"② 在追求新诗现代化的进程中，作为中国现代诗学的有机组成部分，现代象征主义诗学的创造正是缘于"偶然相遇"的发展背景和契合认同的思维意识，实现了传统诗学和西方诗学的会通，推动了中国诗学由传统向现代转换的步伐。让我们从诗学家们的卓越努力谈起。

如果考察现代象征主义诗学中西会通的"起点"，1926 年，周作人第一次把"兴"与象征相联结。有研究者认为："这实际上已经为现代诗歌运动提供了十分宝贵的理论支点：中国古典诗歌的基本思维获得了符合世界潮流的解释，外来的诗学理论也终于为本土文化所融解消化，于是，中国现代诗人尽可以凭借象征这一体面的现代化通道，重新回到兴的艺术世界中去了。"③ 从周作人理论思考的出发点来看，这一评价显然有些过高，但其揭示一个可贵的事实，即周作人对"兴"与象征关系的理解已经孕

---

① 李怡：《现代性：批判的批判——中国现代文学研究的核心问题》，人民文学出版社 2006 年版，第 168 页。
② 同上书，第 170 页。
③ 李怡：《中国现代新诗与古典诗歌传统》（增订版），北京大学出版社 2008 年版，第 30 页。

育着中西诗学融会的立场,尽管他的"融会"是一次"理解的迷误"。周作人的理解毕竟只是针对白话新诗之弊端的有感而发,其对中西融合的具体理解也十分暧昧,还不能算作真正意义的象征主义诗学建设。此后,随着诗学建构史实的发生与发展,象征主义诗人和诗论家对中西融会的理解和把握渐渐成熟,虽然未必都有经典言论的直接表述,有时甚至是自己也未曾意识的不自觉行为,但他们的诗学阐释的确彰显出中西诗学的内在关联。

毋庸置疑,穆木天、王独清关于"纯粹的诗歌"、诗歌的音乐美、暗示性、色音契合交响等理论,都直接受惠于法国象征主义诗学,梁宗岱作为瓦莱里的好友和信徒,对法国象征主义"纯诗"之说了然于胸,创建了精深幽微的本土化"纯诗"体系。他们的理论建构并非"空中楼阁",要么是来自对新诗流弊的反思,要么是对新诗自身发展的总结。也就是说,他们的诗学思想是对中国新诗发展状况的认知,是由自我感受生发出的精神创造。他们并非简单"移植"法国象征主义诗学观念,相反作为思想交流输入的外来因素,已完全受命于中国现代新诗发展吁求,实现了"中国本土化"。那么,"外来的文论在多大程度上可以实现本土转化,这主要取决于双方文艺思想的契合程度、认同程度。"① 在一定程度上,这种相互间的契合认同显然来自对中国传统诗学的"集体记忆"。如果说穆木天、王独清在这方面没有更多表现,那么"在'象征主义'这样的欧洲文化他者的现代性诉诸于文化一体时,梁宗岱所激发的恰恰是对自我传统的文化故乡的深切怀念。"② 尽管他深为推崇西方象征主义,但还是认为,中国新诗的创造必须建立在中国"二三千年光荣的诗的传统"之上,他关于象征"融洽或无间""含蓄或无限"的两个特征及其象征定义的阐释,一方面深得法国象征主义精髓,另一方面又自然融入中国古典文论"情、景""意、象"等观念。他正是借法国象征主义诗学与中国古典诗学的相通之处,深

---

① 李怡:《现代性:批判的批判——中国现代文学研究的核心问题》,人民文学出版社 2006 年版,第 167 页。
② 陈太胜:《梁宗岱的中国象征主义诗学建构与文化认同》,《北京师范大学学报》2001 年第 3 期。

# 第一章 中国现代象征主义诗学概观

入而独到地阐释了自己的"纯诗"理论,显示出建构"本土"诗学的自觉。此外,中国传统诗学中追求含蓄蕴藉、借助朦胧意象传达感觉和体验等思想,又与西方象征主义力避直陈与尽述,借助象征的暗示性启引深玄精微的旨趣相暗合。可以说,对意象诗学传统的回溯,使中国象征主义诗人和诗论家较少障碍地认同和接受了西方象征主义诗学精髓。象征、意象等范畴作为界定诗歌本体的核心元素,已获得中西方诗学双重背景的支撑。

由此看来,在一定程度上,正是隐藏在象征主义诗人和诗论家内心深处对中国传统诗学的"集体无意识",作用于新诗现代化发展与西方象征主义诗学的"偶然相遇"中,促成了中西象征主义诗学的契合认同。尽管"我们在显意识的、自觉的理论层面,很难发现中国传统诗学思想的影响,这种影响即使存在,与当时强大的西方现代诗学的影响相比,也是微不足道的。但是,中国现代诗学家们所拥有的深厚的传统诗学修养和文化资源,不会不对他们的诗学建构发生影响,只不过在当时这种影响往往是以一种潜在的或间接的方式,发生在一些更隐秘更深刻的思想层面。因此,在对各种各样的西方现代诗学潮流进行选择的时候,传统诗学常常是暗中左右选择的重要因素。"[①] 或者说,在中国现代象征主义诗学建构进程中,"强势入侵"的西方象征主义诗学功不可没,它不仅为新诗现代化提供了异质资源,也促成了中国现代象征主义诗学与传统诗学的历史性相会。

## 三 "蜕变的自然程序":现代象征主义诗学的建构特征

20世纪的中国现代诗学是诗歌现代化进程的一种理论表述,它的体系构建紧紧围绕新诗的现代转型逐步推进。而"新诗的转型,聚焦于现代性上。新诗的现代性,是新诗自身不断裂变与重组过程的行进状态。它的真精神,不是依赖'他者'影响,或绝对继承关系,而主要靠自身充满生机的实践和自身内在发展逻辑。"[②] 这一论断表明,中国新诗的现代化并非一味与传统脱离关系的西洋化,其实是现代诗歌自身发展的迫切需要及其所

---

[①] 龙泉明:《中国现代诗学历史发展论》,《文学评论》2002年第1期。
[②] 陈仲义:《整体缺失:新诗研究的最大遮蔽》,《南方文坛》2003年第2期。

处的现实生存环境所致,它实际表现为纵的继承、横的移植、创造性转换、生命与语言互动的综合的"诗的自觉",是一个"蜕变"过程。20世纪40年代,袁可嘉对此有过解释,"新诗之可以或必须现代化正如一件有机生长的事物已接近某一蜕变的自然程序,是向前发展而非连根拔起"[①]。从上述理解出发,审视中国象征主义诗学建构的现代性质,其关注点并非是西方象征主义的影响,而是建构主体的诗学趣味和诗学话题的"发生",以及理论话语模式的形成,与现代诗歌转型及其发展环境有何关联,他们的感受和解释是否尊重了新诗现代化的"蜕变的自然程序",探寻象征主义诗学现代特征就是对这些问题最好的回答。

（一）充分面对现代中国的新诗创作实践

"从一方面看,作为理性大厦的中国文论自身有其自我运行的逻辑系统,它获得了来自哲学思辨的'形而上'追求的支撑,正因为这样,也就能够对具体的创作实践保持相对的独立性;然而,从另外一方面看,文论却也同时依托于灵动的具体文艺实践,如果文艺理论的建构不足以解释和回答中国文艺的诸多现象,它也就失去了向精神领域不断拓进的可能。"[②] 考察20世纪前半叶中国现代象征主义诗学的创建历程,不难发现,象征主义诗学的发展始终密切关注新诗创作,始终处于与创作事实密切关联的境界之中,是活跃的新诗创作实践不断推动主体的理性思考向纵深迈进。

事实亦正如此。穆木天、戴望舒、梁宗岱、袁可嘉等出色的诗论家,他们的诗学论述都得之对当时新诗实践状况的深刻观察。或者说,他们诗学的"个人化语言"全部来自对新诗创作的悉心关怀,以及实际境遇的充分介入,由此建构起象征主义诗学的"公共空间",致力解决新诗创作中出现的问题。20世纪20年代中期,面对胡适倡导的"诗体大解放",穆木天等人积极借鉴法国象征主义"纯诗"理论,将批评矛头激烈指向这位

---

[①] 袁可嘉:《新诗戏剧化》,《论新诗现代化》,生活·读书·新知三联书店1988年版,第21页。

[②] 李怡:《现代性:批判的批判——中国现代文学研究的核心问题》,人民文学出版社2006年版,第172页。

# 第一章 中国现代象征主义诗学概观

"中国新诗最大的罪人"。他们认为:"中国人近来作诗,也同中国人作社会事业一样,都不肯认真去做,都不肯下最苦的功夫,所以产生出来的诗篇,只就 technique 上说,先是些不伦不类的劣品。"① 明确的"中国意识",使他们的"纯诗"主张充满民族色彩,与西方诗学的本义拉开距离。他们"为艺术而艺术"的"纯诗"理想,来自中国现代新诗发展的基本现实,以遵循事实的主观感受摄取、剔除甚至"误读"西方的诗学概念。20世纪30年代梁宗岱的诗学建构同样具有极强的现实针对性,其本质就是对当时诗歌创作实践的理论反映。20世纪30年代初期,以戴望舒和卞之琳等人为代表的现代派,与中国诗歌会诗人群和后期新月派一道,共同构成那一时期新诗创作的风景线。在这样一个新诗发展的"黄金时代",梁宗岱以敏锐的洞察力发现新诗走到"纷歧路口",并以之为理论建构的实践土壤。同样,20世纪40年代袁可嘉对象征主义"纯诗"内涵的反思与提升,体现了对"新诗现代化"的自觉追求,也是他在解决"当前新诗的问题"时,提出的最富有现实意义的理论创见。

综上可以看出,在现代中国,象征主义诗学建构的每一步,继承还是排斥古代或西方诗论并非第一要务,作为关注诗歌发展的探索者,他们的思考焦点是如何看待、解释不断变化的新诗歌创作问题,是丰富的文学发展事实激发了主体思考的兴趣、解释的冲动和构建新理论的欲望。

(二)努力注重现代诗歌的本体特质

自"五四"文学革命伊始,中国现代文学的发展就露出文学政治化的端倪,并在此后逐步形成一种潮流,导致政治化、口号化和宣传化的非文学因子,不断"侵蚀"着文学的本体质素。与之相反,在复杂的时代政治环境中,象征主义诗学排斥非文学因素,注重从诗歌本体的艺术特质出发,构建诗学基本命题,坚守诗学本体立场。从穆木天"诗的思维术"和"诗的逻辑学",到梁宗岱对诗歌语言和形式的现代探求,他们在理论层面努力探寻现代新诗"诗质",张扬诗歌本体的建构精神。需要指出的是,这种建构精神多在与非文学的政治化倾向的对峙中表现出来。例如,"五

---

① 王独清:《再谭诗——寄木天、伯奇》,《创造月刊》1926年第1卷第1期。

四"文学革命通过文学与时代和社会的共时性联系,确立了新文学"散文化"的要求,导致新诗建设初期出现"散文化"创作倾向,《谭诗》就是穆木天为纠正文学承担的"时代使命感"而写就的"纯诗"宣言,它首次以理论力量张扬象征主义诗学对诗歌本体特质的尊重。梁宗岱诗学体系建构的20世纪30年代,新诗界持文艺政治化倾向的诗学论者开始挑战象征主义,非文学倾向随社会现实语境的变化愈演愈烈,这时的梁宗岱,不仅在立场上以文艺自主性拒斥文艺政治化,更以《象征主义》《谈诗》等经典篇章,构建幽微而精深的诗学体系,深化中国现代象征主义诗学的内涵。在象征主义诗学建构进程中发生的现代"纯诗"与"国防诗歌"的论争,以及关于"晦涩"诗风的论争,论争实际情形颇为复杂,但面对诗学"批判"和全盘否定,象征主义诗人和批评家坚守诗歌本体立场,维护诗歌的审美特质,张扬着文学自身的现代内涵。可以说,是象征主义诗人和诗论家捍卫文学自主性的诗学立场,成就了诗学命题的存在,成为推动诗学向前发展的根本动力。

(三)建构主体的自觉意识和追求创新的精神

"诗学现代性意味着是一种不同于传统习惯的理论思维;意味着一种追求开放、追求创生、不断突破超越的精神。"[①] 这种思维和精神无疑也是诗学建设主体的"现代性"特质,更是诗歌现代化进程中主体的创新追求。就现代象征主义诗学的建构特征而言,不难发现,无论是新诗创作实践,还是文学本体特质的张扬,都离不开诗学建构主体的现代化。具体表现为,随着新诗发展的现代"进行时",面对新诗理论建设的迫切需要和体系发展的重要节点,建设主体始终保持积极探究的自觉意识,以超越传统、追求创新的精神丰富诗学内涵,推动诗学体系的深入发展和逐步完善。在中国现代象征主义诗学发展的每一阶段,都可以看到诗学主体这样的身影。

20世纪20年代中期,穆木天的《谭诗》就是在象征主义理论的极度贫乏中崛起的美学沉思,在一定程度上回应了这一时期"别开生面"的诗

---

① 陈仲义:《多元分流中的差异和生成——中国现代诗学建构的困扰与对策》,《文艺理论研究》2000年第2期。

歌创作对象征主义理论的呼唤，他对初期象征派诗歌理论的开创性构想，完全是一种自觉行为，具有"拓荒"意义，成就了穆木天作为现代象征主义诗学奠基者的荣誉，也引发了后继者自觉探究象征主义诗学的创新行为。梁宗岱是典型代表。20世纪30年代初期，无论是新诗创作，还是新诗理论，都已经发展到一个新阶段，但诗人大多专注于对自己创作的说明，很少对新诗发展方向表达见解，致力新诗研究的理论家几乎没有。穆木天这时已改弦更张，由象征主义走向现实主义，更多地用庸俗社会学的方法评论诗歌，背离了诗歌的艺术性。面对新诗现代化迫切需要的理论提升，梁宗岱以诗论集《诗与真》的出版，自觉担负起象征主义诗学的建设重任，表现出自己的创新追求。20世纪40年代，处于现代象征主义诗学转型期的袁可嘉，凭借敏锐的思维捕捉到诗学自身亟待解决的问题，发表一系列关于新诗现代化的诗学论文，成为推动象征主义诗学内在转向的集大成者。此外，李金发、戴望舒等象征主义诗人在新诗实践中也表露出理论建设的自觉意识，与同时代的诗论家共同构筑象征主义诗学大厦。

## 第三节　重新命名：象征主义的本土化阐释

法国象征主义诗学的丰富内蕴及其多义性，为这一具有全球性影响的文学潮流描绘了多副面孔，使之顺利登陆不同的文化圈，融入各国本土的文学艺术运动。这一过程的实质，就是象征主义传播过程中的"本土化"问题，因为每个国家的文化传统、社会现实及接受者的认知能力和期待视野等，都参与文化传播图景的再建构。就法国象征主义"中国化"进程而言，首先是从"象征"和"象征主义"的重新命名开始的。但在具体进入这一问题之前，有必要先指明法国象征主义诗学的基本要素，因为这是重新命名"象征主义"的基本参照。

法国象征主义是在波德莱尔、魏尔伦、兰波、马拉美、瓦莱里等人的诗歌理论和创作中渐渐形成的，这种渐进的创建历程，使我们不能以其中任何一人对象征主义的定义作为最终解释，反之，那些经过研究所得出的学理概括，可以帮助我们准确把握象征主义本质的核心要素。查尔斯·查德威克把象征主义分为两方面，即人类经验层次的象征主义和超验的象征主义。前者定义为，"它表达思想和感情不是直接描绘它们，也不是通过与具体意象明显的比较来解释它们，而是暗示这些思想和情感，通过运用那些未加解释的象征在读者心中重新创造它们。"后者则是"具体的意象被用来作这样一种象征，它不是诗人心中具体思想和感情的象征，而是一个巨大而又普遍的理想世界的象征，而现实世界只不过是这个世界的一个不完美的表现"。① 另一位学者埃德蒙·威尔逊对象征主义从原则到定义做出如下阐释：

> 每种感受和感官、每一刻的意识都是独一无二的，因此我们实际经历的感受是无法通过一般文学的传统和普遍语言来重现的。每一位诗人都有自己的个性，每一个时刻都有自己的语调和元素的组合。诗人的任务是去找寻和发明一种特别的语言，以表现其个性与感受。这种语言必须用象征符号来完成，因为这样独特、一瞬即逝而又朦胧的感受，是不能直接用语言陈述或描写的，只能用一连串的字句和意象，才能对读者作出适当的提示。象征主义者本身充满把诗歌变成音乐的想法，希望这些意象能像音乐中抽象的音符与和弦。然而我们的语言始终不是乐谱里的符号，真正的象征主义所用的符号，就是与本体相剥离的喻体——因为一个人毕竟不会单纯地欣赏诗歌中的颜色与声音等抽象事物，他一定会猜想这些东西有何寄托。象征主义可以被定义为利用刻意钻研的手段传递个人独特感受的尝试，而这手段就是由多种混杂的隐喻所表达的概念的复杂联想。②

两种理解都明确指出，象征主义"通过语言符号来暗示思想和情感"，

---

① [英]查尔斯·查德威克：《象征主义》，《花非花——象征主义诗学》，柳扬编译，北京旅游教育出版社1991年版，第4页。
② [美]埃德蒙·威尔逊：《阿克瑟尔的城堡——1870年至1930年的想象文学研究》，黄念欣译，江苏教育出版社2006年版，第15—16页。

## 第一章 中国现代象征主义诗学概观

特别是威尔逊的表述切中肯綮,具有"自己的语调和元素的组合"的独特语言形式,作出适当提示的"一连串的字句和意象","把诗歌变成音乐的想法",富于暗示的"与本体相剥离的喻体",这相互联系的四个方面是象征主义的基本法则。或者说,语言形式、意象、音乐美、暗示性是象征主义诗学的四要素,正如研究者所总结的,"在强调诗歌语言的基础上,强调诗歌语言通过营造意象与本身的音乐性,从而达到语言的暗示性效果,可以说是象征主义之所以成为象征主义的关键。"[①] 至此,在考察象征主义"全球化"问题时,有如上法则为参照,可以明晰"中国化"的象征主义阐释究竟发生怎样的变异,是如何立足本国的传统和现实境遇确立象征主义"自我意识"的。因为"'理论旅行'不是单纯的概念复制,而是异国概念与本土文化的互动及改造"[②]。

### 一 "非正式"联结:传统手法的现代面孔

西方象征主义思潮登陆中国文坛,是以译介法国象征主义理论与作品为开端的,随着影响的逐步深入,"象征"和"象征主义"作为核心话语,成为新文学最初理解法国象征主义的关注点。在这个"触摸"外来诗学的历史场景中,是周作人第一次把"象征"与"兴"联结起来。1926年5月,在为刘半农诗集《扬鞭集》作序时,周作人直截了当地提出"象征即兴"的观点:

> 新诗的手法我不很佩服白描,也不喜欢唠叨的叙事,不必说唠叨的说理,我只认抒情是诗的本分,而写法则觉得所谓"兴"最有意思,用新名词来讲或可以说是象征。让我说一句陈腐话,象征是诗的最新写法,但也是最旧,在中国也"古已有之"……起兴者并不是陪衬,乃是也在发表正意,不过用别一说法罢了……凡诗差不多无不是浪漫主义的,而象征实在是其精意。这是外国的新潮流,同时也是中

---

① 陈太胜:《梁宗岱与中国象征主义诗学》,北京师范大学出版社2004年版,第54页。
② [美]爱德华·赛义德:《帝国、地理与文化》,《赛义德自选集》,谢少波、韩刚等译,中国社会科学出版社1999年版,第185页。

国的旧手法；新诗如往这一路去，融合便可成功，真正的中国新诗也就可以产生出来了。①

在这段被新诗研究者引用率极高的话语里，"新诗""象征""兴"是关键词，是透视"象征即兴"论断的切入点。

首先，关注这一时期新诗的发展动向，可以捕捉"象征即兴"观点的时代境遇。"五四"之后，新诗审美价值的艺术探求逐渐取代新诗与旧诗之间的生存斗争。从过分注重白话而忽略新诗诗质的"胡适之体"，到模仿《女神》式的袒露直率而缺乏诗情内蕴的呼喊诗，及至效仿冰心《春水》《繁星》而诗意全无的小诗，在对"作诗须如作文"的理论模式和"感情自然流泻"的抒情模式的指责声中，新诗审美变革的要求势如破竹。于是，新诗内部孕育出两种新的美学追求：一是以闻一多为代表，汲取英美浪漫主义诗歌营养的格律诗派；二是以李金发为代表，吮吸法国象征主义诗歌乳汁的初期象征诗派。前者注重新诗感情传达的外在形式美，后者探求新诗传达内在的暗示性和意象美。他们都在探求新诗审美观念的突破，其革新手段全部来自对域外诗歌的学习和借鉴，表露出现代诗人期望通过借鉴西方诗艺，解救中国新诗发展困境的迫切心理。与期望相伴而来的是理论探索。1926年3月，穆木天、王独清在《创造月刊》1卷1期同时发表《谭诗》和《再谭诗》，同年5月，周作人的《〈扬鞭集〉序》在《语丝》发表，这些篇章都是对新诗发展之路的美学思考。比较而言，与穆木天、王独清等象征派诗人一味向外借鉴不同，周作人通过"象征即兴"的论断，表现出"东西融合"论的独特思考。周作人是以何种姿态理解"外国的新潮流""象征"的呢？"象征"缘何等同于中国古已有之的旧手法"兴"？其背后隐含的是一次对象征主义的"非正式"命名。

周作人对"象征"问题产生兴趣是通过1918年《勃来克的诗》一文表现出来的。在译介分析这位18世纪英国著名玄学派诗人的作品时，周作

---

① 周作人：《〈扬鞭集〉序》，《语丝》1926年第82期。

# 第一章 中国现代象征主义诗学概观

人指出:"艺术用了象征去表现意义,所以幽闭在我执里面的人,因此能时时提醒,直到自然本体也不过是个象征。我们能将一切物质现象作象征观,那时他们的意义,也自广大深远。"① 这里所说的作为艺术表现手段的"象征",与波德莱尔的"象征对应论"思想本质是相通的,都是强调以语言的形式揭示此岸世界现象中蕴含的彼岸世界的"本相","象征"则是这两个世界间的"中介"。周作人意在说明,勃来克的诗正是运用想象的言语实现其传达宗教思想的外显形式。这时的周作人并非像穆木天、王独清那样倾心法国象征主义文学思潮,他只是凭借艺术灵感把握到象征艺术的某些特质,并没有进一步深入探究象征问题。1919年2月,他发表诗歌《小河》时,在"序"中称该诗与"法国波特来尔(Baudelaire)提倡起来的散文诗略略相像",② 但这时的出发点也不是有意倡导象征主义诗歌或理论,只是以此强调《小河》既区别于传统诗歌,又区别于新诗诞生初期的"胡适之体"诗歌,已具有全新特征。1921年,周作人在《三个文学家的纪念》中,再次谈到波德莱尔,但只是从"颓废派文人的祖师"角度进行阐释,没有将其与象征主义思潮联系在一起。这以后周作人还译介多首波氏的散文诗,在译者附记中的介绍思路同前文如出一辙。由此可以看出,周作人关注"象征"问题,不是因为倾心法国象征主义文学思潮,只是在为新诗发展寻找新的可能。所以,他会在《〈扬鞭集〉序》中表露自己对新诗的不满,并针对"白描""唠叨的叙事和说理"等问题,就新诗发展道路作出"象征即兴"的深刻思考。而此前他阅读并推荐李金发诗集《微雨》出版,也完全是因为《微雨》代表了新诗发展的新路向。总之,"象征"问题对周作人而言,是他新诗审美思考的桥梁,或者说是为实现这种思考而顺势一用的手段而已。

中国传统诗歌"赋比兴"手法中的"兴",是否可以说成是西方象征主义思潮的"象征",是一个复杂的理论命题。周作人的"象征即兴"作出的也只是直感判断,并没有逻辑说明,不能以确论来认定,在其以后有闻一多、梁宗岱、朱光潜、唐湜、袁可嘉等现代诗人及诗论家,从各自视

---

① 周作人:《艺术与生活·勃来克的诗》,岳麓书社1989年版,第102页。
② 周作人:《小河·序》,《新青年》1919年第6卷第2号。

角出发,深度阐释"象征"与"兴"的关系、"象征"内涵等命题。① 需要指出的是,作为现代以来较早联系"兴"与"象征"的思考者,周作人在对法国象征主义"无心插柳"的思考中,非自觉地完成了一次对象征主义的本土化命名——把"象征"视作中国古典传统手法"兴"的现代新面孔。所谓"非自觉",或者说是"无意识",是指周作人提出"象征即兴"的观点,意图不是系统描绘象征主义本质,其本人对法国象征主义也没有浓厚兴趣,更不认为"象征之路"是白话新诗发展的最佳路径。但不能忽略的是,虽然周作人对象征主义缺乏精准了解,也不极度推崇,但却在新诗发展前途的思考中,较早实现了西方象征主义与中国古典传统的文化互动,使象征主义完成一次"适时而变"的异国登陆,这一美学建构的新视角开启了象征主义在中国文学领域的接受之路。这也许是当年的周氏未曾意识到的。同时,这次"非正式"命名出现在中国初期象征派诗歌诞生伊始,其深层意义超越了"象征即兴"这一命名本身,"不仅仅为呼唤中国象征派诗的产生提供了合乎逻辑的根据,并在全局上阐明了这一诗歌潮流在中国新诗发展道路上作为'真正的中国新诗'存在和生生不息发展的理由"。②

## 二 合理"误读":中西合璧的体系确立

在周作人"象征即兴"的理解中,将"象征"与"兴"并提,目的是为"真正的中国新诗"寻找一条新路向。但周作人只是依凭敏锐的感觉,捕捉到"象征"与"兴"之间有内在关联,在艺术表现层面探讨,并未触及二者在诗歌观念层面的含义。真正深入探讨"象征"与"兴"的"共相"及其相关问题的是梁宗岱。他发表于1934年的《象征主义》一文,"以宏观的高度,以中西比较文学的广角"论象征主义③,是其接受、改造法国象征主义诗学,并融会贯通中国传统诗学的理论结晶。文章阐释

---

① 邓程:《论新诗的出路——新诗诗论对传统的态度述析》一书专有"比兴与象征"一节详细论析了此问题;陈丽虹:《赋比兴的现代阐释》一书也有专节谈"兴"与"象征"的问题。
② 孙玉石:《中国现代主义诗潮史论》,北京大学出版社1999年版,第52页。
③ 卞之琳:《人事固多乖 纪念梁宗岱》,《新文学史料》1990年第1期。

## 第一章 中国现代象征主义诗学概观

了象征、象征的灵境、契合等问题的丰富内涵，是一次对中国现代象征主义诗学的积极建构，更是对法国象征主义"中国化"的一次诗学命名，是梁宗岱从特定的"期待视野"和文化认同出发，对法国象征主义诗学的合理误读及其对中国传统诗学的重新阐释。

梁宗岱也是着眼中国现代新诗发展，开始构建本土化"象征主义"的。他与周作人一样，反对"五四"初期的新诗作者和研究者在中西文化差异中轻率地否定传统，强调"要把二者尽量吸取，贯通，融化而开辟一个新局面"[①]，但与周作人蜻蜓点水式的"简单触摸"不同，梁宗岱将在中西文化差异中寻找新的平衡，作为构建中国现代象征主义诗学的方法论基础。他提出，"要先从一般文艺品提取一个超空间时间的象征的定义或原理"[②]，即把象征（主义）作为创作美学原则，从象征主义运动中抽离出来，将其作为超越时空的"共同模子"来认识，认为象征主义不应局限为一时一地的文艺运动，而应立足创作美学的视点，将之作为中西诗学固有的共同原则。所以，《象征主义》开篇就指出："这所谓象征主义，在无论任何国度，任何时代的文艺活动和表现里，都是一个不可缺乏的普遍和重要的元素罢了。"[③] 这是梁宗岱对"象征主义"极其主观化的个人理解，隐含着他"吸取，贯通，融化而开辟一个新局面"的诗学创造动机。如果将象征主义视为特定时间和空间的文学运动，那么作为历史遗物和异质文化，在否定或拒绝的态度之外，找寻一种比较可行的沟通融合的文化态度是较为困难的。相反，把"重要而普遍"的象征元素作为可以穿越时间和空间的"共相"理解，则法国象征主义运动自然也包含在这一时空范围内，由此为异质文化的融合找到合理的切入点。因此，与其说梁宗岱对象征主义"超空间时间"的抽离具有较强的主观色彩，不如说是他带着特定的"期待视野"和文化创造动机来接受法国象征主义。这直接导致一种悖论呈现：如果将原汁原味的法国象征主义仅看作是一种创作美学，则遮蔽了象征主义作为艺术哲学观的丰富内蕴，这完全可以说是对法国象征主义

---

[①] 梁宗岱：《论诗》，《诗与真·诗与真二集》，外国文学出版社1984年版，第44页。
[②] 梁宗岱：《象征主义》，《诗与真·诗与真二集》，外国文学出版社1984年版，第63页。
[③] 同上。

的一种"误读";另一方面,梁宗岱意欲沟通中西诗学,以构建中国现代象征主义诗学,就此动机而言,这种"误读"又是合情合理的。因为西方文论"中国化"最终"不是这些西方文论在其固有体系中的'本义'的保存与再现,我们完全有资格进行符合自己需要文化的'误读',只要这样的'误读'最后有利于现代中国的文论建设"。① 梁宗岱诗学体系建构就是在"合理误读"法国象征主义前提下完成的。

关于象征问题的具体阐释,针对朱光潜《论美》中对象征的定义,梁宗岱指出,朱光潜的根本错误"就是把文艺上的'象征'和修辞学上的'比'混为一谈"②。客观来讲,见解的不同是因为两位学者对同一问题的理论阐释存在背景差异。在朱光潜这里,"所谓象征就是以甲为乙的符号。甲可以做乙的符号,大半起于类似联想。象征最大的用处,就是把具体的事物来替代抽象的概念……象征的定义可说是:'寓理于象'。"③ 朱光潜从文艺创造的"想象"角度,将"象征"定义为一种修辞手法,这与法国象征主义运动无关,也不是从象征主义的理论视域来提取"象征"概念。如果就定义本身而言,其显示的文学再现世界的特殊性具有合理性。而梁宗岱写作《象征主义》一文时,正值法国象征主义观念渐入人心的20世纪30年代,也是诗论家深入探究法国象征主义诗学之时,为建构本土化象征主义理论体系,必然生发驳斥异己的阐释行为,由此认为朱光潜从修辞手法来解释"象征"这是"根本的错误",也就有了合乎情理的逻辑。

梁宗岱立足法国象征主义理论,审视"象征"内涵,认为狭义的象征是"应用于作品的整体",而非朱光潜那样将"比"只应用于"修辞学底局部事体"④。他也认为象征和《诗经》里的"兴"颇为近似,"兴者,起也;起情者依微以拟义"。和周作人一样,梁宗岱也抓住"象征"和"兴"在表现两物之间微妙关系时的相似性,但却比周氏有着更为深入的探讨。他通过《诗经》和杜甫的诗歌,以及谢灵运与陶渊明的诗句比较,引入中

---

① 李怡:《现代性:批判的批判——中国现代文学研究的核心问题》,人民文学出版社2006年版,第171页。
② 梁宗岱:《象征主义》,《诗与真·诗与真二集》,外国文学出版社1984年版,第64页。
③ 同上书,第63页。
④ 同上书,第65页。

# 第一章 中国现代象征主义诗学概观

国古代文论的"情""景""意""象""兴味"等概念，明确指出象征在艺术结构和艺术效果两方面的特性：

> （一）是融洽或无间；（二）是含蓄或无限。所谓融洽是指一首诗底情与景，意与象的惝恍迷离，融成一片；含蓄是指它暗示给我们的意义和兴味的丰富和隽永。①

正是在这两个特性基础上，梁宗岱给出关于象征的定义：

> 所谓象征是借有形寓无形，藉有限表无限；藉刹那抓住永恒，使我们只在梦中或出神的瞬间瞥见的遥遥的宇宙变成近在咫尺现实世界，正如一个蓓蕾蕴蓄着炫熳芳菲的春信，一张落叶预奏那弥天漫地的秋声一样。所以它所赋形的，蕴藏的，不是兴味索然的抽象观念，而是丰富，复杂，深邃，真实的灵境。②

在这个定义中，"有形""有限"和"刹那"表示象征的艺术符号，"无形""无限"和"永恒"表示象征所蕴藏的丰富的艺术境界，这就是诗歌的最高境界——"象征的灵境"。在随后谈到"象征之道"问题时，梁宗岱将其与波德莱尔的"契合"相接通，以诗一般的笔调描绘了"契合"的状态："一种超越了灵与肉，梦与醒，生与死，过去与未来的同情的韵律在中间充沛流动着。我们的内在的真与外界的真协调了，混合了。我们消失，但是与万物冥合了。我们在宇宙里，宇宙也在我们里：宇宙和我们的自我只合成一体，反映着同一的荫影和反映着同一的回声。"③ 波德莱尔诗中神秘主义和形而上学的色彩被梁宗岱诠释为物我不分、形神两忘的境界，通过对"契合"的有意误读，现代西方诗学的概念被纳入中国传统诗学的语境中。

---

① 梁宗岱：《象征主义》，《诗与真·诗与真二集》，外国文学出版社1984年版，第69页。
② 同上书，第69—70页。
③ 同上书，第76页。

梁宗岱关于象征的特征、象征的定义以及"象征之道"的阐释,一方面深得法国象征主义契合论、诗歌语言暗示性的精髓,另一方面又自然地融入中国古典文论的经典范畴。与其他诗论家对法国象征主义的"移植"不同,"在'象征主义'这样的欧洲文化他者的现代性诉诸文化一体时,梁宗岱所激发的恰恰是对自我传统的文化故乡的深切怀念。"[①] 因此,他能独具慧眼地发现法国象征主义诗学与中国古典诗学的相通之处,在东西方诗学相互交融的基础上,完成对象征主义的本土化命名。无疑,梁宗岱是将法国象征主义诗学观念转化为一种普遍的有其内在的历史传统的创作美学来理解的,唯其如此,他才能够追溯中国古代的文艺传统,并使其在象征主义的本土化命名中重新获得现代阐释。

在彰显"自我意识"的"合理误读"中,梁宗岱完成对法国象征主义的本土化命名,但中西合璧的诗学探索也存在某种遗憾。对传统文化的执着,思维习惯的定式,决定了诗论家对法国象征主义某些理论内涵的排拒。事实上,理论家接受某种流派或思潮并有意阐发的内容,不一定是其精要部分,往往是符合当时某种目的做出的选择。周作人、梁宗岱等将"兴"和"象征"进行比照,其共同的心理基础就是努力为中国新诗发展指出一个方向,即在新诗中倡导"含蓄",借助法国象征主义诗学发掘中国古典诗学的积极因子。但他们忽略"象征"与"兴"的歧异,将"象征"与"兴"从各自的诗学体系中抽离出来,只在两者间寻找平行的例证,然后以此要求白话新诗能够达到或接近这一共同的典范,但这一要求始终是模糊的,抽象性的类比往往经不住更细致的深入推敲。以外国的新潮流为参照,确实为新诗发展带来可能性,但在法国象征主义本土化的命名中,机械地类比中西概念,没有细致分析各自的历史演变和具体的创作实践,更缺少辨析,难免陷入以现象解释现象的循环中,仅仅成为口号性的提倡,对实际的诗歌创作并无多少裨益。

---

① 陈太胜:《梁宗岱的中国象征主义诗学建构与文化认同》,《北京师范大学学报》2001年第3期。

## 三 "他者"界定：阶级话语权的别样论调

1925年，李金发的诗集《微雨》经周作人推荐出版，引发了"别开生面"的象征主义诗歌创作潮流。随后不久，周作人在《〈扬鞭集〉序言》中提出，新诗发展应走"兴"与"象征"的融合之路。作为一种理论模式的最初探寻，这只是周作人直观的艺术构想，缺乏对象征主义诗歌自觉的富有建设性的理论思考。这一时期，象征主义诗歌理论的匮乏与创作热潮之间存在着极大落差，迫切需要"在理论贫困中崛起的美学沉思"[1]，穆木天的《谭诗》结束了这一局面。在这篇论题新颖、见解精辟的文章中，穆木天主张划清诗与散文的界限，强化诗的艺术本质，倡导"纯粹诗歌"的价值观念，提出象征派"纯诗"理论的三个美学支柱：诗的物理学总观、诗的哲学观和诗的思维术，当之无愧成为中国象征派诗歌理论的奠基者。此时的穆木天虽未明确定义象征主义，但其以法国象征主义诗学为基础的"纯诗"理论，为中国新诗发展带来审美观念的变革。然而，就是这位"以自己充满活力的思考为中国象征派诗歌理论的建设尽了开辟航道的责任"的穆木天[2]，1935年撰文《什么是象征主义》，宣布西方象征主义潮流是"世纪末的一种濒死的世界的回光返照，也就是在抒情的文学上的点金术的最后的复活"。[3] 理论悲剧由此产生，象征主义"中国化"由积极接受转向消极否定。对象征主义的性质界定，为何会出现别种论调，并且由中国象征主义诗歌理论的开拓者担任"主唱"，"命名"缘何会在认同的轨道上突然转向，这势必要从1935年文学史上的两件大事说起。

20世纪30年代中期，新文学的发展进入一个总结阶段，实践者们开始放慢初期热情探索的脚步，冷静反思过去时段。反思以总结的形式呈现新文学发展的标志性成果，即由赵家璧组织出版了旨在总结新文学第一个

---

[1] 孙玉石：《穆木天——中国象征派诗歌理论的奠基者》，《中国现代诗歌艺术》，长江文艺出版社2007年版，第74页。

[2] 同上。

[3] 穆木天：《什么是象征主义》，郑振铎、傅东华主编：《文学百题》，中州古籍出版社1992年版，第110页。

十年（1917—1928）成就的《中国新文学大系》，同时还出版了由郑振铎和傅东华主编的《文学百题》一书。《文学百题》以"什么是……"作为标题的格式规范，汇集当时文坛流行的各种思潮、流派、观念等的定义和解释，从标题的判断语气到撰写者的身份可以看出，这些定义和解释在当时无疑具有绝对的代表性和权威性。承担"象征主义"条目"命名"任务的是穆木天，即前面提到的《什么是象征主义》。在文中，一度作为象征主义诗歌理论先锋的穆木天完全判若两人，一开始就把象征主义打入"颓废文学"的死牢，认为其产生的动力是"资本主义的烂熟"做成的，"是恶魔主义，是颓废主义，是唯美主义，是对于一种美丽的安那其境地的病的印象主义。"① 其实，穆木天并非有意"歪曲"象征主义文学潮流，实是因为此时他的文学观已发生根本转变。早在20世纪30年代初期，随着左的文学思潮以及时代发展的召唤，穆木天加入"左联"，开始放弃象征主义的实验姿态，写作态度来了个急转弯，由"纯艺术论者"转身成为坚定的"阶级论批评家"。他一方面积极参与同新月派、象征派、现代派针锋相对的中国诗歌会的创建，改弦更张高歌时代意识，热心于诗歌的通俗化和大众化；另一方面，不断回顾自己过去的文学之路，深切忏悔自己的文学观念，"在象征主义的空气中住着，越发与现实相隔绝了，我确是相当地读了些法国象征诗人的作品。贵族的浪漫诗人，世纪末的象征诗人，是我的先生。虽然我在主观上是忠实的，可是在抛弃了我的 Moraliste（道德）的任务之点，我是对不起民众的。"他还有针对性地强调："象征主义的手法，我们是可以相当地应用的，但我们不能作一个颓废的象征主义者。而到象征主义中去寻找蔷薇美酒之陶醉，去找伽蓝钟声之怀乡病，则是大大不可以的。"② 穆木天猛烈抨击象征主义，显然是为表白自己更加"坚定"的革命新立场。

任何刊物的价值取向都与编辑的价值观密切相关。从辑录《什么是象

---

① 穆木天：《什么是象征主义》，郑振铎、傅东华主编：《文学百题》，中州古籍出版社1992年版，第110—111页。
② 穆木天：《我与文学》，蔡清富、穆立立编：《穆木天诗文集》，时代文艺出版社1985年版，第241—242页。

# 第一章 中国现代象征主义诗学概观

征主义》的《文学百题》一书来看，担任主编之一的郑振铎，从新文学初期开始，就是秉持现实主义文学观念的理论家，从20世纪20年代主张"为人生的文学"，批评"为艺术而艺术"，到1932年在《清华周刊》发表论文《我们所需要的文学》，继续批判"公子哥儿们的小鸟儿似的绮靡的歌声""无病呻吟的叹穷诉苦的文学""'有闲'人物的描写游山玩水，流连风景的、浅薄无聊的诗文"等。他指出，这些流行的作品、流行的题材、流行的作风，即使文字十分漂亮，但"其骨子里似乎仍然是很空虚的，无聊的，仿佛是一杯白开水，虽然加上了红的绿的颜色，却依然是一杯淡而无味的东西"，[①] 绝不是时代所需要的文学。批判矛头显然指向象征派和现代派诗歌，而支撑这些诗歌的象征主义理论纲领也必然陷入被批判的境地。作为《文学百题》的主编，郑振铎的现实主义文学观必然成为指导性的编撰方针和规约性的编辑思想，贯穿渗透在"百题"辑录过程中。作为单题论文的撰写者，此时与主编之间完全是一种下属与上司之间的"听命"关系，"已被灌满了他们主人和上司的需求与价值，并且这些需求与价值已变成他们自身的东西"[②]，因此，在撰写者的意识中，他们的"生产"必须符合并体现主编的既定意图。如此说来，《什么是象征主义》一文对象征主义必然持彻底的否定立场。同时，穆木天作为中国象征主义诗歌理论的奠基者，具有他人无法相比的特殊身份，由他来完成对象征主义的彻底性批判，显然最具"杀伤力"，亦正符合《文学百题》主编的观念立场和编辑策略。

根据当时的文坛形势，遵照《文学百题》的编辑方针，穆木天文学立场的转变，使他非常"胜任"界定象征主义的工作，但不可否认的是，《什么是象征主义》一文始终显现着一个撰写者的悖论身影。此时作为一个唯物的阶级论者，穆木天为完成社会使命，献出了最为珍贵的"纯诗"艺术，在他看来，一切艺术都必须以现实为出发点和归宿点，那些关注诗

---

[①] 郑振铎：《我们所需要的文学》，载陆荣椿编选《郑振铎选集》（下册），福建人民出版社1984年版，第1165—1166页。

[②] ［美］赫伯特·马尔库塞：《审美之维》，李小兵译，广西师范大学出版社2001年版，第140页。

歌艺术本质的审美追求，是没落的封建地主或资产阶级颓废意识的表现，一切个人的艺术实践，都要归属于整体的社会实践，并服务于这个实践本身，否则也是一种没落和倒退。而"逃避现实成为孤立的个人主义者的那些象征主义者们，是势所必然地要回到过去的神秘世界里的。象征诗人，是憧憬着过去的宗教的传说的封建的贵族的世界的"。[①] 因此，他把先前尊奉的象征主义划入另册进行清算："这种回光返照的文学，是退化的人群的最后的点金术的尝试。虽然在技巧和手法之点，不是没有贡献——音乐性的完成——可是那种非现实的世界的招引，只是使沦亡者之群得到一时的幻影的安慰，对于真实的文学的前途，大的帮助可以说没有的。"[②] 尽管穆木天抛弃"象征主义"，走上革命文学之路，可是作为一个敏锐的理论家，在某种程度上，这一时期他对象征主义艺术本质的认识，甚至超过其"纯诗"理论阶段的理解。在《什么是象征主义》中，他准确把握象征主义文学潮流的产生和发展，精准概括象征主义的暗示性、"交响"追求和音乐性等基本特征。对穆木天而言，两种身份的对立似乎使他处于左右游离状态，但实质仍受控于早已准备好的阶级论断，"象征主义……是引导着那个主义的依随者达于毁灭的田地的。"[③] 任何精准的概括最后都成为他否定象征主义的"证词"。

从首次完整而准确地概括象征主义艺术形式的基本特征，到彻底置象征主义于"毁灭的田地"，穆木天以阶级的立场、革命文学者的身份，为"象征主义"的"中国化"命名敲下"拒绝"的锤音——将象征主义划归腐朽没落的阶级层面，并作出根本否定。尽管否定中仍流露出某种不自觉的依恋，对象征主义表现方法仍有一定程度的保留，但整体的否定趋向在命名中不言自明。"艺术上的自我否定并非就是自我价值的超越"[④]，至此，穆木天这位早期的象征主义理论家完全转向了对于民族苦难及其挽救现实

---

① 穆木天：《什么是象征主义》，郑振铎、傅东华主编：《文学百题》，中州古籍出版社1992年版，第111页。
② 同上书，第118页。
③ 同上书，第111页。
④ 孙玉石：《穆木天——中国象征派诗歌理论的奠基者》，《中国现代诗歌艺术》，长江文艺出版社2007年版，第74页。

## 第一章　中国现代象征主义诗学概观

的努力，并随着艺术大众化运动的逐步展开，彻底将象征主义的"纯粹世界"悬置起来。他以理论总结的方式界定象征主义，预示出象征主义文学潮流在中国复杂的社会境遇中发展的艰难。因为与同一时期梁宗岱对象征主义的认识相比，穆木天讨论的不再是"象征"这一纯粹的文艺问题，而是重在强调"主义"，这在很大程度上是以意识形态的话语权取消艺术本身开口说话的资格。

在对法国象征主义本土化命名的过程中，新文学探索者的接受动力主要来自新文学自身内在的现代化要求，他们把西方文学潮流的启发与自身倚重的本土经验相结合，初步彰显中国现代象征主义诗学建构的民族特色。事实上，"每个对现代主义有所贡献的国家都有自己的文化遗产、自己的社会和政治张力，这些又给现代主义添上了一层独特的民族色彩，并使任何依据个别民族背景所做的阐释都成了易引起误解的管窥蠡测"。[①] 可以说，无论是源于文化遗产而倡导的"中西融合论"，还是因社会和政治张力而引发的"主义否定论"，中国现代诗论家们对象征主义的本土阐释都是在一种民族背景中完成的，他们反思象征主义诗学基本命题，并重新定义其内涵，尝试为新诗现代发展确立新的诗学规范。如果说，周作人"象征即兴"的"融合"趋向，只是在为初期白话新诗发展努力寻找一条新路，尚未关涉构建中国现代象征主义诗学这一主旨，那么梁宗岱对法国象征主义的"合理误读"，经由与中国古典诗学范畴的精密融合，已经明确蕴含了中国现代象征主义诗学的基本质素和理论构架。及至穆木天，这位为时代意识而放弃诗歌审美追求的诗论家，从尊奉象征主义，到否定象征主义，在这一过程中，诗歌的社会价值、诗人的个体体验与社会及时代主题的关联性等问题，开始影响中国现代象征主义诗学的体系建构和存在价值。象征主义"命名"本身所呈现的积极和消极两种态势，其背后实是诗人和诗论家艺术探索的韧性，中国现代社会多灾多难的现实对诗人艺术良知的冲击，也是不能回避的影响因素。在自身的艺术追求与时代风云变幻的摩擦中，象征主义的忠实"信徒"始终坚守"诗只为其自身而

---

[①] [英] 马·布雷德伯里、詹·麦克法兰编：《现代主义》，胡家峦等译，上海外语教育出版社1995年版，第75页。

存在"的正当性与合法性,不断抗拒着非文学因素对文学的侵犯,以此坚守纯粹艺术的殿堂;而那些忽视诗歌艺术审美本质的激进者极其崇拜诗歌大众化、诗歌政治化,认为文学应更多地表现为自觉的社会化过程。两种不同的价值取向所引发的言论纷争,也推动着现代象征主义诗学的建构进程。

# 第二章 诗歌本质存在论:走向诗本体的"纯诗"之路

## 第一节 诗本体的探寻:现代"纯诗"观念的审美自觉

20世纪20—30年代,中国文坛始终处在一片喧哗和骚动之中,从文学改良到文学革命,再到革命文学,文学似乎在"全心全意"充当一种工具,而忘记真正关注自身。为使新诗不夭折于蹒跚学步之时,经过反思的新诗探索者,开始回归"诗本体"的建设。这一时期,法国象征派诗歌及其"纯诗"观念正在中国产生广泛影响,特别是象征主义者"只在文学的范畴里实验,只在思想与想象里探险与发掘可能性"[①],他们由诗的意象和象征所凝聚的诗歌感受力,以及为诗的自主性进行的"纯诗"斗争,恰好顺应了新诗探索者建设"诗本体"的迫切愿望,激发了追求现代"纯诗"的审美自觉。自觉是思想上的明确认识,"诗本体"的自觉就是对作为艺术的诗歌有清醒体认,诗歌要始终依据自身的规定性、情绪特征和文体特征等"艺术"尺度,保持"自觉形态",努力使诗成其为诗。由此,审视新诗的现代发展进程,初期象征派、现代派和"九叶"派前后相继,重视和借鉴西方象征主义诗学的丰富成果,围绕"诗本体",探索诗歌观念与诗艺革新,并从反思诗学自身的角度,积极建构现代诗歌的本体新质,走出一条现代"纯诗"观念的审美自觉之路,成为中国新诗史上"纯诗化"诗学潮流的主脉。

---

① [美]埃德蒙·威尔逊:《阿克瑟尔的城堡:1870年至1930年的想象文学研究》,黄念欣译,江苏教育出版社2006年版,第190页。

# 一　与新诗"散文化"对决：现代"纯诗"观的本体初探

尝试阶段的白话新诗，其历史任务是否定旧诗，解放诗体，通过理论和创作证明白话写诗的必要和可能，并在与守旧势力的论争中为新诗争取独立于旧诗的地位，所以，"怎样从旧镣铐里解放出来，怎样学习新语言，怎样寻找新世界"是"新诗"面临的基本问题①。当新诗与旧诗之间争取生存的斗争结束之后，新诗"作诗须如作文"的理论模式和"感情自然流泻"抒情模式也必然面临审美价值的重新选择。他们让自然的生活内容不加诗化地表现在诗里，让自然的生活语言不加选择地入诗，完全用"散文的语风"为诗，虽然对冲破传统束缚有极大意义，但却模糊了诗和文的界限，忽视了诗的特征，使诗趋向散文。他们甚至言之凿凿地说："我们就自认做的是散文，不是诗，也没甚要紧。"② 尽管我们不能否认"作诗如作文"对中国现代诗歌的产生所具有的重要意义，但其已阻碍新诗的独立发展，诗之所以成其为诗的关键是现代诗人的思考所在。那么，新诗要培养文学审美意识，建设审美形态，必须首先认清"诗"与"散文"的不同，也就是说，要在初期新诗"散文化"的规范之外，强调诗为自身而存在。这种为诗重新定义的高度自觉，激发了许多受象征主义影响的诗人和理论家的行为——要在"作诗须如作文"的轨道之外，建立一个全新的诗的世界，即象征主义"纯诗的世界"。其中，穆木天和王独清的"纯诗"主张无疑是对诗歌从指涉世界转向本体意义重建的首次诗学张扬。他们思考的问题核心是，如何划清诗与散文的分界，反对诗中介入大量的散文成分，努力建设一种理想的"纯粹的诗歌"。

作为中国初期象征派诗歌理论的奠基者，穆木天最初关注新诗时，并没有独立感受和切身认识，其在《谭诗》中曾对自己"诗的生活"有过回忆性自白：

---

① 朱自清：《选诗杂记》，《中国新文学大系·诗集》（影印本），上海文艺出版社 2003 年版，第 17 页。
② 俞平伯：《诗的自由与普遍》，《新潮》1921 年第 3 卷第 1 号。

## 第二章 诗歌本质存在论:走向诗本体的"纯诗"之路

其实,我何尝能谈诗,我何尝有谈诗的资格。我与诗发生关系,若不多算不过一年。在前年(一九二四年)的六月以前,我完全住在散文的世界里。……实在我的诗的改宗,自去年二月算一个起头……去年四月伯奇自京都来东京,我们谈了些诗的杂话。①

此次交谈之后,穆木天开始与郑伯奇一道倡导"国民文学",并陆续写就文章在国内发表,② 随即引发了1925年国内关于"国民文学"的争论,穆木天的名字也逐渐为国内读者所熟悉。正是这次意想不到的论争,使他切实感受到国内新文学的观念和创作状况,意识到国内新文学观对"诗"具有的压迫性,引发他对"五四"以来中国新诗运动的反思,开始思考诗歌观念的理论建构。思考直接针对的问题,就是新文学观念缺乏"诗的意识",他发现中国新诗走的不是诗歌的路,而是跟着名目繁多的学说、主义跑,思想超载,一种内在的意愿促动其致力新文学审美建设。在冯乃超的建议下,穆木天写了《谭诗——寄沫若的一封信》,体现了"五四"以来"诗的自觉意识的觉醒",意在推动新诗通过特有的审美方式获得发展,"是在西方现代诗歌观念启迪下总结新诗发展历史经验而达到的新诗观念的一个飞跃。"③

首先,以"纯粹"和"先验"的诗歌审美意识纠偏早期新诗的散文化倾向。"中国现在,作诗易于作文","甚至一句一个思想,一字一个思想","分行写出来,什么都是新诗",针对"五四"以来这种"诗"与"散文"的混淆所带来的新诗观念的散文化,穆木天急切呼吁:

诗是内生活的象征啊!攻新诗的青年们呀!请回到自我的国里,到你们的唯一的爱——藏在你们心中的唯一的爱的里头,作你们诗的生活,作你们的诗的意识,在沉默里歌唱出来,那才是你的诗。……

---

① 穆木天:《谭诗——寄沫若的一封信》,《创造月刊》1926年第1卷第1期。
② 郑伯奇在1923年末到1924年初的《创造周报》上连续三期发表了长篇论文《国民文学》,穆木天《给郑伯奇的一封信》发表在《语丝》1925年第20期,王独清《论国民文学书》发表在《语丝》1925年第54期。
③ 钱理群等:《中国现代文学三十年》,上海文艺出版社1987年版,第175页。

想作诗的青年啊,你们各各回到你们的象牙塔里罢!你们天天作散文的生活,怎能作出诗来呢?你们的生命力得动!动!动!真的生命的流才是真正的诗啊!①

他明确提出,"我们要求的是纯粹诗歌(The Pure Poetry),我们要住的是诗的世界,我们要求诗与散文的清楚的分界。我们要求纯粹的诗的Inspiration(感兴)"。② 在新诗独立发展的问题上,呈现一种"纯粹"和"先验"的诗歌审美意识。

"纯粹"诗歌的审美意识纠偏新诗散文化首先强调对诗人的"重新命名"。穆木天称"诗人"为"预言者",认为诗人要具备"诗人的素质"和"诗的意识","素质"和"意识"完全表现为对"内生活"和"内生命"的捕捉能力。由此出发,他认为中国新诗的开创者胡适不能算是真正的"诗人",《尝试集》作为中国新诗的第一部诗集,也不是应中国几千年诗歌发展的内在要求产生的,它直接体现的是思想文化变革的要求。因此,"诗人的素质"和"诗的意识"在早期白话诗人身上是极度缺失的,他们创作的白话新诗与"内生活表现的诗歌世界"有着根本差异,是"给散文的思想穿上了韵文的衣裳"。如果"要求最好的诗,第一先须要求诗人去努力修养他的'趣味'(Gout)",只有"以异于常人的趣味制出的诗,才是'纯粹的诗'",而"求人了解的诗人,只是一种迎合妇孺的卖唱者,不能算是纯粹的诗人"!③ 在象征派看来,诗人就是"象牙塔中的预言者",是一种极其特殊的社会人,是常人难以理解的人,他们是为"诗"而降生这个世俗世界的。穆木天对诗人是"预言者"的命名虽然具有一定的学理支撑,但其本身具有的神秘主义倾向也尽显无遗。

强调"诗是内生活的象征",批评"作诗须如作文"的主张,是纠偏新诗散文化的又一体现。文学革命开拓的是一个散文化的空间,制约着"诗"的产生和发展。时至20世纪20年代中期,诗歌水准和对诗的认识

---

① 穆木天:《道上的话》,《洪水》1926年第2卷第18期。
② 穆木天:《谭诗》,《创造月刊》1926年第1卷第1期。
③ 王独清:《再谭诗》,《创造月刊》1926年第1卷第1期。

## 第二章 诗歌本质存在论:走向诗本体的"纯诗"之路

仍然拘囿"作诗如作文"的主张,中国新诗没能在胡适《尝试集》基础上走得更远,也没有在"诗歌"与"散文"的不同中找到"诗"的发展道路。新诗坛"小诗"的流行,其实质也是把"诗"当作"散文"来理解,冰心自己就认为,《繁星》和《春水》里的小诗就是"散文的分行",所以在自觉加盟文学研究会之后,其尚未发展起来的"诗人的素质"很快就被散文化了。同一时期郭沫若《女神》中"惠特曼"式的诗歌虽然结束了"五四"诗坛的"胡适时代","以彻底反帝反封建的革命精神,崭新的浪漫主义审美意识,恢宏的诗歌创造才能"引领新诗走上新的里程,① 但在穆木天看来,这些诗歌充满"时代的浮气","究竟是外意识的产物",郭沫若是有着"诗人的素质"而不具备"诗的意识"的②,这使其诗歌创作始终保有散文化因素,某种程度上加强而不是弱化"五四"以来诗歌散文化的趋向。所以,《谭诗》作为"给沫若的一封信",是有直接针对性的。在穆木天看来,"对症下药"的诊治就是诗歌要植根诗人的"内生活",表现"人的内生命的深秘",这样的"纯粹诗歌"是以"先验的世界"作为理论背景得以展开的。

在《谭诗》中,穆木天指出,"诗是在先验的世界里","一首诗是一个先验状态的持续的律动"。"纯诗"就是诗歌对先验世界的描述,应该具备先验世界的"统一性"和"连续性"。因此,"统一性"和"连续性"原则也成了穆木天"纯诗"理论的核心所在。"诗的统一性",即诗歌"应有一个有统一性的题,而有一个有统一性的作法"。所谓"题"的统一,可理解为诗歌在思想、思维和情绪上的持续连贯,"作法"的统一则是要求诗歌在形式技法上的完整一致。然而,无论形式的统一还是内容的统一,最终都指向了其背后的先验观念,即内生活对先验世界的感知与契合。先验世界是"一般人找不着不可知的远的世界,深的大的最高的生命",它是诗歌得以涌动的源泉,是个体命运的最终归宿。人类要想借助诗歌抵达先验的彼岸,就必须超越经验世界的外部束缚,返归内心,在潜意识的世界里聆听先验的感召,感知先验的显现。因而"纯诗"必须重视

---

① 龙泉明:《中国新诗的现代性》,武汉大学出版社 2004 年版,第 181 页。
② 穆木天:《平凡》,《幻洲周刊》1926 年第 1 期。

直觉、情绪、感受和潜意识的流动,方可成为人类通达先验彼岸的桥梁。内心世界的返归就对诗歌提出了另一要求:"诗歌的连续性"。诗人要想穿越现实世界的幻想并抵达先验彼岸,必须借助诗歌魔咒般的语词,将内心世界的跳跃延绵完整连续地表达出来。内心的连续性体现在诗歌形式上,就是对诗歌韵律节奏的要求,这是内生命玄秘节律的外现。对"先验"的追求,勾起了对"内生命"的召唤,对内生命节律的倾听,又外化为对诗歌音乐性的自觉。

其次,探讨"纯粹诗歌"与"国民文学"的关系,明晰"诗"与"散文"不同的建构方式。《谭诗》关于诗的"纯粹"与"先验"的审美意识和审美形式的建构,是建立在与"散文"相剥离的基础上,要求"诗"植根于诗人"内生活"和"内生命"之中,从而获得与"散文"根本不同的诗的"纯粹性"。但在一些研究者看来,穆木天的"纯诗"观念还具有非纯因子,即其在提倡"纯粹"诗歌之时对"国民文学"的强调,认为这种强调"试图在象征主义理论中找到国民文学存在的理由,更是一种南辕北辙之举",阻碍了"纯粹诗歌""这种更为原生态的追求"[①];还有观点认为,这"体现出了一种想将象征主义诗艺与现实生活的表现结合起来的愿望,这是紧密地联系于中国当时的诗歌写作语境的,想在诗的社会使命与艺术追求间找到某种平衡"。[②] 如果透视穆木天写作《谭诗》背后的文学发展境况,再梳理其自身的观念历程,可以发现,有两点原因决定穆木天必须关注"纯粹诗歌"与"国民文学"的关系问题。一是"五四"文学革命究其实质是一场散文革命,其文学观念是从新文学散文化的要求出发的,通过文学与时代和社会的共时性横向联系建构起来的,"时代使命感"作为文学革命倡导者的核心主张,是导致新诗创作散文化的根源。《谭诗》就是针对这种"时代使命感"提出"纯诗"主张的,"国民文学"作为时代的"文学底色"是不能回避的。二是就穆木天本人而言,他先是与郑伯奇共同倡导"国民文学",由此感到国内文坛"诗的意识"缺失,进而倡导"纯诗"观念。对此,他人可能会质问,作为曾经的"国民文

---

[①] 陈旭光:《中西诗学的会通》,北京大学出版社2002年版,第150页。
[②] 陈太胜:《象征主义与中国现代诗学》,北京大学出版社2005年版,第79—80页。

## 第二章 诗歌本质存在论:走向诗本体的"纯诗"之路

学"提倡者,"你主张国民文学——国民诗歌——你又主张纯粹诗歌,岂不是矛盾么?"为树立"纯诗"观念的可信度,阐释其建构的可行性,必须从二者之间的关系入手,作出有说服力的解答,一味回避或疏忽则会导致"纯诗"观念的建构缺乏立论基础。对"纯粹诗歌"和"国民文学"关系的思考,其实质就是对"诗"与"散文"之不同的深度阐释,即二者有着根本不同的建构基础和表现方式。

穆木天主张"纯粹"与"先验"的审美意识,认为诗是"内生命的反射",关于"纯粹诗歌"与"国民文学"关系的探讨也是以此为基础的。

> 国民的生命与个人的生命不作交响(Correspondance),两者都不能存在,而作交响时,二者都存在。……故园的荒丘我们要表现他,因为他是美的,因为他与我们作了交响(Correspondance),故才是美的。因为故园的荒丘的振律,振动的在我们的神经上,启示我们新的世界;但灵魂不与他交响的人们感不出他的美来。国民文学是交响的一形式。人们不达到内生命的最深的领域没有国民意识。对于浅薄的人国民文学的字样不适用。国民的历史能为我们暗示最大的世界,先验的世界,引我们到Nostalgia(怀古)的故乡里去。如此想,国民文学的诗,是最诗的诗也未可知。……国民文学的诗歌——在表现意义范围内——是与纯粹诗歌绝不矛盾。①

这段话为我们尝试分析"诗"与"散文"的不同提供了思路。②

第一,"散文化"的诗歌观念是通过"外生活"的开拓建构起来的,需要作家不断丰富和开阔社会生活视野、体验和认识,来实现作家"个人的生命"与"国民的生命"共时性横向联系的发展和深化;"纯粹诗歌"中的"个人的生命"和"国民的生命"的联系是在诗的"内生命"中建立起来的,二者之间是一种历时性纵向关系。在穆木天的思想中,"诗的

---

① 穆木天:《谭诗》,《创造月刊》1926年第1卷第1期。
② 此问题的某些观点参考借鉴了陈方竞的著作《文学史上的失踪者:穆木天》(北京大学出版社2007年版)。

世界固在平常的生活中，但在平常生活的深处"，所以他要"把纯粹的表现的世界给了诗歌作领域，人的生活则让散文担任"，"纯粹的表现的世界"与"人的生活"构成互为表里的两个不同的世界，即个人生命的"内生活"世界与体验社会的"外生活"世界，而在个人生命"内生活"的深处，蕴藏的其实是"国民的历史"，即一个民族的历史文化积淀，"人们不达到内生命的最深的领域没有国民意识"。因此，诗歌越是诗人自我"内生命"的表现，就越具有"国民生命"的内涵。"纯粹诗歌"就在这种历时性渐进的纵向追求中，使"个人生命"在追求"Nostalgia（怀古）的故乡"中与"国民生命"达到深层融合。

第二，"散文化"的诗歌观念是注重说明的，它所创造的世界是"有限"的，"纯粹诗歌"是最忌说明的，是强调暗示的，它启示我们的是一个"无限"的世界，在这个"内生活"的世界里，"个人生命"与"国民生命"那种历时性的纵向关系是通过"交响"得以实现的。穆木天自觉地把西方象征派美学的"暗示"思想引入中国新诗创作，使其成为初期象征派"纯诗"的一个审美标准："诗的世界是潜在意识的世界。诗要有大的暗示能……诗是要暗示出人的内生命的深秘。"[①] 正是"暗示"所展现的极具张力的世界，为诗人的"个体灵魂"与"故园的荒丘的振律"之间发生"交响"提供了可能性空间，如此体现"个人的生命"的诗歌才有机会获得"国民的生命"的意义。

第三，"散文化"的诗歌观念建构的是一个概念的世界，而"纯粹诗歌"通过诗人"内生命"的孕育，借助"暗示"和"象征"，升腾的是一个"诗性境界"，它更是民族精神的表现和升华。注重"说明"使散文的世界呈现的是明朗、清楚的概念境界，它没有"沉思"，不需要"背后要有大的哲学"，而"纯粹诗歌"是"得有一种 Magical Power（魔力）"的，是能够"暗示出无限的形而上学的感"的。也就是说，"个体生命"与"国民生命"产生"交响"的最终目的是要追寻一种"诗性境界"，在穆木天眼里，"国民生命"的历史就是古老民族的历史文化积淀，所以这一

---

① 穆木天：《谭诗》，《创造月刊》1926 年第 1 卷第 1 期。

## 第二章 诗歌本质存在论:走向诗本体的"纯诗"之路

"诗性境界"是由诗人"内生命"孕育的,同时也是整个民族的历史所孕育的,是由现实境遇激发的历史感受、思考和追寻,使诗人仿佛置身民族历史的时间隧道,成为一个民族的代言人。正是这种"诗性境界",使"国民文学的诗,是最诗的诗",揭示了"纯粹诗歌"与"国民文学"在表现层面的同一关系,区别了"诗"与"散文"不同的建构基础和建构方式。《谭诗》中具体阐释的"诗的思维术""诗的逻辑学""诗的文法"和"章句构成法",都是建立在追寻"诗性境界"基础上的。

第四,以诗与散文的"纯粹分界"推动中国象征主义诗歌的发展。中国新诗的"进步"常常借助外来文化的力量,即使是被穆木天视为"新诗的罪人"的胡适,其首开风气的"尝试"也得自英美意象派的启示。可以说,没有外来文化的启示和激励,中国新诗的现代化是难以想象的。西方象征主义的"纯诗"思想恰好顺应了穆木天、王独清反驳新诗"散文化"的强烈意愿。反驳本身也是要达到一种建设目的,即要求中国新诗朝着象征主义发展。穆木天在理解法国象征诗歌的基础上,完成他对"诗"与"散文""纯粹分界"的思考,并通过构建"纯粹诗歌"的世界,推动中国象征主义诗歌美学的发展。

19世纪法国象征派诗歌的出现,体现了象征派诗人对人与社会、自然、宇宙和整个世界关系的认识发生根本变化。他们认为,是唯科学主义导致人与社会、宇宙、自然以至整个世界的关系变得理性化,它压抑着人的精神、欲望和意志,引发人与社会、宇宙、自然乃至整个世界的根本对立。因此,在象征派诗人看来,"散文"以及从中独立出来的"小说",仅仅能够表现这个被理性化的社会、宇宙和自然,展示人与社会、宇宙、自然的理性关系是虚假的,而宇宙、自然和世界与人的生命一样,是混沌一片、变幻莫测的。二者的生命世界是微妙相通的,存在着无法理喻只能感应的神秘关系,这种关系只有通过"象征"才能实现,只能在"诗的世界"中呈现。对法国象征派诗歌有着深刻认识的穆木天,迅速捕捉到新诗发展的理性色彩,"说理是主调之一"[①],表达则往往理胜于辞,意溢于言

---

[①] 朱自清:《诗与哲理》,《新诗杂话》,生活·读书·新知三联书店1984年版,第23页。

而寡淡无味，在表现人与社会、宇宙、自然的关系时，均为一种理性姿态，这抑制了"诗"的灵性，限制了"诗"的发展所需要的更大空间。为此，他借鉴波德莱尔的"感应"思想，以具有同质意义的"交响"和"暗示"，强调诗与宇宙、自然和整个世界的联系应弃"理性"转而为"内生活的真实的象征"。在具体阐述"纯粹诗歌"的内涵中，穆木天跨越了"散文化"到"纯诗化"的诗路历程，而且透过新月派诗人追求形式规范的表层要求，直接进入对诗歌内在生命的本体思考，将中国新诗的发展引向象征主义的探求轨道。

20世纪20年代中期，新诗朝象征主义发展是一个受人关注的话题。穆木天《谭诗》发表不久，周作人也注意到文学革命带来的新文学审美意识和审美形态不足的问题，提出"兴"与"象征"融合的新诗发展之路。在其没有逻辑说明的直感判断中，排除观念误解不谈，其对"五四"以来新诗创作现象的反思，还是表现出对新诗美学构建的一种努力。这一点前文已有论述。与之相比，穆木天的"纯诗"观念是在中国现代诗人与西方象征诗的"不期而遇"中产生的，并因这一特殊境遇获得了对西方象征主义诗歌的"具体感受"，真正触摸到中国象征主义诗歌产生之初诗人特有的生命形态和精神特征，为中国现代新诗的发展找到一条新路。只是由于创作力的贫弱和意识形态化理论的兴起，这种超前的新诗本体观没有更多地付诸实践，只成为后来"纯诗化"诗歌本体建设的理论桥梁。对此，继续深入思考并取得实绩的是20世纪30年代的现代派诗人和理论家。

## 二 向新诗现代化掘进：现代"纯诗"观的本体自建

朱自清在1941年总结抗战以前中国新诗的发展轨迹时，特别指明："从格律诗以后，诗以抒情为主，回到了它的老家。从象征诗以后，诗只是抒情，纯粹的抒情，可以说钻进了它的老家。"[1] 其内在含义指明象征派及其现代派诗人始终遵循象征主义"纯诗"路线。20世纪30年代，新诗"纯诗化"本体观的思考和建设已不再是对新诗流弊的反思，主要着眼于

---

[1] 朱自清：《抗战与诗》，《新诗杂话》，生活·读书·新知三联书店1984年版，第38页。

## 第二章　诗歌本质存在论：走向诗本体的"纯诗"之路

新诗自身的经验总结。至此，中国诗坛"纯诗"观念两个层面的内涵全部彰显：一是指针对新诗过于"粗糙""明白"的艺术弊病，进而要求诗与散文的"纯粹"分界；另一是指"为诗而诗"的艺术本体论立场。20世纪30年代的现代派诗人已从强调诗与散文的界限，转为对新诗现代化趋向的主动认同，已由呼应西方"纯诗"观念转向自建中国现代象征主义"纯诗"理论，在扬弃和发展中，作出符合时代要求和新诗实际的审美抉择。他们高擎艺术本体论的大旗，既关注形式层面的"诗化"，更着力探索诗歌内蕴的深广，积极丰富"纯诗"观念，使之成为新诗本体建设的审美共识。

首先，以诗之为诗所具有的永恒特质为总纲，张扬"纯诗"应有的艺术审美力量。现代派诗人不仅代表着中国新诗史上"一股追求'纯诗'的文艺诗潮"[1]，而且在诗学观念、理论批评和诗歌实践等层面积极张扬"纯诗"艺术所具有的审美力量。在诗学观念上，他们本着艺术自足的原则，心仪一种"纯诗"的艺术精神，尊重诗歌作为诗人艺术创造的自由品性，强调诗歌"不应该是现实的寄生虫，诗应该本身就是目的"[2]。戴望舒把"纯诗性"视为古诗和新诗共同拥有的"永远不会变价值的'诗之精髓'"，主张"把不是'诗'的成分从诗里放逐出去"[3]。金克木也认为纯诗"它一定是从所有的诗里抽象出来的一个共同点"，是"诗的真正的、唯一的条件"[4]。施蛰存更是声称《现代》中的诗是"纯然的现代诗"，这些注重诗质的主张显然体现了现代派诗人对"纯诗"观念的追求。相比于此，梁宗岱则以系统的精深见解，在理论层面丰富着"纯诗"观念的审美内涵。他深感中国新诗整体艺术水平低下的原因之一，是没有形成自觉的关于诗的文体观念，划不清诗与散文的界限，所以，他试图通过提倡"纯诗"以明确诗的艺术本质和文体特征。在《谈诗》一文中，他系统构建了自己的"纯诗"理论体系，深度阐释艺术的自主性、诗歌语言的重要性、诗歌的音乐性和暗示性等问题。他还以"纯诗"观念评论当时的新诗创作

---

[1] 蓝棣之：《现代派诗选·前言》，人民文学出版社1986年版，第1页。
[2] 陈御月（戴望舒）：《〈核佛尔第诗抄〉译后记》，《现代》1932年第1卷第2期。
[3] 戴望舒：《谈林庚的诗见和"四行诗"》，《新诗》1936年第2期。
[4] 金克木：《论诗的灭亡及其他》，《文饭小品》1935年第2期。

和古典诗歌,将理论阐释和批评实践相结合,彰显"纯诗"为新诗发展带来的现代特质。与梁宗岱同时,还有李健吾立足"纯诗"的观念立场,评论卞之琳等现代派诗人的作品。他们的审美自觉几乎都源于对新诗现代发展趋向的把握与认同,他们的理论建树也使"纯诗"成为20世纪30年代颇具影响的诗歌观念。

其次,强调形式与内容共为一体的"纯诗",认同新诗表现手段自身的存在价值。梁宗岱强调新诗作者要有高度的形式感,认识到"形式是一切文艺品永生的原理,只有形式能够保持精神的经营,因为只有形式能够抵抗时间的侵蚀"。[①] 他特别强调诗歌的形式创造,"正如风的方向和动静全靠草木摇动或云浪起伏才显露,心灵的活动也得受形于外物才能启示和完成自己"[②],"受形"一词显然是梁宗岱对诗歌形式的审美创造。在他看来,表现形式是诗所以成为诗的前提和本质,至于内容,是自然而然地附丽于形式的,这显然是象征主义内容与形式相统一的一元论立场。针对新诗发展的"散文化"弊病,在象征主义诗学基础上,梁宗岱重新提倡新诗的格律化。现代派诗人对新诗形式也有清楚的认识,"胡适之先生的新诗运动,帮助我们打破了中国旧体诗的传统。但是,从胡适之先生一直到现在为止的新诗研究却不自觉地堕落于西洋旧体诗的传统中,他们以为诗应该是有整齐的用韵法的,至少该有整齐的诗节。"[③] 针对闻一多的"三美"理论,他们直接提出,诗歌表现的核心在于"诗情",诗人不应该离开"诗情"去片面地追求形式之美,而是应该像"智者""为自己制最合自己的脚的鞋子"那样,为"诗情"的表达去创造新的形式。散文化的自由体成为现代派诗人对"纯诗"形式的新认识。

在现代派"纯诗"观念的本体自建中,戴望舒和梁宗岱无疑是最具代表性的两位人物。同是接受法国象征主义"纯诗"理想的艺术影响,都是注重"纯诗"形式建设,但梁宗岱与现代派诗人对新诗形式的审美自觉却

---

① 梁宗岱:《新诗底纷歧路口》,《诗与真·诗与真二集》,外国文学出版社1984年版,第170页。
② 梁宗岱:《谈诗》,《诗与真·诗与真二集》,外国文学出版社1984年版,第91页。
③ 施蛰存:《又关于本刊的诗》,《现代》1933年第4卷第1期。

## 第二章　诗歌本质存在论：走向诗本体的"纯诗"之路

有明显分歧，他们选择的是同一旨归下的矛盾路径。戴望舒对"纯诗"的维护，选择的是对新月派格律诗的反动，他重举"诗的散文化"旗帜，对格律诗实行超越，这正是当时新诗发展面临的一个重要历史任务。孙作云曾精到论述过新诗发展的这一必然规律："新诗在第一期，因为反对旧诗的严格，所以'过分自由'。这是对于千余年来旧诗的反动，所以韵律、形式，完全不讲。故新诗等于说话，等于谈家常，结构既不谨严，取舍更无分寸。新月派的诗人们出来，力矫此弊，形式也因而固定，这是对于'五四'时代新诗的反动。新月派诗人不久又被人厌恶了，甚至有人名之曰'豆腐干体'，所以现代派诗人出来，主张自由诗，摈弃均律，不以辞害'意'，这是对新月派诗的反动。"[①] 反动首先表现为"对音乐的成分"的反叛，"诗不能借重音乐，它应该去了音乐的成分"，"诗不能借重绘画的长处"。在摆脱对音乐和绘画的形式依赖背后，戴望舒强调的是现代人诗的情绪对诗歌创造的重要性，"诗的韵律不在字的抑扬顿挫上，而在诗的情绪的抑扬顿挫上，即在诗情的程度上。"[②] 所谓"诗情的程度"或"诗的情绪"，一方面注重诗歌开掘的内在取向，认为诗本身就是诗人"灵魂的充实，或者诗的内在的真实"；另一方面注重诗人情绪的现代性特征，即无论是现代人的生活感受还是传统的生活领域，他们都以新的现代人的眼光进行审视和择取，传达与再现，表现一种超越意识。由此看出，戴望舒反对格律诗而主张"散文化"的自由诗，其实质是追求形式的"散文化"，而非内容的"散文化"，"诗情的程度"所包孕的内涵正是现代"纯诗"观念的主旨。这显然与初期象征派的"纯诗"观念一脉相承，因为象征派诗人纠偏新诗"散文化"所质疑的主要也是内容的"散文化"，而对形式的"散文化"并非全持否定态度。王独清就曾对穆木天表白，"我所取的诗形中有'散文式的诗与纯诗式的'"，"我觉得形式也很重要。因散文式有散文式能表的思想事物，纯诗式有纯诗式能表的思想事物；如一篇长诗，一种形式要是不足用时就可以两种并用。"[③] 换个角度而言，戴望舒

---

① 孙作云：《论"现代派"诗》，《清华周刊》1935年第43卷第1期。
② 戴望舒：《诗论零札》，《现代》1932年第2卷第1期。
③ 王独清：《再谭诗——寄木天、伯奇》，《创造月刊》1926年第1卷第1期。

强调打破诗的格律，似乎是在回应提倡"作诗如作文"的早期白话诗，但与早期新诗从诗的思维到形式的彻底"散文化"不同，现代派诗人坚持"纯诗"观念，重视诗的思维和诗的情绪，追求诗的朦胧美，这是区别于早期新诗"散文化"倾向之所在。废名对此有过简短而精准的评价，认为现代派诗歌"它们的内容是诗的，形式则是散文的"[①]。

与戴望舒相比，梁宗岱"纯诗"观的审美自觉指向两个方面。一方面，针对初期白话新诗的审美薄弱和创作粗糙，认为新诗处在"纷歧路口"，要提倡"纯诗"，他以诗与散文的分界为出发点定义"纯诗"，并针对新诗的种种问题和弊端，为诗与散文划出界限，强调生命哲学与宇宙意识，要求观念的具象化和现实生活的背景化，全新调整新诗艺术结构。另一方面，针对新月诗派的格律诗，梁宗岱没有像戴望舒那样持"反叛"姿态，而是认为自由诗无论本身怎样完美，都无法唤起读者心灵的强烈观感和反应。在他看来，新诗如果沿着自由诗的道路走下去，虽然"是一条捷径，但也是一条无展望的绝径"[②]。所以，梁宗岱肯定诗的格律形式，积极提倡创造新格律诗，在新月派重建形式的基础上，实现再重建。同是"纯诗"观念的持有者，在诗的形式层面，戴望舒站在与新月派格律诗对立的立场，主张形式散文化的自由诗，梁宗岱与新月派格律诗保持同一立场，摒弃教条而主张创造新的格律诗。如此说来，象征主义"纯诗"观念的本体自建也是一个在矛盾中不断寻求统一的复杂过程。

最后，现代派"纯诗"观的本体自建还表现在重视语言独立的本体特性，凸显诗歌传达工具的地位和作用。"纯诗"境界的存在显然是与语言本身合一的，关于如何用语言营造诗境的问题，梁宗岱开宗明义指出："我不相信在艺术上有一种离开任何工具而存在的抽象表现。一个艺术家，无论他是诗人，画家，雕刻家或建筑家，如果他要运思或构想，决不能赤手空拳胡思乱想，而必须凭借他的特殊工具：文字，颜色，声

---

① 废名：《谈新诗》，人民文学出版社1984年版，第24页。
② 梁宗岱：《新诗底纷歧路口》，《诗与真·诗与真二集》，外国文学出版社1984年版，第171页。

## 第二章 诗歌本质存在论:走向诗本体的"纯诗"之路

音或木石,——不独藉凭,还要尽量利用每种工具的特长和它的限制。所以在某一意义上,文字之于诗,声音之于乐,颜色线条之于画,土木石之于雕刻和建筑,不独是传达情意的工具,同时也是作品的本质。"① 梁宗岱重视语言问题是有现实针对性的,其批评的主要目的就"在于从根本上探讨中国新诗整体艺术质量低下的原因,并试图通过中西诗学比较,寻求新诗艺术发展的理论依据"。② 在他看来,忽视语言问题和仅凭灵感写作,是造成中国新诗艺术质量低劣的两大原因,尤其是忽视语言传达技术,是中国新诗史上一直没有解决的问题。他认为"应彻底认识中国文字和白话的音乐性",并从诗歌语言的音乐性角度,对之进行细节探讨。现代派诗人也从形式散文化的自由体出发,提倡"纯诗"是"用现代的词藻排列成的现代的诗形","纯诗"的语言应该是经过审美提炼的日常口语。特别是在戴望舒的诗作中,适合表现现代人现代情感的日常口语的运用,彻底驱除了旧格律的阴影,使新诗"在无数的歧途中间找到了一条浩浩荡荡的大路",也使"纯诗"观念在实践层面实现了本体自建。

### 三 追求"综合"的现实自觉:现代"纯诗"观的本体新变

20世纪20年代中后期至30年代,穆木天、梁宗岱的"纯诗"理论,与初期象征派和现代派的"纯诗"实践一道,反驳白话新诗的散文化和平民化,使现代"纯诗"观念获得丰富的本体内涵。就象征主义诗学"纯诗"观念而言,它并非一般人所理解的只注重艺术形式的"象牙塔"之论,尽管它推崇的是法国象征主义的"纯诗"内涵,追求艺术自主原则,倡导诗歌本体自足,但在艺术性基础上,如何实现对社会现实意义的传达,也是穆木天、梁宗岱等人在象征主义诗学建构初期思考的问题。前文曾经提到,穆木天从"纯粹诗歌"与"国民文学"的关系入手,探讨诗与散文的界限,他也是从当时的现实文化语境出发建构"纯诗"观念的。梁宗岱也从人性与时代精神的复杂关系出发,探讨过在象征灵境的创造中诗

---

① 李振声:《梁宗岱批评文集》,珠海出版社1998年版,第258页。
② 温儒敏:《中国现代文学批评史》,北京大学出版社1993年版,第279页。

歌的表现内容的问题。①但与那些热烈的时代歌者为诗歌确定的现实标准相比，他们对象征主义与时代精神的"触摸"还远远达不到要求。随着抗战爆发，"民族救亡图存"的现实需求成为压倒一切的时代主题，由20世纪30年代中国诗歌会倡导并实践的写实诗风进一步发展，时代性和战斗性成为这一时期的诗坛主潮。在"大众化"诗学主控的形势下，曾经独领风骚的象征主义诗风成为众矢之的，批判之势愈演愈烈，以"纯粹的抒情"为主调的象征派和现代派必然承受被压抑的状态。尤其现代派诗歌创作后期也陷入艺术的尴尬境地，不稳定的社会现实已经不能为他们过于"纯粹"的艺术提供养料，相当多的现代派诗人文思枯竭，难有新鲜之作。置身这样的处境之中，现代派诗人群体不可避免地出现严重分化，一些恪守纯艺术精神的诗人们开始"向诗，向象征主义／告别／向《恶之花》／《巴黎之忧郁》／说再会"（路易士《向文学告别》）。在严峻的社会现实和外在的强大压力面前，这种告别更是对自身诗学立场的深刻反省和主动放弃。种种直逼而来的现实境况，使"纯诗"面临艺术新变的重要选择，继续坚持"纯诗"立场的诗人和诗论家必须对诗学困境作出思考，九叶派诗论家承担起赋以"纯诗"本体新质的历史使命。此时的中国现代诗坛，以瓦莱里、里尔克、叶芝等为代表的后期象征主义和以艾略特为代表的英美现代主义诗学正在产生重要影响，为诗论家摆脱诗学困境提供了思考的理论依据。

尽管有研究者认为，"九叶派、七月派的出现，标志着中国新诗为艺术而艺术的自觉形态的终结"②。"为艺术而艺术的自觉形态"显然包括象征主义"纯诗"观念，但从象征派、现代派、九叶派诗歌的整体脉系着眼，就现代象征主义"纯诗"观念而言，"终结"的观点显得过于武断。与其认为"终结"，不如说是经过战火洗礼，秉持"纯诗"艺术观的现代诗人和诗学家经过反思又赋予"纯诗"更多的新质，"这种品格与质素，与'回到了老家'的纯诗不同，而是以全新的特质在诗的'老家'中获得

---

① 此问题参见陈太胜《梁宗岱与中国象征主义诗学》第五章第一节，北京师范大学出版社2004年版。

② 李怡：《中国现代新诗与古典诗歌传统》，北京大学出版社2008年版，第81页。

## 第二章 诗歌本质存在论:走向诗本体的"纯诗"之路

生命。内心对外在事物的感应力和表现力达到了新的平衡。时代的声音与内心世界的反响在完美艺术赋形中得到复现",① 现代"纯诗"观念通过现实提升而发生审美新变。这一审美自觉直接表现为诗潮脉系内部的观念反思,它一方面承认自身探索与象征派、现代派诗人的"感性革命"之间有深层的内在联系,另一方面又为他们的诗学局限阻碍新诗现代化进程而表现一种急切的超越感。从反思的现实针对性和"纯诗"观念的新质内涵两方面,可以看到象征主义"纯诗"观念在20世纪40年代发生的审美新变。

20世纪40年代,对象征主义的反思主要针对逃避现实和人生这一倾向。批评虽不针对具体的"纯诗"观念有感而发,也未将矛头指向具体的象征派和现代派诗人,但脱离现实和人生的倾向,的确是象征主义"纯诗"的过度追求所致。冯至批评象征主义者把诗"变成了避难所;逃出丑恶现实的唯一去路;大家带了一种绝望的热忱而直奔那里"。② 陈敬容也深刻反省这一诗潮,认为"中国新诗虽还只有短短的一二十年的历史,无形中却已有了两个传统:就是说,两个极端。一个尽唱的是'梦呀,玫瑰呀,眼泪呀',一个尽吼的是'愤怒呀,热血呀,光明呀',结果是前者走出了人生,后者走出了艺术,把它应有的将人生和艺术综合交错起来的神圣任务,反倒搁置一旁"。③ 但有学者指出,陈敬容"将整体的现代派诗和政治诗笼统地说成是'走出了人生'和'走出了艺术',也不甚符合创作的实际。这显然是带有很重的偏颇色彩的理解与判断。"④ 事实上,"我们不能把问题过于庸俗化和意识形态化……通过个人内心世界而曲折表现出来的心理现实和人生,未必就不是现实和人生"。⑤ 但陈敬容反思的可贵之处在于,她道出"将人生和艺术综合交错起来"的新诗审美方向,成为丰富象征主义"纯诗"内涵的切入点。换句话说,为突破诗学自身困境,与时代精神相合拍,象征主义"纯诗"观必须对自身倾向作出调整,更多吸

---

① 孙玉石:《中国现代主义诗潮史论》,北京大学出版社1999年版,第483页。
② 冯至:《关于诗的几条随感与偶译》,《中国新诗》第5集,1948年10月。
③ 默弓(陈敬容):《真诚的声音——略论郑敏、穆旦、杜运燮》,《诗创造》1948年第12期。
④ 孙玉石:《中国现代主义诗潮史论》,北京大学出版社1999年版,第326页。
⑤ 陈旭光:《中西诗学的会通》,北京大学出版社2002年版,第231页。

收和融合一些现实性因素，使立足诗歌本体的"纯诗"获得新的诗学风貌。在时代潮流和诗学境遇面前，"九叶派"诗论家反思先前隔绝现实、似乎不带人间烟火气息的"纯诗"追求，提出"现实、象征、玄学"的综合化诗学原则，将"人生和艺术综合交错起来的神圣任务"赋予"纯诗"，使"纯诗"具有对人类生存状态的现实关怀和个体生命的价值体验。

1947年，袁可嘉提出新诗发展的现代化方向，即"现实、象征、玄学的新的综合传统；现实表现于对当前世界人生的紧密把握，象征表现于暗示含蓄，玄学则表现于敏感多思、感情、意志的强烈结合及机智的不时流露"。① 在这个三维结构的诗学原则中，"就其诗学观念的核心应是象征主义的'象征'而言，'现实'与'玄学'恰好构成了'象征'的'暗示含蓄'意欲加以融合转化的相反相成的二极"。② "现实"元素显然是"纯诗"内涵的新质素，成为"新诗现代化"思路的第一要义，其突出强调诗与现实的密切关系，"绝对肯定诗与政治的平行密切关系"，"绝对肯定诗应包含，应解释，应反映的人生现实性"，"肯定文学对人生的积极性"③。这种诗学意识显然意在纠偏"纯诗"观念逃避现实的倾向，努力破除将"纯诗"与逃避现实拴在一起的习惯性认知。但与纯粹的现实主义诗学论者不同的是，这种对"现实"元素的"绝对肯定"，其背后把持的仍是根本的"纯诗"立场。他们依然尊重诗歌艺术的个性与特质，强调诗作者以"现实"来增大"自己的感性半径"，其根本旨归是"想在现实与艺术间求得平衡，不让艺术逃避现实，也不让现实扼死艺术"，"要诗在反映现实之余还享有独立的艺术生命"④。不难看出，"求得平衡"的理论阐释中，内蕴着对"纯诗"立场的永不放弃，这种艺术态度在唐湜后来的回忆中曾有真诚表露："我一直想接过冯至、戴望舒、何其芳、孙毓棠与辛笛、敬容

---

① 袁可嘉：《新诗现代化——新传统的寻求》，《论新诗现代化》，生活·读书·新知三联书店1988年版，第7页。
② 陈太胜：《象征主义与中国现代诗学》，北京大学出版社2005年版，第185页。
③ 袁可嘉：《新诗现代化——新传统的寻求》，《论新诗现代化》，生活·读书·新知三联书店1988年版，第5—6页。
④ 袁可嘉：《诗的新方向》，《论新诗现代化》，生活·读书·新知三联书店1988年版，第219、220页。

## 第二章 诗歌本质存在论:走向诗本体的"纯诗"之路

们的火把,从那一代文雅的诗艺传统,发展出自己的风格,一代新的风华,舒展一如我瞻望的'荷叶上水珠的航行'。"①"文雅的诗艺传统"显然是对现代"纯诗"传统的接续。还要特别指出,"九叶派"诗论家对"纯诗"内涵的"现实"增容,也指向大众化新诗的流弊,他们所认同的"现实"不是肤浅的、平面的、机械的反映,"不能只给生活画脸谱,我们还得画它的背面和侧面,而尤其是内面"②,这是"自内而外,由近及远,推己及人地面对生活"的"新天地"③。综上所述,袁可嘉等人站在"纯诗"的立场,修正现实主义诗学,增加"纯诗"诗学的现实因素,为"纯诗"发展指明新路向。

此外,"纯诗"因注重情感、情绪所引发的新诗过度感伤倾向也成为诗论家指责的焦点。"感伤"其实是象征主义承袭浪漫主义的流风遗韵,而过于沉迷和推崇情感的一种外在表现,它过分夸大感情在文学中的地位,"深信诗是热情的产物"④,甚至那些"没有经过周密思索和感觉"的"一切虚伪、肤浅、幼稚的感情"也都成诗为文。⑤为打破"情感"对诗国的绝对统治,袁可嘉明确提出,"现代诗人重新发现诗是经验的传达而非单纯的热情地宣泄"⑥,必须通过官能感觉与抽象玄思的统一,转化生活的内在经验,升华为底蕴深厚的诗。新诗正是由于缺少"诗经验的过程",表现为两种平行的毛病:说明意志的最后都成为说教的,表现情感的则沦为感伤的,二者都只是自我描写,都不足以说服读者或感动他人。为此,他提出"新诗戏剧化"的解救方案,"尽量避免直截了当的正面陈述而以相当的外界事物寄托作者的意志与情感",追求表现的"戏剧性",即"客观性与间接性"⑦。显然这是象征主义"纯诗"暗示性内质的升华,是

---

① 唐湜:《我的诗艺探索历程》,《一叶诗谈》,广西教育出版社2000年版,第29页。
② 成辉(陈敬容):《和唐祈谈诗》,《诗创造》1947年第6期。
③ 唐湜:《论中国新诗》,《华美晚报》1949年9月13日。
④ 袁可嘉:《诗的迷信》,《论新诗现代化》,生活·读书·新知三联书店1988年版,第59页。
⑤ 袁可嘉:《论现代诗中的政治感伤性》,《论新诗现代化》,生活·读书·新知三联书店1988年版,第53页。
⑥ 袁可嘉:《诗与民主》,《论新诗现代化》,生活·读书·新知三联书店1988年版,第47页。
⑦ 袁可嘉:《新诗戏剧化》,《论新诗现代化》,生活·读书·新知三联书店1988年版,第23—25页。

"纯诗"象征理路新的内在延展。反思感伤性使象征主义"纯诗"观获得现实质素增容的同时,也获得艺术表现策略的开拓,在更具宽容性、包含性的层面提高了"纯诗"的艺术表现力。

20世纪40年代的"九叶派"诗论家汲取西方后期象征主义的诗学营养,增加了象征主义表现现实的新内涵,"纯诗"观念开始呈现综合性、包容性的成熟风貌,在复杂的文学境域中走向多元化。正如龙泉明所言,"20世纪40年代,是社会、道德与审美方面不甚谐和的时代,有人要么重视文学作为工具的作用,把文学服务社会政治看得高于一切,而忽视文学的审美特性;要么把文学艺术的纯化放在首位,而缺乏关注和探讨现实问题的热情和耐心。象征主义诗学'纯诗'观在这样艰难的环境中获得了沉稳的发展,融入'新诗现代化'的诗学追求中,呈现出明显的开放与综合趋势。"① 立足新的逻辑起点,获得新质的"纯诗"观推动了中国现代象征主义诗学的内在转向,开启更为成熟的艺术发展新阶段。

## 第二节　同步互动:现代"纯诗"批评的审美意蕴

20世纪30年代,随着现代"纯诗"审美观念的逐步深化,面对新诗如何"现代"的问题,沿初期象征派而来的现代派诗人积极探寻新诗现代"诗质",诗歌开始从指涉现实转向张扬本体意义的重建,体现为诗歌观念、审美态度、艺术方式等方面的内在变革。在这一时期的新诗批评领域,诗评家开始注重新诗内在的艺术价值,寻求新诗的自律性和独立的艺术地位,以现代"纯诗"观念评价戴望舒、卞之琳等现代派诗人的创作。尽管他们的诗歌评析并未专门论述"纯诗"理论,但却保持与象征主义"纯诗"相同的立场,适应新诗审美变革的现代探求,凸显批评的主体意识,超越客观色彩浓重的传统批评方法,构建了具有丰富审美意蕴的现代"纯诗"批评体系,开辟了现代诗学批评的新格局,使"中国新诗批评史

---

① 龙泉明:《中国新诗的现代性》,武汉大学出版社2005年版,第81页。

## 第二章 诗歌本质存在论：走向诗本体的"纯诗"之路

拓进了一个完全陌生的领域"①。

### 一 与"诗"呼应：现代"纯诗"批评的审美动向

以敏锐的时代意识关注和理解现代派诗潮，以"纯诗"立场把握现代派诗潮的审美特征，对"诗本身"进行艺术本质的审美观照，是现代"纯诗"批评的审美新动向。

20世纪20年代中后期出现的现代派诗潮，以其"突破"性的新诗观念，使众多读者和传统诗学批评陷入困惑迷惘的境地。这种局面下，以"新潮"现代诗歌为审美对象，积极建构具有"新质"的诗歌批评显得尤为重要。纵观20世纪30年代的诗歌批评，对新潮诗歌作出深刻阐述与辩护的虽然不多，但李健吾、朱自清等诗评家，以特有的审美素养聚焦现代派诗歌，探寻它们艺术思想的新趋势，考察新诗审美趣味的变化坐标，缩短了现代诗歌批评与新诗现代化的距离。

首先，敏锐感悟现代派诗人的时代处境，是现代"纯诗"批评审美探寻的基点。20世纪30年代，"一批生活在大城市的知识青年，怀着极度的苦闷、困惑和失望，徘徊歧路，在象牙塔里沉吟，在沉吟中探索艺术和人生"②，他们开始叛离早期新诗的情感"挥霍"，由诗的外在真实转向追求内在真实。作为新诗潮，他们的审美转向必然造成与传统诗歌的龃龉，直接引发旧诗人和拥护新诗的"半新不旧的人物"的不满，被斥为"新诗的迷误和歧途的代表者"③。在现代新诗潮迫切需要"知音"之时，李健吾的批评实践率先断言旧的"习惯势力"与青年诗人之间的关系："我敢说，旧诗人不了解新诗人，便是新诗人也不见其了解这少数的前线诗人。我更敢说，新诗人了解旧诗人，或将甚于了解这批应运而生的青年。孤寂注定是文学制作的命运。"④ 他精准把握时代精神的变换，准确揭示现代派诗人

---

① 孙玉石：《李健吾诗歌理论批评的现代性》，《中国现代诗歌艺术》，长江文艺出版社2007年版，第106页。

② 蓝棣之：《现代派诗选·序言》，《现代派诗选》，人民文学出版社1986年版，第1页。

③ 孙玉石：《李健吾诗歌理论批评的现代性》，《中国现代诗歌艺术》，长江文艺出版社2007年版，第106页。

④ 李健吾：《〈鱼目集〉——卞之琳先生》，《咀华集》，花城出版社1984年版，第104页。

所承受的压力和艰难处境,认为已经来临的"繁复的现代",使新诗必然进入"和既往迥然异趣的新奇天地",新鲜的情思和感觉表达方式也必然为"一般进步的诗人所注视"①,在没有人能够回答这些诗人所走的道路"是不是都奔向桃源"之时,"孤寂"的文学命运是他们无法抗拒的现实。基于对时代的敏锐洞察和诗人处境的"前卫"理解,李健吾称这些青年诗人为"前线诗人",体察到他们"心灵的活动愈加缜密了","诗愈加淳厚了"②,为现代"纯诗"批评找到审美切入点。

其次,充分认同现代派诗潮美学革命的崭新态势,是现代"纯诗"批评的明晰方向。对现代派诗人时代处境的真切把握,使批评家迅速切准他们的诗潮脉搏,李健吾指出,"五四""初期写诗的人可以说是醒觉者的彷徨,其后不等一条可能道路的发现,便又别是一番天地……对于一部分诗人,我们起首提到的形式和内容,已经不在他们的度内,因为他们追求的是诗,'只是诗'的诗"。③ 在批评《现代》杂志的诗人创作时,"别是一番天地"和"'只是诗'的诗"的断语,可谓"异端"宣言,它肯定了现代派诗人所代表的崭新方向,即他们"承受以往过去的事业(光荣的创始者,却不就是光荣的创造者)",用具有"火热的情绪"的生命和"清醒的理智"的灵魂,"潜心于感觉酝酿和制作",倾心追求"回到各自的内在","体会灵魂最后的挣扎"④。批评家朱自清立足诗歌审美的总体特征,把握现代派诗人的新动向,"从象征诗以后,诗只是抒情,纯粹的抒情,可以说是钻进了它的老家"。⑤ 批评家既从微观视角盛赞了诗人从内容形式到感觉为新诗发展开拓的新天地,对这批"光荣的创造者"承前启后的意义和价值给予高度评价,又宏观揭示了新诗潮对新诗发展具有的导向力量,表达了批评家对新诗发展"纯诗"方向的认同。

最后,批评主体可贵的现代意识是现代派诗潮审美批评的原动力。如果说,李健吾因早年留学法国,最先熟悉和偏爱"象征主义的诗歌",并

---

① 李影心:《汉园集》,《大公报·文艺》"诗歌特刊"1937年第293期。
② 李健吾:《〈鱼目集〉——卞之琳先生》,《咀华集》,花城出版社1984年版,第104页。
③ 同上书,第103页。
④ 同上书,第105页。
⑤ 朱自清:《抗战与诗》,《新诗杂话》,生活·读书·新知三联书店1984年版,第38页。

## 第二章 诗歌本质存在论:走向诗本体的"纯诗"之路

接受以瓦莱里为代表的"纯诗"理论的熏陶,能够深刻领会现代派思想,迅速将批评目光倾注以戴望舒、卞之琳为代表的现代派诗歌新潮,具有较强的现代批评意识,那么,20世纪30年代的朱自清力排众议,对现代诗的审美批评所表现的肯定态度,则是一位文学批评家始终关注中国新诗发展进程的责任自觉,他们共同促成了现代诗批评与诗的沟通与契合。

无论是李健吾还是朱自清,都意在捕捉新诗发展进程中的现代因子,努力揭示现代诗歌内在的精神本质,其背后正是现代"纯诗"批评进入客体对象所遵循的审美路径,即通过"诗本身",对现代人和现代诗进行符合对象艺术本质的审美观照。循此路径,现代"纯诗"批评揭示了新诗走向现代化的事实,以及新诗现代主义艺术的基本特征,找到与传统批评不同的审美向度。

### 二 深化"纯诗"内涵:现代"纯诗"批评的审美旨趣

在批评中,精准把握现代化的"纯诗"运动,以清醒的责任意识追寻和倡导"纯诗"观念,以精到的审美见解丰富和深化"纯诗"内涵,是现代"纯诗"批评审视诗歌创作的独特审美旨趣。

批评家在新诗发展进程中审视现代派诗歌,通过对比分析意识到,旧诗和早期新诗"已经沦为一种附丽,或者一种宣泄",已经不能适应"繁复的现代"的来临,不能适应现代人"繁复的情思同表现"。为此,批评家呼吁具有现代特质的"纯诗","真正的诗已然离开传统的酬唱,用它新的形式,去感觉体味糅合它所需要的和人生一致的真淳;或者悲壮,成为时代的讴歌;或者深邃,成为灵魂的震颤",并一语道破"纯诗"赋予现代诗歌的本质要求,即"在它所有的要求之中",最先满足的是"诗的本身,诗的灵魂的充实,或者诗的内在的真实"。[①] 批评家没有以"纯诗"的理论成规操纵批评砝码,而是通过反思旧诗和早期新诗流弊,彰显新诗"纯诗化"的必然性。对"纯诗"运动精神内核的准确把握,使批评主体在实践中完全从现代派诗人的精神世界出发,深刻体验"纯诗"的多层内

---

① 李健吾:《〈鱼目集〉——卞之琳先生》,《咀华集》,花城出版社1984年版,第103—104页。

蕴，剖析"纯诗"的内在精髓，阐明独特见解，形成现代"纯诗"批评独特的审美内质。

第一，突出"纯诗"诗人主体精神层面的特征，是现代"纯诗"批评的理论新见。相比形式层面的"纯诗"追求，批评家更注重发掘青年诗人精神层面的"纯诗"特征。在李健吾看来，这群年轻人"决定诗之为诗，不仅仅是一个形式内容的问题，更是一个感觉和运用的方向的问题"，"诗的纯粹"背后，隐藏的是诗人们"火热的情绪""清醒的理智"与"灵魂的挣扎"，"他们把文字和言语糅成一片，扩展他们想象的园地，根据独有的特殊感觉，解释各自现时的生命"。① 也就是说，诗人对"纯诗"的探求，并不仅仅遵循诗歌发展的内在逻辑为新诗开辟新路，还立足心灵反映，创造一个令旧诗瞠目而视的世界。朱自清也明确指认这群诗人系于时代、缘于生活的"特殊感觉"，"发现这些未发现的诗，第一步得靠敏锐的感觉，诗人的触角得穿透熟悉的表面向未经人到的底里去。那儿有的是新鲜的东西。闻一多、徐志摩、李金发、姚蓬子、冯乃超、戴望舒各位先生都曾分别向这方面努力。而卞之琳、冯至两位先生更专向这方面发展，他们走得更远些。"② 如果说，穆木天、梁宗岱阐发的"纯诗"境界带有理论预设的抽象性，那么李健吾、朱自清的"纯诗"批评实践，意在强调诗人创作的主体性和个体性，尤为突出"纯诗"创作主体的精神独立性。换句话说，"纯诗"并非一个预定的先验的境界，它在根本上取决于诗人个体独特的精神创造。

第二，注重"纯诗"创作的时代性，是现代"纯诗"批评的又一新视点。诗人精神诉求的蜕变与时代转型息息相关。批评家明确指出，诗的"灵魂的充实"与"内在的真实"是诗歌"繁复的情思同表现"与"繁复的时代"之间的内在契合，"纯诗"并不是梁宗岱所阐释的摒弃了客观意义的纯而又纯的超时代创作，而是适应繁复的时代的产物。在批评家眼里，"纯诗"不仅没有放逐"人的生活"，更是用新的形式去体味、糅合与人生一致的"真淳"。"纯诗"写作因此获得具体的时代性，同时也罩上永

---

① 李健吾：《〈鱼目集〉——卞之琳先生》，《咀华集》，花城出版社1984年版，第107页。
② 朱自清：《诗与感觉》，《新诗杂话》，广西师范大学出版社2004年版，第7页。

## 第二章 诗歌本质存在论:走向诗本体的"纯诗"之路

久的历史性光环。在这里,"纯诗"境界与"时代讴歌"不是矛盾对立的,相反,正是新的繁复的表现形式与时代吻合,"纯诗"创作才获得了历史价值。尽管梁宗岱的"纯诗"理论也强调诗歌内容与形式的统一,但其离开了时代和历史的参照系,这种统一只能是抽象的。在这种意义上,基于创作实践的现代"纯诗"批评丰富发展了穆木天、梁宗岱的"纯诗"观。

第三,自觉融入"纯诗"理论的基本观点,是现代"纯诗"批评的建设姿态。"纯诗"作为象征主义诗学的核心范畴,注重情调传达的暗示性,强调纯粹自足的世界,突出语言表达的陌生性,这些主张也是象征派和现代派诗歌创作的艺术准则。批评家正是由此出发,准确把握现代"纯诗"的基本特征。李健吾肯定初期象征诗派"意象的创造"表现"人生微妙的刹那",称赞现代派诗人的表达,"言语在这里的功效,初看是陈述,再看是暗示,暗示而具象征"。朱自清对此也有精到见解,"象征诗派倒不在乎格式,只要'表现一切';他们虽用文字,却朦胧了文字的意义,用暗示来表现情调。后来卞之琳先生、何其芳先生虽然以敏锐的感觉为体材,又不相同,但是借暗示表现情调,却可以说是一致的。"[1] 批评家明晰指出,纯诗需要表达的是"诗的本身","诗"的所指是一个带有神秘色彩的形而上的世界。他们赞同初期象征诗派和现代诗派对语言的潜心经营,肯定现代诗歌语言奇特的组合,认为"一种文字似已走到尽头,于是慧心慧眼的艺术家,潜下心,斗起胆,依着各自的性格,试用各自的经验,实验一个新奇的组合"。他们肯定"诗人创造言语",称赞大作家"善能支配言语,求到合乎自己性格的伟大的效果,而不是言语支配他们,把人性割解成零星的碎块"[2]。

### 三 独到的评断眼光:现代"纯诗"批评的审美尺度

批评家从诗歌审美的发展历史出发,以诗歌本体论为视点,以审美接受活动的根本特质为评断依据,对现代诗"显"与"隐"的争论发表独具现代意识的见解,在驳难中阐发现代诗存在状态的合理性,确立了现代

---

[1] 朱自清:《抗战与诗》,《新诗杂话》,生活·读书·新知三联书店1984年版,第37—38页。
[2] 李健吾:《〈鱼目集〉——卞之琳先生》,《咀华集》,花城出版社1984年版,第108页。

"纯诗"批评的审美价值尺度。

现代"纯诗"批评不仅仅关注现代派诗作本身,它更善于捕捉因诗歌美学变革而产生的时代焦点,从诗歌审美的发展趋势为现代人和现代诗张目。20世纪30年代,现代派诗歌作为"艺术作品借助审美的形式变换,以个体的命运为例示,表现出一种普遍的不自由和反抗的力量,去挣脱神化了(或僵化了)的社会现实,去打开变革(解放)的广阔视野"①,其抗拒原有价值观念的革命性,引发了诗坛的否定性批评和责难,关于"明白"与"晦涩"的争论成为批评焦点。以李健吾为代表的"纯诗"立场的批评家,驳斥"明白清楚"的论调,在辨析中层层阐释现代诗生存的合理性,从艺术接受角度,确立具有审美价值的批评尺度。

一是从作品维度确立的诗歌本体特征论尺度。面对现代派的革新"风貌",持否定意见者多以"明白清楚"为标准,斥之为"晦涩",欲以教条的标尺匡囿现代派活泼的生命,扼杀诗歌生命的自由发展。他们借助托尔斯泰的"艺术感染"说及其对象征主义诗歌的否定性评价,作为否定的理论依据。托尔斯泰曾提出,情感表达的清晰性是决定艺术作品感染力和价值的三要件之一,它"有助于提高感染性,因为情感表达越清晰,感受者在自己的意识中与作者相融合时就越感到满意"②。同时,他认为波德莱尔和魏尔伦是"两个在诗的形式上缺乏技巧、在写作内容上低俗的诗人"③,他们"不仅把朦胧、神秘、含糊和众人无法理解算作艺术作品诗意的特色和条件,而且也把不精确、不确定和不具说服力算入其中"④,他们的诗歌是颓废的艺术,无任何意义可言。在"晦涩"论争中,反对方秉持托氏的理论主张,表面上是以明白易懂为标准批评现代派诗歌,实质是要否定其存在的合理性。李健吾并未正面驳斥反对者,而是抓住"显隐"之争产生的根源,即象征主义诗歌本体特征的评价问题,对托氏的论见作出更符合

---

① [美]赫伯特·马尔库塞:《审美之维》,李小兵译,广西师范大学出版社2001年版,第190—191页。
② [俄]列夫·托尔斯泰:《艺术论》,张昕畅、刘岩、赵雪予译,中国人民大学出版社2005年版,第132页。
③ 同上书,第79—80页。
④ 同上书,第67页。

## 第二章　诗歌本质存在论:走向诗本体的"纯诗"之路

艺术发展趋势的评述。李健吾认为,被托尔斯泰指认为"旁门左道"的象征主义思想是"一种反常的经验",即"一种精神的反抗,一种生活的冒险,一种世界的发现",与托氏主张的现实主义相比,波德莱尔的象征主义"不是精神生活的贫乏,而是精神生活的不同"。托尔斯泰戴着"艺术观的有色眼镜",在晦涩罪名背后,主要是厌恶波德莱尔"诗里的情绪",并以此抹杀象征主义诗歌所具有的"个别的经验"①。这样,在对托氏艺术感染说的甄别中,那些借以指责现代派诗歌的否定言论不攻自破,同时通过揭示象征主义诗歌本体特征,贬斥了以"明白清楚"框定现代派诗歌的审美眼光,肯定了现代派诗歌所传达的"现代情绪"及其"晦涩"的真谛,张扬了现代"纯诗"批评所倚重的关注诗歌本体发展的审美尺度,进而确立新的诗歌审美价值标准。

二是从接受主体维度确立的诗歌审美标准的多元尺度。现代"纯诗"批评并非以二元对立思维参与现代诗"显"与"隐"的争论,也未直接提出现代诗歌审美标准的新尺度。相反,批评主体是通过诗与散文的性质对比,在新诗审美发展的历史趋势中,首先确认"明白清楚"的审美标准已然背离时代新潮的事实。在李健吾看来,散文"它要求内外一致,而这里的一致,不是人生精湛的提炼,乃是人生全部的赤裸"。诗歌相对于此,它的"严肃大半来自它更高的期诣,用一个名词点定一个世界,用一个动词推动三位一体的时间,因而象征人类更高的可能,得到人类更高的推崇"。②而"就'现代'一名词而观,散文怕要落后多了"③。显然,诗不能与散文的"明白清楚"为伍,新文学运动造成的"诗的成效不如散文"的状况已被现代派诗潮所改变,不能依据新诗初创期的价值标准衡量现代派诗歌,现代派诗歌摒弃"明白清楚"而走向更繁复的艺术表现,这是新诗审美探求的新发展,必然呼唤接受者思考新的审美标准。批评家还强调文学语言是发展的,"语言本身属于一种标志,往往最初象征具体的活跃的现象,时间过去,地域不同,渐渐失掉原始的生命力,变成一种习惯上

---

① 李健吾:《答〈鱼目集〉作者》,《咀华集》,花城出版社1984年版,第126—127页。
② 李健吾:《〈画廊集〉——李广田先生作》,《咀华集》,花城出版社1984年版,第139页。
③ 李健吾:《〈鱼目集〉——卞之琳先生》,《咀华集》,花城出版社1984年版,第103页。

接受的，富有惰性的，字典之中的摆设。用一个代表既往生命的死字来诠释现代文物繁复的活的变化，有它的方便，却也有它的危险。"① 与之同理，如果接受者执拗地秉承旧的价值尺度，固守"明白清楚"，"不消思考"，"不加择别"，是将艺术拉向"投降习惯的表现"②。因此，不能墨守成规，以单一尺度衡量多元发展的艺术事实，"明白清楚"的标准也只是"作者努力追求的一个目标"，"却不是作者达到目标的征记，作品价值的标准"③。如上分析可以看出，作为接受主体不能将作者的艺术探索围困于既定习惯的"牢笼"内，不能倚凭"习惯势力"束缚作家的创造力，这将无法与现代诗歌的新潮发展有效对接，必须适应诗歌审美价值标准的改变，确立多元的价值批评尺度。

三是从审美主体与创造主体的交互维度确立的诗歌艺术表达的相对性尺度。如前所述，现代"纯诗"批评并非反对诗歌"明白清楚"的追求，而是否定把"明白清楚"作为唯一的审美价值标准，阻碍和扼杀新诗艺术发展的审美新变。即使是"作者努力追求的一个目标"，"所谓明白清楚，并非一般人所想象的那样绝对单纯，唯其经验和内心的活动各有限制，时地相殊，因人而异，你以为显，我以为晦，流入一种相对的个别的形态。"④ 批评家采取"他山之石可以攻玉"的批评策略，从胡适"明白清楚"的小诗《湖上》入手，细腻剖析了"明白清楚"背后诸多难以确定的艺术蕴含，因为在审美主体的接受者和创作主体的作者之间，存在无法回避的差异，即两个主体在时间空间、生活经验、艺术经验等方面的差异，艺术理解的审美距离必然由此产生。因此，"一首诗唤起的经验是繁复的，所以在认识上，便是最明白清楚的诗，也容易把读者引入歧途"。不可执拗地"拿一个人的经验裁判另一个人的经验"，必须"记住明白清楚是比较的，层次的"⑤。一句话，作品的明白清楚是相对的，作品的晦涩也是相

---

① 李健吾：《情欲信》，《李健吾文学评论选》，宁夏人民出版社1983年版，第232页。
② 同上书，第233页。
③ 李健吾：《答〈鱼目集〉作者》，《咀华集》，花城出版社1984年版，第125页。
④ 李健吾：《情欲信》，《李健吾文学评论选》，宁夏人民出版社1983年版，第223页。
⑤ 李健吾：《答〈鱼目集〉作者》，《咀华集》，花城出版社1984年版，第127页。

## 第二章 诗歌本质存在论:走向诗本体的"纯诗"之路

对的,"这个人以为晦涩的,另一个人也许以为美好"①。因此,艺术表达的明白易懂与晦涩难懂具有相对性,这是现代"纯诗"批评在艺术传达效果层面的审美价值标尺。

"理论的辩解本身就预示一种蕴含新倾向理论的诞生"②。通过对作家、作品和接受等层面的多维立体透视,现代"纯诗"批评驳斥了"明白清楚"的片面论调,为现代派诗歌生存状态的合理性作出有力辩护,充分阐发了现代派诗歌的审美观念,确立了批评自身的审美价值尺度,显示了理论力量的说服力。

### 四 主体交流:现代"纯诗"批评的审美对话模式

正视诗人与批评家的经验差异,在批评中发挥对话交流的艺术功能,重新调整作家与批评家二者的关系,超越审美主体与创造主体之间的隔膜,走出自我封闭的传统诗歌批评场域,现代"纯诗"批评创建了开放的审美对话模式。

尽管现代"纯诗"批评为象征派和现代派诗歌的生存权给予精湛辩护,但面对诗歌的现代"新质",读者已有的阅读习惯不能与之达成默契,传统的诗歌批评也无力与之进行对话,艺术作品的接受产生阻碍。如此,审美活动中读者的经验世界与作品的经验世界产生分离,陌生与隔膜成为接受者的心理感受,"纯诗"批评家要想实现超越,必须经受两重审美创造的磨炼。首先,要克服接受者与作家、作品之间的隔膜,其缘于二者审美经验产生的差异。"一个读者和一个作者,甚至属于同一环境,同一时代,同一种族,也会因为一点头痛,一片树叶,一粒石子,走上失之交臂的岔道。一个作者,从千头万绪的经验,调理成功他表现的形体;一个读者,步骤正好相反,打散有形的字句,蹚入一个海阔天空的境界,开始他摸索的经验。这中间,由于一点点心身的违和,一星星介词的忽略,读者

---

① 李健吾:《答〈鱼目集〉作者》,《咀华集》,花城出版社1984年版,第130页。
② 孙玉石:《李健吾诗歌理论批评的现代性》,《中国现代诗歌艺术》,长江文艺出版社2007年版,第115页。

就会失掉全盘的线索。"① 两个经验世界的差异，为接受者理解审美客体带来障碍，由此在把握作品时，必会产生"失之交臂"的现象。朱自清也曾有体验相同的表白，"分析一首诗的意义，得一层层挨着剥起去，一个不留心便逗不拢来，甚至于驴唇不对马嘴。"② 其次，批评家介入作品时，必须面对艺术审美效果的差异，其根源在于审美者对艺术作品的创造和超越而产生的"美丽错误"。关于这一点，作者和批评家都有相同的认识。卞之琳认为，诗不应解释得"过死"，特别是对现代派这样"纯粹的诗只许'意会'，可以'言传'则近于散文了"③。作为以鉴赏和解释为职责的"纯诗"批评家，李健吾在批评实践中，面对现代艺术，也充分感受到，批评者的嚼味往往以作品本身美的丧失为代价。但尤为可贵的是，面对如上两种艺术痛苦，"纯诗"批评家以审美的辩证观念作出突破和超越，与诗人共同创造"纯诗"批评的审美对话模式。

所谓审美批评的对话模式，就是"批评家以自己的经验世界再造与创生作家的经验世界，作家对批评家的'再造'产生的误差进行对话式的自解，批评家进而在修正自己审美差异中丰富艺术再造的精神活动"。④ 20世纪30年代，朱自清、李健吾与诗人卞之琳围绕诗歌批评的沟通，就是现代审美批评对话模式的典型实践。在"作者传意、读者释意这既合且分、既分且合的整体活动"中，⑤ 他们之间的艺术再造活动形成三种对话模式：一是对接契合型。批评家由自己的审美感受出发，阐发作者寄予作品中的意图，并得到作者的体认和赞赏，甚至使其"觉得出乎意料之外的好"，两个主体的审美经验对接成功。批评家通过作品表层意象的感受阐发，揭示作品深层蕴含的人生经验，作者也由此发掘自己不曾意识到的更深广的人生意义，在一个更美丽的深层经验世界里，二者达到契合。李健吾和卞之琳之间就《寂寞》一诗的阐发正是如此。李健吾认为诗中"夜明表"的

---

① 李健吾：《答〈鱼目集〉作者》，《咀华集》，花城出版社1984年版，第124页。
② 朱自清：《新诗杂话·序》，《新诗杂话》，广西师范大学出版社2004年版，第2页。
③ 卞之琳：《关于〈鱼目集〉》，《咀华集》，花城出版社1984年版，第118页。
④ 孙玉石：《李健吾诗歌理论批评的现代性》，《中国现代诗歌艺术》，长江文艺出版社2007年版，第119页。
⑤ 叶维廉：《中国诗学》（增订版），人民文学出版社2006年版，第171页。

## 第二章　诗歌本质存在论:走向诗本体的"纯诗"之路

意象,在"卞之琳先生力自排遣的貌似的平静"之下,表达了"短促的渺微的生命",人生的"悲哀"和"迷怅"[①],这是卞之琳当初"简单地写下了这么一个故事"时完全没有想到的旨意。二是相成互补型。批评主体以丰富的人生经验,在作品的批评观照中获得独特的审美体验,但有时这些发现未必理解得比作者本人还好。尽管出现了解释"不吻合"的现象,但"一首诗唤起的经验是繁复的",与其看作冲突,不如将作者的意图和批评家的经验看作是"两种生存,有相成之美,无相克之弊"[②],也就是说,批评家的审美发现对作家主观意图是一种补充,二者相得益彰。李健吾认为,卞之琳先生的小诗《断章》中,"装饰"二字是作者对人生的一种解释,即人和人之间的"装饰"关系,在诗面呈浮的"不在意"里"埋着说不尽的悲哀",而作者出来解释,《断章》着重思考的是形而上层面的相对观念。在这样"一种不可挽救的参差"中,批评家强调,"我的解释并不妨害我首肯作者的自白。作者的自白也决不妨害我的解释。"[③] 这虽有辩护意味,但在批评实践中,正是批评家超越作者的审美再创造,成就了审美效果的"互补论",实现了象征诗多义性的审美追求。三是双轨平行型。艺术创生的偏误有时会更"严重"一些,那就是批评家的感悟和结论完全背离了诗人的原意,被认定"全错"。但在"纯诗"批评家看来,对作品的审美体验可以超越作者主观意图,使作品接受效果多元化。诗人的经验挡不住批评家的经验,诗人的创造意图挡不住批评家再创造的努力,正如李健吾由《圆宝盒》的误解与再释而得出的断言,"我的解释如若不和诗人的解释吻合,我的经验就算白了吗?不!一千个不!幸福的人是我,因为我有双重的经验,而经验的交错,做成我生活的深厚。诗人挡不住读者。这正是这首诗美丽的地方,也正是象征主义高妙的地方。"[④] 诗人和批评家的结论虽说全然不同,但卓越的批评思想却闪烁着独特的诗学光辉。从后两种对话模式可以看到,批评没有从绝对的读者(接受者)立场来认

---

[①] 李健吾:《〈鱼目集〉——卞之琳先生》,《咀华集》,花城出版社1984年版,第111页。
[②] 李健吾:《答巴金先生的自白》,《咀华集》,花城出版社1984年版,第41页。
[③] 李健吾:《答〈鱼目集〉作者》,《咀华集》,花城出版社1984年版,第132页。
[④] 同上书,第134页。

定,是在承认并努力寻找诗人理想和追求的基础上完成的,对创造主体审美意象的承认,也可说是批评家努力追求与诗人的创造"理想"相"谐和",避免了偏执定论和随意曲解可能导致的虚无的怀疑主义弊病的产生。

"纯诗"批评家以崇尚自由和充满活力的文学理念,与创作主体共同开创审美对话模式,批评内容从单一的作品分析,到开创读者与评论者共同参与讨论的审美话题,审美批评由传统的封闭系统转向充满思想朝气的开放体系,批评本身呈现鲜活的生动态势。正如巴赫金所说:"思想是超个人超主观的,它的生存领域不是个人的意识,而是不同意识之间的对话交际。思想是在两个或几个意识相遇的对话点上演出的生动的事件。"[1]

"纯诗"批评家和诗人之间通过思想交锋"演出的生动的事件",构建了现代"纯诗"批评丰富的审美意蕴,对象征主义诗学体系构建和民族化产生重要推动作用,赢得了广泛赞同。从现代诗学批评角度看,第一,现代"纯诗"批评瞩目诗歌内在运动规律,最大程度贴近现代诗歌创作,尊重诗歌自身的发展规律,纠正现代诗歌批评忽略文学性的主观倾向。第二,现代"纯诗"批评全面深入体味诗人和作品,适应了现代诗由外部表现转向内心开掘,由重视直抒情绪和直白说教,到追求情绪节制和暗示艺术,使现代诗学批评同现代诗歌发展相契合,实现了审美观念的转变。特别是对读者再创造权利的强调,具有"读者反应批评"的意味,既削弱了传统批评方法浓重的客观气息和依附色彩,也突破了理性判断先行的局限,使现代诗学批评更加贴近审美对象的真实存在,获得独立的艺术价值和鲜明的个性特质。第三,现代"纯诗"批评注重诗歌批评风气的创建,它拒绝学院派式的理性分析,更没有充满学究气息的评论和攻讦,而以公平和自由两个互为表里的内心标准对批评对象作出中肯评价,在审美主体和创造主体之间营造"谐和"的沟通氛围,引领现代诗学批评的健康发展。第四,现代"纯诗"批评不拘囿于理论家的"纯诗"观念,没有陷入"纯诗"诗学常有的"象征主义""现代主义"等抽象概念的阐述之中,而是通过把握象征主义诗学精神,在诗作品评中突出"纯诗"核心理念的

---

[1] [俄]巴赫金:《陀思妥耶夫斯基诗学问题》,生活·读书·新知三联书店1988年版,第132页。

中心地位，逐步深化"纯诗"的诗学内涵，使"纯诗"理论在具体的批评实践中获得鲜活的历史感。

从"纯诗"观念建构来看，现代"纯诗"批评推动了"纯诗化"诗歌本体观的建设。正是在审视戴望舒、卞之琳等诗人艺术探求的轨迹中，朱自清以宏阔的眼光，论证了这些"纯诗"创造者观念革新的合理性，指出他们艺术创作的超前品格，立足新诗发展进程的全局视角，认为"抗战以前新诗的发展可以说是从散文化逐渐走向纯诗化的路"[①]，肯定他们的诗歌是这一整体链条中的关键环节；李健吾面对这些"前线诗人"给新诗界带来的"地震"，在批评实践中，以挑战姿态作出雄辩的阐述，围绕"纯诗"所形成的诗论立场，表明东方的现代"纯诗"观念已不再是理论思辨和域外资源的传译，而是来自对中国新诗创作实绩的概括。这一切表明，"纯诗"创作正推动着新诗现代化的发展进程，"纯诗"观念是新诗发展特定阶段的历史选择。

## 第三节 矛盾的统一体：现代"纯诗"观念与诗的纠葛

对"纯诗"观念审美自觉的阐释及其在诗歌批评中审美效应的发掘，在某种程度上还只是理论层面的概括，不能显现其在实践层面承受的各种"担当"。因为就某种诗学观念的内涵而言，其在实践层面转化的可能性及其被"改造"的轨迹，都直接或间接影响着观念自身的真实存在。唯有展开这些存在的"褶皱"，才能多侧面揭示"纯诗"观念诗本体探寻的生存图景。

准确地说，本节所提到的"诗"应完整地表述为"纯诗化写作"。20世纪20年代以来，受法国象征主义"纯诗"观念的影响，"纯诗"成为新诗革弊求新的艺术理想，为诗人营造了崭新的写作空间，现代诗人对"纯诗"的实践探求逐渐成为新诗发展的一脉潮流，为中国新诗的艺术精进与提升做出重要贡献。具体来说，20世纪20—30年代，初期象征派和现代

---

[①] 朱自清：《新诗杂话·抗战与诗》，《朱自清全集》第 2 卷，江苏教育出版社 1988 年版，第 345 页。

派诗人努力探寻"诗本体"的艺术规律,他们注重诗的内在特质,把相应的社会历史责任置于远景状态;醉心于诗歌语言与音韵的推敲锤炼,重建诗歌"自我",开辟一条通向"纯诗"的艺术之路。20世纪40年代以后,由于战火硝烟的现实需要,"纯诗"创作发生一定程度的改变,"九叶诗派"受西方意象派和知性论的影响,在反思基础上,赋予"纯诗化写作"新的艺术风貌。

事实上,文论思想与文艺创作之间的关系并不容易协调和有机把握。虽然现代"纯诗"观念和"纯诗化写作"在新诗现代性的追求上具有相同的性质,但观念诉求和创作实践之间的关系却较为复杂。当我们研究观念与实践间的纠葛时,往往是"一种现代性的新近美学理论的引进并不一定完全在创作实践中得到印证,而且,历来的创作实践证明,诗人创作的审美追求,并不是按照一种已有的理论模式进行自我的实现。套用任何一种理论范式进行印证性的创作探求,都会使研究走入误区"。[①] 为此,必须规避将诗学观念与诗歌写作"对号入座"的"按图索骥"模式,而以新诗现代化的共同追求为切入点,考察"纯诗"观念在创作实践中的变异轨迹,变异既包括诗人对法国象征主义"纯诗"主旨的"改造",也特指诗论家的"纯诗"理论在诗歌写作中的真实"风貌"。可以说,恰恰是因观念与观念之间、观念与写作之间的背离或矛盾,才成就了现代诗歌的丰富面貌。它可能是表层显明的,也可能是深层内蕴的,这样的"蛛丝马迹"却足以让我们窥略到,在共同的美学追求中,"纯诗"观念与"纯诗化写作"未必步调一致,存在的差异和矛盾为诗学建构提供了真实的生存验证。

## 一 "纯诗"理想的尴尬:初期象征派的实践背离

就现代"纯诗"观念的审美自觉而言,从穆木天到梁宗岱,"纯诗"的倡导首先是以理论形态登陆新诗坛的,它虽是应新诗发展的迫切需要而提出的,但并非基于当时新诗创作实践的提炼与概括,它更真实地体现为

---

① 孙玉石:《中国现代主义诗潮史论》,北京大学出版社1999年版,第425页。

## 第二章　诗歌本质存在论：走向诗本体的"纯诗"之路

一种新的追求意向，由此"纯诗"境界的存在，实质是一种先在的可能性而非现实性。"纯诗"观念和"纯诗化写作"之间并不和谐的同质关系，从一开始就在初期象征派诗人那里有明显表现，即"纯诗"理论在"纯诗化写作"中遭遇尴尬的实践背离，一方面表现为李金发"纯诗"创作的"失败之举"，另一方面是指穆木天等人"纯诗"理想的实践不尽如人意。

1935年，朱自清在《中国新文学大系·诗集》导言中，指认李金发是将"法国象征派诗人的手法"介绍到中国的"第一个人"。其实，在李金发《微雨》出版前，田汉也曾观察、介绍过法国象征主义，并有实际的诗学操练，[①] 但人们还是像朱自清那样，在象征主义意义上漠视田汉的存在，而将李金发推为中国象征主义诗歌的始作俑者，显然这是因为李金发诗歌的"别开生面"，给20世纪20年代中国新诗坛吹来了象征主义诗风，它"在中国文坛引起一种微动，好事之徒多以'不可解'讥之，但一般青年读了都'甚感兴趣'，而发生效果，象征派诗从此也在中国风行了"[②]。所谓"发生效果"，今天看来已不仅是令青年"甚感兴趣"那样简单，而是李金发诗作朦胧晦涩、深奥难懂的先锋性外形，以死亡、腐败、绝望等否定性意象为美的怪异抒写，这些异质色彩刺激了当时的新诗界，对中国象征主义诗歌的发展做出不可忽略的贡献。这里我们从"纯诗化写作"视点出发，审视李金发诗歌对象征主义"纯诗"观念的实践指数。

尽管李金发本人并未提出"纯诗"方面的诗学主张，但"近代中国象征派的诗至李氏而始有"[③]，"不敢说凡诗歌，都应得如此，但这种以色彩，以音乐，以迷离的情调，传递于读者，而使之悠然感动的诗，不可谓非很有力的表现的作品之一"[④]，说明李金发真正践行了法国象征主义诗歌的写作路线。其诗歌具有鲜明的"纯诗"质素。只是李金发并没有像穆木天、王独清那样，一开始就选择理论建设和写作实践的双轨行动，并以前者作

---

[①] 田汉1921年11月、12月在《少年中国》第3卷第4、5期上发表《恶魔诗人波陀雷尔的百年祭》，并在此杂志上陆续发表过一些新诗，这些都比李金发早行了几年。

[②] 李金发：《仰天堂随笔·从周作人谈到"文人无行"》，《异国情调》，商务印书馆1942年版。

[③] 苏雪林：《论李金发的诗》，《现代》1933年第3卷第3期。

[④] 钟敬文：《李金发底诗》，《一般》1926年第12期。

为自己践行的诗歌理想，相反，他在异国的"纯诗化写作"更直接地参照了法国象征主义的诗学追求，在不了解国内诗坛情况的背景下，以自己的方式"接受"法国象征主义，并用汉语写出"象征主义"诗歌作品。那么，李金发的"纯诗化写作"是否真正实现对象征主义诗学理念的接受呢？思考要从李金发对西方象征主义的接受立场谈起。

　　新诗诞生初期，胡适的写实主义以贴近社会的现实关怀取代古典的空洞、雕琢和无病呻吟，郭沫若的浪漫主义以新鲜的、狂暴的热情刷新摹写生活的单调、浮泛和平实无味，他们呼应着中国社会的现代转型，一步步推动着中国诗歌从古典向现代的转变。但直到20世纪20年代中期，初期象征派和新月派的出现，中国新诗才清晰地显示出回归诗本体的倾向。李金发直接从异域"移植"象征主义，在"诗本体"的探寻方面迈出一大步，他的诗歌是在法国象征诗派的温床里产生的，声称"最初是因为受了波德莱尔和魏尔伦的影响而作诗的"①，并把波德莱尔和魏尔伦称为自己的名誉老师。事实上，李金发的诗歌从主题的审丑，到联觉、暗示、象征、通感等诗歌技法的运用，都是取法法国象征主义诗歌而进行的个性创造。他的诗歌并非简单摹写法国象征主义，在汲取异域"营养"的同时，始终持有沟通西方现代诗歌与中国古典传统的美好初衷，他本人对此有过"经典性"表述，"余每怪异何以数年来关于中国古代诗人之作品，既无人过问，一意向外采辑，一唱百和，以为文学革命后，他们是荒唐极了的，但从无人着实批评过，其实东西作家随处有同一之思想、气息、眼光和取材，稍为留意，便不敢否认，余于他们的根本处，都不敢有所轻重，惟每欲把两家所有，试为沟通，或即调和之意。"② 仅就言语本身而论，重新发掘中国传统文化"精髓"，努力寻找中西诗歌艺术融汇点，李金发可谓先驱之一。但如果从创作视角来看，李金发是否做到"根本处"的"沟通"或"调和"呢？研究者的观点已经表明，尽管他以最明显的语言方式试图接通传统诗歌，有些诗句或意境透露出中国古典诗词的意味，并以"之、

---

① 李金发、杜格灵：《诗问答》，《文艺画报》1935年第1卷第3号。
② 李金发：《〈食客与凶年〉自跋》，载陈绍伟编《中国新诗集序跋选（1918—1949）》，湖南文艺出版社1985年版，第186页。

## 第二章 诗歌本质存在论：走向诗本体的"纯诗"之路

乎、也、矣"等大量的文言语词入诗，但形式层面的粗糙转换使他的"纯诗"写作最终呈现一种不成熟的文本样态。也就是说，李金发尝试以沟通中西方的策略来完成"纯诗化"写作，这意欲锦上添花的初衷未能如他本人所期望的那样，取得令大家公认的效果，实际情况却是，"我们基本上难以在任何一种经典意义上记住他的任何一首诗，他的诗令人耳熟能详的往往不过是'生命便是死神唇边的笑'之类的零散诗句"①，虽然他在新诗与传统的关系方面具有可贵的探索精神。至此可以这样概括，李金发接受西方象征派的"纯诗"理想，努力使之与中国古典传统有效对接，但写作经验不足和技巧的成熟度又始终制约二者的"沟通调和"，从竭力沟通到相当不通，无论是践行西方象征主义"纯诗"理想，还是中国古典诗歌传统的现代转换，李金发的诗歌都陷入一种尴尬的境地，"在语象的选择、句法的设置上，李金发努力暗合西方的纯诗，而在近似于神秘主义性质的语句音乐性上，李金发与西方纯诗和中国古诗之间都产生了梗塞，最终导致了自我分裂的现象。"②

1925年前后，另一位初期象征派诗人穆木天"在象征派诗歌的气氛包围中"创作了第一本诗集《旅心》，其中一部分诗歌"托情于幽微远渺之中，音节也颇求整齐"③。1926年3月，穆木天在《创造月刊》第一卷第一号发表《谭诗——寄沫若的一封信》，这篇极富理论色彩的诗学文章使其成为中国象征主义诗学的奠基者。穆木天的理论核心可以简单概括为"纯粹诗歌"，他围绕这一主张在诗歌本质、写作理念、写作技巧等方面的"诗的感想"，是他对自己诗歌写作的一种"总结"，在很大程度上体现着他当时的诗歌理想。但是，当我们采用"逆时序"的方式，带着"纯粹诗歌"的"期待视野"，去阅读穆木天的诗歌创作时，必须面对这样一个事实：诗集《旅心》中的诗作，很难佐证诗人倡导的"纯诗"理论。具体说来，他的诗作明显运用了自己提倡的"纯粹诗歌"的写作技巧，在诗歌形式上尝试诗句押韵、取消句读和叠词叠句的"雕琢"，以此获得象征主义

---

① 朱寿桐：《李金发对中国现代主义诗歌的贡献》，《新文学史料》2001年第2期。
② 李怡：《穆旦与中国新诗的现代特征》，《文学评论》1997年第5期。
③ 朱自清：《〈中国新文学大系·诗集〉（影印本）导言》，上海文艺出版社2003年版，第8页。

诗歌钟情的"暗示性"和"音乐美"的朦胧效果。但整体来看,并未实现其诗歌本质和诗歌写作的理论"宣言"。对此,有研究者作过详细考察。①总体而言,穆木天对法国象征主义的理解是比较深入的,但他的写作显然没能达到自己理论阐释的那种高度,没能写出"纯诗"的作品。他所理解的音乐性,主要体现在叠音叠句等较为外在的修辞形式上,只能说是一次难能可贵的尝试,与理论倡导的"纯诗"观还有较大差距,是典型的诗与诗学相分离的情形。

综上所述,李金发尽管领会了法国象征派诗歌的"特殊风味",也有"沟通"中西的美好愿望,但因"对于本国语言没有一点感觉力",写出"许多所谓法国式的象征派诗"②,其"纯诗"写作没能很好践行法国象征主义诗歌的纯诗理想,成为一个食洋不化、食古亦不化的"诗怪"。在穆木天身上,纯诗写作未能与"纯诗"理论相契合,二者处于失衡状态。这些都表明这样一个事实,即"无论是'纯诗'概念,还是'沟通'理想的提出,都只是一种理论的提倡——理论倡导在先,创作实践滞后,这正是中国新诗(以至整个现代文学)发展的一个特点"③。特别是穆木天本人在《谭诗》发表之后,很快以反叛象征主义的决绝姿态选择诗学立场的"转身",昭示出象征主义"纯诗"观念确立的曲折进程。创作实践与理论的背离,实际是一种诗学体系建构规律的真实表现,诗学观念向实践创作的转换必然经历一个"粗糙生硬"的磨合期,问题的存在也给后继者的建设行为提供了有针对性的努力方向。从这一意义上来说,正是因为初期象征派诗歌与"纯诗"观念的实践差距,才有了现代派诗歌理论家更为成熟的理论思考,使现代派诗人在实践层面把法国象征主义理想与中国新诗发展实际相结合。那么,"纯诗"观念在现代派诗人的写作实践中究竟是何种状态,其背后是观念与实践的"同声相契"吗?事实未必尽然,让我们通

---

① 陈太胜:《象征主义与中国现代诗学》一书有"穆木天:象征主义的诗学与浪漫主义的诗"一节对此问题给予详细分析。

② 卞之琳:《新诗和西方诗》,《卞之琳文集》中卷,安徽教育出版社2002年版,第501—502页。

③ 钱理群、温儒敏、吴福辉:《现代文学三十年》(修订版),北京大学出版社1998年版,第138页。

过现代派诗人的个案分析找寻答案。

## 二 "纯诗"的"非纯化":现代派的成功悖论

"纯诗"运动至20世纪30年代的现代派可谓达到高潮,现代派诗人活跃的这一时期被称为"五四"以来中国"纯文学"发展的"黄金期""狂飙期""成熟期"[①]。相比此前初期象征派对法国象征主义的生硬"移植",现代派诗人在汲取西方象征主义诗艺的同时,将之与中国古典传统精髓相融合,推进了中国新诗的现代化步伐。换句话说,中西诗艺的融合是现代派诗歌的普遍特征,也是他们诗歌创作成功的关键,特别是他们探寻"纯诗"诗质获得的实绩,具有耐人寻味的特殊魅力。戴望舒无疑是这一探索之路的领军人物,其将法国象征主义"纯诗"理念与中国古典诗词传统相接通,并在"纯诗"写作中选择了一条"非纯"之路,获得令人赞赏的成绩。何以出现如此"景象"呢?这里从象征主义诗歌的情感基调和艺术探索两方面着手,略窥戴望舒诗歌成功的奥妙所在。

法国象征主义诗歌回荡着"世纪末"的苦闷和哀痛,它彻底摒弃了浪漫主义诗歌热衷的热力和希望,痛苦代替了乐观,成为象征主义诗歌的抒情主调。戴望舒是在译介法国象征派诗歌过程中,"久久地沉浸于世纪的病痛与愁苦里而不知自拔"[②],深度感染这种"世纪病"。在诗人并不算多的诗歌创作中,表现颓唐、烦恼、疲惫、苦泪之类的意象贯穿始终,构成戴望舒诗歌的痛苦基调。即使是在诗风较为开阔向上的抗战时期,《等待》《过旧居》《萧红墓畔口占》等篇章,闪动的仍是诗人寂寞愁苦的身影。就此而言,戴望舒诗歌痛苦的情感基调,与法国象征主义诗歌有较大相似性,意味着诗人准确把握了象征主义"纯诗"的情感空间。但作为不同国度现实深刻体验的产物,戴望舒倾诉的"痛苦"与法国象征主义诗歌的"痛苦"却存有细节差异。对此问题,学者李怡曾有细致分析。[③] 他认为,

---

① 吴奔星:《社中人语》,《小雅》1936年第3期。
② 李怡:《中国现代新诗与古典诗歌传统》(增订版),北京大学出版社2008年版,第217页。
③ 参见李怡《戴望舒:中国灵魂的世纪病》,载《中国现代新诗与古典诗歌传统》(增订版),北京大学出版社2008年版,第216—219页。

"幽邃的忧患感"是法国象征派诗人痛苦情调所渲染的底色,与之相比,戴望舒的"痛苦始终是一种盘旋于感受状态的细碎的忧伤",最终在诗歌里"营造了一种感伤主义的情调"。这种感伤并非如象征主义诗人那样,来自个体对生命的体验,而大都根植于个人在日常生活中的碰触,由此带来的感伤也往往是哀婉的、柔弱的,与法国象征主义诗人忧患意识下的沉重、悲壮气息迥然有别。如上差异的存在,使戴望舒在痛苦的体验层面,以个人感伤置换了忧患意识,从而拉开与法国象征主义诗歌的距离。距离的产生一方面缘于戴望舒个人的感受程度和理解趣味,但更主要是受到中国古典诗词传统的历史牵拉。就前者来看,戴望舒的个人感受层面盘旋的是"中国式"的感伤,他无意把现实的痛苦伸向思辨的领域,上升到超验层面咀嚼思考,这不仅是戴望舒个人的"趣味",也是中华民族的整体习性使然。而法国象征主义诗人关于人生的忧患意识,常常是从个人的生理、心理层次上升到形而上的哲学层次,从个体人的焦虑上升到对世界、宇宙、人生的认识作超验性的思考,它既极端具体、琐碎,又极端抽象、神秘,这些恰恰是中国文化内蕴所缺乏的一种探求精神。就后者而言,感受现实生活细碎的忧愁和哀伤,这正是中国晚唐、五代诗词的历史特征,从温庭筠、李商隐一脉延续下来的感伤基调,早已逐渐化成中国诗人个性气质的一部分,在生活挫折面前,他们更容易沉入细腻的愁怨,而无意选择形而上的思考。在这一点上,戴望舒不愧是一位出色的承继者,他最终以中国的方式理解和表现了法国象征主义诗歌对人生的痛苦体验,秉承了中国文化自身的性格气质,将感伤进行到底。

如果说,戴望舒的诗歌以痛苦的基调获得法国象征主义"纯诗"世界的入场券,那么他区别忧患意识所表现的感伤,又为"纯诗"世界注入了"非纯"因子,因为法国象征主义诗人的忧患本来就是对浪漫主义感伤情调的扬弃,他们更愿意让自己的情感和思想具有穿透现实的力量。显然,戴望舒的诗歌行为具有了悖论意味。但可以肯定的是,戴望舒正是凭借对法国象征主义"纯诗"的"非纯化"行为,开拓了中国现代新诗发展的新路向,他的"聪明就在于他在写作象征主义诗歌时没有完全驱逐浪漫主义所主张的感情,而是将'情''智'糅合在一起,从而形成了自己象征主

## 第二章 诗歌本质存在论:走向诗本体的"纯诗"之路

义诗歌的特殊风格"①。对浪漫主义感伤情调的保留,显然受中国古典诗词传统基因的影响,但新诗发展的时代要求,导致了中西诗歌文化在现代和传统的矛盾错位中求得统一,在这一意义上,矛盾和错位成就了戴望舒作为现代派诗人的永久荣誉。

戴望舒的"纯诗""非纯化"还表现在诗歌艺术层面的追求。"纯诗"是法国象征主义的艺术理想,高度青睐音乐性是不容否认的事实,但接受法国象征主义诗学的戴望舒却明确提出反对音乐化的主张,"诗不能借重音乐,它应该去了音乐的成分","音韵和整齐的字句会妨碍诗情,或使诗情成为畸形的"②。尽管这是戴望舒针对此前新月派格律化主张的有感而发,但这一反对古典主义的"反动"行为,在某种程度上也拒绝了法国象征主义的"纯诗"追求。他在意识层面把音乐性从"纯诗"观念的内蕴中剔除出去,以提倡散文化句式重新竖起自由诗的大旗,认为"自由诗是不乞援于一般意义的音乐的纯诗"③,应该以建立在自由情绪基础上的散文化形式承载现代人的"现代情绪",彻底打破新月派以格律为中心,推崇建筑美、音乐美的主张。究其根本来说,戴望舒对新诗音乐性的探寻,是其推进现代"纯诗"建设的一个部分,但就"纯诗"观念的审美自觉来看,初期象征派诗人穆木天的"纯诗"理论,反对的是新诗的散文化,倡导新诗的音画美更是理论主旨之一,作为后继者,戴望舒则抛弃诗歌的音乐性,力主实践"散文入诗",这的确是一个具有悖论色彩的诗学"回旋"。当然,此"散文化"非彼"散文化",二者的理论指向和具体内涵是有差别的,戴望舒诗艺主张的回逆走向也并不否定他诗学探索本身的价值。同时,把散文化的句式与"纯诗"相联系,也是戴望舒有别于法国象征主义诗学的独特创见。另一方面,戴望舒反对音乐性的同时,又声称"诗的韵律不在字的抑扬顿挫上,而在诗的情绪的抑扬顿挫上,即在诗情的程度上"④。相比格律派注重音韵整齐的音乐美主张,这显然是其对诗歌音乐性

---

① 杨四平:《20世纪中国新诗主流》,安徽教育出版社2004年版,第137页。
② 戴望舒:《诗论零札》,《现代》1932年第2卷第1期。
③ 戴望舒:《谈林庚的诗见和"四行诗"》,《新诗》1936年第2期。
④ 戴望舒:《诗论零札》,《现代》1932年第2卷第1期。

的重新"解释",是戴望舒并未抛弃新诗音乐性的最好证明,其为现代"纯诗"的审美自觉作出的努力,不可轻易否定。

总之,无论是借鉴法国象征主义"纯诗"主旨,还是延续初期象征派理论家的"纯诗"追求,戴望舒对新诗音乐性的诗学阐释,可谓"纯诗"探寻之路的"非纯"行为。这样的矛盾性,在其创作历程中也有一定表现,即戴望舒在意识层面虽然拒绝了新诗音乐性,但在创作实践中却浑然不觉地张扬着音乐质素,这也使他的艺术追求呈现一种游离状态。早年,诗人在《雨巷》中便显露出对新诗音乐美的兴趣,以至叶圣陶称赞其"替新诗的音节开了一个新纪元",很快从写作《我的记忆》开始,诗人对音乐性实施了"反叛"。艾青曾说:"戴望舒起初写的诗是用韵的,到写《我的记忆》时,改用口语,也不押韵。这是他给新诗带来的新的突破,这是他在新诗发展上立下的功劳。"① 抛开其对新诗发展的贡献不谈,从这一时期开始,戴望舒似乎脚踏实地地写着自由体,其实他从来就没有彻底地抛开音乐的节奏,即便是诗情的抑扬顿挫,内在节奏也不时借助字音的力量,只靠无形的韵律并不能完全抒发内心的诗情。在后期的《元日祝福》《狱中题壁》《我用残损的手掌》等作品中,在实践自由开放的"散文入诗"的同时,也都经常借助音律的力量。可能诗人自己也意识到,音乐性无法回避,所以,在1944年发表的另一篇《诗论零札》里,诗人对早年的观念做了必要的修正:他继续反对"韵律齐整论",但明确声称,"并不是反对这些词藻、音韵本身。只当它们对于'诗'并非必需,或妨碍'诗'的时候,才应该驱除它们"②。

戴望舒的诗学观念和诗艺实践体现了诗人对中西艺术的容纳和吸收及其为中国现代"纯诗"发展作出的可贵尝试。他具有悖论意味的诗学探索,使中西诗歌文化因子在矛盾中获得统一,成就了他作为现代派诗人的美名。

---

① 苗得雨:《就当前诗歌问题访艾青》,《山东文学》1981年第5期。
② 戴望舒:《诗论零札》,《华侨日报·文艺周刊》1944年第2期。另见梁仁编《戴望舒诗全编》,浙江文艺出版社1989年版,第703页。

第二章　诗歌本质存在论:走向诗本体的"纯诗"之路

## 三　口语化与散文化:"九叶派"回返中的超越

20世纪40年代,经历短暂沉寂的现代"纯诗"经过反思,开始进入融入"现实"的发展阶段,担当此任的西南联大的一群诗人,他们"开拓了新诗的边界,进行了中国现代主义最遥远的探险,完成了从象征主义向后期象征主义的诗学转变"[①]。这些后来被称为"九叶派"的诗人沿着象征主义一脉前行,追求诗歌内质提升的新高度,"纯诗"在他们的创作实践中发生了艺术新变。在众多代表诗人中,穆旦以"拥抱人民"的姿态,探索新的抒情模式,保持自觉的艺术形式感,成就了作为诗人在中国现代新诗发展进程中的出色表现。特别是在诗歌艺术形式层面,他以对诗歌口语和散文化的独特理解与崭新创造,超越了初期象征派、现代派的"纯诗"传统,在更高层次接续了由胡适开创的新诗白话口语化及散文化的取向。这种超越与现代"纯诗"观念的理想主张构成一种矛盾关系,但就"纯诗化"写作的发展轨迹来看,这又是一个在回返中再提升的新质跨越。

袁可嘉在总结以穆旦为代表的"九叶派"诗人的成就时指出,"现代诗人极端重视日常语言及说话节奏的应用,目的显在二者内蓄的丰富,只有变化多,弹性大,新鲜,生动的文字与节奏才能适当地,有效地,表达现代诗人感觉的奇异敏锐,思想的急遽变化,作为创造最大量意识活动的工具。"[②] 事实亦如此。与初期象征派、现代派诗人的"纯诗化"写作相比,玲珑剔透的诗句,古色古香的典故,让人玩味不已的词采,这些受古典诗词影响的欣赏标准,在穆旦诗中几乎消失殆尽,相反,他凭借着勃朗宁、毛瑟枪、通货膨胀、咖啡店、钢铁水泥、工业污染……这些充满现代生活气息的现代语言,这些普普通通的口耳相传的日常用语,使"新鲜的空气透进来了"(《玫瑰之歌》),它既没有典故气息的萦绕,也不承载"意在言外"的历史文化内容,个体生命的真实体验和生存变迁的真切感受都融入日常用语的编织,抒写着诗人生命的"丰富,和丰富的痛苦"。

---

[①] 张同道:《探险的风旗——论中国现代主义诗潮》,安徽教育出版社1998年版,第289页。
[②] 袁可嘉:《新诗现代化——新传统的寻求》,《论新诗现代化》,生活·读书·新知三联书店1988年版,第6页。

正如王佐良所言:"他的诗歌语言最无旧诗词味道……是当代口语而去其芜杂,是平常白话而又有形象和韵律的乐音。"① 与注重新诗口语化紧密关联,穆旦诗歌的遣词造句反对意义的模糊和朦胧。他所要求的新诗,"其中没有'风花雪月',不用陈旧的形象或浪漫而模糊的意境来写它,而是用了'非诗意的'辞句写成诗",总之就是"诗要明白无误地表现较深的思想"②。这是希望诗句"通俗易懂",而不是以艰涩的语汇和模糊的意象使读者的注意力在一词一句上踯躅不前。穆旦是如何实现这一要求的呢?分析他的诗作,很容易就能发现,目的最终达成得力于句子间严密的逻辑关系。试举两例:

"然而,那是一团猛烈的火焰,/是对死亡蕴积的野性的凶残,/在狂暴的原野和荆棘的山谷里,/象一阵怒涛绞着无边的海浪,/它拧起全身的力。"(《野兽》)"告诉我们这是新的美。因为/我们吻过的已经失去了自由;/好的日子去了,可是接近未来,/给我们失望和希望,给我们死,/因为那死的制造必需摧毁。"(《出发》)

诗句间连词和介词的准确使用,使句意呈现清晰确切,语法逻辑转承的紧密性消解了深不可测的"意会"空间,这样的语言形式使读者无暇也无意在单个词句上作更多停留,而是不自觉随着诗人自由伸展的主体意识,去领悟全诗满载的内涵。有研究者称,"穆旦的诗歌不是让我们流连忘返,在原地来回踱步,而是推动着我们的感受在语流的奔涌中勇往直前。"③ 诗歌语句流动感的审美效果无疑是对散文化句式的重新张扬。关于语言口语化和句式散文化的艺术追求,穆旦本人曾在20世纪40年代为艾青写诗评时有过表达,表达是通过赞同艾青的诗论完成的,"'语言在我们

---

① 王佐良:《穆旦:由来与归宿》,杜运燮、袁可嘉、周与良编:《一个民族已经起来——纪念诗人、翻译家穆旦》,江苏人民出版社1987年版,第3页。
② 郭保卫:《书信今犹在 诗人何处寻》,杜运燮、袁可嘉、周与良编:《一个民族已经起来——纪念诗人、翻译家穆旦》,江苏人民出版社1987年版,第179—180页。
③ 李怡:《现代性:批判的批判——中国现代文学研究的核心问题》,人民文学出版社2006年版,第203页。

## 第二章 诗歌本质存在论:走向诗本体的"纯诗"之路

的脑际萦绕最久的,也还是那些朴素的口语。''……而当我们熟视了散文的不修饰的美,不经过脂粉的涂抹颜色,充满了生的气息的健康,它就肉体地诱惑了我们。'这些话是对的。"穆旦认为,这是"诗的语言所应采取的路线"①。

穆旦诗歌的口语化摒弃了初期象征派、现代派诗人惯用的陈旧语汇,散文化的句法逻辑取代了"暗示性"思维带来的"纯诗"非逻辑化,也就是说,初期象征派、现代派诗人建构的"纯诗"理想,在穆旦的诗艺探索面前失掉了"通行证",一切都掉转了方向,方向的终端又恰好与新诗初期胡适所开创的口语化及散文化倾向相对接。

皮相地看,现代"纯诗"从 20 世纪 20 年代中期开始极力摆脱口语化,强调诗与散文的纯粹分界,至 20 世纪 40 年代穆旦诗歌重新青睐口语化和散文化,现代"纯诗"观念在创作实践中走出一条圆形路线,似乎是终点又回到起点。但问题这样理解只是没有逻辑分析的简单论断,还过于肤浅,缺乏阐释的信服力。那么,如果结合 20 世纪 40 年代袁可嘉对"纯诗"观念的诗学探讨,以及穆旦诗歌对文学书面语汇能力的充分挖掘,我们能够得出一个较为合理且具有说服力的解释。

随着抗战爆发,社会形势急剧转变,象征主义诗学"纯诗"观念的艺术目标开始遭遇"危机",必须重新探索一条可以继续深化的发展路径。"九叶派"诗论家自觉捐起这一重任,赋予"纯诗"追求人生与艺术综合的现实自觉。从"纯诗"观念内质增容的现实要求出发,"九叶派"诗人聚焦人类生存的现实关怀和个体生命的价值体验,艺术形式方面的探求步步跟进。可以说,穆旦诗歌语言艺术口语化和散文化的"高调"表现,正是为适应现代"纯诗"新的情感抒发而进行的开拓,他把现代派诗人的"纯诗化"写作从后期的语言无力和诗形僵死的窘境中解救出来,赋予新诗语言一种新的"现代特征"。那么,该怎样理解穆旦诗歌语言的"现代特征"呢?或者说,相比早期新诗的口语化,它的具体内涵是什么?

初期新诗以白话的力量反驳古典诗词的僵化,选择"以文为诗"的散

---

① 穆旦:《他死在第二次》,《穆旦精选集》,燕山出版社 2006 年版,第 95 页。

文化解构古典诗歌的格律传统,这种告别传统"重估一切"的破坏行为,使新诗更多注意了语言的工具性,在以现代白话为新诗的表述媒介之时,很少关注白话新诗语言本质的内在性。同时,外在工具性目的的催生和对历史延续的彻底拒绝,也使得早期诗人不可能对新诗白话语言有深切的认识,"说话"语式的表达追求在很大程度上只是一种新鲜的诗歌语言理念,诗人们缺乏一种建设姿态。相比于此,穆旦对新诗语言的口语化及散文化有着深刻理解,他从诗歌语言自身建设出发,在诗歌创作中充分开掘现代汉语书面语的魅力,使之与鲜活的口语、明晰的散文化句式相互配合,以期达到最佳的表达。"多情的思索""灿烂的焦躁""秘密的绝望""失败的成功"……大量抽象的书面语汇涌动在穆旦的诗歌文本中,词汇意义的抽象与口语共同构成互为消长的力量。同时,口语化可能导致的芜杂和散文化可能带来的散漫,在书面语言的映衬下得到有效抑制。正是在这一意义上,穆旦的实践探索破除了人们对日常语言及散文化的误解,赋予它们以新的意义,进而证明了如下论断:"事实上诗的'散文化'是一种诗的特殊结构,与散文的'散文化'没有什么关系,二者的主要分别不在文字的本质,而在结构与安排。"[①] 穆旦的这番努力充满了对现代口语与现代书面语的崭新发现,它不是对口语要求的简单"摆脱",而是立足新的高度重新肯定了口语化和散文化,也赋予书面语新的形态,使沿着初期象征派、现代派一路走来的"纯诗化"写作获得新质的现代特性。对此,袁可嘉曾在《诗人穆旦的位置》一文中给予高度肯定,"在抒情方式和语言艺术'现代化'的问题上,他比谁都做得彻底。"可以说,穆旦诗歌新质的现代特性也体现了现代"纯诗"观念在20世纪40年代追求现实的选择,就此而言,现代"纯诗"观念和"纯诗化"写作之间达到同步契合。

综上所述,现代"纯诗"观念和"纯诗化"写作之间有着极为复杂的缠绕,诗歌创作背后的复杂性也不是一个简单问题。但考察现代"纯诗"理想在实践环节的建构样态,审视现代诗人对"纯诗"观念或背离或逆而行之或超越的实践动向,就会发现,"纯诗"观念和"纯诗化"写作之间

---

① 袁可嘉:《对于诗的迷信》,《论新诗现代化》,生活·读书·新知三联书店1988年版,第67页。

## 第二章 诗歌本质存在论：走向诗本体的"纯诗"之路

的关系实质是"中国现代诗人如何审视自身的文学传统、努力发挥自己创造能力的问题"①。现代"纯诗"理论具有一种先在的理想性和实现的可能性，其本身的理论意义远远大于实践层面的现实指导意义。如此，它会在现代诗人的"纯诗化"写作中遭遇诸多尴尬，这是必然的诗歌史事实，而事实的存在又何尝不是对现代"纯诗"理论实践转换的真实验证，诗人在实践中迈出的每一步，都会引发同时代或后继的理论家更多的诗学思考。总之，在中国现代新诗"本体"探寻的艰难步履中，"纯诗"理论和"纯诗化"写作之间有着共同追求，他们的探索都是为了推动现代新诗向纯正方向迈进，但诗歌理论内涵的确定性和诗歌实践的变异性是一对无法调和的矛盾，相互间的转换是复杂的，很难一蹴而就或保持"步调一致"，但正是二者之间存在的细部"纠葛"，构成了理论和实践之间的内在张力，并在现代象征主义诗学体系建构中紧密结合为矛盾的统一体。

## 第四节 立场坚守下的消隐：现代"纯诗"与"国防诗歌"的论争

20世纪30年代中期至40年代，中国社会进入特殊的历史阶段，文学与现实的紧密相拥，成为普泛化的认识和要求。作为象征主义诗学的核心范畴，"纯诗"内涵已经得到"现实"提升，在诗歌创作和诗学思考中，立足现实，但反对以实用性和工具性看待诗歌，依然坚持诗歌自身的独立价值。可"纯诗"派这种温和的改良，与现实政治需求还有较大差距，不可避免地陷入指责和纷争之中。其实，伴随中国新诗的现代化步伐，回顾"纯诗"观念的建构发展历程，围绕诗歌本质与功能的论争时有发生，如20世纪20年代关于李金发《微雨》的论争，20世纪30年代关于戴望舒诗歌创作的论争，还有梁宗岱与梁实秋关于象征主义的论争。彼时这些论争，大都是在现代诗学建设层面，围绕具体的诗学命题展开，论争的立场、方向、内容与政治选择或思想倾向毫不相关，而20世纪30年代中期，

---

① 李怡：《现代性：批判的批判——中国现代文学研究的核心问题》，人民文学出版社2006年版，第199页。

在戴望舒等诗人与中国诗歌会之间，发生了关于"纯诗"与"国防诗歌"的论争，已不再是围绕诗学问题的具体诗艺探求，引发的是现实社会与诗学伦理的纠葛，具有强烈的政治色彩。

## 一 两种诗学的发展态势：自由·均衡·激化

随着新诗建设者对诗歌本体的探索，"纯诗"逐步成为中国现代象征主义诗学的核心范畴。但就20世纪30年代中期与"国防诗歌"发生的论争而言，"纯诗"已不单指象征主义立场的诗学观念，在很大程度上已泛化为流派、主义之外的"纯诗"追求。从这一理解出发，"纯诗"追求的每一阶段，都伴随着与诗歌大众化的"斗争"，抗战前后发生的"纯诗"观念与"国防诗歌"的论争，既是必然，也是延续。为此，有必要梳理"纯诗"与"大众化"两种诗学的纠结态势，有助于把握"纯诗"观念的发展境遇和论争发生的诗学背景。

20世纪20年代初期，在一场关涉新诗发展路向——平民化和贵族化——的论争中，新诗的"纯诗"追求已初露端倪。论争虽未取得一致性意见，但一种"纯诗"冲动已从平民化的时代主潮中生发出来，新诗的贵族化倾向迅速占据上风。以后，随着新月派诗人和初期象征派诗人对"纯诗"的深入思考，极力扭转新诗口语化、散文化的努力，为诗坛带来了新风气。至20年代中后期，新诗"纯诗化"的诗学倾向已完全确立，在一定程度上引领着新诗的发展动向。但就在"纯诗"诗学发展异常活跃的时期，在"五卅"运动的刺激和感召下，革命的普罗文学随之兴盛，"大众化"诗学开始确立自身姿态。虽谈不上理论建树，但从蒋光慈、殷夫等人的大众化倾向的诗歌创作，到创造社、太阳社揭起的革命文学大旗，处于潜流暗涌的"大众化"诗学，开始显露勃勃生机。从这一时期两种诗学并存的诗坛格局来看，"纯诗"诗学和"大众化"诗学虽然面貌气质迥然不同，但彼此仍处于自由发展时期。在当时流行的同一种或同一期报刊上，经常发表立场不同甚至对立的文章，可以一窥当时自由讨论的风气。如穆木天的《谭诗》和王独清的《再谭诗》是"纯诗"诗学的重要文献，在1926年《创造月刊》创刊号发表后，第二期刊发了蒋光赤的《十月革命与俄罗斯

## 第二章　诗歌本质存在论：走向诗本体的"纯诗"之路

文学》，第三期发表了郭沫若《革命与文学》和何畏的《个人主义艺术的灭亡》，第九期同时刊出成仿吾的《从文学革命到革命文学》和穆木天的《维尼及其诗歌（续）》；即使是20世纪30年代初期的《现代》杂志，也常刊载穆木天大众化诗学倾向的论文。李金发对这种对立诗学并存的诗坛格局有过描述：

> 经过了民十六（1927年，笔者注）以后，直到民十九（1930年，笔者注）前后，诗又被不同的作者带进磅礴的潮中。一方是因了革命文学的突起，而带来革命诗的勃兴，后期王独清，蒋光慈，殷夫，为这一方面的代表；另一面是象征派诗的蓬勃了，如李金发仿魏尔伦（Verlaine），穆木天的学拉佛格（Lafargue），戴望舒的宗耶麦（Jammes），梁宗岱的师法哇莱荔（Paul Valry），石民的爱波特莱尔（Baudelaire）等均为这一方面的代表。[1]

记述清晰呈现了20世纪30年代新诗发展的两个方向：一是主张写诗直接为政治服务，必须对生活作直接描绘和赤裸呐喊的左联革命派诗歌；二是强调感受的抒发和内在心律，以具感的意象来抒情的唯美的现代派诗歌。同时在两种诗潮的阵营对比中，后者力量壮大，前者则略显单薄。此时，无论理论建树，还是诗歌实践，大众化诗学还只是一股新兴潮流，特别是普罗诗歌的创作，当时并未得到诗坛认可，"仍然是呐喊多于描写，公式的观念的错误非常厉害，很容易惹起别人的反感"[2]。在两种对立诗学的自由发展中，"纯诗"诗学和实践显然处于优势地位。

随着革命形势的风云变幻，"五四"以来迅速形成的价值多元的文化场域，开始濡染政治色彩，矛盾冲突此起彼伏，文学也不可避免地与政治力量"联姻"。表现在新诗领域，以中国诗歌会为营垒的现实主义诗歌风头甚健，先前两种诗学自由发展的态势被打破。20世纪20年代末期，伴

---

[1] 刘心（李金发）：《论侯汝华的诗》，《橄榄月刊》1933年第34期。
[2] 蒲风：《五四到现在的中国诗坛鸟瞰》，载杨匡汉、刘福春编《中国现代诗论》（上编），花城出版社1985年版，第208页。

随革命文学兴起的普罗诗歌运动，尽管没有取得预期的成功，但他们的创作实践和理论倡导，对当时以新月派为代表的"纯诗"创作和理论思考构成一定挤压，强烈的功利性诗学观给新月诗人带来巨大的心理与现实压力。徐志摩在《〈猛虎集〉序文》中的一段自白，表达了当时诗人内心的这种情形：

> 你们不能更多的责备。我觉得我已是满头的血水，能不低头已算是好的。你们也不用提醒我这是什么日子；不用告诉我这遍地的灾荒，与现有的以及在隐伏中更大的变乱，不用向我说正今天就有千万人在大水里和身子浸着，或是有千千万人在极度的饥饿中叫救命；也不用劝告我说几行有韵或无韵的诗句是救不活半条人命的；更不用指点我说我的思想是落伍或是我的韵脚是根据不合时宜的意识形态的……这些，还有别的很多，我知道，我全知道；你们一说到只是叫我难受又难受。①

在声嘶力竭的"拒绝"中，诗人"难受"的原因不言自明，这是来自普罗诗学的强大压力。尽管徐志摩仍然坚持作一种"痴鸟"，"它的歌里有它独自知道的别一个世界的愉快，也有它独自知道的悲哀与伤痛的鲜明"②，但革命诗歌的强力冲击，也促使新月派诗人反思自身的创作局限，"我发现往日自己所写的诗，几乎是在一种情调之下，变换着字眼，所以再写也是徒然的工作，我想只有任生活经验、思想认识来自然开拓诗之领域。"③ 在反思中走向后期的新月诗派，其"纯诗"追求很快被现代派诗人的"纯诗"观超越。1932年9月中国诗歌会成立，大众化诗学的气势咄咄逼人，具有强大生命力的现代派"纯诗"逐渐成为中国诗歌会的斗争对象。

---

① 徐志摩：《〈猛虎集〉序文》，载陈绍伟编《中国新诗集序跋选（1918—1949）》，湖南文艺出版社 1986 年版，第 220 页。
② 同上。
③ 于赓虞：《〈世纪的脸〉序语》，载陈绍伟编《中国新诗集序跋选（1918—1949）》，湖南文艺出版社 1986 年版，第 283 页。

## 第二章　诗歌本质存在论:走向诗本体的"纯诗"之路

中国诗歌会成立前后,现代派诗歌的发展方兴未艾,由杜衡、施蛰存、戴望舒编辑的《现代》创刊,围聚了此前一大批新月诗派和象征诗派的诗人,他们以戴望舒的《诗论》和杜衡为《望舒草》写的序言为理论纲领,摆脱感情的直白宣泄,开始向人的内心、人的深层体验掘进,力求去除诗歌内容、形式和语言的非诗杂质,他们继新月诗派、象征诗派之后,又一次掀起现代"纯诗"的浪潮。面对一直占据诗坛主潮的新月诗派的浪漫主义和象征派、现代派的象征主义,旨在以大众化扭转诗坛风习的中国诗歌会,鲜明地亮出否定态度:"显然地,这两种流派的诗人都是逃避现实,粉饰现实,甚至歪曲现实的;这不但完全违反了时代的要求,就是从诗艺的观点来看,也已经走进了牛角尖,走进了魔道,非加以纠正和廓清不可。作为现实主义诗人们的中国诗歌会,正好在这种情形下面被组织起来。"① 基于此种判断,他们在《中国诗歌会缘起》一文中,表明了时代赋予自身的历史使命:

    在次殖民的中国,一切都浴在急风狂雨里,许许多多的诗歌材料,正赖我们去摄取,去表现。但是,中国的诗坛还是这么的沉寂;一般人在闹着洋化,一般人又还只是沉醉在风花雪月里,……把诗歌写得和大众距离十万八千里,是不能适应这伟大的时代的。

中国诗歌会一方面宣扬自己的主张,另一方面积极撰写文章,将对方置于否定与讽刺之中,如蒲风《所谓"现代生活"的"现代诗"》一文,就客气讥讽了施蛰存《现代》中的"名言"。同时,他们还在中国诗歌会机关刊物《新诗歌》上陆续刊载文章,尖锐批评新月派、现代派诗歌脱离现实、脱离大众的倾向。蒲风的《诗坛小评》《李金发〈瘦的乡思〉及其他》,柳倩的《〈望舒诗论〉商榷》,铁川的《读罢徐志摩的诗集》,穆木天的《徐志摩论》,任钧的《新诗的歧路》等,这些文章都以固执的主张"纠正"和"廓清"当时诗坛那股"唯美的""颓废的"诗风。从另一角

---

① 任钧:《关于中国诗歌会》,上海国际文化服务社 1948 年版,第 118—119 页。

度而言，新月派、象征派、现代派作为对立面的一种存在，在一定程度上也激发着大众化诗学的现实追求和战斗品格。至此，以中国诗歌会为代表的"大众化"诗学开始批判现代派"纯诗"诗学，遏止其发展，两种诗学彼此消长、时有起伏的自由发展时期，很快被势均力敌的"较量"取代，逐渐呈现正面交锋的态势，在中国诗歌会这一"强劲"的批判者面前，先前处于优势地位的"纯诗"阵营不得不全力"应战"。1935年，文坛掀起"国防文学"热潮，蒲风、袁勃等人倡导的"国防诗歌"成为抗战爆发前的论争焦点，现代派诗人与中国诗歌会针锋相对，两种诗学的对立更为显明，激化的矛盾也更难以调和。

## 二 论争焦点透视：立场·题材·形式

扭转现代派诗人个人化的诗歌风习，确立新的大众化诗歌类型，是中国诗歌会诗人的理想，但对新诗大众化理想的实现，现代派诗人始终持怀疑和否定的态度。实际上，中国诗歌会的诗人对大众化诗歌理论没有太多阐释，主要还是对诗学方向和诗歌发展道路的宏观把握，他们与现代派诗人之间的纷争是围绕具体诗学命题展开的。

首先，关于诗歌效用的根本性歧异，导致论争一开始双方就处于观念尖锐对立状态。20世纪30年代中后期，新月派、象征派、现代派前后相连，引领"纯诗化"的发展潮流。为反抗"非诗"的无休止侵入，他们提出"纯诗"主张，虽然视角和话语存有差异，但就艺术的社会作用、艺术与现实的关系、艺术的内容与形式等问题而言，他们的"纯诗"观念具有一致的基本内涵：尊重诗歌的本体特征，强调诗歌要与"政治""教化"划清界限，摆脱诗歌的目的性和功利性；强调艺术创作的执着态度，注重诗歌从内容到形式的审美探求。"艺术不应该是现实的寄生虫，诗应该本身就是目的"①，这是现代"纯诗"观的艺术立场。而中国诗歌会提倡"我们要捉住现实，歌唱新世纪的意识"，要"使我们的诗歌成为大众歌调，我们自己也成为大众中的一个"②，二者立场明显相左。作为"国防诗

---

① 陈御月（戴望舒）：《〈核佛尔第诗抄〉译后记》，《现代》1932年第1卷第2期。
② 《发刊词》，《新诗歌》1933年创刊号。

## 第二章 诗歌本质存在论：走向诗本体的"纯诗"之路

歌"的倡导者，中国诗歌会的领军人物蒲风对新诗的工具性有明确指示："我们必须了解诗歌是现实生活之反映，我们必须晓得'以我们的武器当我们的歌'，决不仅在火线上决战的一刹那。所以，还得在日常生活中'以我们的武器当我们的歌，'用现实生活去充实我们的作品，使我们在现今也能确实'以我们的诗歌当武器'。"①更多的"国防诗人"对此"心领神会"，新诗被他们视为"炸弹和短剑"，"是警钟，是喇叭，是战鼓，是战斗机，是机关枪……"②，诗歌本体的自由立场和存在价值被他们彻底"搁置"。在这种固执而激进的诗学舆论中，《现代》杂志提出的现代派"纲领"，以及他们的诗歌实践，受到彻底批判和否定。在"国防诗歌"倡导者看来，"诗人怎能在离开了社会组织的集团总体而表现出积极的生的意义呢？"③任何精微化、深入化的诗艺探求，都背离时代精神和现实的召唤，是现实斗争精力的一种浪费。

面对"国防诗歌"咄咄逼人的批判和否定，现代派诗人的回击明显缺乏气势，倒是支持"纯诗"立场的沈从文，在"国防文学"口号提出不久，在撰文总结"纯诗"诗人的艺术探索时，委婉否定了新诗发展进程中的大众化一脉："孙大雨，林徽因，陈梦家，卞之琳，戴望舒，臧克家，何其芳……算得是几个特有成就的作者。这些人完全不是理论家，却用作品证明'新诗不是无路可走，可走的路实在很多'，几个人的作品同时还说明'过去一时在大众化（初期文学革命与后来政治革命）口号下产生的许多新诗，如何毁坏了新诗的前途。要建设新诗，新诗得有个较高标准！'这标准在什么地方？几个作者是个人风格独具的作品，为中国新诗留下了一个榜样的。他们作品不多，比较起来可精得多，这一来，诗的自由俨然受了限制，然而中国的新诗，却慢慢地变得有意义有力量起来了。"④真正与"国防诗歌"正面交锋的是戴望舒，1937年4月10日他发

---

① 蒲风：《怎样写"国防诗歌"》，载《蒲风选集》（下册），海峡文艺出版社1985年版，第684页。
② 雷石榆：《在诗歌的联合战线上》，《诗歌杂志》1937年第2期。
③ 蒲风：《新诗界的逼切要求》，载《蒲风选集》（下册），海峡文艺出版社1985年版，第693页。
④ 上官碧（沈从文）：《新诗的旧账——并介绍诗刊》，《大公报·文艺》1935年第40期。

表《关于国防诗歌》一文,立足诗歌艺术本体角度,驳斥"国防诗歌"的功利主义立场:

> 在这些人的意思,一切东西都是一种工具,一切文学都是宣传,他们不了解艺术之崇高,不知道人性的深邃;他们本身就是一个盲目的工具,便以为新诗必然具有一个功利主义之目的了。他们把诗只当作标语口号了,所以在一般的标语口号的更换之下,我们听到了阶级诗歌、反帝诗歌以及现在的"国防诗歌"(在另一方面,提出了民族诗歌的人们也是同样的浅薄)。①

戴望舒对诗歌功能的理解,完全遵从诗歌艺术自身的发展规律,而这恰是中国诗歌会所拒绝和回避的。双方论争"一个把诗看作目标,一个只看作手段;一个尊她为女神,一个却觉得她只配作使婢。对于一个,诗是他的努力的源泉和归宿;对另一个,她却只是引渡他到某一点的过程。两者的态度和立场既风马牛不相及,就使你辩论到天亮也是枉然的"②。这无疑说明,论争双方的诗学建设缺乏共同目标,现代派诗人也就不可能从诗学本身的内在逻辑来说服或压倒对方,必然承受潜在的"无奈"和"尴尬"。

其次,两种诗学关于诗歌题材与艺术表现的各执己见,体现双方在新诗发展方向上的对立态势。中国诗歌会倡导的"国防诗歌",明显是一种诗歌题材决定论,诗歌题材究竟向何处去?双方围绕此问题的论争焦点表现在三方面:

一是题材狭小之争。有趣的是,论争双方都以题材狭小批评对方诗歌。"纯诗"论者认为,诗歌国防论限制了诗的范围,而"国防诗歌"论者认为,"国防诗歌"不但没有限制、缩小诗的题材和范围,反而是对初期大众化新诗的一个拓展。因为"原来我们所要写的大众诗歌,虽然是很广大地反映大众的生活,为广大的群众而歌唱,但只是限于某一种大众的

---

① 戴望舒:《关于国防诗歌》,《新中华》1937年第5卷第7期。
② 梁宗岱:《论诗之应用》,《诗与真续编》,中央编译出版社2006年版,第62页。

## 第二章　诗歌本质存在论:走向诗本体的"纯诗"之路

阶层:在国防诗歌的任务上,我们所要歌唱的,是要代表中国人民的各阶层,全民族"①。一方面,他们努力突破"国防诗歌"题材的局限性,将"义勇军作战""同胞的痛苦,悲惨,呻吟,挣扎""非人的生活"等全部纳入诗歌题材,另一方面,又试图将"国防诗歌"普泛化,将所谓"风花雪月"之类的题材排斥在新诗范围之外,反对新诗的多元化发展。"国防诗人"们坚信:"只要作为国防诗歌运动者及其赞同者的诗人们能够有耐心去加以劝导和说服,则全部诗作者之加入国防诗歌战线,当非一种幻想"②,足见"国防诗歌"试图一统诗坛的决心。针对指责自己只沉浸在"风花雪月"而远离现实的题材狭小论,现代派诗人直接将辩护引向题材的具体内容。

二是题材与现实关系之争。1934年,早在"国防诗歌"口号提出之前,蒲风就否认现代派诗作是"现代人在现代生活中所感受的情绪",相反"最容易见到的却是出世的,神秘的,颓废的,避世的,古典的,而没有真正'现代生活'(都市和破产的农村状况)下所感受到的热的情怀,悲哀的呻吟,绝叫,或勇敢的喊声"③,批评李金发诗歌不过是"狂飙急转的时代""有闲人物"的"甜的回忆"④。李金发对此专门行文《是个人灵感的记录表》,阐明坚定的"纯诗"内容:

> 我绝对不能跟人家一样,以诗来写革命思想,来煽动罢工流血,我的诗是个人灵感的记录表,是个人陶醉后引吭的高歌,我不能希望人人能了解。……我作小说虽然比较少,但我有我的态度,我认为任何人生悲欢离合,极为人所忽略的生活断片,皆为小说之好材料,皆可暗示人生,为什么中国的批评家,一定口口声声说要有"时代意

---

① 关露:《关于国防诗歌》,《大晚报》1936年7月10日。
② 任钧:《站在国防诗歌的旗下》,《新诗话》,上海两间书屋1948年版,第172页。
③ 蒲风:《所谓"现代生活"的"现代"诗》,载《蒲风选集》(下册),海峡文艺出版社1985年版,第657页。
④ 蒲风:《李金发〈瘦的乡思〉及其他》,载《蒲风选集》(下册),海峡文艺出版社1985年版,第661页。

识""暗示光明""革命人生"等等空洞名词呢?①

　　宣言般的自我表白,通过捍卫己方的诗学立场,直接反击了"国防诗歌"的题材论调。面对各执一端的争论,一向主张宽容对待新诗发展的朱自清,试图以自己的看法从中调和,"就事实上看,表现劳苦生活的诗与非表现劳苦生活的诗历来就并存着,将来也不见得会让一类诗独霸。那么,何不将诗的定义放宽些,将两类兼容并包,放弃了正统意念,省了些无效果的争执呢?"②但论争处于激烈状态并充满火气,双方怎可能轻易放弃自己的立场。连不热衷论争的卞之琳,也针锋相对为"风花雪月"的"纯诗"辩护:"我以为材料可以不拘,忠君爱国,民间疾苦,农村破产,阶级斗争,果然可以入诗,风花雪月又何尝不可以写呢?风花雪月到底是适于写诗的材料。"③现代派诗人坚持自己的诗学立场,实际也是防止新诗发展走向一体化。两种诗学对诗歌功利性的理解歧异表明对立不可调和,矛盾继续加深。

　　三是诗歌艺术表现手法之争。戴望舒从诗歌的艺术审美角度,认为"国防诗歌"有着"固定的公式",根本"用不到艺术手法",不过"只是一篇分了行、加了勉强的韵脚的浅薄而庸俗的演说辞而已。'诗'是没有了的,而且千篇一律,言不由衷,然而那些人物却硬派它是诗,而且,为要独标异帜起见,还给它巧立了'国防诗歌'这头尾不相称的名称"④。充满火气的言语极尽讥讽之能事,自然激起对方坚决回击。任钧也找出现代派诗歌千篇一律与公式化的毛病,认为"国防诗歌"与之相比,"则还是大有逊色,不及远甚",针对"国防诗歌"用不到艺术手法的指责,明确"奉告"戴先生:

　　　　如果你之所谓"艺术手法",就是指你理想中的"艺术手法",指

---

① 李金发:《是个人灵感的记录表》,《文艺大路》1935年第2卷第1期。
② 朱自清:《新诗的进步》,《新诗杂话》,生活·读书·新知三联书店1984年版,第9页。
③ 卞之琳:《关于〈鱼目集〉》,《大公报·文艺》1936年第142期。
④ 戴望舒:《关于国防诗歌》,《新中华》1937年第5卷第7期。

## 第二章 诗歌本质存在论：走向诗本体的"纯诗"之路

那体现于你自己的诗作中的"艺术手法"，指那使得作品变成朦胧，含混，晦涩，难懂的"艺术手法"，则正如你所说的，国防诗人实在"用不到"，无论如何也"用不到"！不但"用不到"，而且还不妨说：彻底排除这种"艺术手法"，乃是目前的国防诗歌对于诗艺术本身所负的重要任务之一！①

20世纪30年代，现代派诗人始终处于诗坛争议其诗歌"晦涩难懂"的氛围之中，"国防诗人"借此"良机"，在争论中巧妙驳斥了戴望舒的艺术手法——你所极力追求的正是我们彻底否定的，并美其名曰这是"对于诗艺术本身所负的重要任务"。由此看来，在大众化诗学面前，现代派诗人的驳斥多少有些"疲软"，更何况这是受控二元对立思维模式的诗学论争，积习已久的成见，使得论争双方不可能汲取对方诗学的合理要素，通过客观审视作出必要调整。相反，尽可能抓住利于己方辩驳的"优势"，成为论争的潜在策略。

最后，现代派诗人否定大众化诗学倡导的新诗歌谣化，显示论争双方诗歌形式的不同追求。抗战前的"中国诗歌会"认定新诗歌谣化是实现新诗大众化的途径，诗歌大众化的目的就是要追求和创造一种"大众歌调"，使"识字的人看得懂，不识字的人也听得懂，喜欢听，喜欢唱"②。尽管他们对没有从诗学层面阐释"大众化"诗歌的深刻内涵，只简单地定义为："以大众生活作对象，用恰当能把内容表现到家的技术写出的，而且叫大众容易读，读得懂的一种诗歌。"③ 但并不妨碍他们以此作为衡量现代派诗作的标尺。蒲风指出，戴望舒诗歌"由于他的形式，技巧，以及'诗论'，他的诗永远是看的艺术，不能朗读，根本说不上拿给大众唱。也可以这样说，他的诗虽然出于现代，是现代诗，而实是旧的事物和旧的意识的新

---

① 任钧：《读戴望舒的〈谈国防诗歌〉以后》，《作品》1937年创刊号。
② 蒲风：《关于前线上的诗歌写作》，载《蒲风选集》（下册），海峡文艺出版社1985年版，第922页。
③ 编者：《问题讨论》，《诗歌季刊》1935年第1卷第2期。

装。"① 中国诗歌会为打开"一条诗歌大众化的生路",完全把新诗歌谣化作为诗歌发展唯一的形式追求,凡是不能为"大众所能听或容易阅读的东西"②,都是与自己的诗学倾向相对立的。

现代派诗人立足新诗本体发展,始终对新诗歌谣化持怀疑和否定态度,视之为新诗发展的歧途。其实,与新诗歌谣化的对立,早在"国防诗歌"论争之前就已初露端倪,并一直延续为论争焦点。现代派诗人致力批驳的是"大众歌调"提倡诗歌的可听可唱性。早在1933年年底,施蛰存编辑《现代》杂志时,就曾否定新诗歌谣化的主张,"现代中的诗,大多是没有韵的,句子也很整齐,但他们都有相当完美的'肌理'(Texture),它们是现代的诗形,是诗!(有一部分诗人主张利用'小放牛''五更调'之类的民间小曲作新诗,以期大众化,这乃是民间小曲的革新,并不是诗的进步)"③ 平稳的观点阐述已显出对立的诗学倾向。深化施蛰存观点的是诗人金克木,他从"诗"和"歌"这两种不同的范畴审视大众化新诗,认为新诗大众化应该致力于歌的创作,在他看来:

> 中国现代的革命诗,为大众的诗,总没有走上歌的道路;而且还老揪住诗不放,老舍不得这块耕了的土地不肯去开自己的荒,而且还老想自己争得诗的正统而不肯去和真正还在毒害大众的弹词小调作战。于是,闹得对贵族诗既攀不着而对大众歌又沾不上,高不成,低不就,大众诗便两脚悬空上不着天下不着地转变为一部分书斋小众的消遣品了,真是不幸之至!④

金克木并不否定新诗歌谣化主张,而是用自己对革命诗的理解,为大众化新诗指出一条新路——"走上歌的道路","去开自己的荒"。中国诗

---

① 蒲风:《几个诗人的研究·戴望舒的诗》,载《蒲风选集》(下册),海峡文艺出版社1985年版,第884页。
② 蒲风:《五四到现在的中国诗坛鸟瞰》,载杨匡汉、刘福春编《中国现代诗论》(上编),花城出版社1985年版,第222页。
③ 施蛰存:《又关于本刊的诗》,《现代》1933年第4卷第1期。
④ 金克木:《论诗的灭亡及其他》,《文饭小品》1935年第2期。

## 第二章 诗歌本质存在论:走向诗本体的"纯诗"之路

歌会的诗人意在用大众化诗歌一统整个诗坛,现在反而被金克木剔除"诗"的范围,认定是"书斋小众的消遣品",应归属"歌"的领域,这是他们没能预料到的,也绝非他们提倡新诗歌谣化的初衷。由此可见,两种诗学为捍卫自己的诗学立场,其立论也经常带有误解或曲解的色彩,往往成为阵营内部"薪火相传"的辩论"法宝"。及至论争最为激烈的抗战前夕,戴望舒仍"建议"那些国防诗歌的倡导者,"应该放开了诗而走山歌俚曲那一条路",在他看来,大众化诗歌从采取形式、表现方法到词汇运用等,并非如倡导者期望的那样走进了大众,"其结果只是自写自读自说的书斋里的东西而已"[①],这依然是"纯诗"阵营对新诗歌谣化一以贯之的否定态度。

### 三 内因之"和":政治越位·诗歌悖谬·文人气度

通过现代"纯诗"与"国防诗歌"的论争分歧和态势流变,可以肯定,"纯诗"注重传达的是艺术本体化,"国防诗歌"着重大量社会现实内容的引入,前者的艺术特性和后者的大众特性给现代诗歌的价值认同带来极大张力,其背后潜隐的复杂内因,则比论争史实更耐人寻味。

(一)文学之外的力量。论争双方一开始就缺乏必要的共识,他们大都从各自诗学系统出发,用自己所理解的诗学观念去衡量对方的逻辑命题,这种二元对立的思维模式足以表明,"他们辩论的中心,虽然似乎是一个:诗或诗歌;他们实际却操着两种不同的话"[②]。所以,论争根本无法以各自诗学的内在逻辑说服或压倒对方,外加两种诗学在较长时间内积累的矛盾,必然导致双方在诗学论争中陷入僵持局面。在论争缺乏客观、冷静的学理规范的情形下,"一种诗学要最终走向主流诗学的地位,就必须依托一种外在于新诗的力量,才有可能打破僵持的局面"[③]。中国当时内忧外患的政治形势,无疑使"中国诗歌会"为倡导"国防诗歌"找到坚实的现实依托。在他们提倡"国防诗歌"的大量论文中,从理论阐发到诗作实

---

① 戴望舒:《关于国防诗歌》,《新中华》1937年第5卷第7期。
② 梁宗岱:《论诗之应用》,《诗与真续编》,中央编译出版社2006年版,第62页。
③ 刘继业:《新诗的大众化和纯诗化》,北京大学出版社2008年版,第50页。

践,无不充满浓烈的"政治气息",《怎样写"国防诗歌"》《新诗界的逼切要求》《一九三六年的诗坛》《打起热情来》……从蒲风陆续发表的文章来看,他们的理论阐释具有一种"逼人"的革命语调,并且随着他们驳斥方式的变化而逐渐高涨。"国防诗歌"论者驳斥对方的常见套路是,阐发己方理论观点之时,以新月诗派和现代派诗人为贬损对象,造成对立升级,使论争不断深入,他们常以多人合作的方式有针对性和时效性地撰写批驳文章,紧紧依托"现实"发言,声势越发咄咄逼人。如戴望舒《关于国防诗歌》一文 1934 年 4 月发表之后,"国防诗歌"倡导者们迅速"组织"力量撰写文章,多人合作的《与"纯诗"人戴望舒谈国防诗歌》、任钧的长篇批驳文章《读戴望舒的〈谈国防诗歌〉以后》等迅速发表,[①]"睁开眼,看客观现实,会给他们有力的答复与无情的打击的",斩钉截铁地宣判式语言显示出大众化诗学逐渐高涨的调门,外在于诗学本身的政治压力使现代"纯诗"阵营陷入"欲辩无理"的尴尬处境,文学以外的力量干涉是"纯诗"论者无法改变的事实,他们在争论中全力维护自己的诗学主张,但却显得苍白无力。因为他们"没有估计到:至少在某些国度,'现实主义'的真实分量已经远远超出了文学的范畴。而考察现实主义文学团队如何反击现代主义的时候,人们可以充分觉察文学之外的力量"[②]。

(二)现代诗歌发展的悖谬。将论争置于现代新诗发展链条中审视,能够清晰感受现代"纯诗"发展的艰难历程和尴尬处境。论争双方的诗学立场实质关涉的是诗歌功能问题,透过激烈的诗学互驳,能够看到两种对立身影:一面是"大众化诗人坚持诗歌服务于社会,这或可视为弥补现代文明里实用性和私人性彼此分裂的一种企图。为了重建诗的社会价值,这些诗人强调诗歌主题与社会现实的关联性,并每每采用一种相当狭隘的文学定义,拒绝纯粹的美学考虑。而这种艺术臣服于政治和社会标准的倾向必然导致其压抑诗歌和美学理论方面的实验,将'斗争的矛头'直指另一端那些'被误解的诗人'"。另一面,在现代"纯诗"者看来,"当一首诗

---

[①] 江蒿、一钟、方殷:《与"纯诗"人戴望舒谈国防诗歌》,《诗歌杂志》1937 年第 3 期;任钧:《读戴望舒的〈谈国防诗歌〉以后》,《作品》1937 年创刊号。

[②] 南帆:《现代主义与本土的话语》,《五种形象》,复旦大学出版社 2007 年版,第 23—24 页。

## 第二章　诗歌本质存在论：走向诗本体的"纯诗"之路

被变成外在指涉的修辞存在时，它也丧失了它存在的最根本意义"，所以诗歌就应该"缺少透明直接的社会功能（虽然这绝不表示它没有象征的社会意义），它反抗要求诗直接反映或改变社会现实的压力，并把这种压力转化成在各层面上对文学媒介的自由探索"①。也就是说，虽然现代"纯诗"追求者并未建立被普遍认同的价值系统，也尚未拥有整齐同质的读者群，但他们的诗学立场赋予其自身一种探索诗之内质的充分自由，代表了他们对现代新诗本体的自觉追求。所以，无论是新月派和象征派，还是现代派，他们都不愿在自己的诗作中呈现那种"不够含蓄、缺乏意境、没有包裹的'真'；他们更习惯营建和陶醉在各种温软的美梦当中，反对无所顾忌的暴露、批判和过多地渲染个人的怨怒；他们更喜欢委婉曲折的抒情，意在言外的暗示，而忌讳直截了当的叙述；对于语言的雕琢和打磨则是他们的重要工作"②。而对这种自觉追求的理想模式进行反驳的，正是中国诗歌会为实现新诗大众化而倡导的"歌谣化新诗"，它始终与现代"纯诗"的自觉形态尖锐对立。于是，现代新诗发展在这样的对立中呈现一种悖谬：当现代诗的"纯诗"之路更大程度地具有个人意义和美学内涵时，却在与"歌谣化"新诗的对峙中，逐渐衰落了自身的社会和文化功能，成为被指责的对象；而随着诗歌大众化步伐的加快，新诗"歌谣化"在否定"纯诗"过程中，逐步获得独立的不可替代的社会价值。随着"国防诗歌"论争的消歇，抗战形势的严峻，现代诗歌没有了深隐的蕴藉、空灵的幻境，直露的、外显的、质朴的象态系统和语言组合，使倾向诗歌本体的文学性阅读难以实现。相反，诗坛涌动着一种"功能性消费"的现实契机，通过这种"功能性消费"，大众化诗歌获得充分的社会价值。

（三）文人气度的彰显与守护。"现代诗歌作为中国现代文人集体参与、集体建设的一种文学活动，新的诗歌创造与诗歌发展的命运常常就联系着众多文化人自己的生存与艺术事业的选择。"③ "纯诗"追求代表着现

---

① 奚密：《现代汉诗的另类传统——从边缘出发》，广东人民出版社2003年版，第80—81页。
② 李怡：《中国现代新诗与古典诗歌传统》（增订版），北京大学出版社2008年版，第111页。
③ 李怡：《现代性：批判的批判——中国现代文学研究的核心问题》，人民文学出版社2006年版，第182页。

代新诗的一种自觉形态,在某种程度上,体现着中国现代诗歌文人化追求的极致,它对诗人人格的打磨,对诗歌语言的精细提纯,以及对诗歌本身贵族地位的维护,都表现这些诗人的学识和修养。如果把思考从论争本身向外拓展,转向作为独立文人的职业特性与社会职能层面,可以看到,尽显文人气质的"纯诗"追求者,格外注重文人的人格独立和精神自由,这也是他们维持自身生存和社会地位的精神命脉。

20世纪的中国文坛,"文人"摆脱了漫长封建社会作为政权附庸而存在的境况,成为具有社会独立地位的作家阶层,他们找到属于自己的文学空间,紧紧守护自己的领土,避免被任何外在"势力"压迫。为此,20世纪上半叶,在急剧变化的社会现实面前,梁实秋提出"伟大的文学乃是基于固定的普遍的人性"①,李金发、戴望舒等主张"艺术家的唯一工作,就是忠实表现自己的世界"②,抗战爆发后,朱光潜、沈从文等人"与抗战无关"的主张,反对"作家从政"的议论和"文艺贫困"的呼声等,都是对文学特性的重视和文人地位的守护,他们不愿意文学成为政治斗争的附庸,失去独立品格,强烈期望文学作品的价值从普通宣传品回归到文艺自身。在革命与文学之间,他们自觉设置一道鸿沟,尽管知道"不识时务地谈论饥不可食,寒不可衣之艺术,想来与人争一日之长,必然是失败的",但仍然强调,"我们不是要来凑热闹,或想博取虚名,我们在尽我们的天职,我们有我们坚决的信仰,社会制度,政治活动,都将次第变迁销灭,艺术才是永远,无限"③。在这一艺术精神感召下,抗拒"国防诗歌"何尝不是他们为守护文艺这片净土而作出的努力,他们不希望文人的独立人格和自由精神再次被政治家的角色遮蔽。可是,在战争骤然而至的年代,"诗人的独特追求与大时代的一致性召唤不由自主地构成了不可调和的反差,在这样的氛围里诗人的坚持可能意味着苦难"④。诗人与"纯诗"休戚与共,命运相融,苦难的持守已成为他们生命展开的过程,是他们捍卫自

---

① 梁实秋:《文学与革命》,《新月》1928年第1卷第4期。
② 李金发:《烈火》,《美育》1928年创刊号。
③ 李金发:《复刊感言》,《美育》1937年第4期复刊号。
④ 谢冕:《一颗星亮在天边——纪念穆旦》,《穆旦诗全集》,中国文学出版社1996年版,第9页。

## 第二章 诗歌本质存在论:走向诗本体的"纯诗"之路

身价值的方式。

尽管两种诗学长期处于对立的紧张局面,彼此难以取得相互的认同,但现实环境的迅速转换,终止了"纯诗"诗人们的勃勃雄心,因为"在这血肉横飞的事实面前,大家的注意力都不谋而合集中在那更迫切的民族和自身的生死关头上。纯诗的努力者自然也被迫而沉默他们的歌声;国防诗歌派,反之却正是时代的骄子,便乘势把前一派几个代表作家狗血淋头地痛骂一顿。"[①]"纯诗"诗人陷入极为尴尬的处境,他们极力摆脱政治与社会要求的压力而获得的自主性和自律性,开始呈现一种消极意义,因为"它置身于现实性之外,成为一种非尘世性的东西","被隔离于一个主要的社会话语交流场所之外"[②]。大众化诗学日渐成为越来越多诗人的共识,逐步走向主流地位,"纯诗"诗学及其创作无可选择,开始步入消沉的潜隐时期,直至20世纪40年代中后期,经过新变才迎来复兴。

同时,两种诗学在论争中难以意识到自身诗学思维和诗学内涵的症结,这些艺术问题恰好在彼此的批驳中呈现,论争带来的反思也为新诗发展提供了强大动力。事实上,"国防诗歌"倡导者成功的诗歌创作并不多,作者与读者都还局限于文人的书斋,"尽管身受一个这么伟大时代的激荡,尽管义愤填膺,满腔热血,尽管振臂张拳,拉破了嗓子,也只能发出一些无力的嘶声"[③],理论倡导与实际创作之间有较大差距,并未实现真正的新诗大众化。另一方面,在极为动荡、充满事端的现实面前,"纯诗"创作者只关注自身感受,迷恋对文字、修辞的热爱,其以"纯粹"的诗学和美学的目光看待现世行为,在执意"变革"世界的那些诗人面前,欠下一笔无法偿还的"债务",其对诗艺精致化的追求,似乎也达到发展极限,导致"纯诗"创作日渐枯窘。理论和创作本身出现的危机,无疑成为"纯诗"的后继者超越自身的出发点。20世纪40年代中后期,"九叶派"诗人在诗学内涵与实践创作中,自觉加大对现实关注和思考的成分,恢复并拓展"纯诗"诗学的建设疆域,创造出又一个"纯诗"的新天地。

---

① 梁宗岱:《论诗之应用》,《诗与真续编》,中央编译出版社2006年版,第62页。
② 耿占春:《失去象征的世界——诗歌、经验与修辞》,北京大学出版社2008年版,第19页。
③ 梁宗岱:《论诗之应用》,《诗与真续编》,中央编译出版社2006年版,第63页。

# 第三章 艺术形式镜像论:"象征"之道与"意象"之思

传统诗学认为,表现方法必须为表现的功利目的服务,表现形式只是接受表现内容"统治"的载体,既然只是服务载体,"'形式'似乎是一种死的概念、一种空洞的外壳、一套无意义的公式或一种口惠;有时候它还被人们看作是一种在行动、言语和工作中必须加以服从的规矩"①。但形式的这种"法定"意义却被象征主义解除。象征主义者认为,形式不仅是对内容的表现和运载,形式自身就是内容,诗歌的象征、意象、语言、结构等均由单纯的能指而更多地承载了所指内涵。"象征并不简单地指向某种意义,它只是允许意义自己呈现",它"不能理解为存在之替身,而应理解为存在之满溢,存在之拓展"②,象征主义"诗的意象并不陈述或指明任何东西,它们只是互相映衬,启发或唤起你去发现使诗中充满活力的心情"③。由此,象征主义可视为一种"诗自身"的理论,而"每一种理论结构都需要一个模式,尤其是当你想要对这个理论结构的精细部分有所了解的时候,就更是如此。所谓模式,就不是一种事例,而是一种符号形式,这种符号形式可以被你制造出来去传达或包含你所要表达的概念"。④从这一理解出发,象征、意象、音画、陌生化等正是象征主义创造的"符

---

① [美]苏珊·朗格:《艺术问题》,滕守尧译,南京出版社2006年版,第144页。
② 张隆溪:《道与逻各斯》,冯川译,江苏教育出版社2006年版,第146—147页。
③ [加]诺思罗普·弗莱:《批评的解剖》,陈慧等译,百花文艺出版社2006年版,第115页。
④ [美]苏珊·朗格:《艺术问题》,滕守尧译,南京出版社2006年版,第141页。

第三章　艺术形式镜像论："象征"之道与"意象"之思

号形式",通过它们传达或包含自己所要表达的内涵。理解象征主义符号形式的艺术内涵,也是走向诗歌本体的深层标志。

## 第一节　本体模式的现代图解:象征的思维术

象征因其构建了具有形式本体意义的诗歌感知方式,而呈现一种独特的体验魅力。正如有学者言,"象征之路之所以能成为诗性朝圣的一条坦途,是由于象征已不只是一种认识方式,同时也具有一种本体论意义,因为它并不'转达'意义而是'显现'意义;它的具象性和与其所意向的事物的亲和性,使它能够拥有一种让接受者'参与其中'的功能。事情正是这样,'我们在对象征的体验中,实际经验了人存在的两个层次,即可以说的层次和不可说的层次。对象征的体验使我们获得对不可说的真实的体验,因为正是在象征之中并且通过象征,在我们之间实际产生了对语言界限彼岸的理解。'"[①] 中国现代象征主义诗人和诗论家也切实感受到象征这种本体意义的自足,将其融入自己的诗学思考和艺术实践,形成一套具有"本土气质"的象征思维术,参与并推动着中国现代象征主义诗学的建构进程。

### 一　栖居"诗的世界":象征境界的理想吁求

新诗发展初期,由于白话尚未确立自身在文学写作中的地位,以胡适为代表的写实派自然专注于白话的工具作用,梁实秋曾以中国新诗发展史的眼光有过点评,"新诗运动的起来,侧重白话的一方面,而未曾注意到诗的艺术和原理一方面。一般写诗的人以打破旧诗的范围为唯一职志,提起笔来固然无拘无束,但是什么标准都没有了,结果是散漫无纪。"[②] 而以郭沫若为代表的浪漫诗派则只钟情情感方面的自我表现,"他们压根儿就没有注重到文艺的本身,他们的目的只在披露他们自己的原形","他们确

---

[①] 徐岱:《解释学诗学与当代批评理论》,《宁波大学学报》2004年第4期。
[②] 梁实秋:《新诗的格调及其他》,杨匡汉、刘福春编:《中国现代诗论》(上编),花城出版社1985年版,第142页。

乎只认识了文艺的原料，没有认识那将原料变成文艺所必需的工具"①。不可否认，此时诗人都不注重诗歌语言和形式方面的本体追求，忽略诗歌含蓄蕴藉的品格。与他们忽视诗歌本体发展相应，这一时期，新诗坛关于"诗是什么的问题竟没有多少讨论"，虽然有外国文学的影响在不断发出暗示，"但是没有人积极的确切的把外国文学影响接收过来加以分析衡量"②。很快，被新诗发展所遗忘的"空白点"，就被象征派诗人和诗论家的大胆新见所填补，他们不仅接受法国象征主义的影响，而且分析中国新诗发展现状，专注研究诗的语言和形式，强调诗歌语言的暗示性，逐步构建以之为核心的象征主义诗歌理论。针对初期白话新诗和浪漫主义新诗的思维逻辑，象征主义理论家着力强调，要划清诗与散文的界限，要"找一种诗的思维术，一个诗的逻辑学"③，要创造一个与"文"的世界迥然有别的"诗的世界"，积极引导新诗走上诗歌本体的美学之路。他们意在呈现一种与以往不同的诗对世界的感知方式，使诗把握世界的方式艺术化。从此意义上说，"诗的世界"是这一艺术感知方式所要达到的理想境界，是新诗创作追求的极致目标——"一个绝对独立，绝对自由，比现世更纯粹，更不朽的宇宙"④。象征主义作为"诗的世界"的理论承担，其对"象征之境"的超然描绘，体现着现代诗论家希求新诗栖居"诗的世界"的迫切愿望，是他们对新诗发展具有理想色彩的现实吁求。

闻一多曾把新诗初期奉行的写实主义称为"诗的自杀政策"，正如马塞尔·雷蒙所言，"'直接'的话语只能当作大众交流的工具"，"这种话语有利于人与人之间的沟通以及观念、想法的传播，然而一旦被领会，它便立即死亡，丝毫谈不上真实的存在。"为使新诗话语能够实现"感动"和"最深层地震撼灵魂"的目标⑤，象征主义诗人明确呼吁，"我们要住的

---

① 闻一多：《诗的格律》，杨匡汉、刘福春编：《中国现代诗论》（上编），花城出版社 1985 年版，第 123 页。
② 梁实秋：《新诗的格调及其他》，杨匡汉、刘福春编：《中国现代诗论》（上编），花城出版社 1985 年版，第 142 页。
③ 穆木天：《谭诗》，《创造月刊》1926 年第 1 卷第 1 期。
④ 梁宗岱：《谈诗》，《诗与真·诗与真二集》，外国文学出版社 1984 年版，第 95 页。
⑤ [法] 马塞尔·雷蒙：《从波德莱尔到超现实主义》，邓丽丹译，河南大学出版社 2008 年版，第 17 页。

## 第三章　艺术形式镜像论："象征"之道与"意象"之思

是诗的世界；我们要求诗与散文的清楚的分界"①。针对早期新诗弊端，象征主义以"诗的世界"极力挽救新诗"艺术的破产"②，如何创造"诗的世界"，首先要呈现一个与现实此岸世界相对的理想彼岸世界，并要对彼岸世界作出前瞻性的景象描述和路径引导。在穆木天看来，"诗的世界"其实是"在词汇的有声外衣底下，存在着一种真实的实质"③，这是"诗的内生命的反射，一般人找不着不可知的远的世界，深的大的最高生命"④。梁宗岱把"诗的世界"提升到"象征之境"，作学理探讨。他论及"象征"的特性之一便是"融合或无间"，即"象征与生命活动"密不可分。也就是说，离开生命形式的表现则无以谈及象征，象征之境就是"一种超越了灵与肉、梦与醒、生与死、过去与未来的同情的韵律在中间充沛流动着。我们的内在的真与外界的真调协了，混合了。我们消失，但是与万化冥合了。"⑤ 在赋予新诗以生命的心灵分享这一意义上，彻底脱却物的羁绊之后纯粹澄明的"象征之境"与"诗的世界"是同一内涵的不同表达。尽管作为诗学阐述的动机，前者是对一种尚未被认可的理论形态作以细节剖视，后者是为拯救新诗误入"散文的世界"，但二者实质殊途同归，他们都在探求一种新的诗歌感知世界的方式，建构一种新的现代诗学体系——象征主义。

20世纪二三十年代，穆木天、梁宗岱等人对"诗的世界"和"象征之境"的完美构想，其先验的理念想象多于实践的操作策略，但就新诗发展忽略诗本体的状况而言，诗学构想本身具有的纠偏意义，比其能否在实践中真正实现更有价值。同时，这一诗学内涵受到波德莱尔"超验象征主义"和"纵向应和"思想的濡染。"超验象征主义"理论向人们展示出，现实世界之外还存在着理想世界，真实世界只是对于理想世界的一种不完

---

① 穆木天：《谭诗》，《创造月刊》1926年第1卷第1期。
② 闻一多：《诗的格律》，杨匡汉、刘福春编：《中国现代诗论》（上编），花城出版社1985年版，第123页。
③ [法]马塞尔·雷蒙：《从波德莱尔到超现实主义》，邓丽丹译，河南大学出版社2008年版，第17页。
④ 穆木天：《谭诗》，《创造月刊》1926年第1卷第1期。
⑤ 梁宗岱：《象征主义》，《诗与真·诗与真二集》，外国文学出版社1984年版，第76页。

美的体现，沟通这两个世界则必须依赖"纵向应和"，"这种应和关系强调具体之物与抽象之物、有形之物与无形之物、自然之物与心灵或精神的状态、现实世界与超现实世界等之间的象征关系，是应和现象在象征层面上的展开。正是通过'纵向应和'，诗人得以'歌唱精神与感官交织的热狂'。"① 正是得益于对这些观念的切实理解，在描绘纯粹的"诗的世界"时，象征主义诗论家自觉将"应和"理论所包含的朦胧、复杂、超验等潜在特质，赋予"象征之境"，使之具有以下基本特质。

一是朦胧的迷幻色彩。诗歌摆脱文的世界，转向灵的世界，便是要放弃"一切客观的写景，叙事，说理以至感伤的情调"②，强调表现变幻不定的内心情感，表现刹那间的感受情绪，表现物我合一的梦幻和下意识状态，表现幻觉和直觉。在真实世界向心灵世界转化中，传统诗人的理性创作方式必然显得捉襟见肘，对梦幻般的非理性思维的推崇主导诗人的创作过程，"在诗人这儿是耳朵讲话，嘴听，智慧和苏醒状态在创作，在梦想，而睡眠则在清楚地看，是形象和幻觉在看，是匮乏和缺陷在创造"③。看似"荒诞"的言说，意在张扬诗人的感知方式应进入这样的轨道：与理性的平衡法则背道而驰，摆脱感性的逻辑和范畴，在具有可塑性的非理性思维的掌控中，进入"神游物表的光明极乐的境域"④，这必然赋予象征之境朦胧的迷幻色彩。

二是繁复的意蕴空间。由于排斥对客观世界的说明和叙述，反对诗人情调的直接抒发，强调神游物表、物我同体的非理性创作，所以必然使"诗的世界"呈现一种复杂面貌，那些以日常感性世界之特征出现的自然物象，在与诗人的心灵相遇时，其丰富而奇特的面貌令人错愕。正如梁宗岱所指出的，外界事物与我们相见有两副面孔，当我们运用理性或意志去分析它们时，它们只是无数不相联属的无精彩无生气的物品，"可是当我们放弃了理性和意志的权威，把我们完全委托给事物的本性，让我们的想

---

① 刘波：《〈应和〉与"应和论"——论波德莱尔美学思想的基础》，《外国文学评论》2004年第3期。
② 梁宗岱：《谈诗》，《诗与真·诗与真二集》，外国文学出版社1984年版，第95页。
③ 陈力川：《瓦莱里诗论简述》，《国外文学》1983年第2期。
④ 梁宗岱：《谈诗》，《诗与真·诗与真二集》，外国文学出版社1984年版，第95页。

## 第三章 艺术形式镜像论:"象征"之道与"意象"之思

象灌入物体,让宇宙大气透过我们的心灵,因而构成一个深切的同情交流,物我之间同跳着一个脉搏,同击着一个节奏的时候,站在我们面前的已经不是一粒细沙,一朵野花或一片碎瓦,而是一颗自由活泼的灵魂与我们的灵魂的偶然相遇"[1]。这样呈现的"诗的世界",既是主观的又是客观的,既是彼又是此,既是表面物象又是心灵印痕,必然包含着意蕴的丰富性和复杂性。

三是超验的神秘气息。新的非理性的文学理念必然使诗的意识成为"神秘和先知意识的近亲",它"仿佛精神最犀利的尖顶,能够把它的触角伸向无意识的深处"[2]。穆木天关于"诗的世界"的经典描述就包孕着神秘的潜在意识,"在人们神经上振动的可见而不可见可感而不可感的旋律的波,浓雾中若听见若听不见的远远的声音,夕暮里若飘动若不动的淡淡的光线,若讲出若讲不出的情肠才是诗的世界。"[3] 梁宗岱始终认为,中国新诗缺乏一种伟大而深沉的宇宙意识,李白或歌德之所以伟大,就在于他们能以一种直接的完整的宇宙意识,对自然作出敏锐的感觉和诠释,借以从中认识造化的壮举,默识宇宙的幽寂,在消逝的一切之中感悟永恒的象征。由此,"象征之境"蕴含的宇宙意识,可谓梁宗岱给中国新诗开出的一张药方,诗人应当寻求感性个体与宇宙脉搏的共振,抓住刹那间的和谐,写出具有永久魅力的诗篇。但这种宇宙意识毕竟是在超脱经验现实的基础上萌生的,显然具有超验的神秘气息,虽然诗论家是想以此实现对现实更彻底、更逼真的拥抱。当然,对象征之境的倾心向往的确为中国现代诗歌打开一个广阔的视野,为激发诗人充分发挥潜在的创造力,追求至高的诗歌境界提供了一种可能,但充满迷幻神秘的世界在一定程度上也使象征艺术变成高不可及的理想。

## 二 倾心"大的暗示能":象征文法的表达空间

英国著名文艺理论家查尔斯·查德威克曾这样阐释象征:"象征是表

---

[1] 梁宗岱:《象征主义》,《诗与真·诗与真二集》,外国文学出版社1984年版,第81页。
[2] [法]马塞尔·雷蒙:《从波德莱尔到超现实主义》,邓丽丹译,河南大学出版社2008年版,第24页。
[3] 穆木天:《谭诗》,《创造月刊》1926年第1卷第1期。

现思想和情感的艺术,这种表现不是将思想和情感直接描述出来,而是通过一种象征符号来暗示出这些思想和情感是什么,可以说,作家将自己所要表达的思想与情感包融在这些不加解释的象征符号里,读者则需要通过阅读将这些象征符号的隐义重新创造出来。"① 在这一定义中,暗示作为象征得以实现的主导观念不言自明。"惟妙惟肖地摹写自然的理论是艺术的敌人"②,随着象征主义表现神秘莫测的"心灵状态"和超验世界之真的"沸腾之举",一种无形的、不固定的和无确指意义的审美观念开始操纵诗的意旨,它必然要瓦解再现式的直观描绘和通常的语言表达。也就是说,"从逻辑的角度看,象征主义诗学必然意味着对事实、客体始终采用暗示忽略法……纯诗歌将断断续续地发展,从而打破演说节奏;意象将以曲折迂回的方式插入诗中,它们从不铺展,而总是互相牵扯,忽而展示侧翼,顺便抛出一种颜色,迸出一丝火花,忽而消失在玫瑰色的云雾中;一个复合句于字里行间描绘着毫不明显的关系,这些关系在读者思考它们之前可以说一直处于潜在的状态。"③ 对这种"暗示忽略法",马拉美的定义已是被公认的经典:"与直接表现对象相反,我认为必须去暗示。对于对象的观照,以及由对象引起梦幻而产生的形象,这种观照和形象——就是歌……指出对象无异把诗的乐趣四去其三,诗写出来原就是叫人一点一点地去猜想,这就是暗示,即梦幻。这就是这种神秘性的完美应用,象征就是由这种神秘性构成的:一点一点地把对象暗示出来,用以表现一种心灵状态。"④ 在否定直言其事、直抒其情的同时,马拉美明确阐释了象征主义的审美表达原则:用审美观照的方式去把握对象,从而达到心与物之间的契合,并由此感悟诗的境界;用魔幻化的暗示、暗指和诱发去营造梦幻般朦胧的象征意境,从而揭示出心灵的奥秘,超越直观世界并达到对纯粹美的把握和表现。可以说,没有谁比象征主义诗人更看重诗歌通过暗示

---

① [英]查德威克:《象征主义》,郭洋生译,花山文艺出版社1989年版,第3页。
② [法]波德莱尔:《波德莱尔美学论文选》,郭宏安译,人民文学出版社1987年版,第40页。
③ [法]马塞尔·雷蒙:《从波德莱尔到超现实主义》,邓丽丹译,河南大学出版社2008年版,第19页。
④ 马拉美:《关于文学的发展》,载伍蠡甫编《西方文论选》(下),上海译文出版社1979年版,第262页。

## 第三章 艺术形式镜像论:"象征"之道与"意象"之思

所享有的尊贵和光荣。

从20世纪20年代开始,伴随西方象征主义"中国化"的现代进程,为解救新诗"文的思维",暗示的表达方式作为闪现的"智慧灵光",成为象征主义诗人和理论家倾心的审美理念和实践准绳。新诗坛较早谈及暗示问题的是周作人,"诗的效用本来不在说明而在暗示,所以最重含蓄","诗思的深广全凭暗示的力量"①。周作人既不是象征主义诗人,也没有系统研究过象征主义诗论,但因为象征主义倡导的暗示审美原则与中国古典诗学的含蓄范畴颇有相通之处,正是缘于这一微妙感觉,当西方象征主义传入中国之时,周作人便敏锐觉察到它将对中国新诗产生重大影响。与象征主义诗人遵奉的"暗示说"不同,周作人的观念仍囿于一般文学表现功能的审美思考,没有发展为新诗审美意识的艺术自觉。而作为赞赏并要创造"诗的世界"的象征派诗论家,他们遵奉诗的暗示原则,视其为新诗创作的核心审美理念,"诗是要有大的暗示能","诗最忌说明","诗是得表现的"②。将暗示、表现与说明对立,认为"说明法"无非是给散文的思想穿上韵文的衣裳,用"说明法"写成的诗没有诗意,只能反映"人的世界",而"暗示法""表现法"则能表现超越尘寰的"诗的世界"。20世纪30年代的象征主义诗论家梁宗岱在建构他的"纯诗"世界时,也强调诗人在创作时,必须放弃先前表现世界所使用的"一切客观的写景,叙事,说理以至感伤的情调",只能凭"一种符咒似的暗示力,以唤起我们感官与想象的感应"③。显然,诗论家们意在坍塌"诗歌必须具有最规范的散文那样的明晰、纯净"的观念大厦,④ 以构建象征主义理论推行新诗审美观念变革,他们对暗示在新诗中的运作能量充满信心,也不缺乏衷心拥护的艺术实践者。李金发的象征主义诗歌有着暗示和朦胧的艺术追求,诚如朱自清先生所言,他"虽用文字,却朦胧了文字的意义,用暗示来表现情调"⑤。杜衡

---

① 周作人:《论小诗》,上海《民国日报》副刊《觉悟》1922年6月29日。
② 穆木天:《谭诗》,《创造月刊》1926年第1卷第1期。
③ 梁宗岱:《谈诗》,《诗与真·诗与真二集》,外国文学出版社1984年版,第95页。
④ [美]雷纳·韦勒克:《近代文学批评史》第1卷,上海译文出版社1987年版,第52页。
⑤ 朱自清:《新诗杂话·抗战与诗》,《朱自清全集》第2卷,江苏教育出版社1988年版,第345页。

在 1932 年为《望舒草》作序时,也回忆了他和戴望舒等人对诗歌暗示特征的"启蒙"认识:"一个人在梦里泄漏自己的潜意识,在诗作里泄露隐秘的灵魂,然而也只是像梦一般地蒙胧的。从这种情境,我们体味到诗是一种吞吞吐吐的东西,术语地来说,它的动机是在于表现自己与隐藏自己之间。"① 卞之琳和其他现代派诗人,也努力从中国传统诗歌含蓄的美学追求和西方象征派诗歌重暗示的艺术传统中,探寻诗歌隐藏性的相通之处。卞之琳说他怕公开个人的私情,抒情诗里的"我"也可以和"你"或"他"("她")互换;② 何其芳创作时也略去语言的"链锁","越过了河流并不指点给我们一座桥"③。可以说,暗示是诗人把握现实生活的艺术形式,是诗人对心灵世界的艺术传达方式,它成为初期象征派与现代派诗歌一种独特的理念追求。

上述对"大的暗示能"的考察,还只停留在观念梳理层面,理论内涵必然要转化为相应的艺术法则,才能承载作家的思想与情感,也只有通过传达法则的秩序引导,读者才能破译"象征符号的隐义"。也就是说,对暗示的倚重,必然导致象征建立自己的艺术表达空间,否则暗示只是一个神秘的象征幻影。具体而言,"思想与表达思想的音声不一致是绝对的失败",象征主义诗人用暗示"诗的世界",表现在语言形式上,必然强调一种"超越形式文法的组织法"④,形成由选词、造句、联篇所构成的独特的文法追求——"'忘却'了语法的严密性,让词义、句子结构、篇章逻辑都处于松松散散、飘忽不定的状态"⑤,而诗人们则在语法规则的自觉颠覆中,在语词含混、句子连接的非逻辑化的追求中,构建起象征主义独特的文法表达空间。

(一)新奇想象力创造的"远取譬"。在"大的暗示能"支撑的象征表现场域中,象征派诗人"起于想象力的恣肆奔放,不愿按惯常形状去描

---

① 苏汶(杜衡):《〈望舒草〉序》,载陈绍伟编《中国新诗集序跋选(1918—1949)》,湖南文艺出版社 1986 年版,第 237 页。
② 卞之琳:《雕虫纪历·自序》,《雕虫纪历》,人民文学出版社 1984 年版,第 3 页。
③ 何其芳:《梦中道路》,《何其芳文集》第 2 卷,人民文学出版社 1982 年版,第 66 页。
④ 穆木天:《谭诗——寄沫若的一封信》,《创造月刊》1926 年第 1 卷第 1 期。
⑤ 李怡:《中国现代新诗与古典诗歌传统》(增订版),北京大学出版社 2008 年版,第 118 页。

## 第三章 艺术形式镜像论:"象征"之道与"意象"之思

绘事物",更钟情隐喻作为表达方式具有的"一种思路的间断和注意力的不断分散",因为隐喻"它唤起与题旨和意义无直接关系的意象,勉强拼凑,从而跳开题旨和意义"①。这些特质满足了诗人追求"暗示能"的表现心理,而且他们内心所蕴藏的与既往不同的强烈思想情感力量,使他们"不满足于简单平凡和呆板乏味",相反故意"跳越到另样事物,玩索差异,异中求同"②。于是,他们拒绝把想象创造出来的比喻放在明白的框架里,而是挥洒"主体任意搭配的巧智","在貌似不伦不类的事物之中找出相关联的特征,从而把相隔最远的东西出人意外地结合在一起"③。朱自清先生明确指出,这是"远取譬"的方法。以李金发诗歌为例,"我的灵魂是荒野的钟声"(《我的》),山间小羊"他们的叫声,多像湿腻的轻纱"(《诗人凝视》),"呵,多情之黑夜,你终掩着面/蹑步而来,如拍兔之野狮"(《夜之歌》)等,这些貌似不伦不类的搭配组合,正是要"让读者运用自己的想象力搭起桥来"④,使比喻的喻体和被比喻的事物感情的本体之间的距离消失,以此构筑一片"象征的森林"。在深层意义上说,"远取譬"因为运用的是"未加解释的象征",在审美心理上创造了惊奇感和陌生感,往往产生超越读者的期待视野的审美效果;另一方面,"象征诗人去明显而就幽微、轻说明而重暗示的抉择,对'象征的森林'的构筑,强化了诗歌的情思宽度和内隐韵味,驱走了五四以来新诗把话说尽的毛病,使缪斯成了一座堂堂正正、魅力四射的朦胧堂奥。"⑤

(二)赋予新质的"通感"。作为一种诗歌艺术技巧,"通感"并不是象征主义诗人的发明,古已有之。古人"红杏枝头春意闹""寺多红叶烧人眼""昆山玉碎凤凰叫,芙蓉泣露香兰笑"等诗句中通感的运用,都使感官的体验获得更大的解放,每一感官的感受都超出自身范围,使事物具有一种更加深刻的含义。但中国现代诗人对"通感"的青睐,则直接或间

---

① [德]黑格尔:《美学》第二卷,朱光潜译,商务印书馆1979年版,第132页。
② 同上书,第130页。
③ 同上书,第132页。
④ 朱自清:《新诗杂话·新诗的进步》,《朱自清全集》第2卷,江苏教育出版社1988年版,第320页。
⑤ 罗振亚:《二十世纪中国先锋诗潮》,人民出版社2008年版,第24页。

接地受到波德莱尔"契合论"观念的影响,使"通感"从一种简单的修辞技巧,提升为美学观念的创新。他们"在想象所创造的比喻和意象中,尝试着企图打破传统的诗的语言的修饰所保有的符合正常语法的逻辑关系,故意地将人的形、声、色、音、味等不同感官相对应的修饰性词语,打乱固有的秩序关系,进行交错性的搭配,造成一种非正常思维逻辑所可能产生的新奇特异的艺术效果"①。与传统诗歌对"通感"个别、局部的技巧运用相比,象征主义诗人视"通感"为一种全新的感觉方式和神奇的感知能力,在诗歌语言方面大胆实践"通感"式的交错,"打破了传统的诗的传达的美学观念和方法,建立了一种新的诗的抒情语言的秩序。这种秩序看起来可能变化无序的,而这无序本身就是一种美学的新序"②。可以说,从李金发开始的初期象征诗派到戴望舒引领的现代诗派,中国现代新诗为增强意象和语言的暗示功能,多方面实践"通感"这一艺术观念和手法。他们把不同感官应该使用的词句修饰语,强硬地搭配在一起,组成新的语言逻辑秩序,使诗意产生强烈的新奇感和陌生感,实现自身追求的审美目的。

(三)语言"省略"的逻辑新规范。为了服从诗的暗示性和间接性,象征主义诗人可以"强使——如果需要可以打乱——语言以适合自己的意思"③。他们以超乎常人的理解力,省略修饰性、连接性词语,增大诗句之间的推进跨度,以最简约的语言蕴藏最丰富的内涵。与古典文章"文约而事丰"的语言审美标准相比,象征主义诗人并不想重玩语言精练的老调游戏,为最大效力发挥诗歌的暗示能量,破坏正常的语言逻辑规范,是他们新奇追求的必然之举。为此,他们以"不顾文法的原则"和"跳过句法"的逻辑,制造了一个"象征派诗的秘密"④。词语省略、字句空缺或跨过句法,这不是象征主义诗人全部着力的,他们更中意一种意象之间联络的省略。20世纪30年代,朱自清在评述李金发诗歌时,对此作出极为精到的

---

① 孙玉石:《中国现代主义诗潮史论》,北京大学出版社1999年版,第106页。
② 同上书,第107—108页。
③ [英]艾略特:《玄学派诗人》,《艾略特诗学文集》,王恩衷编译,国际文化出版公司1989年版,第32页。
④ 苏雪林:《论李金发的诗》,《现代》1933年第3卷第3号。

## 第三章 艺术形式镜像论:"象征"之道与"意象"之思

说明:"他的诗没有寻常的章法,一部分一部分可以懂,合起来却没有意思。他要表现的不是意思而是感觉或情感;仿佛大大小小红红绿绿一串珠子,他却藏起那串儿,你得自己穿着瞧。"① 也就是说,诗人超越惯常的审美思维,增大诗句间和意象间的跳跃性,破坏诗歌语言的逻辑性和连续性,以颇具变异意味的"省略"创造了诗歌语言规范的逻辑新变。

综上所述,象征主义诗人建构的象征文法的表达空间,其根本目的是想建构一个"纯粹的诗的世界",有自己特定的内容,有自己运动的形式和规律,"远取譬""通感""省略"等表现法则,都是诗人运用"诗的思维术"在传达领域的新拓展。在深层次上,它使象征主义诗歌具有了意象奇接、观念联络奇特、音画美、整体陌生化等鲜明的外部特征,使象征主义艺术形式领域的诗学建构越来越丰满。但需要看到,倾心"大的暗示能"所创造的象征美学是一把艺术"双刃剑",一方面,诗歌以新奇美和朦胧美激发了读者的审美积极性,另一方面,前卫色彩的拓展精神也成为一种障碍,使受众难以接近象征诗,往往丧失一定范围的公共审美效应,避免不了"走入歧途"的误解和指责,而由误解和指责所引发的争端,自此伴随诗学建构始终,预示象征主义诗学建构之路的步履维艰,当然这不是象征主义诗人和诗论家的艺术初衷。

### 三 从"意象化"到"戏剧化":象征理路的内在延展

综合来看,20世纪二三十年代初期,象征派和现代派诗人关于象征的诗学阐释与艺术实践,大多表现出象征意象化的美学追求。李金发认为:"诗之需要 image(形象、象征)犹人身之需要血液。"② 他将意象与象征的美学范畴联系起来,"无意中透露出他的一个观念:在他的审美视点中,自觉地将'象征'引于'意象'创造的范围,建立了一种意象与象征的同一性理念。"③ 同时,他在致力象征表达原则的拓展过程中,注重赋予意象以深层的象征意义。穆木天和王独清在构建"纯粹的诗的世界"之时,强

---

① 朱自清:《中国新文学大系·诗集》(影印本)导言,上海文艺出版社2003年版,第8页。
② 李金发:《序林英强的〈凄凉之街〉》,《橄榄月刊》1933年第35期。
③ 孙玉石:《论李金发诗歌的意象建构》,《新文学史料》2001年第2期。

调"暗示能",追求"音画美",大都借助诗的意象来表现。现代派诗人更是自如运用象征文法的表达原则,依据情绪走向和想象转换,把一些表面并不相关的事物、形象和观念罗致在一起,构成一个繁复、多义、组合奇特的诗意象征空间。可以说,象征"意象化"已是诗人和诗论家普遍认同的建设思路,成为"象征之道"的统领核心。其实,这种"意象化"象征的现代形态,其诗学建构的支撑点还是对"暗示能"的倚重,"暗示"不仅是象征本体的艺术出发点,也是象征理路内在延展的诗学生长点。正是以"暗示"的诗学观念为基础,20世纪40年代的袁可嘉提出"新诗戏剧化"主张,赋予诗歌象征以新的内涵,"暗示"成为象征从"意象化"到"戏剧化"的内隐链接点,"戏剧化"成为象征自身发展的现代转换。

与初期象征派、现代派诗人借助意象托举象征不同,袁可嘉借助暗示的内质对象征作出新的阐释。首先从他关于诗是象征的理解说起。"文字原是符号,当符号超过本身所代表的价值,而从整个结构中取得意义时——如文字在诗中作用的情形——这些符号即蜕变为象征体,容许联想的发掘和来自不同方向的扩展加深的修正影响。"[①] 在袁可嘉看来,"象征体"诞生于诗作的整体结构中,其所指范围应该"覆盖"整个语言符号系统,而"联想的发掘"和"不同方向的扩展加深"也是在点明象征体所蕴藏的巨大能量,暗示作用自然也在诗的整个语言符号系统中。基于这一认识,袁可嘉在《新诗现代化的再分析》中,以杜运燮的诗为例,紧扣象征所呈现的暗示的间接性,对现代诗具有的"间接性,迂回性,暗示性"进行明晰阐释。

首先,现代诗"以与思想感觉相当的具体事物来代替貌似坦白而实图掩饰的直接说明"[②]。弃绝所感所思的正面抒发和直接描叙,以相当的外界景物"为自己的情思下个定义",这显然是在提倡通过意象来表明情绪的暗示行为,目的是使读者在一个无形定义圈内,尽可能充分自由地联想发

---

① 袁可嘉:《对于诗的迷信》,《论新诗现代化》,生活·读书·新知三联书店1988年版,第65页。

② 袁可嘉:《新诗现代化的再分析——技术诸平面的透视》,《论新诗现代化》,生活·读书·新知三联书店1988年版,第16页。

## 第三章 艺术形式镜像论:"象征"之道与"意象"之思

掘,这秉承的仍是现代诗作象征表达的基本初衷。

其次,"间接性的表现存在于意象比喻的特殊构造法则:玄学、象征及现代诗人在十分厌恶浪漫派意象比喻的空洞含糊之余,认为只有发现表面极不相关而实质有类似的事物的意象或比喻才能准确地,忠实地,且有效地表现自己。"[①] 也就是说,为能与诗人所要表达的情绪相对应,意象或比喻必须具有抛弃传统的独创性。袁可嘉对意象这一特质的强调是有其现实针对性的,那就是当时"人民的文学"对某些具有明确内涵的意象的庸俗使用,"不问处于何种情境,在浪漫派眼中目光永远温柔如水,雪花永远如爱人的胸脯,同样在人民派作家看来暴风雨只能代表革命号召,黑夜只能象征统治阶级的凶残迫害;于是口号化、公式化、长吁短叹,捶胸顿足,种种奇怪现象便层出不穷,不一而足。"[②] 因此,他反对意象的定性使用,重视将"最异质的意念强行拴在一起"的意象构成法,并要在诗篇的整体结构中体现出来,这其实与初期象征派诗人的"远取譬"一脉相通。

再次,"间接性的表现存在于作者通过想象的逻辑对于全诗结构的注意"。这种想象逻辑是"诗情经过连续意象所得的演变的逻辑",在此指导下,"集结表面不同而实际可能产生合力作用的种种经验,使诗篇意义扩大,加深,增重"[③]。这实际呈现的是诗歌情感的"跳跃性",即具有内在联系的情感、观念或意象的跳跃,避免叙述的平面化。由想象逻辑出发,可以产生两种诗的结构:一种是"扩展",即从一个单纯的基点出发,逐渐向深处、广处、远处推去,通过诗人笔下的暗示、联想,以及本身的记忆感觉,读者的想象逐渐伸展,相关意象得以展开;另一种是"结晶",诗人从不同方向接近主题,同样通过暗示、联想、记忆、感觉的综合,把整篇诗的思想感情结晶在一个或两个核心的意象。

---

[①] 袁可嘉:《新诗现代化的再分析——技术诸平面的透视》,《论新诗现代化》,生活·读书·新知三联书店 1988 年版,第 18 页。

[②] 袁可嘉:《对于诗的迷信》,《论新诗现代化》,生活·读书·新知三联书店 1988 年版,第 62 页。

[③] 袁可嘉:《新诗现代化的再分析——技术诸平面的透视》,《论新诗现代化》,生活·读书·新知三联书店 1988 年版,第 19 页。

最后，间接性还指"文字经过新的运用后所获得的弹性与韧性"①。这种弹性和韧性是从诗的结构与语言的组合中获得的，是诗的内在张力的物态化，正如杜运燮对"无字诗"的解释："即在诗中要有无字的诗句、诗行，以至诗节，而且还要有无字的诗味，是全诗的组成部分。有如中国画的空白。"② 它源于诗的文字组合，又超出文字本身。这与象征派、现代派诗人尊崇的语言"省略法"异曲同工，只是这里更强调操作技法带来的诗的整体效能。

综合理解上述四方面的表现，"间接性"已极大扩充了现代诗歌象征的含义，它在暗示表达原则基础上，把此前诗中广泛用于意象层面的象征扩大到形象、意象、结构、语言等层面，施以整体性的综合观照。诗的象征不再仅仅是意象局部，是着眼整体，同时，诗中的"象征"必须同"行动"结合在一起，构成"象征的行动"。关于"行动"，是说"文字的正面暗面的意义，积极作用的意象结构，节奏音韵的起伏交错，情思景物的撼荡渗透如一出戏剧中相反相成的种种因素，在最后一刹那求得和谐"。基于象征的间接性的多层面表现，"行动"的阐释无疑是袁可嘉为之找到的融合点，诗的象征就诞生于间接性的整体表现所求得的"和谐"中——"诗是象征的行动"。而"戏剧是行动的艺术"，也具有表现的客观性和间接性的艺术原则，它和现代诗一样具有"从矛盾中求统一的辩证的性格"③。至此，袁可嘉为"诗是象征的行动"这一抽象的诗学观念找到具体的实现途径——"新诗戏剧化"。"新诗戏剧化"理论具有丰富的内涵，就体现客观性、间接性角度而言，它已成为现代象征的艺术传达手段。或者说，提倡诗的戏剧性的动因，就是要反对直接陈述和激情流露，坚持诗传达的客观性和间接性这一美学追求。就此意义而言，20世纪40年代的"诗是象征的行动"和二三十年代"诗的世界"的本体张扬具有相同的出

---

① 袁可嘉：《新诗现代化的再分析——技术诸平面的透视》，《论新诗现代化》，生活·读书·新知三联书店1988年版，第20页。

② 杜运燮：《海城路上的求索——杜运燮诗文选·自序》，中国文学出版社1998年版，第2页。

③ 袁可嘉：《对于诗的迷信》，《论新诗现代化》，生活·读书·新知三联书店1988年版，第66页。

第三章 艺术形式镜像论:"象征"之道与"意象"之思

发点,但不同的是,后者始终注重诗歌情绪的感性显现,通过意象暗示情感,遵循象征意象化的实现途径,前者所说的"象征",已由意象化发展为"戏剧化"。至此,作为诗学范畴,象征的内在理路实现深刻的现代转换,在这一模式的深度建构中,象征激活着"暗示"表达的生命力,也使自身拥有一张更为生动的"现代面孔"。

## 第二节 本体论视角下的诗传达:意象的凝定

20世纪20年代,新文学倡导者普遍私淑法国象征主义诗潮,特别是极具先锋气质的象征主义艺术方法,影响着中国诗坛的现代开拓者,其中对象征主义意象艺术的仿效或借鉴,借朦胧神秘的意象暗示或表现内心世界的真实,赋予抽象概念以具体的形式等,这些象征主义艺术法则吸引着中国现代象征主义诗人和诗论家,他们通过对传统意象审美旨趣的现代转换,在与非象征主义诗人意象理念的颉颃中,致力于意象之维的诗学建构和实践创造,绘出一幅内蕴丰富的意象诗学景观图。

### 一 本体观念的阐释:意象内旨的审美流变

意象"不仅仅是一种观念。它是融合在一起的一连串思想或思想的旋涡,充满着活力"。[①] 尽管这是20世纪初期英美意象派领袖庞德的睿智闪耀,但作为古今中外重要的诗学范畴,意象在其嬗变的历史轨迹中,正是源于不断遭际的"思想旋涡"而积淀了极为丰富的内涵,充盈着永不衰竭的诗学活力。漫长的历史演变将中国古代诗学丰富而繁杂的意象理解呈现在今人面前,王泽龙将古代意象说的含义概括为五种:"一是表意之象(《易经》中的卦象);二是意中之象(刘勰的'窥意象而运斤');三是意与象的二元指称,意指主观,象为客观,两者契合为意象(明代何景明的'意象应曰合,意象乖曰离');四是接近于意境(姜夔的'意象幽闲,不

---
[①] 庞德:《关于意象主义》,载潞潞主编《准则与尺度——外国著名诗人文论》,北京出版社2003年版,第212页。

类人境')；五是有艺术形象的意思（刘熙载的'画之意象变化不可胜穷'）。"① 在意象内涵从文化学、哲学意义向文艺审美认识论的渐进转变中，传统意象的旨趣大都聚焦"意"与"象"二元之间的语义关系流变及其在心理学、审美学等视域所具有的相关特质，从整体来看还显得庞杂而宽泛。进入20世纪，相比古代意象诗学的基本内涵，受西方现代意象诗学的影响，现代诗歌的意象体系表现出某些异质特征，这在现代象征主义诗学体系的建构中尤为显明。

20世纪初，受当时美国意象派诗歌运动的影响，从诗歌形式入手倡导白话新诗的胡适，鲜明提出："凡是好诗，都是具体的，越偏向具体的，越有诗意诗味。凡是好诗，都能使我们脑子里发生一种——或许多种——明显逼人的影像。这便是诗的具体性。"② 但这种具体性的新诗意象化主张并未切中庞德意象主义的理论精髓，从诗歌主张的动机来看，与其说胡适是为克服初期白话新诗过于抽象化的说理倾向，而强调诗的"逼人而来的影像"，不如理解为，意象派的叛逆传统和变革文学的精神动力深深吸引着胡适，投身改革的热情远远超过对意象派诗学精髓的把握。由此说来，胡适的种种文学形式的革新主张，皆不能视为纯文学意义的诗论，其对意象的理解，也因革新思想而披上了一层工具性面纱。新诗诞生之初的复杂情形，拘囿着"尝试者"们不可能立足本体维度思考诗歌意象理论。

进入20世纪20年代，在克服诗坛散漫失范状态的两股新诗潮流中，有自觉建构新格律诗的闻一多等人，针对初期诗歌的欧化倾向，围绕现代诗歌的民族化和艺术化，融合西方现代诗歌精神和艺术传统，提出了新诗意象的本土化主张，但这不是围绕诗学命题作出的正面阐述，只是在批驳新诗的见解中呈现的思维新路向。闻一多在《〈冬夜〉评论》等文中隐含的关于诗歌"幻象"的基本内涵，彰显出思考主体的矛盾复合性，既受西方意象派影响，又刻有中国传统诗学的鲜明烙印，是一次在西方新质和传统血脉之间找寻联系的努力，但明显缺乏诗学建设的思考

---

① 王泽龙：《中国现代诗歌意象论》，中国社会科学出版社2008年版，第14页。
② 胡适：《谈新诗》，《星期评论》1919年10月10日。

## 第三章 艺术形式镜像论:"象征"之道与"意象"之思

深度。与"五四"以来早期的新诗意象主张相比,中国现代诗学在诗歌本体层面探索意象的开始,则是以李金发为代表的初期象征派的新异实践。作为"不仅是西方象征主义诗学的移植者,同时也是中国象征主义诗学的构建者"[①],李金发不仅率先把意象论引入象征主义的轨道,更重要的是他立足诗的本体意义,开启了中国现代意象诗学的新局面。自此以后,象征主义诗论家对意象本体观念的阐释不断系统化、精深化,构建起意象本体观念的新格局。具体说来,意象本体观在不同阶段表现为以下几种延展向度。

(一)意象的"象征化"。相对于传统的感性意象论和形象意象论,象征主义诗人李金发最先发出拓宽意象本体新质的现代之声。"诗是一种观感灵敏的将所感到所想象用美丽或雄壮之字句将刹那间的意象抓住,使人人可传观的东西;它能言人所不能言,或言人所言而未言的事物。"[②] 作为李金发诗歌观念最浓缩的体现,"刹那间的意象"是这一诗歌定义强调的核心,它是一种难以用直白语言加以描述的生命顿悟,又是一种全新的创造,所以它必须更多地使用隐喻,通过象征性的暗示呈现诗人的情感世界,这样"意象"就与"象征性"紧密联系在一起,联手完成诗"能言人所不能言,或言人所言而未言"的旨意。这里"李金发将由想象产生的'意象'与'象征'连在一起理解,也无意中透露出他的一个观念:在他审美视点中,自觉地将'象征'引于'意象'创造的范围,建立了一种意象与象征的同一性理念。"[③] 李金发否定中国传统的诗歌意象审美观,"我作诗不注意韵,全看在章法、造句、意象的内容"[④]。"我很不同意人家赞美'采菊东篱下,悠然见南山'的名句,如同反对赞美沈尹默的《三弦》诗一样。我不觉得读后我会发生什么回味或神往的地方"[⑤]。但李金发并非一个全盘西化、数典忘祖的人物,就诗歌发展而言,"中西沟通"的主张

---

① 吴思敬:《李金发与中国象征主义诗学》,《首都师范大学学报》(社会科学版)2003年第1期。
② 杜格灵、李金发:《诗问答》,《文艺画报》1935年第1卷第3期。
③ 孙玉石:《李金发诗歌的意象建构》,《新文学史料》2001年第2期。
④ 杜格灵、李金发:《诗问答》,《文艺画报》1935年第1卷第3期。
⑤ 李金发:《卢森著〈疗〉序》,诗时代出版社1941年版。

和设想也是他美好的初衷:"惟每欲把两家所有,试为沟通,或即调和之意。"① 如此只能说,反对传统意象审美观,是李金发致力纠正诗坛散漫失范秩序的一种"矫枉过正",目的在于使新诗走上象征主义之路,因为新诗浅白无味,意象、章法、审美情趣都尚未摆脱传统诗词的影响。正是"矫正"的渴望,才滋生出李金发意象"象征化"的诗学理路,使他最早将象征引入中国诗歌意象范畴,使讲究形象性与含蓄性的传统意象诗学在"象征主义"之光烛照下,获得注重象征性与朦胧性的新的审美内旨,开启了中国现代诗歌意象诗学的新思维。需要注意的是,李金发"碎片式"的意象象征化主张与其艺术实践紧密相连。他心神领会西方象征主义不直接描写外部世界而注重暗示的特征,重视心灵世界的象征性传达,以潜在的隐喻性或内在心理暗示性,替代外在感官所主导的意象的形象性与情感性,通过意象象征化的自觉实践,完成中国传统意象审美旨趣的现代转换。因为有了艺术实践的丰厚"给养",李金发意象象征化的零散言说才呈现出意义"饱满"的诗学景象,使象征主义诗歌的意象旨趣与"五四"以来的一般新诗拉开了距离,在美学思维和艺术形式方面,获得"异质"的现代风格。

(二)意象的"纯诗化"。将李金发意象"象征化"的诗学层主张引向深入的是20世纪30年代的梁宗岱。作为第一个全面深入地在中国介绍西方象征主义的诗论家,梁宗岱认为,新诗运动"不仅是反旧诗的,简直是反诗的;不仅是对于旧诗和旧诗体的流弊之洗刷和革除,简直是把一切纯粹永久的诗的真元全盘误解与抹煞了"②,新诗处在分歧路口,要实现由注重白话到注重诗的转变,提倡"纯诗"极为必要。为此,梁宗岱承继法国象征主义"纯诗"观念,与中国传统诗歌陶渊明一路的审美追求相融通,形成关于"纯诗"的独到见解。其"纯诗"理论内涵丰富,同象征主义的精到阐释包孕一体,特别是对纯诗境界和象征灵境的阐释赋予意象以

---

① 李金发:《〈食客与凶年〉自跋》,载陈绍伟编《中国新诗集序跋选(1918—1949)》,湖南文艺出版社1985年版,第186页。
② 梁宗岱:《新诗的纷歧路口》,《诗与真·诗与真二集》,外国文学出版社1984年版,第167页。

## 第三章　艺术形式镜像论："象征"之道与"意象"之思

"纯诗化"的诗学新质。梁宗岱所谓的"纯诗"境界，是"音韵和色彩的密切混合"，通过暗示力唤起感官与想象的感应，达到精神的绝对自由和独立。象征无疑是彰显这一"暗示力"的最佳通途，它所赋形的"丰富，复杂，深邃，真实的灵境"①，与"纯诗"境界不谋而合，二者实属同质相应的不同阐述。而无论是"纯诗"追求的"神游物表的光明极乐的境域"②，还是象征希冀达到的"最幽玄最缥缈的灵境"，都是要"借最鲜明最具体的意象表现出来"③。所以，正是在"纯诗"境界象征灵境的探寻中，意象具有不可或缺的重要地位，也决定其自身本体内涵的增容。

增容是在象征的精义阐释中完成的。一方面，源于象征灵境的追求而引入西方象征主义的意象契合论，使意象的整体传达超出同类感觉系统，获得更为丰富的表现力。梁宗岱认为，在通往灵境之路的探索中，象征的表现特征之一就是"融洽或无间"，就是指"一首诗的情与景，意与象的惝恍迷离，融成一片"，这种"意"与"象"融合为一的景观实是建立在波德莱尔"契合论"基础上，而契合论所主张的官能交错说，正是诗歌"意"与"象"实现完美融合的最佳途径，"正如颜色、芳香和声音的呼应或契合是由于我们的官能达到极端的敏锐与紧张时合奏着同一的情调"，传统单一感觉的意象传达，通过全感官性的意象合奏，获得了新质提升。另一方面，在象征精义的阐释中，梁宗岱突出强调了意象与情绪的关系是主客融为一体的关系，区分了情景配合的两种境况，认定"景即是情，情即是景"才是象征的最高境界。梁宗岱认为，象征是意与象的契合，二者"不是兴味索然的抽象观念"，并非意自意，象自象，两者不可分开，突出了意象整体和谐的契合境界。其实，在梁宗岱的"纯诗"体系中，象征、情境、意象等都是相成相生的，从这一意义来看，意象诗学在梁宗岱象征本体论的阐释中获得浓郁的"纯诗化"色彩。

（三）意象的"诗质化"。李金发、梁宗岱等关于意象审美内旨的诗学阐释，都是以诗歌的独立特性为根本出发点，正是出于对诗歌本体特征的

---

① 梁宗岱：《象征主义》，《诗与真·诗与真二集》，外国文学出版社1984年版，第70页。
② 梁宗岱：《谈诗》，《诗与真·诗与真二集》，外国文学出版社1984年版，第95页。
③ 梁宗岱：《诗论》，《诗刊》1931年第2期。

尊重，意象作为传统诗学话题，才能在象征主义诗学建构中获得旺盛而持久的活力。如果说，意象"象征化"是对意象审美旨趣的新拓展，意象"纯诗化"是对意象审美内涵的新增容，那么，意象"诗质化"则是对意象审美本质及其功用的现代阐释。意象"诗质化"强调意象与诗之内质的不可分性，简单来说，是指意象不是诗的传达手段而是诗歌本身。传统的诗学观念多从修辞学意义出发，将意象锁定比喻、修饰的附属地位，自西方象征主义诗学引入以来，意象逐步摆脱习见束缚，开始获得本体意义的独特地位。20世纪40年代，"九叶诗派"诗论家唐湜以精辟透彻的见解，为意象本质张目，"意象当然不是装饰品，它与诗质间的关联不是一种外形的类似，而应该是一种内在精神的感应与融合，同感、同情心伸缩支点的合一。"① 它突出意象与意义的不可分离，二者之间已摆脱了主从依附关系，转向一种"内在的平行又凝合的相互关连"，是物象与抒情主体之间生命的"相互的光照"，是"从深心里跃出的感应，又重合在一个生命的焦点"②，而这正是西方象征主义者确定的法则。唐湜对意象功能本质的论断，颇有韦勒克"内部研究"的文学意味，因为韦勒克明确反对把意象、隐喻、象征、神话等问题仅"作为文饰和修饰性的装饰，把它们从它们所在的作品中分离出来"，他认为，"文学的意义与功能主要呈现在隐喻和神话中"③。与之同理，诗歌的意义与功能也是呈现在"意象"的建构活动中，意象与诗质是一种内在精神的感应与融合，它一方面牵系于具体可感的现实世界，另一方面又表征着诗人主体心灵的精神世界，但已不再是形式与内容、手段与目的简单的二元对立。

唐湜的意象本体观也是源自西方象征诗学的契合论，但与梁宗岱借契合论阐释意象诗学内涵不同，唐湜引用波德莱尔的《契合》，意在指明意象在主客观世界之间的凝合作用，"意象的存在一方面是由于诗人对客观世界的真切地体贴，一种无痕迹的契合；另一方面又是客观世界在诗人心

---

① 唐湜：《论意象》，《新意度集》，生活·读书·新知三联书店1990年版，第9页。
② 同上书，第10页。
③ [美] 韦勒克、沃伦：《文学原理》，生活·读书·新知三联书店1985年版，第209页。

## 第三章　艺术形式镜像论："象征"之道与"意象"之思

里的凝聚，万物皆备于我。"① 这一见解与庞德的意象分析有异曲同工之妙。庞德认为，"意象可以有两种。它可以产生于人的头脑中，这时它是'主观的'。也许是外因作用于大脑，如果是这样，外因便是如此被摄入头脑的：它们被融合，被传异，并且以一个不同于它们自身的意象出现。其次，意象可以是客观的。攫住某些外部场景或行为的情感将这些东西原封不动地带给大脑；那种漩涡冲洗掉它们的一切，仅剩下本质的、最主要的、戏剧性的特质，于是它们就以外部事物的本来面目出现。"② 无论是庞德的意象产生分析，还是唐湜的意象存在分析，二者都明确意象的最终呈现是主客观的凝合，正是在"契合"过程中，意象实现了与诗质的现代同构，再次获得诗学层面的意义提升。

## 二　核心之维的营造：意象传达的审美策略

任何观念的流转和意蕴的呈现都必然带来新鲜的艺术表现策略，这同样是象征主义意象诗学的核心之维。在新诗实践中，建构主体自觉借鉴西方象征主义艺术成果，运用暗示的思维逻辑和意象传达的审美法则，使意象创造成为象征主义诗歌魅力呈现的特殊标志。

（一）意象审美思维的暗示逻辑

在法国象征主义者看来，"艺术越想达到哲学的明晰性，便越降低了自己。"③ "去暗示事物而不是清楚地陈述它们乃是象征主义最重要的目标之一"，这是威尔逊在《阿克瑟尔的城堡》中对象征主义的精辟道白。可以说，暗示原则已成为一种美学思想，浸染着象征主义者的全部观念和创作。作为象征主义诗学的核心范畴，意象的表现策略自然也要服从暗示原则的"统领"，这是意象审美思维的逻辑起点。中国象征主义诗人从20世纪20年代的李金发开始，深谙暗示原则，"诗写出来就是叫人一点一点地去猜想，这就是暗示，即梦幻。这就是这种神秘性的完美的应用，象征就

---

① 唐湜：《论意象》，《新意度集》，生活·读书·新知三联书店1990年版，第12页。
② ［美］庞德：《关于意象主义》，载潞潞主编《准则与尺度——外国著名诗人文论》，北京出版社2003年版，第212页。
③ ［法］波德莱尔：《随笔》，载伍蠡甫主编《西方文论选》（下卷），上海文艺出版社1979年版，第225页。

是由这种神秘性构成的：一点一点地把对象暗示出来，用心表现一种心灵状态。"① 他们在暗示思维指引下，自觉追求意象的朦胧神秘之美，将之作为诗的最高境界，在反叛初期新诗直白浅露、缺少诗味倾向的同时，开启了暗示思维牵引下的意象营造新境界。李金发的诗歌意象"仿佛大大小小红红绿绿的一串珠子"②，拒绝在明白的间架里显现意象组接的结构线索，自觉接受暗示思维原则，追求晦涩繁复的感觉，营造怪异形态和模糊不定的意象，由暗示造成的理解障碍，其实包孕着开阔的诗意之境。20世纪30年代，一批现代的"前线诗人"更"体味到诗是一种吞吞吐吐的东西，术语的来说，它的动机是在于表现自己跟隐藏自己之间"③。面对要表现的"现代的情绪"，赋予现代诗歌意象以象征的暗示能，无疑是现代派诗人传达朦胧幽邃的情绪与感觉的最佳途径。他们凭借敏锐的感觉，在平淡生活和微琐事物里发掘诗意，完全"摒弃了架空的理想抒情，间接客观的意象用来制约主观"，以"介乎隐藏自己与表现自己之间的模糊抒情方式"④，呈现意象的飘忽性、模糊性和不确定性。沿着象征意象暗示性继续前行的是20世纪40年代的"九叶诗派"，他们在意象创造上提倡一种间接性思维原则，认为"只有发现表面极不相关而实质有类似的事物的意象或比喻才能准确地，忠实地，且有效地表现自己；根据这个原则而产生的意象便都有惊人的离奇，新鲜和惊人的准确，丰富"。⑤ 这种意象创造的思维原则成为20世纪40年代这一流派诗人共同遵守的范式，它实际是暗示思维在新的审美探求中的现代变体。

在朦胧神秘的暗示思维支配下，象征主义诗人创造的现代意象与先前那些偏于直白的意象创造划清了界限，早期中国新诗那种确定性、显在性、单一性的定式思维，开始追求流动性、潜隐性、多态性的思维模式，

---

① 马拉美：《关于文学的发展》，载伍蠡甫主编《西方文论选》（下卷），上海文艺出版社1979年版，第262页。
② 朱自清：《中国新文学大系·诗集导言》，良友图书印刷公司1935年版。
③ 杜衡：《〈望舒草〉序》，《现代》1933年第3卷第4期。
④ 罗振亚：《20世纪中国先锋诗潮》，人民出版社2008年版，第64页。
⑤ 袁可嘉：《新诗现代化的再分析——技术诸平面的透视》，天津《大公报·星期文艺》1947年5月18日。

## 第三章 艺术形式镜像论:"象征"之道与"意象"之思

推动了中国新诗现代内质的深层转换,意象审美构造法则是诗人们实现这一深层转换的新奇"法宝"。

(二)意象审美形态的"以丑为美"原则

中国古典诗歌追求意境化的审美境界,它建构在人与自然和谐圆融的基础上。和谐性、静态性、审美性成为中国古典诗歌意象形态的本质特性。古典诗歌优美和谐的意象形态植根农耕文化,但进入现代社会,幽雅宁静的自然山水,单纯朴实的乡村风物,已不能传达现代人与现代生活的复杂性。生活于现代都市世界的象征主义诗人,普遍受到西方异域诗歌的熏染,从波德莱尔《恶之花》的丑恶,到兰波《醉舟》的纷扰,再到瓦莱里《海滨墓园》的冒险,及至艾略特《荒原》的异化,都使得他们自觉跟随这些象征主义大师,运用审丑原则酬唱抒发现代心绪。特别是《恶之花》中令人惊异耀眼的丑恶怪诞意象,表达着诗人对现实世界的态度和感受,这种强烈的"波德莱尔色彩"成为他们汲取的"精神营养",形成了以丑为美、化丑为美、以忧郁为美的审美理想与追求。

中国现代诗人"以丑为美"原则主要表现为丑怪意象、恶美气息、异化景观三方面的审美趣味。以李金发为代表的初期象征派诗人首开风气,视丑、梦、恶等颓废的事物为生命和生活的原态、本色。李金发诗作多选择荒野、坟墓、死神、魔鬼等意象,情感基调在恐怖、死亡、悲哀、腐朽之间穿行;穆木天也觉得只有故园的荒丘等败墟的物象才是美的,才堪称他内生活的象征;篷子则偏爱在古城、残骸、瓦棺、荒村等残缺破败的景观中,品味抒放着忧郁烦闷乃至绝望,这些丑怪意象群的营造,其实映射的是诗人们"'反常'的灵魂'黑洞'"[①],"颓废意识成了象征派诗人共同的思想情怀与唯美的艺术情趣"[②]。与初期象征派对丑怪意象的实体营造相比,20世纪30年代的现代派诗人,更愿意将恶美气息与"所感受的现代情绪"凝融在一起,这种现代情绪"大多是一些感伤、抑郁、迷乱、哀怨、神经过敏、纤细柔弱的情绪,甚至还带有幻灭和虚无"[③],必然决定了

---

[①] 罗振亚:《20世纪中国先锋诗潮》,人民出版社2008年版,第10—11页。
[②] 王泽龙:《中国现代诗歌意象论》,中国社会科学出版社2008年版,第85页。
[③] 蓝棣之:《现代派诗选·前言》,人民文学出版社1986年版,第22页。

灰暗阴郁成为他们诗歌意象的主色调。"荒雨之街","寂寞山径","理发店"的玄思,"乐园鸟"的嘤鸣等,这些意象都蕴含着内心世界寂寞虚无、哀怨迷惘的情绪。异化的人类文明景观是20世纪40年代"九叶诗人"笔下独特的意象审美趣味。扭曲的美和被异化的人性成为穆旦诗作的精彩主题,其意象如卡夫卡《变形记》一样的夸张,"污泥里的猪梦见生了翅膀,/从天降生地渴望着飞扬,/当他醒来时悲痛地呼喊。"(《还原作用》)怪诞的想象使意象由单一的个体形象转化为动态的景观呈现,承载的是人类在现代生活中感受的矛盾和痛苦。"九叶诗人"还将审丑原则用于对现代都市世界畸形生活的批判,唐祈看到,"阴暗的/垃圾堆旁,/我将饿狗赶开,/拾起新生的婴孩。"(《严肃的时辰》)"许多人没有住处/在路灯下蜷伏/像堆霉烂的蘑菇。"(《最末的时辰》)陈敬容深切感受到,"我们是现代都市里/渺小的沙丁鱼,/无论衣食住行,/全是个挤!不挤容不下你。"(《逻辑病者的春天》)这些异化的人生感受,完全是对西方象征主义意象以丑为美原则的精彩翻版。

西方象征主义诗歌的"恶美"倾向的确对中国现代诗歌的意象传达产生深远影响,象征主义诗人努力承继波德莱尔的创新和勇气,通过发掘恶美意象的惊人之举,对现代人进行独创性描绘。但波德莱尔之所以成为那一时代的预言家和先锋,是因为"他能够把美赋予其自身并不具有美的各种景象,这并非由于他使得这些景象变得浪漫美丽,而是由于他阐明了隐藏在它们后面的那部分人类灵魂;他由此揭示了现代城市的令人悲哀并且常常是悲剧性的核心"[①]。与之相比,中国象征主义诗人并没有把物质世界之恶作为人类世界的本来面目来表现,更多融入的是个人意绪的表达和批判现实的情绪,远远缺乏波德莱尔表现人类丑恶本质的深刻思想和悲剧精神,但他们的艺术实践借鉴吸收西方审丑原则,丰富了中国象征主义诗学的意象形态,推动着象征主义意象诗学的建构进程。

(三)意象有机构成的"奇接"原则

初期象征派、现代派诗人非常重视意象的营造,从李金发到戴望舒等

---

[①] [美]马歇尔·伯曼:《一切坚固的东西都烟消云散了——现代性体验》,徐大建、张辑译,商务印书馆2003年版,第169页。

## 第三章 艺术形式镜像论:"象征"之道与"意象"之思

都有过观念表达,诗人自身更是艺术实践的领军人物。孙作云在论现代派诗时曾指出:"现代派诗的特点便是诗人们欲抛弃诗的文字之美,或忽视文字之美,而求诗的意象之美。"① 从意象与语言的关系来看,"在一个三维架构的诗歌文本模式中,意象居于中心位置,它架起了言意的桥梁,划开了诗与非诗的界限……如果在一首诗中,语言是能指,而象征的意义世界是所指,那么,居于中心位置的意象,就是能指与所指的复合体。"② 这种意象中心理论决定了象征主义诗人格外重视意象营造,决定了他们必然要创造与众不同的构成法则,使意象成为"理性与情感"在诗歌中"刹那间凝结"的结构有机体。具体说来,象征主义诗歌运用"奇接"原则,形成了意象的繁复表现和奇特联络等结构特征。

意象繁复是初期象征派和现代派诗人共同的美学追求。初期象征派诗人因"现代心态的迷茫闪烁、飘忽不定与对意境明确性的否定",使得他们在弹奏意象"和弦"时,"很少围绕一个或几个中心意象深入拓展,而总去攫取其他联想轴上相近或无关的意象,构成链条间距陌生、悠长的无序空间,想象转换随意奇幻"③。单纯意象之间或并置或叠加,形成具有鲜明个性色彩的意象群。如李金发《弃妇》一诗,"长发披遍我两眼之前/遂隔断了一切羞恶之疾视/与鲜血之急流,枯骨之沉睡/黑夜与蚊虫联步徐来/越此短墙之角/狂呼在我清白之耳后/如荒野狂风怒号/战栗无数游牧。"诗作第一节,八行诗句就有八个意象出现,"长发""鲜血""枯骨""黑夜""短墙""荒野""狂风""游牧",这些怪异形态与模糊不定的意象密集呈现,整体传递出一种繁复的感觉,特别是"鲜血""枯骨"等具有暗示性而非实在的意象,其实表达的是诗人内心复杂的感受。其他各节的意象组合也依然如此,"情绪线"和"想象力"的内在控制,使诗作意象的繁复表现形成一个复杂统一的象征意蕴系统。现代派诗人对意象也具有高度的艺术敏感,单纯的客观事物的呈示已不能满足他们"精细的感受力","他们第一个需要的是自由的表现。表现却不就是形式。内在的繁复要求

---

① 孙作云:《论"现代派"诗》,《清华周刊》1935 年第 43 卷第 1 期。
② 张目:《意象:现代主义诗歌的核心之维》,《文艺争鸣》1995 年第 3 期。
③ 罗振亚:《20 世纪中国先锋诗潮》,人民出版社 2008 年版,第 28 页。

繁复的表现"①。为了表达这种复杂感受，诗人必然运用许多意象，承载独特的心理密码和人格特质。戴望舒徜徉在泪、梦、烟、风、秋、水、荒园之间，卞之琳钟情于寒夜、和尚、闲人、荒街、尺八、苦雨，废名笔下的理发匠、北平街头、灯、星……现代派诗人依凭各自的气质禀赋、审美趣味，构成具有不同审美色彩的意象群。这些意象或作用于视觉的敏锐洞察，或触发听觉的联想功能，或利用通感和联觉体验诉诸全部感官，在暗示中寄托深致，在象征中深藏意旨，凭借这种暗示性和间接性的象征化，传达着现代派诗人对"现代的生活"微妙感受和内在情致。

意象的奇特联络与意象的繁复表现是相通的。为传达那些只可意会的内心的繁复，在暗示性和间接性的操控下，诗人们打破常规状态下的客观秩序，罗致一些表面并不相关的事物、形象和观念，构成奇特的意象群。于是，我们看到，殷红壮美的晚霞如"新丧者之殓衣"，听到"街头的更鼓/如肺病的老人之咳嗽"（胡也频《杂乱的意识》），感受到"粉红之记忆/如道旁枯骨/发出奇臭"（李金发《夜之歌》），惊奇于施蛰存《银鱼》中土耳其的女浴场、柔白的床巾、初恋的少女三个陌生意象的凝结，琢磨着废名《理发店》中风马牛不相及的意象的纷乱……这些奇特联络的意象构图，成为象征派和现代派诗人笔下的拿手好戏。

（四）意象审美生成的"沉潜雕塑"原则

象征意象的重构意识在20世纪40年代的"九叶派"诗人这里得到强化，他们沿着艺术传达的"暗示性"和"间接性"，深度思考意象的象征性质，特别凸显意象生成的审美功能，提出了意象创造的沉潜性和雕塑性原则。意象沉潜追求的是意象生成过程中潜在意识和内在心灵活动的作用，意象由潜意识涌出，经过自觉意识而生成。早在现代派诗人戴望舒那里，就曾有"一个人在梦里泄露自己的潜意识，在诗作里泄露隐秘的灵魂"这样颇具沉潜意味的论调，袁可嘉、唐湜等人引入现代心理学理念，使意象沉潜由神秘走向明朗。对意象的生成与潜意识活动之间的关系，唐湜在《论意象》一文中有形象说明："写诗正如钓鱼，从潜意识的深渊里

---

① 李健吾：《李健吾文学评论选》，宁夏人民出版社1983年版，第84页。

## 第三章　艺术形式镜像论："象征"之道与"意象"之思

用感兴钓上鱼——意象，原来是一种用自觉来把握自然的潜能的过程。意象不能是一种表象的堆砌或模糊的联想媒介，它从潜意识的深渊里跃起时是一种本能与生命冲击力的表现，而它却又是化装了的被压抑着的经验，汇合了更多的人性的力量，以更大的现实姿态出现的可能性。"肯定潜意识在意象生成中的作用，这种新质观念无疑拓宽了象征主义意象的生成路径，但这种由潜意识涌现的意象的自然生成，其凝定过程还必须经过诗人的理性创造，即"它依然必须经过诗人自觉的照耀"，只有如此，经由潜意识或显意识获得的意象，才能成为灵魂直觉与心智沉思结合的产物。意象沉潜论带来了"九叶派"诗人意象追求的新特征，他们不再像现代派诗人那样，只把暗示性看作意象的精髓，注重主体在意象中的隐藏度，相反在主体呈现上追求主体化入客体，强调自我与万物之间的内在契合；在主体观照和把握客体的方式上，相比现代派诗人强调的繁复的"感觉"，他们更注重"知性"。无论是穆旦、杜运燮，还是郑敏、陈敬容，都试图在意象生成中灌注思想力和意志力，以主体意识的强劲渗入，促成意象艺术的变革。

意象的雕塑性问题最早由冯至谈到，但并非他的专利，而是他从德语诗人里尔克那里得来的"一种意外的、奇异的收获"，是里尔克师从罗丹获得诗歌意象雕塑感的启示，促成冯至《十四行集》对诗歌意象雕塑感的探索性尝试——追求意象质地的充盈和丰厚。"正是里尔克的影响，促成了冯至由青春期的感伤、唯美和苦闷，进入到更为深沉、成熟、严肃的生命与艺术的领域。"[①]"九叶派"诗论家唐湜曾这样评价冯至，"他经历了从浪漫蒂克到克腊西克，从音乐到雕塑，从流动到凝练的转变，这像是自然气候般的变化，'从浩无涯涘的海洋转向凝重的山岳'。"[②] 冯至《十四行集》对意象雕塑性的追求为"一切诚挚的诗人"开启了一条道路，那就是"真正的诗，却应该由浮动的音乐走向凝定的建筑"，唐湜将其命名为"意象的深沉的凝定"[③]。延续意象凝定之路，并且成绩卓然的是"九叶

---

[①] 王家新：《为凤凰找寻栖所——现代诗歌论集》，北京大学出版社2008年版，第109页。
[②] 唐湜：《沉思者冯至——读冯至〈十四行集〉》，载《新意度集》，生活·读书·新知三联书店1990年版，第118页。
[③] 唐湜：《论意象的凝定》，载《新意度集》，生活·读书·新知三联书店1990年版，第15—16页。

派"诗人。杜运燮的意象世界具有一种"丰厚的静穆"(《登龙门》)和"澄澈的丰满"(《井》),他的《山》《海》《雷》《雾》等诗,择取的都是阔大而凝重的意象,"分量沉重,有透彻的哲理思索",意象跳跃着在眼前闪过,"有一种沉甸甸的力量"①。郑敏则更多地受到里尔克影响,她擅长营造具有雕塑感的意象,每一个画面,都仿佛是一幅静物写生,在静态意象中,凝结着诗人澄明的智慧与静默的思想。唐湜还从唐祈与莫洛身上看到了意象深沉的凝定,肯定他们的诗"有着一种建筑的力量:高峻的屹立,可又有着深沉的丰富"。唐湜的意象凝定论与"九叶派"诗人的艺术实绩相得益彰。

## 三 诗化的哲学境界:意象知性品格的塑造

作为现代诗学一个理论术语,知性是"被艾略特和瑞恰兹分别从诗歌和概念中复活,并成功地移植到20世纪的语境中","平衡和协调感情和思想这两股冲动的能力"是其丰富内涵的表现之一,"它一端要区别于感情,与之相对照;而另一端则要区别于思想、智力、说教,并与之相对照"②。将这两股冲动结合成一种稳定的平衡状态,则是瑞恰兹赋予诗人的优越的组织能力,这种能力源于"对思想直接的质感体悟,或是一种将思想变为情感的再创造"③。20世纪30年代,中国现代诗人卞之琳翻译了艾略特的文章《传统与个人才能》,这一时期,瑞恰兹也以客座教授身份到北平讲学,④ 这些文学行为推动了西方现代知性理论登陆中国现代诗坛。金克木、徐迟及袁可嘉等人,都对知性理论与诗歌实践的关系有不同程度

---

① 唐湜:《诗四十首》(书评),《文艺复兴》1947年第3卷第4期。
② 李媛:《知性理论与新诗艺术方向的转变》,《清华大学学报》(哲学社会科学版)2002年第2期。
③ [英]艾略特:《玄学派诗人》,《艾略特诗学文集》,王恩衷编译,国际文化出版公司1989年版,第30页。
④ 瑞恰兹于1930年秋以客座教授身份到北平讲学,历时1年,在北平刮起了一阵欧美"现代主义诗的旋风"。他虽在课上只介绍了他的《实用批评》,但他的《文学批评原理》《科学与诗》都受到了当时知识界极大的重视,后者甚至在1937年出了译文单行本。他的文章《诗的经验》《诗中的四种意义》《实用批评引论》被收入曹葆华的《现代诗论》中,于1937年由商务印书馆出版。

## 第三章 艺术形式镜像论:"象征"之道与"意象"之思

的表述,特别是金克木,源于英美现代派的知性感召,首先提出"智的诗"的理论,并敏锐察觉一批新诗人诗风的转变,如卞之琳、废名、曹葆华等,称他们的诗是"以智慧为主脑"的"新的智慧诗"[①]。"智的诗"的指称,成为后来的批评家常常使用"智性"词汇的根源。就新诗艺术实践而言,引领新诗知性转变的是出身新月派的卞之琳,他经"现代"短暂的过渡,成为"知性诗群"的主将,这在批评家和后继诗人眼里已是不争的事实,其诗集"《鱼目集》正好象征这样一个转变的肇始"[②],因为"自五四以来的抒情成分,到《鱼目集》作者的手下才真正消失了"[③]。进入20世纪40年代,由卞之琳和废名等努力建构的新诗知性品格,经冯至延续到"九叶派"诗人,已经走向成熟,他们共同推动了20世纪诗歌知性转向在中国的实现。在新诗知性审美风尚及趣味的呈现中,作为诗歌最重要的构成要素,新诗意象也经历了由感性形态向知性(智性)形态转变的发展过程,其实践成果直接体现为意象知性品格的建构,其特殊的建构方式体现不同的诗艺审美,丰富了象征主义意象诗学的艺术内涵。

意象的知性格调提倡以经验代替情绪的知性化诗学原则,主要表现为诗人不再受制于以意象抒情为主导的既定思路,而以潜沉的智性体验代替浓厚的感性色彩,以此淘洗诗歌意象过重的抒情意绪,增强意象的客观化与戏剧性表现因素,让意象走向凝聚智慧之思、散发理性之光的道路。正如袁可嘉所说,"现代诗人重新发现诗是经验的传达而非单纯的热情的宣泄。热情可以借惊叹号而表现得痛快淋漓,复杂的现代经验却非捶胸顿足所能道其万一的。"[④] 陈敬容也在《智慧》诗中抒唱,要"鞭打你的感情,从那儿敲出智慧",而"让智慧高歌,/让热情静静地睡"。那么,按照这一知性思路而营构的诗歌意象,自然是"智之雕刻",它既能对抗因直接抒情而带来的感情泛滥的弊病,又力避哲理诗中浮滑的雄辩和造作的思想。具体说来,20世纪20年代的象征派诗人和20世纪30年代的前期现

---

① 柯可(金克木):《论中国新诗的新途径》,《新诗》1937年第1卷第4期。
② 刘西渭:《鱼目集——卞之琳先生》,《咀华集》,花城出版社1984年版,第105页。
③ 穆旦:《〈慰劳信集〉——从〈鱼目集〉说起》,香港《大公报·星期文艺副刊》1940年4月28日。
④ 袁可嘉:《诗与民主》,《论新诗现代化》,生活·读书·新知三联书店1988年版,第47页。

代派诗人着重发掘感情或感觉,强调意象的暗示情绪或心理意义,至20世纪30年代中后期,由卞之琳实践的意象知性品格则突出意象表现中的诗意体验,既包含情绪,更寄寓理性思考,使意象在多维的空间里成为知情合一的载体,是哲学与诗歌这对近邻在意象氛围里的友好对话。正如"九叶派"诗论家唐湜的总结,意象可分为直觉意象和智性意象,"由灵魂出发的直觉意象是自然的潜意识的直接突起,是浪漫蒂克的主观情感的高涌,由心智出发的悟性意象则是自觉意识的深沉表现。"诗歌意象审美的最高理想则"是最清醒的意志(mind)与最虔诚的灵魂(heart)互为表里的凝合"①。尽管唐湜提出的智性意象,是其理论阐明的一种意象发展的成熟状态,但在意象的艺术实践中,诗人建构意象知性品格的行为,足以证明这种智性意象具有的丰富内涵和高超的艺术表现力。我们通过意象知性的价值旨归和表现策略的诗学转换,略窥创作主体对意象品格的知性观照。

一是撷取平常的生活意象,感悟平凡事物中的哲思理趣,在恍然地诗境中升华出体验宇宙人生的哲学凝思。诗人追随"以机智(wit)来写诗的风气",让"脑神经运用代替了血液的激荡"②,将现代人对宇宙、人生、生命的观察和体悟,包孕于"小茶馆、闲人手里捏磨的一对核桃、冰糖葫芦、酸梅汤、扁担之类"等"过去'不入诗'的事物"③,和即兴的普通生活景象中,在理性和诗情的交合中完成现代哲学意识与审美意识的互渗,使平常的生活图景在清新活泼的生命气息中,散发出冷峻幽远的哲理沉思,熔铸为现代意象的知性美。卞之琳从20世纪30年代初期诗作《投》的浅露体验和对知性的刻意追求,到中期《无题·五》《断章》《倦》《圆宝盒》等诗歌意象智性体验的逐渐成熟,始终追求将感性存在与抽象存在统一为生动的意象,在意象的灵动中,将现代派前期的感性之美提升为诗的智性之美,这也就是卞之琳自己所说的"道""知""悟"或

---

① 唐湜:《论意象》,《新意度集》,生活·读书·新知三联书店1990年版,第13页。
② 穆旦:《〈慰劳信集〉——从〈鱼目集〉说起》,香港《大公报·星期文艺副刊》1940年4月28日。
③ 卞之琳:《雕虫纪历·自序》,人民文学出版社1979年版,第8页。

## 第三章 艺术形式镜像论:"象征"之道与"意象"之思

者"理智之美"的世界。①

二是在自然现象的凝神观照中,创造充满玄思默想的体验性意象,引发人们对现实的深度思考和人类生存意义的本真体验。这是冯至20世纪40年代诗作知性意象的价值追求。作为"沉思的诗人,他默察,他体认,他把他在宇宙人生中所体验出来的印证于日常景象,他看出那真实的诗或哲学于我们所看不到的地方"②。在这位审视和思考生命存在的智者眼里,小昆虫的死亡,蝉蛾的蜕变,蛇蜕出旧皮以及"秋风里萧萧的"有加利树等,这些凝聚生命本质意义的象征性意象拒绝与现实生活的纷扰发生关联,它们在诗人"脑神经的运用"中,执意呈现一种生生不息的自然生命的转化。冯至《十四行集》"耐人沉思的理和情景融成一片的理"③,不是"裸体赤陈",而是"从想象的渲染,情感的撼荡,尤其是意象的夺目闪耀,给死的抽象观念以活的诗的生命"④,哲理性主题的诗意表现与意象的知性建构获得同质的价值归宿。

三是切入现实的肌肤,触摸现代城市生活的意象脉搏,在"严肃的历史时代"⑤,以"严肃的声音"突出表现对都市生活与现代文明的理性审视,以新的体验和呈现方式,将民族生存的现实关怀与个体生命的价值体验相结合,在更为真实的社会现实层面,赋予意象知性以全新的现代感受和理性思索。"九叶派"诗歌意象的知性内旨是诗人们"站在旷野上感受风云的变化",以血肉的感情抒说的思想探索。在诗化哲学的共识中,人类的精神世界、现实世界与人生的沉潜性观照,关于个体生命的体验和内心的自审,这些"回到内在"的知性诉求,在穆旦、郑敏、杜运燮、唐湜等诗人的意象创造中获得丰富表现。其中,穆旦对个体生命的痛苦体验最深,诗歌从人的心灵世界发出诚挚的控诉,饱含知性的震撼力,"我们希望我们能有一个希望,/然后再受辱,痛苦,挣扎,死亡,/因为在我们明

---

① 卞之琳:《关于〈鱼目集〉》,《李健吾文学评论选》,宁夏人民出版社1983年版,第96页。
② 李广田:《沉思的诗——论冯至的〈十四行集〉》,《诗的艺术》,开明书店1944年版,第76页。
③ 朱自清:《诗与哲学》,《朱自清全集》第2卷,江苏教育出版社1988年版,第334页。
④ 袁可嘉:《诗与主题》,《论新诗现代化》,生活·读书·新知三联书店1988年版,第78页。
⑤ 唐湜:《严肃的星辰们》,《新意度集》,生活·读书·新知三联书店1990年版,第190页。

亮的血里奔流着勇敢，/可是在勇敢的中心：茫然。"(《时感》)在诗人那些表现生命的困厄和反抗的诗作中，"丰富的痛苦"通过感性形象升华为知性思考。如此看来，与其把诗歌意象知性的价值追求说成是现代诗歌的一种艺术变革，不如更深刻地理解为，"在诗人的态度上，知性扮演了一个冷静、清醒、自觉地审视时代、审视个人的角色"，"知性的强调为诗歌创作与阅读带来根本性的变化，使诗和诗人振作起来，重新开始认真承担时代和命运"①。此外，废名诗作中意象所包蕴的禅宗理趣，冯至诗歌在事物静观中生成的具有鲜明"感悟"特征的意象，使化用禅宗的哲学思想也参与着意象知性品格的建构。

意象的"知性转变"就是从用感情填充意象转变为让意象凝聚思想，这种知性价值追求必然带来意象表现策略的新鲜转换，即意象运思方式变革所带来的戏剧化手法的应用。受叶芝、里尔克、瓦莱里、艾略特为代表的后期象征主义的影响，现代"主知"诗人特别钟情于自我消失、"非个人化""放逐抒情"和追求客观的理性观照这些诗艺理念，这种"一见如故"的诗学接受，决定了诗人们要将其所领会的诗艺法则融会在创作实践中，极大影响着诗歌意象的运思方式。诗人们对人生世事持一种冷眼旁观的姿态，不再"经营"意象主体的诗意想象，而代之以意象客体的叙事化呈现，以外视角的观照方式，使诗人主体模糊和退出，呈现出疏离诗人主体感受的客观化倾向，这恰恰就是知性对诗歌想象力提出的要求——"反对任何形式的主题先行"②。这种以经验呈现为旨归的意象新理念，逐渐代替以情感诉求为目的的意象旨趣，标志着诗歌意象展开方式的现代变革。通俗来说，就是意象要凝聚思想，但不能"被思想牵引而去"，这思想本身"要浸泡在若干生活的情趣之中"③，诗人要在生活的情趣中捕捉意象，然后将意象中的玄思哲理感觉化，这种"'感觉化'不是纯然诉诸感觉至上的意思"，而是要将"我"所经历的整个气氛、实质还原出来，让"你"

---

① 李媛：《知性理论与新诗艺术方向的转变》，《清华大学学报》（哲学社会科学版）2002年第2期。
② 同上。
③ 李怡：《中国现代诗歌与古典诗歌传统》（增订版），北京大学出版社2008年版，第240页。

### 第三章　艺术形式镜像论："象征"之道与"意象"之思

（读者）在可感可触的戏剧化呈现的过程中去感觉，感觉到"我"曾经感觉到的思想和玄理。① 在卞之琳的诗作中，明显看到这种新的意象呈现方式——倾向戏剧性和非个人化的表现。《酸梅汤》《苦雨》《春城》全部或部分地使用了独白与对白，在《古镇的梦》《断章》《寂寞》等作品中，几乎没有"我"作为叙述者的介入，而在《距离的组织》《旧元夜遐思》《尺八》《白螺壳》等作品里，尽管有叙述者"我"的存在，但整体仍保持了客观自足的戏剧性场景。这些诗作中的意象呈现，以趋向体验性的复杂内蕴见长，意象的选择与表达更加追求生活化和亲切性，意象所具有的感性之美完全被提升为诗的智性之美，实现了意象表现力的充分扩张和质地的厚重。

延续意象知性戏剧化特征的是 20 世纪 40 年代的"九叶派"诗人，他们将意象知性特征融入诗歌戏剧化的实践探索中，成为实现新诗现代化的重要途径。他们深刻领会后期象征主义戏剧化的内涵，特别是经袁可嘉的系统阐释，"新诗戏剧化"已经摆脱了对西方现代派诗人艺术技巧的模仿，并作出富有创造性的艺术实践，成为新诗现代美学品格的重要质素。

## 第三节　形式本体的质素再造：音画与陌生化

在 20 世纪新诗发展建设过程中，象征主义诗学建设者清醒地意识到，早期胡适、郭沫若等"破坏"的一代，虽然在语言介质、文体形式方面完成了现代白话新诗对古典诗歌的第一次革命，使新诗获得一次精神和形式的大解放，但流于简单而随意的新诗，没能也不可能以语言与技巧呈现诗歌的智慧和魅力，新诗发展开始在现代语言与现代意识之间出现分裂，为此，必须变革新诗的审美趣味、美学原则和艺术思维。中国象征主义诗人和理论家自觉承担起这一重任，他们清楚，"诗人的目的就是要让读者与他一起体味他自己对那些熟悉的事件或事物状态的特殊经验方式"②，正是

---

① 叶维廉：《中国诗学》，生活·读书·新知三联书店 1992 年版，第 237 页。
② ［美］苏珊·朗格：《谈谈诗的创造》，《艺术问题》，滕守尧译，南京出版社 2006 年版，第 162 页。

通过对"象征"和"意象"的艺术发掘,"音乐"与"色彩"等形式因子也成为纠偏诗歌非艺术倾向的"纯粹力量",参与着"诗的世界"的本体创造。同时,现代诗歌的意象体系和审美形式也与传统理性的逻辑规范分道扬镳,开创一个"陌生化"的诗学天地,这些新的艺术质素,因强化现代诗歌意味,成为象征主义诗学艺术形式的一道风景。

## 一 "纯粹之声"的力量:"流动"的音画时尚

俄国形式主义理论家把艺术品看成是一个为某种特别的审美目的服务的完整的符号体系或者符号结构。与之相契合,韦勒克关于文学内部研究的理论分析了艺术品的"符号和意义的多层结构"。他把声音层面列为第一层,认为"每一件文学作品首先是一个声音的系列,从这个声音的系列再生出意义"。而对于所有的韵文而言,"声音的层面引起了人们的注意,构成了作品审美效果不可分割的一个部分。"[①] 如果说,韦勒克作为文学研究者,揭示出声音层面对诗歌研究所具有的重要意义,那么法国象征主义诗人作为创造者,他们对诗歌音乐美的追求,使其堪称营造诗歌声音层面的行家。他们将声音视为诗歌的"一种生命的形式,使它看上去像是创造出来的,而不是用机械的方法制造出来的;使它的表现意义看上去像是直接包含在艺术品之中"。[②] 所以,象征主义重视音乐性,但对艺术韵律、节奏之美的追求只是表层的技巧显现,它更希望通过音乐性的探索,来呈现诗歌所具有的暗示性、含蓄性、象征性以及情感的引发性,以此实现通过诗歌声音层面传达诗人的"特殊经验方式"。出于追求诗歌音乐性的强烈愿望,法国象征主义诗人常常蔑视僵化的韵律传统和节奏模式,在传统桎梏的解放中努力开拓新路,先行者把音乐的流动性和音色的交合美作为诗歌音乐美的探求理想,后继者则彻底突破外在韵律的束缚,追求诗的节奏与诗人内在情绪律动的一致性,将音乐美视作对诗情节奏的把握。这些音

---

① [美]雷·韦勒克、奥·沃伦:《文学理论》,刘象愚等译,生活·读书·新知三联书店1984年版,第166页。

② [美]苏珊·朗格:《生命的形式》,《艺术问题》,滕守尧译,南京出版社2006年版,第70页。

## 第三章　艺术形式镜像论:"象征"之道与"意象"之思

乐美的艺术原则,对中国象征主义诗人和诗论家产生深刻影响,成为他们思考诗歌音乐美的内在源泉和精神动力。

针对"五四"以后中国新诗的"非诗化"观念,一些受西方象征主义诗潮影响而开始新诗创作的青年人,对"胡适之体"表示极大不满,"中国现在的作诗,非常粗糙"①,"都不肯认真去做,都不肯下最苦的功夫,所以产生出的诗篇,只就 Technique(技巧)上说,光是些不伦不类的劣品。"② 在对既有诗歌观念和审美原则批判反思基础上,他们以自觉的审美意识,引发一场新诗的"现代美学革命"。在这场美学变革中,新诗的音乐美成为现代象征主义诗学的形式追求之一。

在初期象征派诗人群里,"李金发的诗不讲究诗歌外在的音乐性和整饬性。形式参差不齐,很少注意脚韵的和谐。在追求音乐美和形式美这一点上,穆木天、王独清、冯乃超等几位诗人超过了李金发。"③ 在被视为中国象征主义诗学宣言的《谭诗》一文中,穆木天强调"诗是数学的而又音乐的东西","诗要兼造形与音乐之美",并在诗歌实践中,用富于律动感的语言,表现内心世界对外界声音、光亮、运动所获得的交感和印象。正如叶芝所言:"当声音、色彩和形状间具有一种和谐的联系,相互间一种优美的联系,它们仿佛变成一个色彩,一个声音,一个形状,从而唤起一种由它们互不相同的魅力构成的情感,合一的情感。"④ 王独清赞成诗歌"纯粹化"的主张,提出将音乐和绘画紧密联系,坦言自己"很想学法国象征派诗人,把'音'与'色'放在文字中"⑤,使诗歌具有艺术的"音画"效果。同时,他们把营造诗歌音乐美作为追求诗歌"朦胧"审美情境的途径之一,通过叠字叠句、复沓等手法,凸显新诗鲜明的感性特征,以此反驳初期白话诗因说理欲望过强而导致的浓厚理性色彩。与以往致力建设新诗音乐性的诗人们不同,穆木天、王独清等借鉴西方"纯诗"理论,

---

① 穆木天:《谭诗——寄沫若的一封信》,《创造月刊》1926 年第 1 卷第 1 期。
② 王独清:《再谭诗——寄木天、伯奇》,《创造月刊》1926 年第 1 卷第 1 期。
③ 孙玉石:《象征派诗选·前言》,《象征派诗选》,人民文学出版社 1986 年版,第 25 页。
④ 叶芝:《诗歌的象征主义》,载璐璐主编《准则与尺度——外国著名诗人文论》,北京出版社 2003 年版,第 323 页。
⑤ 王独清:《再谭诗——寄木天、伯奇》,《创造月刊》1926 年第 1 卷第 1 期。

侧重在形式和内容的契合中来建设诗歌的音乐性，赋予诗歌音乐美以真正的现代意识。也许与穆木天等人过分专注反对初期白话新诗的粗糙有关，他们的诗歌实践并未很好地体现音乐美的诗学主张，大多凝聚在形式层面的诗歌的"精致"，"思想与表达思想的音声不一致是绝对失败"①，穆木天诗作实践与其诗歌音乐性的诗学主张"不一致"，这样的艺术遗憾，也成为后继诗学探索者的思考起点。

其实，"象征派诗人竭力要将诗歌与歌曲和音乐等同起来，这样的做法只不过是一个隐喻而已，因为诗在变化性、明晰性以及纯声音的组合模式方面都不能与音乐相抗衡。要使语言的声音变成艺术的事实，意义、上下文、'语调'这几个因素是必要的。"② 韦勒克精准地揭示出象征主义诗歌音乐美的"真谛"——只有外在音乐性模式的诗歌不可能成为真正的艺术佳作。与穆木天等人相比，戴望舒算不上一位"专门"的象征主义理论家，没有复杂的理论缠绕，他对诗歌音乐性的理解也经历了由外在形式向内在意义的转变过程，他主张"诗的韵律不在字的抑扬顿挫上，而在诗的情绪的抑扬顿挫上，即在诗情的程度上"③，并以诗歌创作实际验证这一诗学观念。从《雨巷》到《我的记忆》，是他由追求诗歌外在旋律转向追求内在音乐性的起讫点，虽然这里只能以"转变"二字简单说明，但戴望舒从钟情法国前期象征主义诗人魏尔伦，到兴趣转向后期象征主义诗人福尔、果尔蒙、耶麦，这种"接受影响"推动了中国现代象征主义诗学音乐美的发展。尽管戴望舒提倡诗"应该去了音乐成分"，但实际摒弃的是"字句上的 nuance（强弱色彩变幻）"，他认为"韵和整齐的字句会妨碍诗情"④。也就是说，诗歌音乐性不应只停留于外在的声音模式，更应是诗人情感的抑扬顿挫，要在诗的音节与内在诗情的变化中求得和谐的表现，是诗人流动着的、起伏跌宕的感情，在诗的脉管中形成的无形的带状五线谱，不能耳闻目睹，只可心领神会。如果说，音乐美是穆木天实现"纯

---

① 穆木天：《谭诗——寄沫若的一封信》，《创造月刊》1926年第1卷第1期。
② [美]雷·韦勒克、奥·沃伦：《文学理论》，刘象愚等译，生活·读书·新知三联书店1984年版，第168页。
③ 戴望舒：《望舒诗论》，《现代》1932年第2卷第1期。
④ 同上。

## 第三章　艺术形式镜像论："象征"之道与"意象"之思

粹"诗歌不可或缺的途径，还谈不上成功的创作实践，那么，戴望舒则通过诗作实践验证了自己诗歌音乐性的新见，他对诗情节奏的把握，将象征主义诗歌音乐美的时尚向前推进一步，更臻于诗歌音乐美的境界追求。

实际早在戴望舒写出《我的记忆》之前，梁宗岱就已经对诗歌音乐美的艺术境界作出精辟阐释，并深得法国后期象征主义大师瓦莱里诗学思想的精髓。在评析瓦莱里诗歌时，他提出诗的音乐境界问题。"把文字来创造音乐，就是说，把诗提到音乐的纯粹境界，正是一切象征诗人在殊途中共同的倾向。"① "纯粹"诗境就"和音乐一样，是一个充满了震荡回声的共鸣的世界。当我们凝神握管的时候，我们整个生命的系统——官能和理智，情感和意志，意识和非意识——既然都融作一片，我们的印象和观念，冲动和表现，思想和技术，就有如铜山西崩洛钟东应，一切都互相通约，互相契合，互相感召。"② 梁宗岱内在把握了象征主义关于诗歌语言音乐性的见解，把音乐看作"最纯""最高"的艺术境界，同时诗中的音乐更应是"理念的节奏"，象征主义诗人必须具有这方面的深厚修养，即能把诗中的情绪和观念化炼到与音韵色彩不能分辨的程度，让情绪或观念始终期待披上"诗的音乐与图画的衣裳"③，以此努力达到音乐般的诗歌艺术境界。这两点理解也正是梁宗岱"纯诗"体系的题中之义，是其通往"象征的灵境"的理想之途。至此，自穆木天开始倡导的象征主义诗歌的音画时尚，获得更为独立的本体意义。自梁宗岱之后，"九叶派"诗人兼理论家唐湜借鉴瓦莱里的观点，把诗歌看作是由音乐美向意象视觉美的流动、转化与凝定，把流动的音乐美作为现代主义诗歌重要的审美质素。其他诗人如袁可嘉、郑敏、穆旦等，只是在诗歌创作中追求和谐的音乐感，他们更多地受到西方后期象征主义诗人的影响。

总之，从穆木天、王独清、戴望舒到梁宗岱，他们在建构本土化象征主义诗学体系时，对新诗音画时尚的追求还与法国象征主义诗学有较大不

---

① 梁宗岱：《保罗梵乐希评传》，《水仙辞》，中华书局1933年版，第12页。
② 梁宗岱：《试论直觉与表现》，李振声主编：《梁宗岱批评文集》，珠海出版社1998年版，第276页。
③ 梁宗岱：《谈诗》，《诗与真·诗与真二集》，外国文学出版社1984年版，第95页。

同。法国象征主义者"不仅把诗歌当作是音乐性的,把音乐性视为世界的神秘本质,这种神秘的音乐性的逐步艺术化的过程就是一个不断象征化的过程,即在艺术形式中达到神秘的音乐性的象征化"。① 这种具有神秘超验色彩的音乐观,是中国象征主义诗论家不能超越的,他们关于音乐性的阐释,更多是为寻找现代新诗的"诗质",是为建构一个现代的"纯诗世界",一旦离开"纯粹的诗歌"谈论诗歌音乐美,则所有探究将失去象征主义诗学的特殊意味。从这一意义上说,现代象征主义诗学音乐美的探求是"纯粹之声"的力量,是艺术形式的本体新变。诗论家们对新诗音乐美的追求,也整体呈现为前后相续的变化态势,与法国象征主义诗人前后期的音乐美追求基本相符。与上述象征主义诗学音乐观念的探索路向不同,另有一批诗人和学者,借鉴西方象征主义音乐理论时,侧重思考新诗音节、格律等语言技巧方面的问题,如现代派诗人卞之琳、何其芳及理论家朱光潜、叶公超、罗念生等人,他们就现代诗歌的节奏、音顿、音韵等方面均有专题研究,并在20世纪30年代两次掀起关于新诗音乐性问题的讨论,② 戴望舒和梁宗岱也都参与讨论。这种细致而有针对性的专题讨论,也是针对接受或借鉴法国前后期象征主义的音乐主张,所激发的富有民族色彩的思考,丰富着现代新诗音乐性的命题及其发展内蕴。

## 二 审美的可感性前置:"陌生化"表征

"陌生化"作为纯粹的诗学范畴,20世纪初,由俄国形式主义者什克洛夫斯基在寻找"文学性"时提出。俄国形式主义者认为,文学的美不在于外在事物的逼真描绘,也不在于表现作者一定的心灵情感,而应是"文学性"所显现的诱人的艺术魅力,"陌生化"就是"文学性"获得源源不绝的生命活力之所在,也是审美接受者获得新奇美感享受的根本。与俄国

---

① 何林军、邓云晖:《西方象征主义:象征的诗学勃兴》,《中国文学研究》2005年第3期。
② 第一次讨论是在梁宗岱主编的《大公报·文艺副刊·诗特刊》上进行的,围绕"发现新音节,创造新格律"这个课题,朱光潜、罗念生、梁宗岱、叶公超、郭绍虞等人发表多篇论文,展开了声势浩大的讨论;第二次讨论是在戴望舒、卞之琳、何其芳、孙大雨、梁宗岱等联袂主编的《新诗》杂志上进行的,朱光潜、林庚、戴望舒、罗念生等人发表了重要意见。关于讨论的具体分析参见曹万生《现代派诗学与中西诗学》(人民出版社2003年版)一书"音乐论"章节。

## 第三章 艺术形式镜像论："象征"之道与"意象"之思

形式主义者的诗学阐释相比，作为文学实践的艺术技法，早在18世纪末至19世纪初的法国象征主义诗人那里，"陌生化"就已经得到精湛的艺术表现。他们一改浪漫主义毫无节制的个人情感抒发和巴那斯派静观式的冷静描述，把美看作是诗人心中复杂、隐秘的情感与外部世界万物之间内在神秘联系的对应。这种纯粹的个人抒情和再现主观的心灵状态，决定了象征主义必须制造一套"魔法式"的艺术手法，实现自己追求的纯诗境界，于是从语言、意象到结构，形成了与传统诗歌迥然不同的"陌生化"审美表征。从二者之间存在的"时间差"来看，俄国形式主义者为法国象征主义的"陌生化"作出了完美的理论注释。按照诗学逻辑分析，象征主义的形式"陌生化"，就是通过对"前在"的审美经验的违背，创造一种截然不同的特殊符号经验，在诗歌的意象体系和审美形式方面，追求"陌生化"，即取消诗歌语言及形式审美经验的"前在性"，在创作中力求将文本的可感性前置，打破接受主体感受性的惯常化，更新他们对世界的感受方式，从而带着惊奇的目光和诗意的感觉看待事物。具体而言，法国象征主义形式审美的"陌生化"，主要是通过诗歌意象、结构和语言等方面的可感性前置实现的，中国诗人对此产生强烈共鸣，在创作中实践着鲜明的"陌生化"手法，丰富着新诗艺术形式的审美内蕴，体现着现代象征主义诗学的审美追求。

（一）意象题材的新异感。法国象征主义的"恶美"倾向始自波德莱尔的《恶之花》，其怪异意象体系对初期象征派诗人李金发产生极大的精神震撼。一部《微雨》便是"他用象征主义的怪丽的歌声建造幻梦中的'美的世界'的艺术殿堂"[①]，死尸、枯骨、泥泞、污血等丑怪阴冷的意象群，表现出鲜明的"以丑为美"倾向，显示了李金发对西方象征主义诗学自觉的审美认同。20世纪30年代中期，李金发在答记者问时，总结了自己关于这一倾向的理论见解，他自称作诗时"是一个工愁善病的骚人"，诗"它能言人之所不能言，或言人之所言而未言的事物"，"世界任何美丑善恶皆是诗的对象。诗人能歌咏人，但所言不一定是真理，也许是偏执于

---

① 孙玉石：《象征派诗选·前言》，《象征派诗选》，人民文学出版社1986年版，第10页。

歪曲"①。事实上,他的诗歌的确表现出偏好审丑、创造残缺美的陌生化效果,其本人也赢得时人馈赠的"唯丑的少年"和"诗怪"的称号。整个20世纪30年代,现代派诗人对西方象征主义题材的反传统性都有比较深刻的认识,他们不仅在诗作中大量运用与"恶之花"相近的意象,传达浓郁的"恶美"气息,更着意拉近意象选择与日常普通生活的距离,在被人们忽略的平淡日常生活里,努力捕捉新颖奇异的诗的感觉,因为"那阴暗、潮湿,甚至霉腐的角落儿上,正有着许多未发现的诗"②。

现代派诗人审美意识的深化,完全得益于波德莱尔引发的诗歌意象的重大变革,正如艾略特的评论,"波德莱尔为别人创造了一种解脱和表达的方式,这不仅仅是因为使用了普通生活中的意象,也不仅仅是因为他使用了大城市肮脏生活中的意象,而是因为他使这样的意象达到了最大的强度——将意象按原样呈现出来,却又使它代表远较它本身为多的内容。"③卞之琳是这方面"走得更远些"的代表,"他的一个突出特点是不再解释谜语,而是制造着谜语。他通过回归词源、意象网络和参照对象之替换游戏,向接受者展开最大的开放空间。"④ 靠着敏锐的感觉,诗人的触角"穿透熟悉的表面",发现许多"新鲜的东西"⑤,把李金发笔下阴郁灰暗的意象色调,转化为日常琐屑事物中富于诗意情趣的象征载体。诗人"看夕阳在灰墙上,/想一个初期肺病者"(《秋旨》),写"北京城:垃圾堆上放风筝"(《春城》),还有"闲人"手中磨得光亮的核桃,酸梅汤的叫卖者,"荒街"中各种困苦麻木的人生色相等,他"开始用进了过去所谓'不入诗'的事物"来呈现"北国风光的荒凉境界",来写"北平街头灰色景物",正如诗人自己所言,这些"显然出自波德莱尔巴黎街头穷人、老人以至盲人的启发"⑥。

---

① 杜格灵、李金发:《诗问答》,《文艺画报》1935年第1卷第3期。
② 朱自清:《诗与感觉》,《新诗杂话》,生活·读书·新知三联书店1984年版,第15—16页。
③ [英]T.S.艾略特:《波德莱尔》,《艾略特诗学文集》,王恩衷编译,国际文化出版公司1989年版,第113页。
④ 曹万生:《现代派诗学与中西诗学》,人民出版社2003年版,第44页。
⑤ 朱自清:《诗与感觉》,《新诗杂话》,生活·读书·新知三联书店1984年版,第16页。
⑥ 卞之琳:《雕虫纪历·自序》,人民文学出版社1979年版,第16页。

## 第三章　艺术形式镜像论："象征"之道与"意象"之思

同样是在平常生活与自然现象中寻找凝神观照的意象，20 世纪 40 年代的冯至，以生命玄思代替了卞之琳的智性情趣。在他看来，意象的"新异感"是远离时代生活的，"从历史上不朽的精神到无名的村童农妇，从远方的千古的名城到山坡上的飞虫小草，从个人的一小段生活到许多人共同的遭遇"[①]，在赋予它们以玄思默想所构成的深远境界中，引发人们思考现实人生，体验生命存在的意义。与此前的初期象征派、现代派诗人相比，这一时期的"九叶派"诗人在表现和批判都市畸形生活与病态自然人生方面，有更为"新异"的审美自觉。他们笔下的丑怪类意象仍源于浸染着现代都市化气息的普通生活，但大都以被异化的、反常的、荒诞的现代自然形象呈现。"害怕、厌恶和恐怖是大城市的大众在那些最早观察他的人心中引起的感觉"[②]，正是怀有这种感觉，在杭约赫、唐祈、穆旦、袁可嘉等诗歌的主题意象中，更多蕴含着衰朽凋敝的现实人生和屈辱艰辛的人之命运。但诗人面对的是中国现实，作为中国诗人的心灵世界，他们只是艺术手法借鉴了西方象征主义的"陌生化"，没有像西方象征主义那样，把自然之恶与物质世界之恶作为人类世界本来面目来表现，而是更多地融入一种批判的现实主义情绪。

（二）传统比喻的现代转换。中国传统的比喻方式常常遵循两个基本原则：一是本体和喻体两者间必须整体上不同，但在某一部分或某种性质上有相通之处；二是喻体要比本体更形象、更简单、更常见，也就是说，只能用形象、简单、常见的喻体，来"比"抽象、复杂、罕见的本体，而不能倒过来。西方象征主义诗人以独特的怪异联想，赋予比喻一种格外触目的陌生形式，受这种陌生化比喻影响，中国现代象征主义诗人也打破读者对传统比喻的"前在"期待视野，将一种超脱日常审美经验的陌生化比喻前置审美主体面前，实现对传统比喻的现代形式转换。

在本喻体的关联上，他们以心理感受的相似性代替物质的相似性，把比喻从物与物之间的相似关联，变为精神领域或心理空间的奇特组合，简

---

① 冯至：《十四行集·序》，文化生活出版社 1948 年版。
② ［德］本雅明：《发达资本主义时代的抒情诗人》，张旭东、魏文生译，生活·读书·新知三联书店 1980 年版，第 145 页。

单明了的比喻关系也日趋隐蔽复杂,整体凸显精神层面对世界的理解。以李金发为代表的象征主义诗人,就是此类型比喻的实践者。他们拒绝把艺术想象的比喻"放在明白的间架里",取消在相近或相似的事物中构造比喻结构关系的"近取譬",采取"远取譬"来表现微妙复杂的情境。这种"远取譬",就是在两个本质不相同的事物间寻觅一个暂时的相同点,把相隔最远的东西出人意外地扭结到一起,"在普通人以为不同的事物中间看出同来"[1]。象征派诗歌"正是借助这种关系构造的比喻,使不同的事物间达到某种'神似',给人以飘忽朦胧的整体性感受,从而引发读者的想象,得到某种启示。"[2] 李金发把灵魂比作荒野的钟声(《我的》),以野兽之蹄喻女人之心(《巴黎之呓语》),将生命化作"死神唇边的笑"(《有感》)或"如牲口践踏之稻田"(《时之表现》)等,这些比喻全是由心理感受的相似性而生发的奇思异想,它们传达的微妙情境,带来的审美效应,是传统比喻无法比拟的。另外,象征主义诗歌的比喻不再以形象刻画被比喻的物象本身为旨归,深刻表现诗人的主观体验是它的新选择,两者之间的相关性,也从客观性基础转移到主观性基础,比喻意象的呈现状态一般不符合常情常理的原始状态或客观状态,而是随诗人心理反映的需要作不同变化,常常是比喻带有无限制的随意性及与常理相悖的怪诞性。

(三)结构逻辑的"心理化"。依靠传统的时空物理逻辑,已捕捉不到象征主义诗歌的意绪主旨,其注重心理情绪的抒发,打破结构外观的完整性和连贯性,以心理象征物的碎片,连缀而成独特的心理结构,颠覆诗歌既定的逻辑传统,呈现一种奇特的"诗的思考法",情感逻辑成为诗歌结构逻辑"心理化"的主要表现。初期象征主义诗人针对早期新诗弊端,坚决反对按照自然顺序、客观秩序、生活逻辑安排诗歌的"生命组织",明确主张"作诗的人,找诗的思想时,得用诗的思想方法"[3]。这种"诗的思想方法"完全依从个人主观想象,串联起诗歌意绪发展的情感逻辑,诗人的主观情思肢解了,传统的起承转合和自然组合的逻辑

---

[1] 朱自清:《新诗的进步》,《新诗杂话》,生活·读书·新知三联书店 1984 年版,第 8 页。
[2] 龙泉明:《中国新诗流变论》,人民文学出版社 1999 年版,第 274 页。
[3] 穆木天:《谭诗——寄沫若的一封信》,《创造月刊》1926 年第 1 卷第 1 期。

## 第三章 艺术形式镜像论:"象征"之道与"意象"之思

习惯,代之以语言结构的省略和跳跃,呈现一种"无序"状态。李金发诗歌的倒装句式、新奇的词语搭配、语言关联的截断、句子成分的搅乱等特殊的语句结构,就是在诗人情感逻辑的支配下,构成的一种"不固执文法原则"的新形式。朱自清对此有过生动的评价,"他的诗没有寻常的章法,一部分一部分可以懂,合起来却没有意思,他要表现的不是意思而是感觉或情感;仿佛大大小小红红绿绿一串珠子,他却藏起那串儿,你得自己穿着瞧。"[①] 正是这种情感支撑的内在逻辑,使得象征主义诗人重视暗示、通感等手法,追求朦胧的神秘美,彻底拆解了传统诗歌有序和谐的逻辑结构。

20世纪30年代,现代派诗人视诗为"一种不敢轻易公开于俗世的人生",是诗人自身"隐秘灵魂的泄露",诗的动机"在于表现自己和隐藏自己之间"[②]。这种注重"现代的情绪"的隐秘传达,也透露出他们诗歌结构的非传统化倾向,在艺术审美传达方面,继承并超越了初期象征诗派,其诗歌内在情感逻辑的主旋律,始终跃动在"现代的排列"的意象结构中。在戴望舒、卞之琳、何其芳、废名等人的诗作中,意象之间不再遵循思维习见的逻辑关系,而是在运动和奇异的追求中,以跳跃的方式产生若断若续的挪移感,情绪发展的逻辑走向完全隐藏在诗歌意象间的空白处。相反,诗人正是依靠情绪律动,把多个意象串联成有机整体,使新奇怪异的"现代的诗形"与"现代的情绪"得到统一。

20世纪40年代的"九叶派"诗人,更是反对用传统的概念逻辑组织诗歌,想象逻辑是他们结构诗篇的奇异"法宝"。诗人们通过想象突破物理时空,进入心理时空,把结构逻辑不协调的品质和不相容的经验调和起来,过去时、现在时和将来时随着诗人思绪任意组合,变形、重组、增减等手法,在诗人心理空间意识的作用下奇异呈现,形成诗人自由的"感觉曲线"。正如袁可嘉所说,"只有诗情经过连续意象所得的演变的逻辑才是批评诗篇结构的标准",这就是指现代人结构意识中的想象逻辑,它可以

---

① 朱自清:《现代诗歌导论》,载《中国新文学大系导论集》,上海书店影印1982年版,第356—357页。

② 杜衡:《〈望舒草〉序》,《现代》1933年第3卷第4期。

"集结表面不同而实际可能产生合力作用的种种经验,使诗篇意义扩大,加深,增重"①。总之,从 20 世纪 20 年代到 40 年代,中国象征主义诗人接受西方象征主义诗歌的影响,在诗歌结构观念上,一以贯之探索实践"心理化"意念,丰富了象征主义诗学形式审美的"陌生化"意蕴。

(四)诗歌语言能指的凸显。瓦莱里认为:"语言所包含的情感能力与它的实用性,也就是直接具有意义的特性混合在一起。在日常语言中,这些运动和魅力的力量、这些情感生活的精神敏感性的兴奋剂,与平常和表面的生活所使用的交流符号和方式混为一体,诗人的责任、工作和职能就是将它们展示出来并使它们运作起来。"②那么,面对早期新诗遮蔽诗歌本体造成的语言平常化和表面化,象征主义诗歌对语言的"陌生化"处理,无疑是对诗歌语言"本真性"的重新发掘,这是"致力于和献身于在语言中定义和创立一种语言的行为"③,具体来看,一方面,它与日常语言、散文语言逐步分离,拒绝指事称物,拒绝传达客观事物信息的明确性,以出乎预期之外的观念使诗歌从常规模式中解放出来,凸显一种自我指称、独立自主的诗歌语言本质;另一方面,在诗歌语言的表述形态上,打破定型化、统一化的"散文式"圭臬,代之以个性化、多元化的语言表现模态,通过内视点表述和想象思维模式,传递对世界和人生的新意识。

"五四"时期,经过白话口语对文言文的斗争,现代新诗逐步摆脱传统汉语诗歌固定的语言表述模式,在诗意表达上获得空前的自由,"要须作诗如作文"的"散文化"诗歌观念描述和规范着新诗的语言形态,但这种旨在破坏尚乏建设的语言构筑方式,并未将新诗引入发展正途,很快引发后来者的反驳与纠正。20 世纪 20 年代初期象征诗派就在"纯诗"的本体探寻中,明确提出"诗与散文的清楚的分界","诗的世界"在语言形式上应是"表现的",而不是散文式的"说明",并自觉运用"诗的语言"瓦解陈旧的语言表现方式,运用"通感"和"经济"的观念联络消解词汇

---

① 袁可嘉:《新诗现代化的再分析》,《论新诗现代化》,生活·读书·新知三联书店 1988 年版,第 19 页。
② [法]保罗·瓦莱里:《文艺杂谈》,段映红译,百花文艺出版社 2002 年版,第 181 页。
③ 同上。

## 第三章 艺术形式镜像论:"象征"之道与"意象"之思

间的语法成分,造成阅读的"阻隔"之碍和"晦涩"之感,迥异于现代白话的日常语言形态和诗歌语言的"散文化"表达。20世纪三四十年代,现代派诗人与"九叶派"诗人对"诗的语言"的理解更为深刻,它不同于日常生活的原生形态语言,更区别不具有生成意义的"消息性语言",语言探索呈现综合性与多重性的特点。尽管依然借助日常语言模态,但最终在诗意表达上,更钟情语言表述的间接性,在隐藏和表现之间,尽可能呈现与日常语言的通俗本性相分离的象征隐喻,"形成介于口语与文字之间的文体",具有"在语言上不追求清顺,在审美上不追求和谐委婉,趋向句法复杂、语义多重等现代诗歌的特点"[①]。同时,"他们主张在现代口语和书面语的基础上大量使用具体词与抽象词的嵌合,以增强汉语的活力与韧性,因此具有不同程度的欧化倾向"[②]。如"列车轧在中国的肋骨上/一节接着一节社会问题"(辛笛《风景》),"肩荷着那伟大的疲倦"(郑敏《金黄的稻束》),在抽象词与具象词构筑的空间中,诗句弥漫着或忧愤或静穆的情思,也饱含着诗人对社会人生的深刻思考。这些诗歌语言的表述观念使表象获得了知性,使抽象有了外形,建立起与日常逻辑关系不同的诗歌语义关系,触动诗歌语言从描述性向表现性的转变。可以说,从初期象征诗派、现代诗派到"九叶"诗派,语言观念和表述形态的"陌生化"变异,使诗歌语言得以摆脱日常的自动化模式,使主体在感受诗歌语言时受到阻碍,最终获得生机勃勃、超乎寻常的能指体验。

### 三 "特殊光辉":意义"充盈"的范式空间

通过分析"音画"和"陌生化"的诗学观念和艺术表征,我们看到,在借鉴西方象征主义诗学观念过程中,中国现代象征主义诗人和诗论家自觉建构起一个形式本体空间,从思维模式和意象体系到结构逻辑和语言特质,均已形成一套与传统诗歌迥然有别的艺术范式。作为象征主义艺术形式的深度探寻,这些创新质素对现代新诗发展具有重要的变革意义。那么,究竟是什么样的意义存在充盈着象征主义诗学艺术形式的本体空间

---

① 蓝棣之:《论九叶诗人的创作道路》,《上海文论》1991年第1期。
② 袁可嘉:《西方现代派诗与九叶诗人》,《文艺研究》1983年第4期。

呢？苏珊·朗格曾说过，诗人"创造出的诗句并不单纯是为了告诉人们一件什么事情，而是想用某种特殊的方式去谈论这件事情"，而诗歌最终造成的效果也"完全超出了其中的字面陈述所造成的效果，因为诗的陈述总是要使被陈述的事实在一种特殊的光辉中呈现出来"①。"特殊的方式"或"特殊的光辉"显然是指承载事实本身的诗歌艺术而言，也就是说，诗歌所陈述的事实或表达的意绪，必须通过艺术形式创造，才能呈现生动的色彩，创造也因陈述事实意义而呈现"一种特殊的光辉"。如此，在推动新诗现代化进程中，作为象征主义艺术形式的创造质素，"音画"时尚和"陌生化"变异所闪耀的"特殊光辉"，必然与中国新诗的现代"诗质"密切相关。

首先，"音画"和"陌生化"所建构的艺术范式推动了中国新诗在现代美感、想象方式和意象体系等方面的审美变革，顺应了新诗探寻"现代诗质"的审美动向。

20世纪初，现代白话取代文言，带来一场轰轰烈烈的语言媒介的变迁，随变迁而来的，是文学因语言系统的颠覆而发生的本质性演绎，胡适最先从语言形式入手，选择现代新诗作为新文学"革新洗面"的"新形象"，揭开文学革命的序幕。但是，以胡适为首的这一代诗人，打破古典诗歌体制的努力还只处于破坏与开拓时期，其现代新诗面貌正如有研究者所言，"五四'新诗'的感情、想象、语言和形式当然是'现代'的，但'现代'一词，在许多诗人心中，主要是'新'，而'新'，也主要是语言新（白话）、形式新（没有格律的约束）和诗歌说话者的身份新（自由解放的自我），就'诗质'的层面而言，所收获的现代性主要是诗人的个性，而不是诗歌的现代美感和想象方式、意象体系的变化。"② 这种由写实主义和浪漫主义而塑造的新诗"面貌"，一方面，从人道主义立场出发，反映社会底层的苦难，另一方面，通过自我偶像的建立，以语言狂欢释放

---

① ［美］苏珊·朗格：《谈谈诗的创造》，《艺术问题》，滕守尧译，南京出版社2006年版，第160页。

② 王光明：《"诗质"的探寻——从象征主义到现代主义》，《福建论坛》（人文社会科学版）2004年第2期。

## 第三章　艺术形式镜像论："象征"之道与"意象"之思

被压抑的感情，二者都因卷入社会思想现代化的宏大历史潮流，而忽略了诗歌本体美学的思考。如何摆脱新诗只重视抒情和批判意义而不重视诗歌美学的现象，使新诗参与和批判社会的同时，更真切地映现现代人内心灵魂的挣扎，进而从指涉外部世界转向具有本体意义的重建，成为20世纪20年代中期陆续登场的第二代诗人的建设重任。从这一角度来说，由"音画"和"陌生化"开辟的象征主义艺术空间，正是他们自觉接受法国象征主义的现代美学精神，为探寻新诗现代"诗质"所收获的实绩。他们以音画追求营造诗歌情调，构建象征情境，以新奇意象凝聚现代人复杂的内心经验，以独特想象为现代人的心灵找到感性寄托，以语言的陌生化呈现诗歌的艺术张力，这些具有本体意义的形式美学策略，在举证式的写实主义和空泛的浪漫主义之外，努力开辟想象"真实"的艺术道路，使现代新诗从诞生初期就承担社会使命的"歧途"，真正走上美学建设的现代之路。

其次，就新诗作为一场寻求思想和言说方式的现代运动而言，"音画"和"陌生化"所建构的艺术范式，是这一未竟事业的"加速器"，在一定程度上参与了新诗"感受性主体"的存在，弥合了现代新诗话语言说和现代主体意识之间的错位分离。

所谓"感受性主体"，是学者耿占春给出的一个概念。他认为："当社会或个人生活不幸的事态发生时，表达的冲动显然不是来自于语言，是我们心中的痛苦要说话，而不是语言。在痛苦着的也不是语言。感受着的主体不能荒唐地说是语言本身。即使在琐碎的日常经验中，一种感受性主体的存在，他所遭遇的事件与情境，也不能完全还原为语言，不能还原为纯粹的所谓'语言说话'，即使语言已经深入地参与了我们的感受性，参与了经验的形成，虽然语言参与了经验的建构，建构了我们看待事物的框架，或一种象征主义的视野，但这种建构不是发生在纯粹的语言领域，而是发生在语言与我们经验世界的关系中，发生在一种感受着的主体的内部，或者这是同时发生在感受性主体之间的话语活动。"[①] 按此逻辑反向思

---

[①] 耿占春：《失去象征的世界——诗歌、经验与修辞》，北京大学出版社2008年版，第300页。

之,象征主义诗学创建的艺术范式作为现代新诗的言语表达,已经参与了现代诗人所面临的"社会或个人生活不幸的事态",因此,对其建构意义的考察就不能完全停留在"纯粹的语言领域",而要捕捉诗人们遭遇的时代事件和情境给他们带来的"心中的痛苦"。就 20 世纪三四十年代的现代诗人而言,他们的激情——焦虑、犹疑、怀乡、期望、放逐、忧伤——不是"出自绝缘体的私密的空间;它们同时是内在的、个人的,也是外在的、历史的激情,个人的命运是刻镌在社会民族的命运上的"[①],显然,这样一种内外夹攻的激情的表达已不是初期新诗所倚重的写实和浪漫可以承担的,诗人们必然要探求多元的语言策略,包括袭用西方的技巧,来满足内心表达的冲动。就此意义而言,象征主义"陌生化"的艺术范式,打破陈旧的艺术枷锁,参与了现代诗人的新感受,参与了他们"经验世界的建构"和激情的呈现,在形式本体意义之外,获得一定程度的思想内涵和文化意蕴。这恰好实践了艾略特对艺术的独到见解,艺术是一种恢复"我们很少看透的……深层的、无名的情感"的重要手段,诗歌"有助于打破人们长久以来形成的知觉和评价的陈旧模式,使人们看见崭新的世界或其中的新东西。它还使我们时不时地意识到形成我们生存根基的深层的无名情感。因为我们的生活的大部分时候总是对自己的逃避,对可见的和感觉世界的逃避"[②]。可以说,象征主义诗人正是为了不再"逃避"自己和世界,而选择了独特的艺术形式,创建一个打破陈旧模式的陌生化的艺术本体空间,引领人们看见"崭新的世界"。

总之,从象征、意象的本体意义呈现,到音画、陌生化的质素再造,象征主义诗学建构的艺术空间呈现一个与众不同的形式本体世界。在新诗审美现代性的探求中,它所具有的新异精神,承载着马尔库塞意义上的"艺术倾覆性之真理",因为"在这个天地中,任何语词、任何色彩、任何声音都是'新颖的'和新奇的。它们打破了把人和自然囿蔽于其中的习以为常的感知和理解的框架,打破了习以为常的感性确定性和理性框架。由

---

① 叶维廉:《文化错位:中国现代诗的美学议程》,《中国诗学》(增订版),人民文学出版社 2006 年版,第 262—263 页。

② 刘燕:《现代批评之始:T. S. 艾略特诗学研究》,广西师范大学出版社 2005 年版,第 100 页。

## 第三章　艺术形式镜像论:"象征"之道与"意象"之思

于构成审美形式的语词、声音、形状以及色彩,与它们的日常用法和功用相分离,因而,它们就可逍遥于一个崭新的生存维度"。这种"蕴藏着审美形式的风格,在将现实附属于另一种秩序的时候,实际上是让现实置身于'美的旋律'"[1]。但同样不能回避的是,"某种表达思想的方式,既可以使得这种思想被人们更容易接受,又可以使它令人望而生畏"[2]。象征主义诗学的艺术法则所营造的朦胧感、神秘感以及怪异性,也常常成为反对者借此攻击它们的重要理据,在有关象征主义问题的论争中,这些确立并支撑诗学体系的艺术法则,也经常面临强烈的"他者"质疑。

---

[1] [美]赫伯特·马尔库塞:《审美之维》,李小兵译,广西师范大学出版社2001年版,第158页。
[2] [美]苏珊·朗格:《艺术问题》,滕守尧译,南京出版社2006年版,第161页。

# 第四章 审美价值认同论:从"朦胧"到"晦涩"的言说

象征主义诗人和诗论家对诗歌本质的张扬和艺术形式的探索,使中国现代象征主义诗学在诗歌审美观念上形成晦涩的独特风貌。这种审美格调因其"个性化"的追求,与20世纪上半叶中国诗歌亮丽、激昂、向上的主流话语形成极大反差,从一开始就陷入颇为复杂的"生存境地",赞同者有之,排斥者有之,围绕其产生的纷争更是持久不绝,更有独辟蹊径的解诗者为其存在寻找合理的解释。综合来看,这些行为都指向一个焦点,即晦涩作为象征主义诗歌审美价值观的认同问题。

## 第一节 "晦涩":一种现代诗歌审美价值观的凸显

20世纪20年代中期,随着初期象征派的崛起,新诗的晦涩问题便进入中国现代诗歌的发展视域,成为诗学批评中争议最多的敏感话题,新诗与晦涩的关系也日渐变为"中国现代文化历史上的一个异常庞杂的话语现象"[①]。从象征主义诗学范畴来考察晦涩,这是一个关涉诗歌审美价值观的命题。在中国新诗现代化的进程中,现代诗人和诗论家借鉴西方象征主义诗学观念,深刻认识到,晦涩"不管人们是否乐于在文学上对它做先验的批判,不难看到,它在这样的诗里代表了一种不可或缺的要素。必须避免

---

[①] 臧棣:《新诗的晦涩:合法的,或只能听天由命的》,《南方文坛》2005年第2期。

## 第四章　审美价值认同论：从"朦胧"到"晦涩"的言说

立即断定某种唯一的、无可争议的含义，在表达中必须要有'游戏'，在文字周围必须要有'空白'，使文字得以充分放射其光辉。当人们先对文字的含义犹疑不决时，它们才会呈现出这种'未曾见过'的奇异的面貌。"① 正是依据如此理解，他们立足建设中国新诗的现代品格，对晦涩施以现代意义的具体诠释，体现了把握象征主义诗学观念所达到的深度和建构象征主义诗学体系所追求的广度。

考察晦涩首先言明，从传统的词源学和古典主义诗学的标准来看，晦涩通常是作为贬义被人们谈论的，但这里对晦涩词语具有的感情色彩，基于它是西方现代诗歌发展中一种自觉的艺术追求和诗学主张，它缘于象征主义对浪漫主义那种毫无节制的情感抒发的反驳，代表一种契入心灵深处的暗示和隐语。正如马拉美所言，"在诗歌中只能有隐语的存在。对事物进行观察时，意象从事物所引起的梦幻中振翼而起，那就是诗；帕尔纳斯派抓住了一件东西就将它和盘托出，他们缺少神秘感；他们剥夺了人类智慧自信正在从事创造的精微的快乐。直陈其事，这就等于取消了诗歌四分之三的趣味，这种趣味原是要一点一点儿去领会它的。暗示，才是我们的理想。"② 的确，"'暗示'将人的精神从平庸的现实中挑离出来，引向更悠远更永恒的存在"，而"'隐语'又充分调动了语言自身的潜在功能，在各种奇妙的组合里传达各种难以言喻的意义"③。朦胧、晦涩、含混这些内涵相近的概念，承载着象征主义诗歌的美学追求——发掘诗歌丰富的存在意蕴，张扬诗歌语言的潜在力量。西方现代"晦涩"的诗学主张，为反驳中国初期白话新诗的粗浅直白提供了参照，加之对法国象征主义诗人的心理接受，使中国现代诗人以丰富多彩的个性，努力追求诗歌创作的晦涩境界，赋予晦涩丰富的诗学内涵，使之成为象征主义诗歌的审美价值观。

晦涩作为文学名词，并非一个自明的概念。就其语义来讲，晦涩的意义是建立在与朦胧、含蓄、含混、复议等相区别的基础上。而作为一个诗

---

① ［法］马塞尔·雷蒙：《从波德莱尔到超现实主义》，邓丽丹译，河南大学出版社2008年版，第18页。
② ［法］马拉美：《谈文学运动》，黄晋凯等主编《象征主义·意象派》，中国人民大学出版社1989年版，第41页。
③ 李怡：《论穆旦与中国新诗的现代特征》，《文学评论》1997年第5期。

学术语,论者多是在评论象征派和现代派诗歌时才涉及晦涩,但在具体诗歌问题的探讨中,批评家并不严格遵守晦涩一词的语义规范,相反,在由晦涩、隐晦、朦胧、含蓄、含混这些语词符号所组成的意义链上,常常以一种即兴态度,把晦涩与其他词语等同起来。这种在语称和概念使用上极不稳定的状况,与其说是因为批评家也不能把这些词语严格区分开,不如说是在同一语义场中,晦涩、朦胧、含蓄、含混等语词符号的意义,其共同具有的语义重叠之处,正好吻合了批评者对一种诗歌审美现象特质的指认,这些语词意义的相近,使得批评家在使用时必然采取"模糊"尺度。为此,在中国新诗领域研究与晦涩相关的论题时,关键词语义的模糊增加了讨论难度,但如果仅局限于是否使用晦涩一词,不仅讨论范围会变得异常狭窄,而且也会影响问题拓展的深度和广度,以致难以说清想要阐明的问题。为避免这种尴尬发生,我们不拘泥于诗人或批评家是否单纯地使用晦涩一词,而是根据新诗的现代语境和诗学探求目标,认定那些与晦涩语义相近的词语,看其阐述主旨是否与研究论题相关,从而进入讨论范畴。

中国现代新诗的晦涩风格与现代社会人们日趋纷繁复杂的心理变化密切相关,更与诗歌思维方式的变革有直接关联,特别是象征主义意象、暗示等诗学法则的强调,直接推动了中国现代新诗由明白晓畅向朦胧晦涩的诗风转换。[①] 诗歌风格是诗体呈现的最高范畴,是诗歌形式趋于成熟的标志。但诗歌风格关涉的不仅仅是文体问题,它虽然与意象、象征、暗示等艺术法则系于一身,其实质是诗学观念和诗学思维的更迭,以及由此引发的诗歌审美价值观的改变。为此,从一种诗学观念自身的生长点出发,完成对晦涩问题的考察,既是为现代新诗晦涩风格的转换寻找理论支撑,也符合象征主义诗学体系构建研究的整体脉络。我们从诗歌风格、文学观念和审美价值观的维度,考察晦涩在新诗现代化过程中的诗学脉动。

---

① 孙玉石:《中国现代主义诗潮史论》,北京大学出版社 1999 年版;罗振亚:《中国现代主义诗歌史论》,社会科学文献出版社 2002 年版;陈旭光:《中西诗学的会通》,北京大学出版社 2002 年版;龙泉明:《中国新诗流变论》,人民文学出版社 1999 年版;这些著作均有相关章节论述象征派、现代派和九叶派诗歌的朦胧晦涩问题。

## 第四章　审美价值认同论：从"朦胧"到"晦涩"的言说

### 一　怀念"古典"的现代自觉："朦胧"作为诗歌风格的显现

"五四"文学革命开启了一个崇尚说理的"启蒙"时代，与之相应，奉行"明白清楚"主义和"作诗须如作文"原则的"胡适之体"占据新诗界主流。直至20世纪20年代中期，李金发"操着象征派的调子，在神秘朦胧中歌唱他自己的休戚和欢乐"①，打破了新诗坛的宁静。作为第一个向新诗坛推介李金发诗集《微雨》的周作人，以"伯乐"的智识眼光，觉察这是扭转早期新诗创作风气的诗歌，称其是"国内所无，别开生面的作品"②。但一个值得细察的问题是，周作人理解的"别开生面"，与李金发诗歌对中国新诗产生影响的"别开生面"在深层是同语而异质的。

从表层说来，周作人意识到李金发诗歌会给新诗坛带来一种新气象，这种新气象就是李金发借鉴外国新潮流象征主义而形成的诗歌"朦胧"的"虚无缥缈的'美的世界'"③。因此，周作人指认的"别开生面"，在很大程度上就是对象征可以为新诗带来"朦胧""含蓄"风格的直接体会，由此也激发他尝试修正"五四"以来新诗发展道路的可能。很快，周作人就将自己对早期新诗的不满付诸笔端。1926年，在为刘半农《扬鞭集》作序时，他言明自己对早期新诗的表现手法和风格"不很佩服"，原因在于它们使新诗的格调和境界变得越来越浅俗平淡，"一切作品都像是一个玻璃球，晶莹透澈得太厉害了，没有一点儿朦胧，因此也似乎缺少了一种余香与回味。"要想革除此类"弊端"，周作人认为非"象征"莫属，并把它与中国古典诗歌中的"兴"连在一起理解，很有信心地指明，如果能将"象征"与"兴"融合成功，则"真正的中国新诗也就可以产生出来了"④。针对早期新诗的直白诗风，周作人之所以能够"设计"出如上纠正方案，进而乐观展望新诗发展，其完全得益于对李金发象征主义诗歌风格的认同。但或许是出于解决新诗缺少"余香与回味"的迫切愿望，周作人只是

---

① 孙玉石：《中国初期象征派诗歌研究》，北京大学出版社1983年版，第74页。
② 李金发：《从周作人谈到"文人无行"》，《异国情调》，商务印书馆1942年版。
③ 孙玉石：《中国初期象征派诗歌研究》，北京大学出版社1983年版，第75页。
④ 周作人：《〈扬鞭集〉序》，《语丝》1926年第82期。

关注到象征给诗歌带来的朦胧之感，只把象征理解为"诗的最新的写法"，确认其是中国"古已有之"的旧手法。周作人的批评意图是倡导新诗朦胧，批评的感觉萌生于李金发的象征主义诗歌，说明他已隐约触摸到朦胧与象征主义之间的内在关系，但另一方面，他又自觉返回中国古典诗学的"含蓄"理论，正如论者所言，"周作人实际上运用了一种迄今仍存争议的批评逻辑，即要求用白话文写成的新诗，最终能经受住用文言文写成的诗歌所建构的古典主义诗学的趣味和标准的评判。"① 如此说来，虽然周作人通过李金发诗歌不自觉地意识到，朦胧与象征主义诗歌艺术之间存在一种内在的美学关联，但究其实质，周作人未能体察出象征在现代观念层面的深刻内涵，他所理解的李金发诗歌的"别开生面"，基本停留在这样一个层面：象征仍是诗歌的一种表现手法，朦胧更多地体现为一种诗歌风格，并且其批评意识完全脱胎于对中国古典诗学的怀念，这与李金发象征主义诗歌所创造的新诗的"别开生面"，实际意义大相径庭。

就李金发诗歌而言，其"行文朦胧恍惚骤难了解"②，甚至被初期白话新诗的始作俑者胡适贬斥为"猜不透的笨谜"③，但不能否认，李金发的确以盗火者的胆识和气魄引进并实践着西方象征主义诗歌，引发新诗的"第二场'解放'运动"④，正是由他开始，"象征主义诗歌才与中国一般的新诗乃至与中国传统诗歌拉开了美学思维和艺术形貌的距离，从而体现出真正富有法兰西恶魔派风格的'异质'。"⑤ 这种异质感突出表现为李金发诗歌的怪诞、朦胧和晦涩。其实早在李金发诗歌出版之前，就有田汉等人将法国象征派诗人的手法介绍到中国，也曾作过"象征派的诗"，但他们似乎和周作人的理解一样，认为象征主义的新潮表现同中国传统的某些旧手法颇为相像，故而在人们印象中，他们那些具有象征主义倾向的诗，并未产生强烈的异质感。而李金发诗歌新异怪诞的意象，朦胧晦涩的诗歌意境，却显出他对象征主义求新创异的诗学理解。他宣称，"诗是一种观感

---

① 臧棣：《现代诗歌批评中的晦涩理论》，《文学评论》1995年第6期。
② 苏雪林：《论李金发的诗》，《现代》1933年第3卷第3期。
③ 胡适：《谈谈"胡适之体"的诗》，《自由评论》1936年第12期。
④ 李欧梵：《现代性的追求》，生活·读书·新知三联书店2000年版，第293页。
⑤ 朱寿桐：《李金发对中国现代主义诗歌的贡献》，《新文学史料》2001年第2期。

## 第四章 审美价值认同论：从"朦胧"到"晦涩"的言说

灵敏的将所感到所想象用美丽或雄壮之字句将刹那间的意象抓住，使人人可传观的东西"①，这明显突破早期新诗理性主义题材和主题的诗学框架，为神秘、朦胧、晦涩提供了必然的生长空间。他还从"艺术之本原"的高度看待朦胧，认为"诗意的想象，似乎需要一些迷信于其中，如此它不宜于用冷酷的理性去解释其现象，以一些愚蒙朦胧，不显地尽情去描写事物的周围"②，李金发意识到"诗歌的想象思维具有一定的特殊性，它本身包含着仅仅依赖理性所无法解释的东西"③，正是借助想象思维的这种特殊性，诗人将丰富奇特的意象通过"没有寻常的章法"，组构成朦胧的象征性意境，从而暗示或表现自身独特的主观感受和内在情绪波动。由上看出，李金发诗歌的朦胧晦涩并非是诗人简单运用的一种表现手法，实质是诗人自觉变革诗歌的认知方式，由此带来诗歌风格的新变化，更是"初期象征诗派引发的一场'现代美学革命'的重要表征"④。

无论是从初衷还是从结果来看，李金发的晦涩诗风都是为使早期新诗摆脱传统的匡围和浓厚的理性色彩，以期新诗得以"别开生面"，这是一种诗歌审美观念的自觉显现。面对朦胧和晦涩所引发的现代新诗的"美学革命"，对此有更深刻认识的是与李金发持有相同看法的穆木天等人，在他们的诗学阐释中，晦涩作为具有本体意味的文学审美观念得到进一步认同。

### 二 修正"明晰"诗学："晦涩"作为文学本体观念的张扬

"五四"时期，经过胡适解放语言和体式的尝试，早期"白话诗"获得广泛认同，从而宣告现代诗歌文类的确立。从胡适倡导的语言革命来看，或许他已隐约意识到，把文学"作为独立的而无须依附的文化形态，实际上也是新的知识分子对于人格独立和新的事业格式的意识"⑤，所以他

---

① 杜格灵、李金发：《诗问答》，《文艺画报》1935年第1卷第3期。
② 李金发：《艺术之本原与其命运》，《美育》1929年第3期。
③ 臧棣：《新诗的晦涩：合法的，或只能听天由命的》，《南方文坛》2005年第2期。
④ 陈旭光：《中西诗学的会通——20世纪中国现代主义诗学研究》，北京大学出版社2002年版，第152页。
⑤ 王光明：《现代汉诗的百年演变》，河北人民出版社2003年版，第64页。

不像当时一般的文艺革新家那样，普遍关心思想内容的革命，而是更关心语言形式的问题，并通过与友人辩论，逐渐形成建设新文学的诗学主张。语言的明白晓畅，意境的言近旨远，风格的平实淡远，胡适从三个方面规定了新诗的创作路向，但这些主张却忽略了诗歌感受和想象世界的特殊方式，使白话新诗在追求语言与事理的明白清楚时，忽略了文类的界限和语言运用的不同，走向"以文为诗"的偏锋。胡适的白话新诗革命背离了诗歌的本体立场，文学的文化功能视角使得新诗更追求一种明晰性，必然使古典传统的含蓄朦胧失去现代的生存空间，而且日益偏离新诗"诗质"的现代特性。到20世纪20年代中期，尽管先有周作人借"象征"手法和古典诗歌的"兴"来修正明晰诗风，但对古典传统的怀旧立场，制约着他未能揭开新诗的"晦涩"之谜，而以明晰诗学为批评靶子，最先从诗歌创作的本体视角赋予"晦涩"观念以新质的，则是穆木天的诗学声音。

1926年，留学日本的穆木天给国内创造社的朋友们寄来诗歌艺术的沉思录——《谭诗》。文中他宣称"诗越不明白越好"，明确把晦涩作为一种文学观念来倡导。与周作人一样，这种观念作为个人的纠偏态度，也是源于一种强烈的批评情绪，即对早期新诗直白浅露诗风的不满。但不同的是，穆木天认为，新诗粗糙浅显的原因不是诗歌的表现手法，而是胡适倡导的"作诗须得如作文"的文学观念，"他给散文的思想穿上了韵文的衣裳"①。更需要强调的是，穆木天对"晦涩"观念的阐释，不同于周氏对中国古典诗学的怀念，是对西方象征主义诗学产生共鸣的新见，二者有着截然不同的纠偏路径。

穆木天从法国象征主义诗人那里"挖金取经"明确声言：

> 诗的世界是潜在意识的世界。诗是要有大的暗示能。诗是要暗示出人的内生命的深秘。诗是要暗示的，诗最忌说明。②

肯定的立论姿态，既是对"诗越不明白越好"的内涵延展，更为"晦

---

① 穆木天：《谭诗——寄沫若的一封信》，《创造月刊》1926年第1卷第1期。
② 同上。

## 第四章 审美价值认同论：从"朦胧"到"晦涩"的言说

涩"理论提供新的阐释空间。首先，在穆木天等人看来，初期象征派诗歌的"晦涩"本身，并非周作人想象的那样，由诗人所采用的特殊的表现手法造成的，究其根源，它其实是新诗自身对题材向度和主题意旨的重新调整，是对胡适从启蒙主义角度为新诗确立的日常现实生活主题的反驳。他们从诗歌本体出发，不仅强调"我们要求是'诗的世界'"①，"艺术家唯一的工作，就是忠实表现自己的世界"②，而且深度点明，在"诗的世界"里，主要任务是探索并表现"潜在意识的世界"，"潜在意识"就是"人的内生命的深秘"。也就是说，新诗应该从早期广泛抒写社会现象和人生问题的直白宣泄中走出来，去"表现一般人找不着不可知的远的世界，深的大的最高生命"，诗就应该是"内生活的真实的象征"。③ 穆木天立足象征主义诗学视角，给新诗下的定义并非"空穴来风"，因为"诗人很可能不得不变得艰涩。我们的文明涵容着如此巨大的多样性与复杂性，而这种多样性和复杂性，作用于精细的感受力，必然会产生多样而复杂的结果。诗人必然会变得越来越具涵容性、暗示性和间接性，以便强使——如果需要可以打乱——语言以适合自己的意思"④。同时就现代人本身而言，20世纪的文明复杂多变，使得他们"在自身体内装了一大堆无法消化的、不时撞到一起嘎嘎作响的知识石块……这种撞击显示了这些现代人最显著的特征——与外部世界无关的内心事务的对抗，以及与内心世界无关的外部世界的对抗"。⑤ 现代人复杂的内心纠葛，恰恰就是西方象征主义诗歌的表现对象，它吸引和触动着中国诗人，积极探寻诗歌新的文学任务和美学目标。尽管中国诗人未能全部领会其精髓，但穆木天的确发现了现代文明给现代人创造的前所未有的精神意识空间，因此诗人不能继续以哲学或其他学科的特质来"装扮"新诗，诗歌必须"暗示出人的内生命的神秘"，这是诗之为诗

---

① 穆木天：《谭诗——寄沫若的一封信》，《创造月刊》1926年第1卷第1期。
② 李金发：《烈火》，《美育》1928年创刊号。
③ 穆木天：《谭诗——寄沫若的一封信》，《创造月刊》1926年第1卷第1期。
④ [英]艾略特：《玄学派诗人》，《艾略特诗学文集》，王恩衷编译，国际文化出版公司1989年版，第32页。
⑤ [德]弗里德里希·尼采：《历史的用途与滥用》，陈涛、周辉荣译，上海人民出版社2005年版，第29页。

的根本使命。20世纪30年代中期,已转向现实主义并与象征主义彻底决裂的穆木天,仍然凭敏锐的感觉,清晰道出晦涩所具有的文学观念内涵,它是"对于神秘的非观念的东西信仰,……否定以现实为使命的艺术的那些象征主义的诗人们,认为在自身是没有意义的现实的世界之背后,有一种更主要的、非现实的、理想的世界,而那种世界并不是理智的实证可以达到的,那是不能明示的,而是仅仅可以朦胧地暗示出来,感染出来的"①。尽管这是穆木天转向现实主义文学立场,对象征主义神秘倾向和反现实主义特点的决然批判,但不妨碍我们以此说明"晦涩"是与象征主义文学观念联系在一起的。"潜在意识的世界","人的内生命的神秘",都无法用流行的理性概念来演绎,明晰无法传达现代人生命的秘密内涵。

另外,这种由诗歌题材和主题调整所带来的"晦涩"的文学观念,在诗歌表现手法上也直指胡适的"明白清楚"。"诗不是说明的,诗是得表现的",表现应该是"纯粹的",符合纯粹的表现力要求的方法只能是强烈复杂的暗示能力,即"诗是要有大的暗示能"。这种"暗示能"创造的诗歌效果就应该是"诗越不明白越好"——晦涩。20世纪20年代的另一位象征主义诗人王独清也以更激进的态度呼应着穆木天的主张,"不但诗是最忌说明的,诗人也是最忌求人了解!"② "暗示能"和"最忌求人了解",都意味着"那些常常迫使批评家们加以意译的朦胧成分,也成了诗的构成要素","在很多时候,诗句中那些难懂的部分和不易领会的含义还能创造出某种东西"③,这被创造出来的"某种东西",就是现代人心中"撞到一起嘎嘎作响的知识石块"的诗意赋形。直至20世纪30年代,暗示所建构的"象征主义的永远的朦胧的世界",在本质上被穆木天认为是"暗夜般的空虚和幻灭",是"极端的个人主义的细微心情"④,这从反面说明,"朦胧晦涩"被象征主义诗人视为一种文学观念,也成为20世纪30年代

---

① 穆木天:《什么是象征主义》,《穆木天诗文集》,时代文艺出版社1985年版,第321页。
② 王独清:《再谭诗——寄给木天、伯奇》,《创造月刊》1926年第1卷第1期。
③ [美]苏珊·朗格:《谈谈诗的创造》,《艺术问题》,滕守尧译,南京出版社2006年版,第174页。
④ 穆木天:《什么是象征主义》,《穆木天诗文集》,时代文艺出版社1985年版,第323—324页。

#### 第四章 审美价值认同论:从"朦胧"到"晦涩"的言说

左翼诗人抨击象征主义"晦涩"诗风的主要依据,引发了关于"晦涩"问题的多次论争。但不能否认的是,从周作人纠正早期新诗所信奉的明晰诗风,到李金发、穆木天、王独清等象征派诗人从艺术实践到诗学主张的推波助澜,推崇含蓄诗学又渐渐成为新诗创作的美学共识,这意味着暗示作为诗歌的一种表达原则被确定下来,由暗示而来的"晦涩"不再是新诗风格那样简单,而是象征主义诗人文学观念的独特呈现——在"纠正"力量中的自我呈现。因为诗人或诗论家只有在观照环境之时又努力超越环境,他的诗歌写作或诗学行为才会生发"纠正"的力量。在"纠正"明晰诗学过程中,新的文学观念得以诞生。

### 三 现代立场的张目:"晦涩"作为诗歌审美价值观的认定

20世纪20年代中期,穆木天在诗歌本质层面,通过诗歌题材和主题的调整为新诗重新命名——诗是"内生活的真实的象征",从文学本体视角,揭示"晦涩"根源于文学审美观念的变革,在一定程度上触摸到"晦涩"与审美现代性的内在关联。王一川曾将中国文学审美现代性的表现概括为三个方面:"一是从古典审美意识向现代审美意识的转变,即确立属于现代并融合中西的审美情感、审美理想和审美趣味等;二是以现代审美—艺术手段去表现现代人的体验,出现从旧文学到新文学的转变、国画与西画之争、戏曲与戏剧的关系、电影的引进等现代问题;三是参照西方现代美学学科体制而建立现代美学学科,从而出现中国现代美学。"[①] 比照审美现代性的基本表现,可以肯定穆木天的诗学主张已具有鲜明的现代性特质。他在诗歌本体层面,指认"晦涩"是一种文学观念,意在通过修正"明晰"诗学,确立新的诗歌审美观念,他强调用暗示表现内生活,希望中国新诗能够以现代艺术法则传达现代人内生命的真实体验。但穆木天对"晦涩"文学观念的认识,是在"纯粹诗歌"的诗学诉求中彰显出来的,其解决问题的初衷和"纯诗"的探求目标,都制约他不可能明确阐释"晦涩"本身所具有的现代性内涵,相反随着"纯诗"观念与象征主义诗风的

---

① 王一川:《汉语形象美学引论》,广东人民出版社1999年版,第7页。

一时盛行，引发了 20 世纪 30 年代前期众多派别抨击"晦涩"诗风的浪潮。于是，在新诗历史上，无论是从诗学阐释，还是到艺术实践，"晦涩"开始与许多问题相缠绕，陷入一个颇为尴尬的境地。20 世纪 40 年代，袁可嘉曾对新诗"晦涩"遭遇有总结性描述："在现代诗所招致的许多抨击之中，诗的晦涩曾遭遇异样惨淡的命运。在一个不短的时期里，传统批评家运用'晦涩'一词恰如艾略特派人士对前辈诗人运用'浪漫'一样，谴责中含有十分轻蔑。他们指摘现代诗人妄图以含混模糊骗取桂冠；有的说他们故弄玄虚，以浓雾掩饰空洞；且不时自言自语，想为'诗人、爱人、疯子'作一连续的等式证明，有的从日臻细密的社会分工着眼，担心诗的创作与欣赏终将沦为一极度专门的高级技艺，成为小圈子中人物的自唱自叹，对于多数读者将永远是可望而不可即的奇迹；更严肃的批评者则由晦涩所赐的苦恼，追根到底，而堕入'艺术是否为了传达'的沉思……"[①] 袁可嘉敏锐洞察现代诗歌"晦涩"的命运事实，立足现代诗学立场，对"晦涩"施以现代学理"解剖"，揭示真相，为其正名。

想为新诗"晦涩"辩护，必须找寻逻辑支撑点，这是袁可嘉阐述得以确立的基础。审视 20 世纪西方现代诗歌的发展历程，"晦涩是现代西洋诗核心性质之一"[②]，几位出类拔萃的现代诗人带给读者的是"晦涩难读的负担"，已是不可否认的"普遍"事实。由此，作为现代诗核心特征的"晦涩"，也被赋予一种本体论色彩。在考察中国现代诗人对"晦涩"的借鉴行为时，把握"晦涩"这一根本特质极为关键。尽管"晦涩"大都"出于诗人的蓄意"，[③] 但与其说是"蓄意"，不如认定诗人们的选择更源于他们内心自觉的艺术追求。在这一认识基础上，袁可嘉逐层揭示出"晦涩"具有的现代内涵。

首先，诗人在现代历史中遭遇的认知困境，使其自身滋生一种对文明的极为复杂的感受，诗人深陷"在一切传统标准（伦理的、宗教的、美学的）崩溃之中"，很难再像古典诗人那样采取一种单一的明确的文化立场

---

① 袁可嘉：《诗与晦涩》，《论新诗现代化》，生活·读书·新知三联书店 1988 年版，第 91 页。
② 同上书，第 22 页。
③ 同上书，第 92 页。

## 第四章 审美价值认同论:从"朦胧"到"晦涩"的言说

来认识世界,传达的媒介"已不再有共同的尺度"①。这一见解完全呼应着艾略特在《玄学派诗人》中所持的观点:对现代文明的复杂性认识导致现代诗人在观念上变得越来越具涵容性、暗示性和间接性。面对遭遇的难题,"诗人为忠实于自己所感所思,势必根据个人心神智慧的体验活动,创立一独特的感觉、思维、表现的制度。"②这直接导致现代诗歌的艺术形式和审美风格出现高度的个人化特征。在某种程度上,晦涩就是诗人在一种断裂的精神价值探求中的艺术"挣扎"行为。当艺术"挣扎"剥离了传统标准崩溃带来的无序和茫然时,"新的感觉、思维、表现的制度"所带来的新"气象",就会在诗人的艺术实践中逐步成为一种审美风尚。由此,袁可嘉将晦涩成因由现代文化背景,进一步归于现代诗人本身,把它视为现代诗人的一种审美态度,一种独特的审美趣味。一方面,"晦涩不明多半起于现代诗人的一种偏爱:想从奇异的复杂获得奇异的丰富"③,另一方面,它又是"完全摆脱历史,只从日常事务的巧妙安排,而得综合效果"的一种审美追求。④后者常常诱发一种令人惊异的反讽意蕴,在对"诗人的绝技"的惊叹中,显现出晦涩与诗人追求的特殊效果密切相关。

袁可嘉还认为,因诗人的想象逻辑和情感逻辑的复杂内蕴,晦涩在一定程度上获得一种诗的美学品格,"晦涩常常来自诗人想象的本质,属于结构的意义多于表现的方法,是内在的而非外铄的。"⑤这种渗透着诗人情绪的想象力,会造成诗歌逻辑脉络中断,"来去无踪飘忽无定","并无显著联系的片断"只能依凭"全诗主要情绪变化方向获取延长性的情绪感染"⑥。就这一意义而言,可以在诗歌审美经验的范畴内探究晦涩的属性。此外,晦涩还属于一种现代修辞的表达效果,是由"现代诗人构造意象或运用隐喻明喻的特殊法则所引起的"⑦。在这一点上,晦涩似乎与袁可嘉倡

---

① 袁可嘉:《诗与晦涩》,《论新诗现代化》,生活·读书·新知三联书店 1988 年版,第 94 页。
② 同上。
③ 同上。
④ 同上书,第 96 页。
⑤ 袁可嘉:《新诗戏剧化》,《论新诗现代化》,生活·读书·新知三联书店 1988 年版,第 23 页。
⑥ 袁可嘉:《诗与晦涩》,《论新诗现代化》,生活·读书·新知三联书店 1988 年版,第 97 页。
⑦ 同上书,第 98 页。

导"现实、象征、玄学"的新诗综合传统和新诗戏剧化的基本特征达到了内在贯通。

对新诗现状有针对性地考察，对西方现代主义诗歌观念的准确把握，是袁可嘉晦涩诗学见解的学术基点。前者使其准确捕捉诗坛理解新诗晦涩时的非诗现象和谬误因素，为诗学纠偏找到合理立足点；后者则为其阐释晦涩诗学观念提供具有现代特质的学理依据，两者的无间融合，使袁可嘉充满自信为晦涩具有的审美价值内涵辩护，将晦涩命题视为新诗现代化的题中之义，使阐释具有他者无法比拟的现代诗学深度。

首先，袁可嘉是在分析艾略特、里尔克、叶芝等西方现代主义诗人的作品时，抽象、升华出关于晦涩的诗学观点。在他看来，这些诗人的艺术探索不但影响了西方诗歌的现代化进程，更对中国诗人产生重要影响，特别是 20 世纪三四十年代，中国新诗出现晦涩迹象，在很大程度上便是感染着这些诗人的艺术风气。袁可嘉精准揭示西方现代主义诗歌的晦涩本质，拨开笼罩晦涩的迷雾，指明"现代诗中的晦涩的存在，一方面有它社会的，时代的意义，一方面也确有特殊的艺术价值"[①]，这一论断背后，彰显的是其毫不含糊的现代诗学立场，即取法西方现代诗学观念，为中国新诗现代化找寻合理依据和恰切路径。其次，袁可嘉阐释晦涩的现代性内涵，并非单纯就晦涩而论晦涩，他把讨论视野扩展到整个现代文化的思想背景，从传统标准解体，引发价值危机，给现代诗人带来的复杂感受，到复杂感受的宣泄必须仰赖"个人心神智慧的活动"，从"心神智慧"激发的现代诗人独特的审美趣味，到一种特殊的诗歌想象逻辑的形成，在层层推进的逻辑脉络中，由宏观到微观，由感受到技法，在深度的诗歌艺术实践分析中，新诗晦涩获得丰富的现代诗学旨蕴，自动化解了先前一些歧义理解和偏执论断，晦涩也因此拥有了存在的合理性和合法的生存空间，成为现代象征主义诗学独特的审美范畴。最后，袁可嘉为晦涩辩护时，不忽略从反面揭示晦涩成因，"诗人故意荒唐地运用文字；他们根据潜意识的发现，认为这样写诗，最足以显示人类心智活动的真迹；他们相信想象无意

---

① 袁可嘉：《诗与晦涩》，《论新诗现代化》，生活·读书·新知三联书店 1988 年版，第 100 页。

## 第四章 审美价值认同论：从"朦胧"到"晦涩"的言说

识地暴露等于一个奇妙的故事的叙述或奇妙戏剧的演出。"① 尽管没有深入论述，但对那些以晦涩来满足文学虚荣心的行为提出警告，这其实也在反证晦涩本身具有的诗学深度和艺术水准，并不是诗人简单的理解就能够达到的，也非批评家三言两语的否定之词就可以推翻的。

从 20 世纪 20 年代中期周作人认为象征手法可以为新诗带来含蓄朦胧的风格，到穆木天立足西方象征主义诗学立场，认定朦胧晦涩为现代文学审美观念，再到 20 世纪 40 年代袁可嘉深度剖析晦涩作为现代诗歌审美价值观的内涵，伴随中国新诗现代"诗质"的探寻，晦涩以其自身的现代性内涵，逐步获得象征主义诗学审美范畴的合法身份，这在很大程度上得益于建构主体对西方象征主义诗学的积极借鉴和自觉吸收。但中国诗论家们对晦涩的阐释，同样存在立场差异，特别是一批非象征主义立场的诗论家热心探讨新诗晦涩问题，他们的多维阐释丰富了晦涩观念的审美内蕴，真实呈现晦涩审美价值观在新诗现代化进程中所经受的多重估衡。

## 第二节 集体演绎："晦涩"的理论阐释维度

在中国现代象征主义诗学的建构历程中，建构主体的言说多围绕具体诗学命题展开，都会就诗学命题作出合乎逻辑的阐释，甚至发生争论，诗学命题的美学内涵也因此更加饱满。当穆木天、袁可嘉努力从象征主义诗学立场阐释"晦涩"作为现代诗歌审美观念的内涵时，更多的中国诗人和诗论家将"晦涩"纳入批评视域分析拓展，尽管他们的阐释并非直接关联象征主义诗学建构，批评旨趣也未必触碰"晦涩"的现代本质，但就丰富"晦涩"理论的生长点而言，阐释扩大了"晦涩"理论的美学范围，对"晦涩"作出多维度的价值认同。

作为一种现代诗歌的审美价值观，"晦涩"终究要通过艺术表现来完成自身"塑形"。如果把"晦涩"看作是诗歌艺术审美表现的一个恒量，那么当它进入具体的创造活动时，其创造方式却是一种变量。苏珊·朗格

---

① 袁可嘉：《诗与晦涩》，《论新诗现代化》，生活·读书·新知三联书店 1988 年版，第 99 页。

曾把这种变量关涉的主要因素归结为四个方面：(1) 艺术家们意在表达的概念；(2) 艺术家把握的创造方法；(3) 由物理环境和文化环境提供的机会；(4) 大众的反应。①据此分析，诗歌"晦涩"的创造"终端"常常系于作者（艺术家）、读者（大众）和文本生成环境（物理环境和文化环境）三者之间的综合效应，由此维度出发，可以清晰把握"晦涩"主题变奏的诗学旋律。

## 一 作者"制造"：现代表达维度的"晦涩"旨素

20世纪20年代后期至30年代，象征主义为中国新诗带来的"朦胧晦涩"，成为一大批论者眼中的贬斥对象，一场关于晦涩诗风的争论逐渐拉开帷幕，其愈演愈烈的态势吸引许多诗人和批评家参与其中。从表达维度理解新诗晦涩是批评家普遍的阐释逻辑，因为"晦涩是表现当头的一个难关。这在中国文学史上，久已成为一个不言而喻的重要问题"②，"一件艺术品，如若发生问题（指阅读的晦涩问题，笔者注），多半倒在表现的本身"③。此类阐释一开始就呈现正、反两个向度的判断。一些人轻率判定晦涩是一种拙劣的失败的表现力。最早认为象征手法可以使新诗具有朦胧之"余香和回味"的周作人，在20世纪30年代中期明确宣称，晦涩主要是由"表现力差"造成的。④在周作人看来，晦涩是在追求朦胧的过程中出现的一种偏差，所以令人反感，是因为它不能像朦胧那样，被认为是一种艺术效果或美学境界。但"表现力差"的说法还十分笼统，甚至包含经验主义的臆断成分。与之相比，更多的批评家还是把晦涩视为现代诗学的一种表达观念。苏雪林在评析李金发诗歌时，将晦涩看作是诗歌表达持有的一种审美态度，显然这是针对当时的象征主义诗歌而言。因为象征派诗人"非理性的幻想和直觉，本来就很暧昧模糊，再加上象征手法的朦胧含蓄，

---

① ［美］苏珊·朗格：《艺术原则与艺术创造法则》，《艺术问题》，滕守尧译，南京出版社2006年版，第129页。
② 刘西渭（李健吾）：《答〈鱼目集〉作者》，《咀华集》，花城出版社1984年版，第128页。
③ 刘西渭（李健吾）：《画梦录——何其芳先生作》，《咀华集》，花城出版社1984年版，第146页。
④ 周作人：《关于看不懂（通信一）》，《独立评论》1937年第241号。

## 第四章 审美价值认同论:从"朦胧"到"晦涩"的言说

就必然导致意旨的扑朔迷离和晦涩难解,而象征派不仅不认为这是一种缺陷,相反却认为这是一种美学追求"①。人们之所以对象征主义诗人在表达上信奉的美学"不断斥之为晦涩难懂",则是因为他们不能理解诗人们"探索的是:赋予思想一种敏感的形式"②。沈从文也认为晦涩不是缺少表现力的问题,不同历史时期的文学观念所引发的表达变化,是造成晦涩的主要原因,尽管没有深入论述,但他赋予晦涩一种更具文学史意义的色彩。③ 如上理解都道出,现代新诗的晦涩与诗人表达的密切关系,但表达何以能导致晦涩,有哪些因素引发了这种诗歌观念的特质,批评家们的诗学阐释提供了线索。

(一)想象力包孕的晦涩因子。诗歌想象力具有的本质特点及其内涵深度得到象征主义诗人的格外青睐,他们凭借想象力建构一种诗歌的深度模式,以此呈现一个"丰富、复杂、深邃、真实的灵境"④。很多批评家认为,象征主义诗歌对晦涩的偏爱,同这种特殊的艺术想象力密切相关,甚至认为晦涩在很大程度上就是这种特殊想象力的产物。苏雪林在探讨李金发诗歌的晦涩时指出,诗人的"幻觉异常丰富,往往流于'神秘狂'"⑤,这种耽溺感官享乐的追逐神秘的诗歌想象力是造成某种程度晦涩的根源。朱光潜从学理角度,以法国象征派诗歌为例,为晦涩包含的想象力寻找心理学依据。他特别言明,晦涩的原因"倒不在语言的晦涩,而在联想的离奇",并具体描绘了"联想的离奇"造成晦涩的运思程序,"诗人在起甲与丁联想时,其中所经过的乙与丙的连锁线也许只存在于潜意识中,也许他认为无揭出的必要而索性把它们省略去,在我们习惯由甲到乙,由乙到丙,再由丙到丁的联想方式的人们,骤然看见了由甲直接跳到丁,就未免觉得它离奇'晦涩'了。"⑥ 也就是说,象征主义诗人展开联想时,已经不

---

① 龙泉明:《中国新诗流变论》,人民文学出版社1999年版,第266页。
② [法] 莫雷亚斯:《象征主义宣言》,黄晋凯等编《象征主义·意象派》,中国人民大学出版社1989年版,第46页。
③ 沈从文:《关于看不懂(通信二)》,《独立评论》1937年第241号。
④ 梁宗岱:《象征主义》,《诗与真·诗与真二集》,外国文学出版社1984年版,第70页。
⑤ 苏雪林:《论金发的诗》,《现代》1933年第3卷第3期。
⑥ 朱光潜:《论晦涩》,《朱光潜全集》第8卷,安徽教育出版社1993年版,第536页。

再运用传统诗歌所倚赖的理性思维,而是发挥"潜意识"中蕴含的想象能量,使想象力具有跳跃性,使想象的线索出现脱节、断裂,造成了诗歌晦涩。朱光潜已经不自觉地把晦涩的产生根源,由单纯的想象力因素引向了象征主义诗歌所倡导的"诗的逻辑"。象征主义诗歌遵循的不是概念逻辑,而是一种"想象逻辑",诗人的意象能把逻辑上不相容的经验结合起来,"作为诗的结构,常识意识的起承转合并不怎样要紧,重要的毋宁是诗的情思在通过意象连续发展后的想象的次序。"[①] 如此说来,晦涩是诗歌特殊的想象逻辑中的因素,在"想象逻辑"操纵下,诗人们也常常运用"不合文法"的表现策略,为诗歌蒙上一层晦涩面纱,在作品与读者、作者与读者之间形成表达隔膜。从另一角度来看,由想象力带来的诗歌表达晦涩,往往需要读者在阅读时,用自己的想象去填补、追踪,在空缺处搭起桥来。或者说,对于诗人运用的"想象逻辑",读者也只有凭借自己的想象力参与进去,才能破解诗歌的晦涩,与作品意蕴对接成功。

(二)理智牵引下的晦涩导向。20世纪30年代中期,以卞之琳、废名、徐迟、路易士等为代表的诗歌创作,鲜明指示了一种不同以往的风尚和趣味——诗歌的"知性转变"。他们自觉运用知性的表现方法,以更为复杂的结构手法,更富象征性的意象,更奇特的观念联络,营造了一个既神秘又充满意味的象征空间。对此感到迷惑不解的读者,遂将晦涩名声"赠与"这类诗歌。但在金克木看来,这是"以不使人动情而使人深思为特点"的"新的智慧诗",它"情绪微妙思想深刻",它"不用散文的铺排说明而用艺术的诗的表现"[②],这必然造成其是难懂的诗。这已表明,现代诗由于知性因素的渗入,不可避免出现晦涩。李健吾品评象征主义诗歌时,也认为晦涩是由于这些诗人"运用清醒的理智,就宇宙相对的微妙的关系,烘托出来人生和真理的庐山面目"的缘故而产生的。[③] 他们的批评

---

[①] 袁可嘉:《谈戏剧主义》,《论新诗现代化》,生活·读书·新知三联书店1988年版,第37页。

[②] 柯可(金克木):《论中国新诗的新途径》,载杨匡汉、刘福春编《中国现代诗论》(上编),花城出版社1985年版,第262页。

[③] 李健吾:《答〈鱼目集〉作者》,《李健吾创作评论集》,人民文学出版社1984年版,第470页。

## 第四章　审美价值认同论：从"朦胧"到"晦涩"的言说

思想已经作出一种明晰判断，即知性诗歌所导致的晦涩与读者所指认的晦涩实质大相径庭，这是诗人探求诗歌艺术新变时产生的"美丽的错误"。金克木对此曾以"类似参禅的人的悟道"，为当时读者破解知性诗歌的"晦涩"指点迷津，"此一偈来，彼一偈去，如来拈花，迦叶微笑……若照这种说法，新诗便一定可懂，只不能是人人都懂而已"，这实在是一个关涉读诗者"智慧程度"的问题。[①] 20世纪40年代，"九叶派"诗人的"知性"诗歌用思想写诗，代替了传统的用感情写诗，导致一定程度的诗歌晦涩，但经袁可嘉总结，晦涩升华为一种"玄思"哲学，包含着更大量的"个人心神智慧的活动"，"用知性来表现思想"，"把思想还原为知觉"，表达所遵循的法则更增添了阅读的困难。但这一层面的诗歌晦涩问题的确不能以简单判断随意作出评价，因为它是"敏感多思、感情、意志的强烈结合及机智的不时流露"。[②] 在批评家看来，"文字与哲理的艰深，实际不能算是晦涩"，理智渗入导致诗歌晦涩，根本就"不是诗歌的缺点，而是诗歌的要素之一"[③]。

（三）语言表达中的晦涩决断。新诗诞生之初，胡适倡导一种由诗而文的新诗语言表述方法，"作诗更近于作文，更近于说话"，"有什么话，说什么话；话怎么说，就怎么说，这样方才可有真正白话诗"[④]。这就决定了新诗意义的表述是在物化语言的层面上完成的，"明白如话"和"诗意显豁"成为新诗的语言要求，"明晰"诗学标准得以确立，成为中国现代新诗语言追求的目标。但随着象征主义诗歌的"灿烂"登场，诗歌语言的审美功能代替了最基本的表情达意功能，语言"明晰"标准的垄断地位被打破，表达的晦涩开始成为批评家们关注的焦点。特别是威廉·燕卜荪《朦胧的七种类型》关于诗歌语言含混想象的探讨，从观念和方法上对中

---

[①] 李健吾：《答〈鱼目集〉作者》，《李健吾创作评论集》，人民文学出版社1984年版，第470页。

[②] 袁可嘉：《新诗现代化》，《论新诗现代化》，生活·读书·新知三联书店1988年版，第7页。

[③] 沈宝基：《如何了解一首难懂的新诗》，《天津民国日报·文艺周刊》1948年第147期。

[④] 胡适：《〈尝试集〉再版自序》，《尝试集》，安徽教育出版社1990年版，第31页。

国现代批评家产生了直接影响,① 他们认为,诗歌语言的晦涩是文学必须加以利用的修辞宝库。李健吾从语义学角度认为,晦涩是语言内在的本质特征,晦涩在表达中是无法避免的。20世纪30年代末期,徐迟在分析艾略特《荒原》"表现的晦涩"时,从新诗本体层面肯定"诗是不妨晦涩的","问题只是诗能否达到诗的目的",这其实隐含着语言晦涩也是诗人实现"诗之为诗"的一种努力。曾十分关注燕卜荪文学批评和学术思想的朱自清,20世纪40年代初期在讨论新诗散文化趋势时,认为象征派诗人"虽用文字,却朦胧了文字的意义",其意图是"用暗示来表现情调",诗歌晦涩就是诗人操作语言所刻意追求的表现效果。但也有批评家认为,晦涩是语言运用时出现的一种弊病,是语言表达的人为因素造成的。沈从文在《新诗的旧账——并介绍〈诗刊〉》中评论现代派诗歌时指出,这派诗歌"把语体文已不常用的'之、乎、者、也'单字也经常用上",多数诗作"自然而然成为不可理解毫无意义的东西了"。周作人在区分"作品的不懂"时,也认为有些作品晦涩就是因为作者用词不当、语法不规范等,导致表达不清楚。他们相信,通过语言的正确运用,表达的晦涩完全可以避免,但这种理性主义论调没有把握到晦涩所具有的现代文学观念的审美质素。

综上所述,从想象逻辑、理智探求到语言运用,这些关涉诗歌表达维度产生的晦涩,大都与作者的思想基础、思维方式和创作方法有直接而密切的关联,具有强烈的主观意志。在此意义上,作者和作品是紧密联系在一起的,晦涩的是作品,但却与作者有关,晦涩完全可视为作者独特的艺术"制造"。

## 二 读者"生成":阅读欣赏维度的"晦涩"取向

象征主义诗歌反对主题和语言的明晰性,引发新诗坛关于"明白"与"晦涩"的诗学探讨,这既是挑战传统文学理念及其背后的思维方式,也

---

① 威廉·燕卜荪(1906—1984),英国批评家、诗人。1937年来中国,任北京大学西语系教授,不久天津沦陷,随校南迁,在西南联大任教。1940年返回英国,任英国广播公司中文编辑。1947年重返北大任教,至1952年回国。燕卜荪和他的老师瑞恰兹的批评理论和方法,在当时中国的诗歌批评界和学术界受到很大关注。

## 第四章 审美价值认同论:从"朦胧"到"晦涩"的言说

关涉文学阅读欣赏层面的新"争端"。当批评家从文学创作视角挖掘诗歌晦涩的产生动因时,某种程度上,也意味着象征主义诗歌的晦涩隐含一个"召唤结构","它以其不确定性与意义的空白,使不同的读者对其具体化时隐含了不同的理解和解释"[①],但这一触动读者"感觉神经"的"召唤结构"也常常导致阅读迷茫,正如"我们于读完一篇作品之后,回头来追究他所写的是什么的时候,有的一目便能了然,有的却也很不易决定。譬如神秘的、象征的……每每甲看了这样说,乙看了却那样说"[②]。就象征主义诗歌而言,晦涩的"召唤结构"也引来读者的指责。20世纪30年代,聚拢于《现代》杂志的诗人和批评家一致认为,优秀的诗人主观并不刻意追求晦涩,甚至是排斥晦涩的。杜衡曾坦言,自己作为"象征诗派的爱好者","非常不喜欢这一派里几位带有神秘意味的作家",认为由李金发搬来的"神秘"和"看不懂"是"要不得的成分"。戴望舒"也以为从中国那时所有的象征诗人身上是无论如何也看不出这一派诗风的优秀来的",并以自己的诗作"力矫此弊"[③]。诗人们抵制神秘晦涩诗风的学术姿态是不能否认的,但问题是,诗人在申明主张时,却与当时读者对他们诗歌的认同相抵牾,即诗人们为反对"神秘"诗风而进行的艺术探索,依然被读者指斥为晦涩,并将原因归咎于作者本身。对这一颇具悖论意味的现象,批评家们纷纷从表达立场为之进行诗学辩护,但只从作者"制造"的维度还不足以阐明晦涩形成的全部根源,因为"未被阅读的作品仅仅是一种'可能的存在',只有在阅读过程中才能转化为'现实的存在'"[④],正是在向"现实的存在"转化的阅读过程中,象征主义诗歌被指认为晦涩。如此看来,作为文学接受的读者阅读视角,也是理解诗歌晦涩的重要维度。

早在金克木论及新"智慧诗"时,就已经触及读者阅读此类诗歌要遵守的逻辑规则,因为它们不再是"合乎逻辑的推理与科学的证明",所以

---

① 王岳川:《二十世纪西方哲性诗学》,北京大学出版社1999年版,第331页。
② 成仿吾:《〈沉沦〉的评论》,《创造季刊》1923年第1卷第4号。
③ 苏汶(杜衡):《〈望舒草〉序》,载陈绍伟编《中国新诗集序跋选(1918—1949)》,湖南文艺出版社1985年版,第239页。
④ 王岳川:《二十世纪西方哲性诗学》,北京大学出版社1999年版,第331页。

阅读必须彻底抛弃先前依赖的"散文的教师式的讲解"①，否则会因阅读方法不恰当，造成作者和读者之间更为突兀的经验差异。朱光潜则以诗学专论的形式明确指出，明白清楚与晦涩"不仅是诗本身的问题，同时也是读者了解程度的问题"②。他以自己的读诗经验为例，认为诗的明白清楚和晦涩与否有一个"对于我"的问题，即个人的文艺趣味分歧问题。"它对于我很模糊是一回事，它自身是否真是模糊，以及它对于别人是否也模糊，都另是一回事"，而"修养上的差别"是原因之一。所以，"一个诗人创成诗以后还要在群众中创造能欣赏他的诗的趣味。在这种趣味未养成以前，它总不免被误解"③。这里的潜台词是指读者与诗人之间审美趣味的相投，在一定程度上决定作品是否晦涩。朱光潜的见解给当时纷争的诗坛指明一个诗学探讨的路向，即晦涩不仅是创作本身的问题，也是阐释学的问题。综合来看，批评家们立足读者阅读的阐释维度，通过读者审美修养和审美经验两方面，完成对晦涩复杂论调的解构。

"一部新的文学作品，可以通过预示、暗示、特征显示，预先为读者提示出一种特殊的接受。它以唤醒读者以往阅读的记忆，将读者导入特定的体验中，并唤起他的期待。每个读者天资、经历和修养不同，作品就会对每个人呈现出不同的意义。"④ 也就是说，面对一种新的艺术形式，读者的天资、经历和修养决定着他对作品的接受效果。朱自清正是从这一点，表明晦涩与读者的审美修养密切相关。他在分析"象征派"诗歌在想象力和修辞方面的特点时指出，象征派诗歌虽然使用了大量跳跃、省略等暗示性的表现手段，但结构仍是一个"有机体"，"要看出有机体，得有相当的修养与训练"⑤。话虽说得婉转，但还是指出，诗歌晦涩在一定程度上是由于读者鉴赏力低下造成的。李金发也有类似看法，认为晦涩同读者缺少阅

---

① 柯可（金克木）：《论中国新诗的新途径》，载杨匡汉、刘福春编《中国现代诗论》（上编），花城出版社1985年版，第262页。
② 朱光潜：《心理上个别差异与诗的欣赏》，载杨匡汉、刘福春编《中国现代诗论》（上编），花城出版社1985年版，第274页。
③ 同上书，第275—276页。
④ 王岳川：《二十世纪西方哲性诗学》，北京大学出版社1999年版，第327页。
⑤ 朱自清：《新诗的进步》，《新诗杂话》，生活·读书·新知三联书店1984年版，第8页。

## 第四章 审美价值认同论:从"朦胧"到"晦涩"的言说

读经验和审美感受贫乏有关,对马拉美的晦涩诗歌,他断言"非有根本训练的人"是不能领悟的。朱光潜认为诗歌晦涩的产生,之于读者主要有两方面原因:一是读者的艺术修养、艺术的感受能力不够,二是读者的文化知识储备不够。认为"诗的可懂程度随读者的资禀,训练,趣味等而有个别的差异"[①],当然也与语境变迁有关,"当时产生那诗的情境,作者的身世性格和那诗的关系,诗中所涉及的一些典故和事实,以及诗所用的语言形式,都是了解那首诗所必须知道的,而我们因为时过境迁,对它们不能完全知道,就无从把那情趣意象语言混化体在想象中再造出来,这就是说,无从了解那诗。"[②] 朱光潜的阐述显然更适合品评古典诗歌,就现代派诗歌而言,显得针对性不强。这些观点尽管符合实际的考察,但理论的浅显也导致一定程度的批评缺欠,因为任何阅读经验的完善,都不可能彻底消除诗歌的晦涩,所以从读者审美经验的差异审视阅读过程中的晦涩,更能显出批评家对问题本质的把握准度和探讨深度。

按照接受美学的观点,"审美经验具有一种使人产生潜在反射审美态度的机制。个体期待视野与他的具体阅读中存在一个'审美距离'(或'角色距离'),并不断发生变化:当接受者与艺术作品中的角色距离为零时,接受者完全进入角色,无法获得审美享受;相反,当这种距离增大时,期待视野对接受的制导作用趋近于零时,接受者对作品漠然视之。因而,期待视野与作品之间的距离,积淀的审美经验与新作品的接受需求的视野的变化之间的距离,决定着文学作品的艺术特性。"[③] 就象征主义诗歌艺术特性而言,正是源于审美经验的机制存在,使读者的期待视野与阅读之间的"角色距离"增大,产生晦涩的审美指认。尽管20世纪三四十年代的批评家并不熟知接受美学理论,但他们关于晦涩的理论阐释见解已颇具接受美学的韵味。沈从文从文学理念的变化强调,读者在阅读象征主义诗歌作品时,其既定的期待视野必须作出调整,"当初文学革命作家写作

---

[①] 朱光潜:《谈晦涩》,《朱光潜全集》第9卷,安徽教育出版社1993年版,第534页。
[②] 朱光潜:《诗的难与易》,《朱光潜全集》第9卷,安徽教育出版社1993年版,第246—247页。
[③] 王岳川:《二十世纪西方哲性诗学》,北京大学出版社1999年版,第327—328页。

有个共同意识,是写自己'所见到的',二十年后作家一部分却在创作自由条件下,写自己'所感到的'。若一个保守着原有观念,自然会觉得新来的越来越难懂,作品多'晦涩',甚至于'不通'。"[①] 所以,与现实主义和浪漫主义文学"写自己所见到"的准则相比,"按照感觉写作",这在当时是一种新的文学理念。那么,按照这种文学理念创作出来的文学作品,形态、品格都会不同,欣赏方式也要相应改变,如果还按照传统的现实主义精神来理解,当然就"不通",仍然以理性的知识基础和理解方式来欣赏,当然会"不懂"。所以,一些新作品之所以出现晦涩现象,主要是读者的审美经验仍然停留在既往的思维定式中造成的。李健吾从审美经验差异对阅读晦涩的考察更具声色。他认为,作者与读者之间的审美经验隔阂,会造成阅读中晦涩的存在,这种隔阂不可能从根本上被消除,相反,作品本身所蕴含的经验复杂性在给阅读带来晦涩的同时,也为读者创造一份阐释的欢愉。他通过对卞之琳诗歌的阐释活动,主张让存在差异的审美经验之间进行对话,通过理解的可能性解开作品的复杂意图,作品的晦涩在阅读理解中得到新质提升。

## 三 文本"尺度":诗歌批评维度的"晦涩"判别

针对人们普遍关注的新诗晦涩现象,无论是从作者自身复杂的现代表达为之辩护,还是从读者阅读的"期待视野"查找根源,批评家大都以建设姿态探讨诗歌晦涩的诗学成因,就晦涩何以形成提交一份理论"辩辞",并未对晦涩本身作出价值评判,也未揭示晦涩与诗歌文本评价之间的关联。由此,关注那些就诗歌晦涩现象而作出的价值评断十分必要,因为评断晦涩的意图和立场,既是晦涩审美价值认同的直观审视,也关涉晦涩能否作为衡量诗歌文本的一种"尺度"。综合来看,从批评维度论断晦涩现象聚焦如下思考:判别晦涩的批评标准是什么,如果有这样的标准,它是主观的还是客观的,晦涩能否作为鉴别诗歌优劣的尺度,诗歌文本在何种意义上被认定是晦涩的?分析当时一些具有代表性的批评观点,可以找到

---

① 沈从文:《关于看不懂》,《沈从文全集》第17卷,北岳文艺出版社2002年版,第142页。

## 第四章 审美价值认同论:从"朦胧"到"晦涩"的言说

答案。

20世纪30年代,针对象征派和现代派诗歌,从普通读者到左翼批评家,共同掀起一股反晦涩诗风的批评浪潮。左翼批评家对现代诗歌晦涩的判别,体现其一贯的大众化立场,呈现强硬的偏执姿态,下文将有专节探讨。这里首先关注,这股批评浪潮得到胡适、梁实秋、朱光潜等批评家的呼应,虽然他们并不赞同左翼批评家的诗歌大众化立场,也与象征主义理论家有不同见解。梁实秋从新古典主义立场出发,对新诗"趋向糊涂晦涩的形势"表示不满,他将"清楚明白"与"糊涂晦涩"相对立,称"清楚明白总好的,总比糊涂晦涩强","清楚明白,……这是一切文学的最初步的条件,若这一步还做不到,那就不必谈什么文学了。"[①] 他从文学定义的角度,将晦涩剥离文学范畴,显然是在弘扬胡适主张的明晰的表达风格。梁实秋贬抑晦涩始终含有浓厚的道德说教意味,他苛刻地认为晦涩实质反映的是人生观问题,声称"但我以为这(糊涂晦涩)是颓废的现象,不是逼近人生的态度"[②],这实际是从世界观的角度定义晦涩,把消极、堕落、颓唐、病态、绮靡等伦理色彩浓郁的语义强行植入晦涩范畴,与他对象征主义的态度一脉相承。20世纪30年代中期,在评论梁宗岱的《诗与真》时,梁实秋批评梁宗岱的象征主义"理论的贫乏是很显然的",并断言象征主义是"迷迷糊糊的东西",是梁宗岱凭"一种极度浪漫的性格"[③],只用感情、直觉和幻想去体验的结果。梁实秋素来对浪漫主义不存好感,而象征主义在反驳浪漫主义的同时也留有某些浪漫余绪,故而他宣称象征主义是"弄玄虚,捣鬼!"要"打发它去"[④]。在他看来,正是不具有理性的浪漫主义为晦涩提供了生长土壤。梁实秋以意识形态的偏见糅合了人文主义与理性主义的价值观念,彻底否定晦涩与象征主义,不可能从文学本体立场出发,对晦涩作出有效的价值评断。多年以后,梁实秋在谈到胡适始终要求诗以"明白清楚"为基本要素时,又认为"诗,不能停留

---

① 梁实秋:《偏见集》,正中书局1934年版,第165页。
② 同上书,第166页。
③ 梁实秋:《书评三则》,《自由评论》1936年第25、26期合刊。
④ 周振甫(梁实秋):《什么是象征主义》,《益世报·文学周刊》1933年第48期。

在'明白清楚'的地步,只能以'明白清楚'为基础的一项,于'明白清楚'之外还要进而讲究文学修饰之美,追求境界之高超,以及情感表现之深邃。"① 强调"修饰之美""境界之高超""表现之深邃",这恰好是象征主义诗歌的艺术本体追求。显然,梁实秋已不把晦涩作为一个与明白清楚相对立的概念,其针对自己早年的见解,表露一种意欲纠偏的倾向。

朱光潜是一位比较关注诗歌晦涩的批评家,他从文艺心理学的角度,为晦涩在表现中的客观存在找寻依据。但朱光潜的批评也常将实际考察与理论探讨混淆,使其对晦涩的思考表现一种不很稳定的态度,其对新诗晦涩的谨慎批评即是如此。在《谈晦涩》中,他认为新诗晦涩实际是一种不诚实的表现,他从分析诗歌想象力的"突然性"和"必然性"的关系中得出上述结论的。② 而在另一处,从文艺心理学角度讨论诗歌想象力时,他又说象征主义诗人对晦涩的追求"原来也是一种诚实的态度"③。这种表面的矛盾隐藏着他对"有效的晦涩"和"无聊的晦涩"的概念区分。同时,他引入"诚实"概念的目的,是想约束晦涩与表达的关系。但严格地说,晦涩是美学问题,而不是心理学问题,这仍然不是来自文学本体的价值论断。在考察20世纪30年代新诗时,他又称"'晦涩'两个字加在诗上究竟是一个污点","晦涩的诗无可辩护","我们不能把'晦涩'悬为诗的一种理想"④。他还以对艾略特的阅读体验为例,认为在优秀的诗歌那里,晦涩实际是不存在的。如果有,也只是暂时的,最终可以在阐释中获得解悟。所以,在这之前他曾有过断言,"一首好诗在诗人自己的心中大概没有是晦涩的"⑤。由此看出,与一些批评家偏执的判别态度相比,朱光潜竭力想对诗歌晦涩作出细致而明晰的论断,但其阐释背后仍然是一种理性主义的思维,即把那些充满复杂"情致"和"感受"的晦涩诗歌先在地纳入

---

① 梁实秋:《略谈〈新月〉与新诗》,载陈子善编《梁实秋文学回忆录》,岳麓书社1989年版,第118页。
② 朱光潜:《谈晦涩》,《朱光潜全集》第8卷,安徽教育出版社1993年版,第536—537页。
③ 朱光潜:《心理上个别的差异与诗的欣赏》,《朱光潜全集》第8卷,安徽教育出版社1993年版,第464页。
④ 朱光潜:《谈晦涩》,《朱光潜全集》第8卷,安徽教育出版社1993年版,第533页。
⑤ 同上。

## 第四章 审美价值认同论:从"朦胧"到"晦涩"的言说

理性范畴,认为其意义完全可以在阐释中变得明白清楚,而这恰恰与象征主义所追求的非理性特质背道而驰。所以说,朱光潜站在理性主义立场探究诗歌晦涩问题,本身可能是他的一种误解,这种误解也影响了他对象征主义诗歌的真正欣赏。

梁实秋和朱光潜都从理性主义立场看待新诗晦涩,前者在极力贬斥中剑走偏锋,后者则在系统而矛盾的判别中导向一种理性结局。那么,这种复杂评判也意味着晦涩能否作为衡量诗歌文本的一种"尺度"而存在,即晦涩是否可以作为评判诗歌优劣的一种标准。对这一问题,持象征主义立场的批评家有较为成熟的思考。20世纪20年代中期,穆木天倡导象征主义纯诗理论时,提出"诗越不明白越好",但这只是其扭转新诗"明白清楚"诗风的理论之举,不含有诗歌评价意味。20世纪30年代,对现代派诗歌晦涩的指责不断升温,批评家并未以二元对立的思维对之作出简单评断。李健吾通过讨论托尔斯泰对晦涩的看法,间接阐明自己的观点。托尔斯泰对法国象征主义诗人持否定态度,认为"他们不仅把朦胧、神秘、含糊和众人无法理解算作艺术作品诗意的特色和条件,而且也把不精确、不确定和不具说服力算入其中"[①],"波德莱尔的世界观是把极端利己主义提升为理解,用像云一般不明确的美(必然是矫揉造作之美)的概念代替道德","魏尔伦的世界观是凋萎的颓废","这两位诗人不但缺乏纯真、诚恳和朴实,而且都非常矫揉造作、标新立异和自命不凡"[②]。在这样的世界观支配下,晦涩是一种颓废的文学倾向,是个人主义和享乐主义混合作用于文学的结果,同时也被看成是作家放弃社会责任感的同义词。可以说,托尔斯泰为晦涩涂抹一层浓重的道德伦理色彩,其隐含着将晦涩作为衡量诗歌好坏的批评标准的意图。李健吾认为托尔斯泰没有理解波德莱尔诗歌的精神实质,指出这"不是精神生活的贫乏,而是精神生活的不同"[③]。认为人们判别晦涩的标准是主观的、相对的,在很大程度上囿于个人审美经验的限制,虽然不能否认晦涩的存在,但鉴别晦涩本身的客观标准是不存在

---

① [俄]列夫·托尔斯泰:《艺术论》,张昕畅等译,中国人民大学出版社2005年版,第67页。
② 同上书,第79—80页。
③ 李健吾:《答〈鱼目集〉作者》,《李健吾创作评论集》,人民出版社1984年版,第467页。

的。因此李健吾认为,不能将晦涩作为一种批评标准去品评诗歌。那么,当人们说一首诗晦涩,这又包含怎样的批评内涵呢?李健吾认为,在正确的批评中说一首诗是晦涩的,其实更意味着对它所具有的美学风格的确认。可以看出,李健吾就晦涩问题所持的立场,与其对现代派诗歌的审美批评具有一致的内在脉络。20世纪40年代的袁可嘉也认为,"严格说来,诗篇只有真假好坏之分,晦涩与否应该在衡量上不起作用,也即是说,作品能懂性的大小,或相对读者人数的多少,应不决定作品品质的高低。"[①] 这隐含着他对晦涩本质的把握,即随着象征派、现代派诗歌的诞生,从根本上说,晦涩、难懂并非读者阅读接受差异的简单存在,而是一种新的诗歌审美观念和价值标准的变革。如果离开了这种审美观念的变更和审美心理的差异,通过评断判别晦涩,去寻求一种普遍性的诗歌评价标准,显然不可能。如此说来,那些留恋旧有观念和审美习惯的固守者,对晦涩所表现出的反驳心理和贬斥主张,也是他们意欲匡束一种新的美学原则的保守举动。当然,他们的批评行为也展示出晦涩在诗学范畴确立过程中面临的复杂纠葛和具有的丰富面貌,也含有启示性见解,应该客观地分析对待。

  象征主义诗歌的晦涩的确是一个复杂话题,批评家们聚讼纷纭,他们从作者、读者、文本等维度作出的阐释,丰富了晦涩命题的诗学内涵,表现出探闯晦涩迷宫的种种努力。尽管对晦涩的评判很难有绝对的标准,但袁可嘉还是作出简单明了而又意蕴深长的"告诫性"总结:"所谓晦涩,作者读者评者应分负责任;尤其是批评者要十分留神,许多晦涩是坏的批评文字制造的。"而"面对晦涩,首先在作者方面要消除以晦涩自炫的心理,一方面读者也不要预感恐惧,及怕自尊受损而引起不安;常常有些读者自作聪明,要在他所认为晦涩的诗篇里寻找本来不在的东西,这种努力不仅徒费心神,而且使读者心境进入最不利的接受情况,这也常常是无中生有,造成不必要晦涩的原因之一。"[②] 这看似不关学理的"画外音",是对晦涩审美内涵把握之后的深层思考。它意味着,无论作者、读者还是评者,任意对晦涩作出简单而缺乏时代感的评价,都将是一种迷惑他者和束

---

  ① 袁可嘉:《批评漫步》,《论新诗现代化》,生活·读书·新知三联书店1988年版,第163页。
  ② 同上。

第四章 审美价值认同论:从"朦胧"到"晦涩"的言说

缚自我的浅薄行为,只有感觉到晦涩是随着现代新诗的发展而诞生的一种新的诗歌观念、新的审美原则,以此作为晦涩批评的基点,才不会陷落于那些自设的问题"陷阱"。

综合来看,诗人和批评家关于晦涩的诗学阐释,其中象征主义诗学家视晦涩为现代新诗一种基本的审美特质,深入阐述晦涩的异域诗学渊源和本质内涵,揭示其对现代新诗的审美变革意义,而梁实秋、朱光潜、沈从文、李健吾等广义"纯诗"阵营里的自由主义批评家,对晦涩的多维关注和系统思考,无论是郑重阐述还是随意表达,无论是否定性指责还是委婉的理解认可,也都证明了一个他们不能否认的事实存在,即晦涩是象征主义诗歌的要素,了解晦涩诗歌是一件切要之事。他们的全部阐释都源于这个无法视而不见的诗歌现象,阐释的思想动力和见解导向多是在具体的晦涩论争中激发出来的。因此,回到现代新诗史上发生的晦涩论争,清晰审视"滋生"这些诗学阐释的对阵版图,是赋予诗学阐释以历史感的必要选择。

## 第三节 "合法性"辩难:"晦涩"论争中的姿态对峙

"象征主义这个词让一些人想到晦涩、怪异、在艺术上过分的追求;另一些人则在其中发现我无以名之的美学唯灵论,或者某种在可见事物与不可见事物之间的感应;还有一些人则想到威胁着语言、诗律、形式和理性的自由和过渡。"[①] 瓦莱里概括了人们对象征主义持有的"偏见"。在20世纪20年代到40年代的中国诗坛,因与象征主义最直接的"血缘"关系,晦涩引起诸多诗人和批评家的持久关注,成为关涉新诗现代发展的一个重要诗学命题。"它是诗学发展最先遇到的一个要求解决或要求表明立场的难题,同时又是蕴含着诗学纵深化探求可能性的一个主要诗学生长点。"[②] 说其是难题,因为对晦涩的阐释不可能存在单一的认同,也不存在

---

① [法]保罗·瓦莱里:《象征主义的存在》,《文艺杂谈》,段映虹译,百花文艺出版社2002年版,第209页。
② 刘继业:《新诗的大众化和纯诗化》,北京大学出版社2008年版,第172页。

绝对客观的标准答案；说其是一个诗学生长点，自然是指一切估衡都是持不同论见者在相互辩驳中的诗学探索，这是推动诗学体系建构的最直接的动力，在某种程度上也代表了批评家探究诗学命题的执着态度。美国批评家哈罗德·布鲁姆曾言，诗人"对诗歌的爱是权力之爱的另一种变体"，而这种权力是"攫取的权力"，诗人是为了攫取"一个位置，一个姿态，一种完满，一种认同"而写作。[1]在关于晦涩的现代论争中，对立双方为捍卫自己的诗学立场所表现出来的执着，同样可视作这种"权力之爱"的变体，他们围绕晦涩这个共同的诗学命题，在辩驳和说服中努力争取各自的话语权，那些依据一定的诗学立场所作的阐释，正是他们为自己"攫取"的"一个姿态"。透过不同姿态的论争较量，晦涩作为一种新的诗歌审美价值观，其"合法性"的确认所遭遇的指责和质问也尽显无遗。

## 一 诗歌本体层面的驳议：与"明白清楚"的诗学较量

"五四"新诗草创期的诗作，象征主义艺术已初露端倪，一些诗歌或浓或淡地打上了西方象征派、意象派诗的象征胎痕，但处于萌芽状态的象征诗的尝试还很幼稚和浅易，虽有一些批评也发出"看不懂"的感叹，但因这时的象征本体意识尚未觉醒，还仅仅以艺术手段的方式零星地散落着，根本不可能产生不同审美价值标准的纷争问题。随着李金发《微雨》的飘落，初期象征派在现代中国"闪耀"登场，随之即有穆木天等人提出暗示与朦胧的诗学主张。但他们的变革姿态所带来的"新奇"艺术实践，也常常为时人诟病，批评矛头指向最为集中的就是关于象征派诗歌的晦涩与难懂。较早的批评大都含蓄地包孕在具体的诗歌评价中，如黄参岛认为《微雨》"是流动的，多元的，易变的，神秘化，个性化，天才化的，不是如普通的诗，可以一目了然的"，所以国人都叹息"太神秘，太欧化"[2]，肯定性的评述中含有的指责语气还相当暧昧。类似这样的针对诗人作品作出的评价，整体上并未形成对象征主义诗歌"晦涩"的挑战姿态。而一些

---

[1] [美]哈罗德·布鲁姆：《批评、正典结构与预言》，吴琼译，中国社会科学出版社2000年版，第238页。

[2] 黄参岛：《〈微雨〉及其作者》，《美育》1928年第2期。

# 第四章 审美价值认同论:从"朦胧"到"晦涩"的言说

赞同象征主义诗歌"别开生面"的批评家,面对"难懂"的流行感叹,也未能从诗的观念出发,论证这一潮流存在的必然性,只是隐约地察觉到这种"晦涩难懂"并非单纯的技法所致。冯文炳(废名)就曾认定李金发的诗"乃真有一个'诗'的空气,无论写得怎样驳杂,其诗的空气之浓厚乃是毫无疑义的了。其写得驳杂,正因其诗的空气之浓厚。这是新诗发展上很好的现象,好像新诗将要成'诗'应该有这一段经过"①。这里已经指明,"诗的空气之浓厚"可能是"晦涩"产生的根源,但笼统含糊的说法并未摸到主脉。进入20世纪30年代,人们对李金发象征主义诗歌句子生硬、晦涩难懂的指责,开始转向以《现代》杂志为中心的现代派诗歌。从1933年有读者批评《现代》发表的诗"晦涩难懂"开始,到1936年胡适、梁实秋等人借关于"胡适之体诗歌"的讨论,在《自由评论》批评晦涩诗风,围绕晦涩诗歌的论争此伏彼起,左冲右突。

20世纪30年代前期,面对"晦涩难懂"的诗篇,《现代》读者吴霆锐、崔多与编者施蛰存均发表不同看法,拉开晦涩诗风论战的序幕。读者批评《现代》发表的诗"简直可以说是一首未来派的谜子"②,读了"如入五里雾中,不得其解",认为完全"受了戴(望舒)、李(金发)诸象征派诗人的毒"③。施蛰存在复信中阐释了自己的诗歌观念,强调这是源于一种审美观念的不同,"读者如果一定要一读即意尽的诗,或是可以像旧诗一样按照调子高唱的诗,那就非所以语于新诗了"④。读者接受从既有的审美观念出发,自然会反感现代派诗歌特殊的风格,编者的"答疑"也是常理,二者之间还属"彬彬有礼"的编读往来,"晦涩"问题尚未成为学理层面的纷争焦点。真正把单纯的读者指责推向复杂争端的,是持"明白清楚"论调的胡适及梁实秋等人的批评。早在20世纪20年代初,胡适就批评俞平伯《冬夜》中的诗"艰深难解","太晦涩"。1924年他在给侄儿胡思永的遗诗作序时,肯定其遗诗"明白清楚",是他自己诗的"嫡派"。1931年,他

---

① 冯文炳(废名):《谈新诗》,人民文学出版社1984年版,第132页。
② 《读者来信》,《现代》1933年第3卷第5期。
③ 《读者来信》,《现代》1934年第5卷第2期。
④ 施蛰存:《关于本刊所载的诗》,《现代》1933年第3卷第5期。

在给陈梦家的信中，批评《梦家诗集》有些诗的意义不很明白。20 世纪 30 年代初期，梁实秋因与象征主义诗论家梁宗岱之间的诗学分歧，否定象征主义的合理性存在，判定象征主义是"捣鬼！弄玄虚"的现象。这一时期，对晦涩的批评，已由读者的阅读意见逐渐转向对象征主义本体观念的"挑剔"，但都属于个体间的诗学行为，分歧也只是包含在具体诗学观念的表述中，摩擦在较小的批评范围内存在。20 世纪 30 年代中期，随着"胡适之体诗歌"的讨论，胡适和梁实秋的个体行为很快缔结为联合阵线，他们相互应和，批评当时流行的象征派、现代派诗和何其芳的散文诗《画梦录》，称为"糊涂诗"和"糊涂文"，引起诗坛对晦涩问题的集束关注。

综合来看，胡适和梁实秋对象征派、现代派诗歌不加具体分析地怀疑否定，甚至一笔抹杀，意在彻底否定象征主义诗歌及其诗学观念在新诗发展进程中的合法地位，他们视"明白清楚"为新诗发展的"永恒真理"，以此"垄断"新诗发展的现代进程。梁实秋特别声称，"'明白清楚'应为一切白话诗的共有的特点，不应为'胡适之体'独有的特点"，并以此为尺度"鉴别"20 世纪 30 年代前期的现代派诗歌，认定它们"日趋于晦涩"，与"明白清楚"背道而驰，而胡适所谓的"笨谜"正是对这些晦涩诗的一个极端形容。梁实秋对现代派新诗的抵拒，是与他整体否认象征主义的态度联系在一起的，"笨谜的产生是由于模仿，模仿一部分堕落的外国文学，尤其是模仿所谓'象征主义'的诗"，而"精神生活太贫乏是晦涩的一个原因"，它使新诗"走向一条窘迫的路上去"。由此，胡适"'明白清楚'的主张是正确的，是今后所应依照进行的一个方向"[①]。在梁实秋逻辑推演的脉络中，原有艺术观念的"超稳定"心理，使其视而不见诗歌本体发展的客观规律，对旧有观念和审美习惯的固守，遮蔽其洞察新诗审美观念变革的可能，自然也就断定"现在有一部分所谓作家，走入了魔道，故意作出那种只有极少数人，也许竟会没有人能懂的诗与小品文"[②]。胡适则在《编辑后记》中，以"判官"口吻将梁实秋的"见解"提升为新诗发展进行时的主要焦点，"絮如先生来信指摘现在最时髦的'看不懂

---

[①] 梁实秋：《我也谈谈"胡适之体"的诗》，《自由评论》1936 年第 12 期。
[②] 絮如（梁实秋）：《看不懂的新文艺（通信）》，《独立评论》1937 年第 238 期。

## 第四章 审美价值认同论:从"朦胧"到"晦涩"的言说

的新文艺'确实是今日最值得注意的一个问题",并偏激地贬低象征派、现代派诗人"做这种叫人看不懂的诗文的人,都只是因为表现的能力太差,他们根本就没有叫人看懂的本领"。

针对胡适、梁实秋等人忽视诗歌本体的偏执立场和缺乏说服力的笼统臆断,诸多诗人和批评家立足多维视点阐发现代诗歌晦涩的成因,理论剖析"懂"与"不懂"的问题,彰显他们思考晦涩问题的诗学深度。特别是一些诗人和批评家,从象征主义诗歌独特的审美价值出发,在诗歌本体层面为晦涩找寻依据,对胡适、梁实秋的偏见作出理论辩驳。1934年,针对梁实秋等人缺乏具体分析只凭既定观念而对象征派、现代派诗歌作出的轻率断言,象征主义诗学家梁宗岱强调,批评家必须"在作品里分辨,提取和阐发这种种原素",因为,"正如许多物质或天体的现象只在显微镜或望远镜的审视下才显露:最高,因而最深微的精神活动也需要我们意识的更大的努力与集中才能发见。而一首诗或一件艺术品的伟大与永久,却和它所蕴含或启示的精神活动的高深,精微,与茂密成正比例的。"否则,"虽然自命为批评家,却是心盲,意盲和识盲的"①。显然,这是梁宗岱持诗歌本体的"纯诗"论立场,绵里藏针地反驳"明白清楚"论调者。邵洵美也发表长文《诗与诗论》,他站在新诗发展史的层面,以比较的眼光,肯定艺术表现隐晦的卞之琳的《鱼目集》,认为卞之琳的诗"在技巧方面,可以说比徐志摩先生的已更进了一层:形式已不仅是结构上辞藻上的美丽,而是有意义的美丽了;意境已不仅是含蓄,有动作,有图画,而是更能与诗人自己的人格合拍的表现了;韵节已不仅以悦耳为满足,它已被利用为传达及点示的力量"②。邵洵美以诗歌事实来说话,通过评析具体作品,论证了新诗发展到现代派诗歌已然成为"新的艺术","重新估定"现代派诗歌的晦涩。

从本体视点审视诗歌的本质,"诗在某种程度上说就是贵族化产物,具有不可完全解读性(能够完全解读的不是诗而是散文),诗之妙正在于似与不似、可解与不可解之间,这是诗独立享有的权利;诗应该维护自己

---

① 梁宗岱:《谈诗》,《诗与真·诗与真二集》,外国文学出版社1984年版,第96页。
② 邵洵美:《诗与诗论》,《人言周刊》1936年第3卷第2期。

的先锋前卫性。"① 如果按照胡适、梁实秋等人"明白清楚"的评断标准,与其说象征派、现代派诗人打破诗歌规范的艺术探索代表的是新诗现代发展的"歧路",毋宁说是胡、梁等人以既定的"诗美"期待意欲规约新诗的发展。这种规约从一开始就处处指向诗歌的"先锋前卫性",即象征主义晦涩审美价值观的历史合法性。究其实质,由于他们没能注重诗歌本体的内容、语言、形式等方面的艺术追求,也缺乏细致评析具体作品而产生的说服力,因此,在不断涌现的新的诗歌潮流面前,他们以否定、排斥为主要功能的诗学话语显得"干瘪无力",更与20世纪30年代新诗致力探求的多元发展路向相悖。正是源于这种诗学起点的认识差异,使他们不能面对,也不肯承认一种新的艺术观念和美学原则的崛起,当既定的"诗美"期待受到冲击时,必然产生贬斥的批评心理。

当然,新诗审美观念的变革也的确使象征派、现代派诗歌出现一些"难懂"之作,但问题是,一方面现代诗人努力尝试特殊的诗艺,另一方面批评家却坚持驻留既定的"诗美"观念,读者也要求普遍的"诗美"满足,二者之间的矛盾,潜在构成象征主义诗学审美价值观的生存困境。从胡适、梁实秋等人对20世纪30年代现代派诗潮的怀疑来看,突围困境的"出口"还在于胡适所主张的"作诗须如作文"的诗歌观念,"明白易懂"才是"文字表现的最基本的条件。作家必须是做到了这个'平凡'的基本条件,才能做'不平凡'的努力"②。新诗诞生之初的主张被当作一种诗的"普遍原理",成为胡适等人在晦涩论争中的力量,而在对立的诗学表达背后,发生作用的依然是那种非本体意义上的诗歌观念——诗与散文界限的漶漫。正如施蛰存所言,"许多诗人常常抱怨新诗之晦涩难懂,因而对于新诗表示了怀疑。这事实,在新诗人方面,固然有不免太务刻画的地方,但在非难这方面,却多数是由于把诗当作散文在欣赏之故也","而诗与散文终是不能用同一准绳来量度的"③。相比于胡适等人的"明白清楚",象征派、现代派诗人的晦涩作为新诗"激进"的艺术行动,是受独特的感觉

---

① 罗振亚:《20世纪中国先锋诗潮》,人民出版社2008年版,第67页。
② 胡适之:《编辑后记》,《独立评论》1937年第241期。
③ 施蛰存:《海水立波》,《新诗》1937年第2卷第2期。

## 第四章　审美价值认同论：从"朦胧"到"晦涩"的言说

方式和传达方式所支配的，主要表达的是一种现代性的冲动，这种冲动是"一个重要的文化转变，即从一种由来已久的永恒性美学转变到一种瞬时性与内在性美学，前者是基于对不变的、超验的美的理想的信念，后者的核心价值观念是变化和新奇"①。从文学的现代性角度看，现代派诗人的晦涩正是基于内在性美学的追求，而引发观念的"变化和新奇"，"传达说明一种意义被呈现独特的诗的感觉所代替。表现的明晰为情感的隐藏所淹没。诗不再为说明和教导什么而存在。明白清楚不再是衡量诗的艺术价值尺度"②。这是现代诗歌本体层面的一次巨大变革，他们与《尝试集》开始的传统已经产生"决然的距离"，"彼此的来源不同，彼此的见解不同，而彼此的感觉样式更不尽同"③。

胡适等人与现代派诗人和批评家之间的观念差异，与胡适的身份是有一定关系的。20世纪30年代的胡适早已没有了新诗写作的实践行为，对于象征派、现代派诗歌的新奇探求也缺少身临其境的艺术体验，他与梁实秋共同持有学院立场，以一个诗歌经验的固守者，而非具体的创作者身份来"指点江山"。由于缺少对现代派诗歌"激进行为"的冲动体认，他们的言论缺乏对具体历史变化的认同，其结果正如韦勒克对胡适的美国导师白璧德的评价："他们所主张的严谨的道德主义违背文学是一种艺术的本性，他们对当代艺术所抱的敌视态度使他们脱离了作为一种活生生力量的文学。"④虽然胡适守护的"明白清楚"并不直接关涉道德层面，但其对新诗艺术本体发展所持的敌对态度与其导师同出一辙。拘泥于"明白清楚"这一公式般的原理和细节，普遍的"诗歌原理"往往会变为约束性知识，限制其在争论中批评的有效性。另外，现代派诗人和批评家与胡适等人的晦涩分歧，也构成象征主义诗学审美价值观确立过程中的张力场。作为历史的创造，象征派、现代派诗歌是对现代人特殊经验的传达，晦涩应该是

---

① ［美］马泰·卡林内斯库：《现代性的五副面孔》，顾爱彬、李瑞华译，商务印书馆2002年版，第9页。
② 孙玉石：《中国现代主义诗潮史论》，北京大学出版社1999年版，第149页。
③ 刘西渭：《鱼目集——卞之琳先生》，《咀华集》，花城出版社1984年版，第104页。
④ ［美］韦勒克：《美国的文学研究》，《批评的概念》，张今言译，中国美术学院出版社1999年版，第287页。

这种艺术追求的外在呈现,但这种追求又时时面对既定"诗美"观念的规范制约,忽视诗歌本体的规律性与写作实践的特殊性,二者之间的矛盾交织于象征主义诗歌发展的内在进程,象征主义诗学的审美价值观也必然面临此类"考验",社会现实环境的巨变给其带来的"窘迫"也是无法回避的诗学运命。

## 二 大众化立场的"判决":现实主义歌者的诗学盘点

20世纪30年代前期,胡适、梁实秋等以"作诗须如作文"的审美定式扫描诗歌的"新面孔",他们对现代诗歌晦涩的否定主要在于对诗歌本体艺术探求的有意忽视。早在1931年,与胡适一同反对晦涩的梁实秋也曾客观地指出,"新诗运动最早的几年,大家注重的是'白话',不是'诗',大家努力的是如何摆脱旧诗的藩篱,不是如何建设新诗的根基",即"未曾注意到诗的艺术和原理"这一面,从而造成诗与散文界限的模糊,丧失了诗的标准,结果是"无拘无束","散漫无纪"[1]。但敏锐的觉察并未成为他们评价现代派诗歌的"指南针",相反,传统理念的根基受到象征主义诗学浪潮的冲击,在没来得及打造更好的"利器"之时,他们不得不重操已经过时的"装备"出击。针对胡、梁二人忽视诗歌本体的批评行为,梁宗岱、邵洵美、林庚、施蛰存和金克木等都对现代派诗歌的晦涩问题作出多重阐释,展开一场为诗歌本体"维权"的诗学行动。但因抗战的爆发,争论被迫终止,晦涩问题在战火硝烟中自动沉寂下去,因为,"到了中日战争刚刚爆发时,诗和小说都集中在与现实直接相关的主题上。于是城市的那种象征主义和现代主义传统便从中国大陆销声匿迹了。"[2]"全国的作家几乎都用诗的情感来接受战争"[3],"都朝普及的方向走,诗作者也就从象牙塔里走上十字街头"[4]。战争境遇引发的现实诉求,使得一些持象征主义立场的诗人经过反思旋即转变诗歌的审美趋向,主动检讨原来现代

---

[1] 梁实秋:《新诗的格调及其他》,《诗刊》1931年第1期。
[2] 李欧梵:《现代性的追求》,生活·读书·新知三联书店2000年版,第298页。
[3] 艾青:《抗战以来的中国新诗》,《中苏文化》1941年第9卷第1期。
[4] 朱自清:《抗战与诗》,《新诗杂话》,生活·读书·新知三联书店1984年版,第39页。

## 第四章　审美价值认同论：从"朦胧"到"晦涩"的言说

派的艺术原则，随着艺术姿态的改变，内在的自我表现、象征方法的运用、朦胧与隐藏的传达，都被冠名"为个人而艺术的错误见解"①。这也意味着，作为曾经的现代派艺术实践的主体，"为自己找到了他们新的栖息的枝桠"后②，随之也放弃了为"晦涩"言说的权利；另外一些没有改变姿态的诗人，则"由原来心灵的低吟而转为沉默了"。无论是主动放弃，还是转为沉默，"在需要诗化为匕首投枪的动乱时代，仍一味求隐、朦胧那就无疑于自设迷津了"③，而为"求隐、朦胧"执意辩护更是错上加错。由此开始，象征主义"晦涩"的审美价值观注定陷入被"判决"而又不能申诉的境地，听凭现实主义歌者在大众化诗学立场上的批判和清算。

与梁实秋放弃诗歌本体的艺术批评尺度相比，大众化立场的批评家从一开始就以"判决"的姿态反对晦涩，否认晦涩具有诗学本体层面的理论意义，视之为新诗发展的歧途。从根本上说，虽然现实主义歌者也是围绕晦涩这一诗学命题来思考，但他们对晦涩的理解与象征主义诗学的审美价值观相去甚远，外加社会大环境的现实规约，他们的理论思考根本不具备论争发生必需的前提。相比于同时代其他批评家的精深思考，他们对晦涩的批驳只局限于读者阅读层面，直接从诗人和读者的关系出发，把晦涩理解为"懂"与"不懂"的问题，将其原因归结为诗歌创作立场和语言形式两个方面。

"晦涩"和"不懂"的诗的出现，往往被视为诗作者小资产阶级立场的体现，这一点与国防诗歌批判现代"纯诗"同出一辙。一些进步的现实主义诗人首先强调诗人如何调整诗与现实的关系问题，他们警示现代派诗人："在现阶段的战争的中国，如果仍抱住其'寂寞呀'，'苦恼呀'的个人主义的颓废抒情诗篇，无疑的，这个人是有意识蒙昧了铁血的现实，这不仅是近代诗坛上的罪人，而且是中华民族的罪人！"④ 如此夸张且政治气息十足的语态说明，诗人必须向现实靠近，改造自己已是一切之中至关重

---

① 何其芳：《〈夜歌〉初版后记》，《夜歌》，重庆诗文学出版社 1945 年版。
② 艾青：《论抗战以来的中国新诗——〈朴素的歌〉序》，《文艺阵地》1946 年第 6 卷第 4 号。
③ 罗振亚：《20 世纪中国先锋诗潮》，人民出版社 2008 年版，第 67 页。
④ 陈残云：《抒情的时代性》，《文艺阵地》1939 年第 4 卷第 2 期。

要的任务,他们必须克服心理对于"过去的怀恋","抛弃自己的个人主义的残滓",因为"现时代的诗歌,是民族解放斗争的呼声,并不是几个少数的人待在斗室中的喷云吐雾的玄学的悲哀的抒情诗。那种没有现实性的个人抒情小诗,早已失掉他的存在理由,而只好同木乃伊为伍了。"① 现实主义歌者无视现代派诗的内在合理性,否定其对于新诗艺术发展的贡献,视其为新诗发展的"谬途",在现实主义诗歌价值取向的导引下,因为不能跳出"小我",象征派和现代派诗歌必然面临"钻进牛角尖的前途",晦涩根本不能获得本体性的诗学认同,只能成为现实主义诗人批判的口实。

现实主义批评家理论思考浅薄,不可能对晦涩作出深入细致的诗学阐释,但又不能忽略晦涩的存在,所以与胡适等人脱离作品分析的批驳方式不同,他们以现代派诗歌作品为具体批判对象,进而达到否定晦涩的目的。在众多现代派诗人中,卞之琳抗战爆发前的作品被公认与晦涩关系最为密切,不同立场的诗评家对其都有过精彩的解析论断,大众化立场的批评家同样不会"错过"这位"最合适"的批判对象。仅以阿垅对卞之琳20世纪30年代诗歌的评判为例,在其一系列具体作品的分析批判中,其并不掩饰卞之琳诗歌对自己的吸引,但又时时不忘"拒斥"自己对卞诗的偏爱,他无条件遵从大众化诗学立场和原则,因此越是倾心卞诗,就越要艰涩否定。他认为《断章》尽管有"美学的光辉和情致",但衡量诗歌内容的性质,其是唯美主义的"罂粟花","罂粟花愈艳愈毒,愈讲园艺愈为害"②。同时,它显示的是"某一群人的人生观和宇宙观,世界观和世界感的;他们排斥现实而又被现实所排斥,他们温柔地伤感着或者驯良地咒诅着,好像是说:人生是多虚妄啊!而世界,也没有我们的一份了"③!而《鱼化石》一诗的费解"不是由于生活的深掘,而是由于符箓的玄奇"④。《白螺壳》内容是"一种朦胧,一种混乱"⑤,是因为把过去的内容以诗的

---

① 穆木天:《关于抗战诗歌运动》,《文艺阵地》1939年第4卷第3期。
② 亦门(阿垅):《内容一论》,《诗与现实》第二分册,五十年代出版社1951年版,第104页。
③ 亦门(阿垅):《思想片论》,《诗与现实》第二分册,五十年代出版社1951年版,第153页。
④ 亦门(阿垅):《内容一论》,《诗与现实》第二分册,五十年代出版社1951年版,第107页。
⑤ 亦门(阿垅):《内容别论》,《诗与现实》第二分册,五十年代出版社1951年版,第77页。

## 第四章 审美价值认同论:从"朦胧"到"晦涩"的言说

形式呈现于现代生活之中。可以看出,阿垅对现代派诗歌晦涩的评断是经过"细读"而得出的,但避开了技巧传达的现代诗艺,仅考察思想内容,将晦涩完全归结为诗人的人生观和世界观,这是现实主义诗学评判异己阵营的典型策略:取样诗歌内容,作为评断现代派诗歌晦涩的"标本",以机械唯物论为支撑,将诗作内容牵强地归结为诗人的态度和诗学立场,最后给予具有政治趋向的论断。

从技巧上理解晦涩,更表现出现实主义批评家目的的明确性和批评的幼稚。他们以新诗大众化对于诗歌语言文字的要求,作为衡量新诗"晦涩"的标尺,意在通过批判"晦涩",重申大众化诗歌通俗化、口语化和散文化的主张。大众化诗学的倡导者认为,"新诗歌的表现法,是不要这种'转弯抹角'的东西。新诗歌的表现法,是要绝对的从口语出发。"① 在大众化诗学提倡朗诵诗、方言诗以及山歌和民谣体新诗的时候,这样的主张显得尤为突出。在这样的诗学逻辑里,晦涩从来就不是诗歌本体层面的结构性因素,因此它的形成无非是因诗人创作态度而带来的语言文字的故弄玄虚。这种对晦涩与语言关系的简单化理解,完全忽视了象征派和现代派诗歌汲取象征主义诗学营养而注重诗艺表现的根本特质,其近乎幼稚的批评行为只能理解为对自我诗学立场的宣扬,并未触及现代派诗歌晦涩的实质。

实际上,从抗战爆发直至20世纪40年代,在现实主义批评家批判现代派诗歌时,戴望舒、卞之琳、何其芳等人的美学观念已经转变,但他们并没有在现代中国的革命狂涛中退却,在社会现实的巨变中,诗歌本体的艺术追求和审美表现都得到新质提升。艾青总结抗战诗歌时,对此有过肯定性评价,他们"一面撇开了艺术至上的观念,撇开了人生的哲学的说教,撇开了日常苦恼的倾诉,撇开了对于静止的自然的幸福的凝视;一面就非常迅速地(当然,在他们的内心的奋斗过程里不会是太简单的)把自己投进了新的生活洪流里去,以人群的悲苦为悲苦,以人群的欢乐为欢乐。使自己的诗的艺术,为受难的不屈的人民而服役,使自己坚决地朝向

---

① 渥丹:《新文字与国防诗歌》,《诗歌杂志》1937年第3期。

为这时代所期望的，所爱戴的，所称誉的目标而努力着，创造着"①。另一方面，现实主义批评家批判的象征主义表现方法也在很大程度上参与着抗战诗歌的创造，以诗情的真诚与亲切，弥补着抗战诗歌热潮中只重视"群众的心"而忽略"个人的心"的缺失。就此意义而言，现实主义批评家对现代派诗歌晦涩的评判似乎"时过境迁"，批评本身也不可能关注到现代派所追求的诗艺经过抗战的"洗礼"，此时已发生新变，但随着大众化诗学主流地位的巩固，由象征主义一路走来，并不断赋予诗歌新质的"纯诗"诗人的地位，远远无法与现实主义诗人相提并论，晦涩注定要承受"尴尬"的诗学运命。

## 三 内隐的"主义"冲突：晦涩评判的本质揭秘

不同立场的诗人和批评家对新诗晦涩的差异"命名"，表明他们在思想观念、美学价值等方面的不同取向。但仅驻留于外部事实的品评，也只是澄清论争本身的基本样态，诗人和批评家就新诗发展的细部所表现的"突围"精神仍值得探究，其背后蕴含的能量有更深刻的内涵。

分析晦涩论争的实质，有一个文学发展的"背景音"不容忽视，那就是西方的各种文学思潮在中国现代文学发展中的共时存在。就西方文学发展而言，古典主义、浪漫主义、现实主义和现代主义是一个递进的文学史序列，但五四新文化运动以来的中国文学并没有遵循这种发展逻辑，进化论的线性历史被打破，浪漫主义、现实主义和现代主义联袂而至，共同推动着20世纪上半叶中国文学的发展。从《摩罗诗力说》《呐喊》《彷徨》到《野草》，鲁迅身上汇集了浪漫主义、现实主义和现代主义三种因素；相似的时间段里，茅盾也曾经穿梭于自然主义、浪漫主义和现实主义之间；从郭沫若的浪漫主义代表作《女神》到李金发和戴望舒的象征主义，时间跨度不足十年；文学研究会的口号"为人生而艺术"和创造社的口号"为艺术而艺术"几乎同时问世。在古典文学传统的分崩离析造就的开放空间里，四面八方的各种"主义"纷至沓来，它们解除了既定的历时顺

---

① 艾青：《论抗战以来的中国新诗——〈朴素的歌〉序》，《文艺阵地》1946年第6卷第4号。

## 第四章 审美价值认同论:从"朦胧"到"晦涩"的言说

序,形成一个众声喧哗的文学局面,浪漫主义、现实主义和现代主义置身其中,扮演着举足轻重的角色,同时它们也失去了单独领衔某一时期的发展机遇,在现代中国的文学场域里成为一种共时存在。正如有学者所言:"浪漫主义、现实主义和现代主义的报到注册业已包含了一个秘密的转换:这些概念的意义在于,它们深刻地卷入中国近现代历史上一系列旷日持久的论争——例如,传统与现代,本土与西方,民族与世界,无产阶级与资产阶级,以及主体与现实,个人主义与集体主义,艺术自律与艺术他律,如此等等。尤其是现实主义与现代主义,它们在论争之中分蘖,繁衍,扩大音量,并且在反复的诠释之中不可避免地产生种种变异,从而形成一些具有强大吸附力的话语场。"[①] 如此说来,20世纪三四十年代,由普通读者、胡适、梁实秋及现实主义诗歌阵营从不同角度掀起的抨击晦涩诗风的浪潮,无疑也是这些"具有强大吸附力的话语场"在提供理论能量。因为当西方理论术语大规模进入中国语境时,那种文学历史的叙述公式已转换成共时存在的空间,"这里更多的是浪漫主义、现实主义、现代主义以及其他各种'主义'的复杂对话,而不是一种美学类型覆盖另一种美学类型"[②]。晦涩论争完全可视为各种"主义"相互"对话"的诗学行为。

20世纪20年代中后期,李金发、穆木天、王独清等象征派诗人的积极主张和艺术实践,使推崇含蓄诗学渐渐成为新诗创作的美学共识,20世纪30年代现代派诗人的"加盟"更是推波助澜。从诗学内涵来看,这显然符合象征主义诗歌"纯粹"的标准,但"这种诗歌观念的贵族性牵拉,使他们在综合中西艺术经验时不以晦涩为悲剧,反倒把它提高到美学原则的高度去加以推崇","发掘内心的同时,付出了疏离现实的代价。"[③] 所以,这场修正"明白清楚"的战役,尽管在很大程度上提升了新诗的诗艺,但其明确宣称艺术家就是要忠实表现自己的世界,诗人是高于普通人的艺术贵族,这些理念与现代文学在文化目标上确立的启蒙原则是有间隙

---

① 南帆:《五种形象》,复旦大学出版社2007年版,第22页。
② 同上书,第130页。
③ 罗振亚:《20世纪中国先锋诗潮·绪论》,人民出版社2008年版,第5页。

的。间隙遇到适合的时代土壤,就会不断扩大。从晚清开始直到"五四"时期,中国知识界主流对现代文学的认识都从文学的社会功能入手,也从文学的社会功能来界定新文学的定义,这样的界定方式一直影响着后来者对文学的认识,20世纪三四十年代现实主义歌者对晦涩诗风的抨击,其文学理念就受到这种认识的牵拉。他们要求文学与社会完全一致,文学应该为社会的现实性服务,两者之间不能有任何一点间隙出现。从这样的要求出发,抒写内心世界的诗歌,探索生命内在感受的诗歌,就被判定为文学的异端,被戴上晦涩的帽子,因为内心世界、人的意识世界被认为是与"现实"无关的东西,是少数诗人狭隘的孤芳自赏。虽然各个时期对启蒙的理解有着复杂的内涵和不同的行动策略,但这种经由"改装"现代文学启蒙目标以社会功能建构文学的主要方式,的确引领着20世纪三四十年代的文学主流。念念不忘社会现实,道义观念成为文学建构的支撑框架,描写梦、潜意识、内心的主观感受和纯粹的想象内容的文学领域,都被指认为文学的"堕落",因为这些领域与中国的社会现实和大众文化需求相脱节。一种无形而巨大的伦理压力围绕着晦涩而形成,它造成新诗历史上晦涩的一个特殊含义,即暗指一种自私的眼界、狭窄的缺少责任感的文学行为,但这种把美学意义的晦涩强行纳入文学现实伦理意义来讨论,只意味着某种文学的特殊性,不意味着普遍性,其有效性具有明显的时代局限。

具体来说,以文学的社会功能为出发点展开的有关晦涩的持久论争,其内里潜伏的线索就是现实主义和现代主义(象征主义)的冲突。现实主义被推崇为文学主流,意识形态特征赋予它超乎文学范畴的文化权力,现代主义被看成是现实主义的对立物,是文学的支流,甚至是文学的逆流。这样一来,两种文学观念的分歧就被染上强烈的政治色彩。象征派诗歌和现代派诗歌因对象征主义诗学原则的艺术汲取,自然被划归到现代主义的派系中,他们的晦涩,被认为是现代主义的美学标记,被视为资产阶级的文学特征,濡染了政治色彩的文学氛围使得晦涩在新诗中的贬义更加具有戏剧性。

但就象征派和现代派诗人的艺术姿态而言,面对现实主义规约文学的政治含义,有时甚至是人为地、不乏强暴地附加上去的"意义",作为现

## 第四章 审美价值认同论:从"朦胧"到"晦涩"的言说

代的诗人,他们"站在曾被传统视为神圣的意义面前的那种完全被动地接受性,有了一种无可挽回的奇特的减退"①。与那些现实主义歌者强调的以社会功能"装备"起来的诗歌意义相比,他们更在意艺术本真所赋予的个体存在,正如布罗茨基所言:"如果艺术能教授些什么(首先是交给艺术家),那便是人之存在的个性,作为一种最古老的——也最简单的——个人投机方式,它会自主或不自主地在人身上激起他的独特性、单一性、独处性等感觉,使他由一个社会化的动物转为一个个体。"② 正是出于对个体存在的立场把持和艺术实践,象征主义诗人才以晦涩这不同于主流艺术形式的面貌出现,尽管他们面对无法回避的指责,但这些象征主义作家似乎无心弥合他们与大众的距离,即使是那些参与抗战诗歌创造的诗人也并没有完全放弃象征主义的艺术观念。相反,正是由于象征派和现代派诗歌艺术方法的参与创造,弥补了那个时代只"侧重'群众的心'而忽略了'个人的心'"③,使得抗战诗歌获得更强的艺术表现力。以今天的艺术眼光审视象征派和现代派诗歌,作为一种美学类型或者曾经的艺术流派,它们比那些"政治色彩"浓厚的现实主义抗战诗歌更具有生命力,"晦涩难解"的指责并没有使其永久"消亡",相反历经指责性言辞的攻击,这些诗歌在今天依然拥有自己的读者群,这是对之批判的现实主义歌者所不能预料的。事实上,"诗人在他那个时代是否拥有很多读者,这本身并不十分重要。重要的是他在每一代人中都至少应该拥有一个规模不大的读者群。"④ 艾略特的睿智言语可谓具有历史眼光的一个注解,象征派和现代派诗歌的确没有因为晦涩而失去它的读者群。

特雷·伊格尔顿曾言:"任何实际语言都是由极为复杂的一系列话语组成的,而这些话语由于使用者的阶级、地域、性别、地位等之间的不同而互有区别。它们不可能被整整齐齐地结合成一个单独的、纯粹的语言共

---

① 张志扬:《评加达默尔的萨尔茨堡讲演》,《法国哲学》第1辑,北京大学出版社1986年版,第164页。
② [美]布罗茨基:《文明的孩子》,刘文飞译,中央编译出版社2007年版,第30页。
③ 朱自清:《诗的趋势》,《新诗杂话》,生活·读书·新知三联书店1984年版,第67页。
④ [英]艾略特:《诗的社会功能》,《艾略特诗学文集》,国际文化出版公司1989年版,第244页。

同体。一个人的标准可能是另一个人的偏离……"① 象征主义诗学的美学价值观从诞生伊始就陷入不同立场的言辞互驳中，尽管大都不是诗学层面的学理探讨，立场的执拗和偏颇也常使辩论显得"风马牛不相及"，但对立双方的相互指责和自我辩护都是为证明自身存在的合理性，结果就是他们的思想都共时存在着，或者集束闪现于某一时期成为主流，占据优势和主导地位，或者在高潮之后，以辐射的形式走向不同归途。这种派别之间的论争对文学史的意义，正如有学者总结的那样，"文学史和艺术史上屡屡可见一个有趣的现象：各种美学类型或者艺术流派诞生的速度远远超过消亡的速度。它们可能用刻薄的言辞互相攻击，结果是它们都留下来了。众多不同的经典构成了共时的存在。攻击的意义不是消灭对方，而是宣告自己的问世。重要的是找到自己的空间，而不是封杀已有的流派。许多时候，文学史的延续不是直线地相互替代，而是体现为圆圈式地不断扩大，就像树木的年轮。"② 新诗史上，系于不同审美价值观的晦涩问题所引发的论争亦正如此，象征派和现代派诗歌也仿佛树木年轮的一环，参与并见证文学史延续的历程。

## 第四节 独辟蹊径：现代解诗学的"晦涩"体认

20世纪30年代，随着现代派诗风的盛行，晦涩问题成为影响新诗发展的尖锐因素，在引发复杂争论的同时，批评家的忧虑和此类诗歌给读者欣赏带来的苦恼交互并存。20世纪40年代的袁可嘉对此有过表述："有的从日臻细密的社会分工着眼，担心诗的创作与欣赏终将沦为一极度专门的高级技艺，成为小圈子中人物的自唱自叹，对于多数读者将永远是可望而不可即的奇迹；更严肃的批评者则由晦涩所赐的苦恼，追根到底，而堕入'艺术是否为了传达'的沉思。"③ 批评家的担忧并非"庸人自扰"，因为

---

① [英] 特雷·伊格尔顿：《二十世纪西方文学理论》（新版），伍晓明译，北京大学出版社2007年版，第5页。
② 南帆：《五种形象》，复旦大学出版社2007年版，第129页。
③ 袁可嘉：《诗与晦涩》，《论新诗现代化》，生活·读书·新知三联书店1988年版，第91页。

## 第四章　审美价值认同论:从"朦胧"到"晦涩"的言说

现代诗歌的晦涩首先关涉的就是诗人艺术探索与读者审美能力的关系问题。那么,如何化解读者的苦恼和批评家的忧虑,缩短诗人审美追求和读者审美能力之间的距离,让诗摆脱"自唱自叹"的境遇,接近更多的读者,成为20世纪三四十年代许多诗人和批评家关注的焦点。他们作出多种形式的理论探索,一方面表现为从学理上为晦涩一辩,对所谓诗的晦涩作理性分析(见本章第二节),另一方面就是在作品阐释中,通过文本分析,渐渐拆除诗的传达与读者接受之间的障碍。后者的努力,就是在新诗批评中出现的关于解诗的理论和实践,[①] 它体现了批评家对现代新诗本体艺术特征的尊重,在作者、作品和读者之间架起了一座智性桥梁,宣告现代派诗歌"晦涩朦胧""不好懂"而众声否定的时代结束。那么,现代解诗家如何从诗本体的视角理解和破译现代诗歌的晦涩,其中包含哪些新的观念和解决途径,批评家们何以能够对晦涩问题作出如此丰富的体认,体认背后蕴藏了诗人和批评家什么样的审美追求,这是需要思考的问题所在。

### 一　"自我救赎":聚焦作品本体的"晦涩"解读

20世纪20年代中期,以李金发为代表的初期象征派诗歌对于新诗观念是一次大的突破。但由于时代要求和艺术水准的限制,这场新诗美学观念的变革,在理论批评界没能得到太多肯定。即使那些最先称赞李金发诗歌的批评家,态度也十分暧昧,如称赞李氏以"新奇怪丽的歌声"激起自己"新异的感觉"的钟敬文,批评主调仍是限于"不好懂"的感喟。[②] 第一个写出诗人专论的苏雪林女士,从创作特征阐发了李金发诗的"秘密",但他们都没有介入作品本体深入剖析。[③] 就是具有宏阔发展眼光的朱自清先生,虽然肯定初期象征诗派"异军突起"是诗歌的一种进步,同样只停留在诗派总体特征的把握上,此时的诗学思考也没有触及诗作本体。更有

---

[①] 关于此问题,孙玉石先生有专著《中国现代解诗学的理论与实践》,该书针对现代派新诗面临的"难懂"质疑,从新诗的内部建构和外部环境出发,系统阐释朱自清、闻一多等人的"解诗"思想和实践,以此建立现代汉语诗歌尤其是现代派新诗的解读路径。《中国现代解诗学的理论与实践》一书已由北京大学出版社2007年出版。

[②] 钟敬文:《李金发的诗》,《一般》1926年12月号。

[③] 苏雪林:《论李金发的诗》,《现代》1937年第3卷第3期。

批评家以社会历史观的批评方法对象征派诗歌持蔑视和否定的态度。这些或褒扬或贬抑的眼光，尽管包含着批评主体的理解渴望，但仍未冲破习俗惯性织就的淡漠之网，不仅没有把握象征派诗歌的本体特征，还在读者和批评家心里埋下现代诗歌"晦涩难懂"的种子。进入20世纪30年代，以戴望舒为首的现代派诗潮迅猛发展，"晦涩"和"不懂"的声音向这群年轻的诗歌探索者"呼啸"而来，这一方面表明广大诗歌读者和传统诗学批评已陷入困惑的境地，另一方面揭示新诗从理论到批评都面临读者舆论的挑战。解决这两方面问题，都需要对现代诗歌的"晦涩难懂"给予多角度的论证和阐释。

从1932年《现代》杂志创刊，经过戴望舒、卞之琳等人主编的《新诗》《大公报·文艺副刊》，到抗战爆发前夕胡适主编的《独立评论》，都先后开展了关于象征派和现代派诗歌"明了"与"晦涩"、"懂"与"不懂"的问题讨论。阐释大多从理论分析现代派诗歌产生的历史必然性，阐明现代派诗歌晦涩的产生符合新诗从审美心理到美学原则的现代发展趋势，指明这是现代派诗歌富有个性的艺术探索，同时揭示这种艺术探索与读者审美能力之间差距形成的原因，以及缩短差距的途径。[①] 但这些理论争辩和探讨，大多未在作品本体的解析中，对晦涩的产生给予直观阐释，没能与读者进行审美心理的直接交流，不足以抵挡读者舆论的强大冲击。因此，聚焦作品本体，从现代诗歌内部找寻理解晦涩的"钥匙"，通过作品本体的欣赏和审美判断，实现对现代派诗歌晦涩难懂的重新解读，成为一些批评家超越传统批评思维的新理念。这种独辟蹊径的解诗理念，艾略特早就给予过肯定，"将兴趣由诗人身上转移到诗上是一个值得称赞的企图"。[②] 就晦涩本身而言，它是随象征派和现代派诗歌的产生而产生，通过

---

[①] 参与讨论的文章有施蛰存《关于本刊所载的诗》，《现代》第3卷第5期、《又关于本刊中的诗》，《现代》第4卷第1期、《海水立波》，《新诗》第2卷第3期；朱光潜《谈晦涩》，《新诗》第2卷第2期、《心理上个别的差异与诗的欣赏》，上海《大公报》1936年11月1日；周作人《关于看不懂（通信一）》；沈从文《关于看不懂（通信二）》，《独立评论》第241期；林庚《什么自然诗》，《新诗》第2卷第1期；金克木《论中国新诗的新途径》，《新诗》第1卷第4期等。

[②] ［英］T. S. 艾略特：《传统与个人才能》，《艾略特诗学文集》，王恩衷编译，国际文化出版公司1989年版，第8页。

# 第四章 审美价值认同论:从"朦胧"到"晦涩"的言说

作品本体层面的切入,使其在具体的诗歌阐释中获得"新生",不失为一种诗歌的"自我救赎"。现代解诗家通过文本解读为晦涩正名,实现的超越主要表现为以下几点新见。

第一,立足本体,超越作品思维的复杂性,锁定解读现代诗歌晦涩的切入点。象征派和现代派诗歌由于表现题材、审美意识和传达方式的特殊性,其复杂的样态造成人们理解和欣赏的困难,使得习惯既定诗歌"模式"的读者和批评家称之为不懂的"朦胧诗"、怪诞的"糊涂诗"。曾有读者认为,《现代》刊载的杨予英的三首诗,读了"觉得无限神秘,奥妙,奇异之感",使人"如入五里雾中,不得其解",编者施蛰存先生以解析的方法阐明了现代诗联想和构句的特征,"替代"诗人"逐一解释",回答了读者对一些"朦胧诗"的指责,使"不易索解"的"比较朦胧的诗"变得"明白晓畅"了。① 河南一位中学教师在写给胡适的信中,把卞之琳的《第一盏灯》称为谁也不懂的"糊涂诗"。胡适赞同这位教师"明白晓畅"的主张,但却说"《第一盏灯》是看得懂的,虽然不能算是好诗"②。争论本身已经表明,现代诗歌具有本体复杂性,由此出发,一些批评家绕开纷纭的论争,从诗歌本体的复杂性中拨开晦涩的层层迷雾。

在朱自清看来,现代诗歌是一些善于"从敏锐的感觉出发,在日常的境界里体味出精微的哲理的诗人",在作品里"以敏锐的感觉为抒情的骨子",又用暗示的方法来表现情调,他们脱离了一般读者了解和欣赏的习惯,使得那些"只在常识里兜圈子"的一般读者,自然对其诗产生"隔雾看花之憾"③。他认为,诗歌由表现习惯的生活和感情世界转向表现生疏的感情和感觉世界,应是新诗的一种进步,诗人用想象和智性创造的独特的艺术世界是一个"复杂的有机体","这是一种解放,一种自由,同时又是一种情思的操练,是艺术给我们的"④,完全不能简单地以"明了"和

---

① 《社中座谈·关于杨予英先生的诗》,《现代》1934 年第 5 卷第 2 期。
② 《看不懂的新文艺(通信)》编辑后记,《独立评论》1937 年第 238 号。
③ 朱自清:《诗与哲理》,《新诗杂话》,生活·读书·新知三联书店 1984 年版,第 24 页。
④ 朱自清:《解诗》,《新诗杂话》,生活·读书·新知三联书店 1984 年版,第 14 页。

"晦涩""易懂"和"难懂"作为衡量的价值尺度。如此说来,"能懂的读诗者一定也要有和作诗者同样的智慧程度"①,这种"智慧"便是读者和批评家必须具有认知和超越诗歌本体复杂性的能力。解诗学的文字正是这种"智慧"的化身,它将隐藏在复杂陌生里的美揭示出来,在理解和征服中进入象征派和现代派诗人独特的思维轨道,给读者一把解开作品"晦涩"的钥匙。

早在中国初期象征派诗歌理论诞生之初,诗人穆木天在反思初期白话诗过于直白的缺点,努力探索诗与散文的界限之时,就明确提出建立"诗的思维术"。这不仅指一般的形象思维,更是指与散文思维相区别的象征派和现代派诗歌特有的思维方式,它与传统诗歌的思维方式有明显差异,代表了这一诗潮新的审美特征,成为现代诗歌"陌生化"的根源。金克木对此有准确的总结:"几乎所有情绪微妙思想深刻的诗都不可懂,因为既然不用散文的铺排说明而用艺术的诗的表现,就根本拒绝了散文教师式的讲解。"② 也就是说,用理解散文的思维无法理解现代诗,因为现代诗的感觉方式、思维方式创造的是一个伸展、跳跃、活动的空间,具有很大的流动性,模糊与不确定性成为它的普遍特征,神秘和隐藏是其主要风格。诗歌经过奇特思维重新编码的语言载体,即便是诗人也会感到理解的困难。废名曾深有感触,在解读现代倾向很强的卞之琳的诗作时,进入并追踪他的思维确实很难,因为诗的"观念跳跃得厉害","如此的诗你不懂得它好,旁人真无从解释"③,自己也不敢粗略阅读,马虎从事,相反都是"重新读几遍",尽可能接近诗人创作的原本意义。显然,抓住现代派诗歌独特的思维方式是突破晦涩的关键。

批评家善于抓住现代派诗歌意象与意象、语句与语句之间的空白,找寻思维链条中的连接物。在他们看来,现代派诗歌的晦涩既非诗句表达的前后不连贯,也不是诗人爱好写别人看不懂的东西,其关键在于诗人略去了思维链条中的连接物,略去了解释性和连接性的东西,以幻想的逻辑保

---

① 柯可(金克木):《论中国新诗的新途径》,《新诗》1937年第1卷第4期。
② 同上。
③ 冯文炳:《谈新诗·十三〈十年诗草〉》,《谈新诗》,人民文学出版社1984年版,第167页。

## 第四章　审美价值认同论：从"朦胧"到"晦涩"的言说

持着诗歌意象之间、思想之间的连贯性。这种幻想的逻辑，就是思维本身的跳跃、潜意识或显意识的非常规联想，它在意象和语言方面产生的结果便是空白的形成，这自然增加读者的阅读困难。要想破译现代诗歌，必须建起一座串联空白的"思维之桥"。李健吾在谈论废名诗歌时，就极其关注他诗歌的思维空白，"为了某种方便起见，我不妨请读者注意他的句与句间的空白。惟其他用心思索每一句子的完美，而每一完美的句子便各自成为一个世界，所以他有句与句间最长的空白。……废名先生的空白往往是句与句间缺乏一道明显的'桥'的结果。你可以因而体会他写作的方法。他从观念出发，每一个观念凝成一个结晶的句子。读者不得不在这里逗留，因为它供你过长的思维。"① 几乎同时，何其芳在回答有些人非难新诗晦涩难懂的时候，认为对于现代派诗，"我们难于索解的原因不在作品而在我们自己不能追踪作者的想象。高贵的作者常常省略去那些从意象到意象之间的连锁，有如他越过了河流并不指点给我们一座桥，假若我们没有心灵的翅膀便无从追踪。"②

李健吾、何其芳所说的句与句之间、意象与意象之间出现的"空白"或"连锁"，均与现代诗人和读者的思维特性有关，这正是象征派和现代派诗人独特的艺术追求。两位批评家所说的"桥"，既是作者和读者之间的审美障碍，也是作品与读者之间沟通的纽带。解读现代诗歌的晦涩，读者必须想象作者"过长的思维"，因为作者过了"河"，却拆去了"桥"，必须要靠一种跳跃的思维来重新搭建。也就是说，如果我们承认现代诗歌晦涩的存在，那么晦涩"堡垒"的攻破，需要接受者运用创造性思维，努力进入象征派和现代派诗歌意象的复杂内涵，找到意象与意象之间"距离的组织"，把握诗人思维运行的独特轨道，而不能以惯性思维在诗歌中寻求一种普遍的价值标准，这正是现代解诗家破解诗歌晦涩的突破点。

第二，立足本体，挖掘作品内涵的多义性，探寻解读现代诗歌晦涩的多重路向。现代诗通过意象、象征、隐喻等诸种暗示性艺术手段，表现自

---

① 刘西渭：《画梦录——何其芳先生作》，《咀华集》，花城出版社1984年版，第146页。
② 何其芳：《论梦中道路》，天津《大公报·文艺》1936年第182期"诗歌特刊"。

己内心的感觉世界，营造一种介于表现自己和掩藏自己之间的艺术效果，被称为"以智慧为主脑"的"新的智慧诗"①。这势必造成诗歌自身的模糊性和不确定性，也使诗歌具有内涵的多义性和意象的朦胧性，直接导致读者产生晦涩难懂的阅读感受。现代解诗家对诗歌晦涩的解读，某种程度上就是破译文本意象的隐喻和象征，以及它们的内在组织，以求诗歌朦胧性和多义性的明朗化，为读者化解因晦涩带来的"难懂"和"不懂"提供多重路向。面对文本的深层意蕴，诗人本体和作品本体是他们选择的两个维度。

一方面，立足诗人本体维度，追踪现代诗歌创作主体的背景。尽管现代解诗学较多地接受了西方新批评聚焦文本细读分析的方法，但针对一些复杂的诗歌文本，他们仍然强调关涉诗人本体的质素在解诗中不可或缺的作用。其一，以文本内涵的客观包容性为前提，将接受者的晦涩感觉引向创造主体的原初旨意。象征派和现代派诗歌的意象与文句，往往具有多层的意义和内涵，有如传统诗学的"诗有重旨"。破译"重旨"，不是任意杜撰，不是主观臆想，必须尊重诗人的创作意图，找出诗的客观意义。朱自清认为："一个比喻往往有许多可能的意旨，特别是在诗里，我们解释比喻，不但要顾到当句当篇的文义和背景，还要顾到那比喻本身的背景，才能得到它的确切的意旨。见仁见智的方法，到底是不足为训的。"②虽然这是解释古诗时的强调，但对复杂多义的现代诗也颇为适用。当读者面对诗歌晦涩找不到由头时，现代解诗学给诗歌的多义性立起一块路标，引导读者带着晦涩的问号循此前行，努力使他们对诗歌的晦涩感觉逐渐消失，在符合客观逻辑基础上，发掘作品的多元释义。如此，不仅诗歌的晦涩可以有解，晦涩论调也会在诗歌多义性的剖析中得到瓦解。其二，立足现代的思维和视角，在现代诗歌产生的文化背景中消解晦涩感觉。一首诗产生的背景，从深层意义理解就是现代诗人的文化构成。它是一个诗人独特的文化修养和文化追求，往往渗透和制约着诗人的作品创造，使作品有着不同于别人或一般的文化内蕴。如果不了解诗人独特的文化构成，用普遍的情

---

① 柯可（金克木）：《论中国新诗的新途径》，《新诗》1937年第1卷第4期。
② 朱自清：《古诗十九首解释》，《朱自清全集》第7卷，江苏教育出版社1992年版，第197页。

## 第四章 审美价值认同论:从"朦胧"到"晦涩"的言说

形去解释所有的现代诗人和他们的复杂作品,自然是模模糊糊,难以深入核心之处,即使能够解读也往往因为文化差异的误读而解错了诗,导致诗歌晦涩的色彩日益浓重。朱光潜向读者推荐废名的新诗作品时就曾说过,"废名先生的诗不容易懂,但是懂得之后,你也许要惊叹它真好。有些诗可以从文字本身去了解,有些诗非先了解作者不可。"① 他本人也正是因为了解诗人的文化背景,而得出废名的诗富有"深玄背景"与"禅家道人"风味的准确见解。现代解诗学虽然确立了作品本体观,但仍将有益的传统批评质素融合其中,显示出批评家科学的研究眼光、融贯中西的学术功力和宽厚的学术胸襟。

另一方面,立足诗歌本体维度,揭示诗人意象营造和语言运用的奥秘,把握现代诗歌的情绪境界。20 世纪 30 年代,李健吾的批评眼光锁定以戴望舒、卞之琳为代表的现代派诗潮,认为细心体会现代派"朦胧的意象",是理解现代派诗歌的"窗口"。在批评卞之琳《鱼目集》时,他发掘意象背后深潜的情感和理智,指明诗人意象的营造是进入现代诗歌文本的一个"妙径"。直至 20 世纪 40 年代,面对一群"自觉的现代主义者"的复杂文本,唐湜沉潜于诗歌文本的艺术分析,多集中关注和破解意象和意象凝定,"引领读诗者进入诗人们的身心去探索"② 。他认为,意象和意象的凝定是现代诗人追求艺术传达的核心性审美概念,在对穆旦、王辛笛和郑敏等诗歌的解读批评中,大都是将文本的部分或个别意象、字句作为阐述理论的例证,通过部分或个别的把握,引领读者接近诗的理解,把握他阐发的意象与意象凝定的思想及其背后的隐含意义。

袁可嘉在解读具有现代化倾向的复杂本文时,认为现代诗人的创作为表现"对于自己所感所思的不可逼视的忠实",必然要准确刻画亲身感受,完整传达内心的"感觉曲线"③,"忠实"得以保持的表现手法即是间接性、迂回性和暗示性,它们通过"想象的逻辑"构建了一个现代诗的情绪

---

① 朱光潜:《编辑后记》,《文学杂志》1937 年第 1 卷第 2 期。
② 唐湜:《〈新意度集〉·前记》,《新意度集》,生活·读书·新知三联书店 1989 年版。
③ 袁可嘉:《新诗现代化的再分析——技术诸平面的透视》,《论新诗现代化》,生活·读书·新知三联书店 1988 年版,第 16 页。

境界。在袁可嘉看来，要想观察、进入与解释现代诗的复杂文本，必须认识和把握这种情绪境界的两种传达模式：诗境的"扩展"和诗境的"结晶"。他以卞之琳的诗歌《距离的组织》为例，阐述了读诗与解诗要忽略常识意义的起承转合，重视"通过意象连续发展后的想象次序"，将错综复杂、忽远忽近的诸多意象串联起来，进行想象与联想，努力找出意象之间内在意义的连贯性，读者的想象也只有合乎逻辑的发展，才能体味诗人诗境扩张的效果，也自然可以深入诗境结构内部。袁可嘉还指出，现代性作品中诗人的"感觉渗透"和"情绪渗透"也是解诗的关键，这是诗人的"感情透过感觉而徐徐向广处深处伸展的有效运用"①，要想把握现代倾向浓郁的诗作的本质特点，必须以"情绪渗透"为关注焦点，将诗的字句和意象洞彻了解，融会贯通，清晰整理并辨知出"情绪渗透的轨迹"。从这一关键环节入手，就可以进入诗人现代情绪构成的诗情世界，自然破译或解读一个复杂"组织"构成的美丽之谜。

总之，针对现代诗歌蕴含的模糊的、不确定的情感体验，批评中如运用准确无误的判断性语言，势必会损害诗歌的多义性和丰富性，而且要妥帖地传达作者的某种情绪也是不容易的。在解诗中，与其由批评者一手包办作徒劳无功的评断，不如以有效的解读路向为读者提供一种普遍性的思路导引，使之在批评家审美理念的带领下，准确进入现代诗歌的晦涩空间。

第三，立足作品本体，探求作品艺术的完整性，依托读者打开现代诗歌晦涩的审美空间。现代诗歌的晦涩直接体现在现代诗歌文本中，要想克服这种来自诗歌文本的阻碍，从文本自身来解决无疑是现代诗人和批评家的共识。就现代意味很浓的象征派和现代派诗歌而言，它是诗人艺术美的创造，隐含一种朦胧的艺术传达方式，诗歌美学由此发生了"革命性"转折。也就是说，现代诗歌虽然难懂，但不能否认其内蕴的艺术审美价值。因此，现代批评家对复杂文本的解读必然面临双重任务，即一方面要"化"难懂为明了，另一方面在"化"的过程中不能忽视作品本体的审美

---

① 袁可嘉：《诗与主题》，《论新诗现代化》，生活·读书·新知三联书店1988年版，第72页。

## 第四章 审美价值认同论：从"朦胧"到"晦涩"的言说

性追求，充分发掘作品本体的艺术完整性，努力呈现晦涩诗歌的审美价值。这一任务的完成，如果单纯依靠批评家解读文本，在揭开晦涩之谜的同时，极有可能遮蔽现代诗歌所包蕴的"美丽"。因此，引导读者进入现代诗歌的"美丽"空间，让读者走近诗，破译文本晦涩的审美内旨，与读者共同实现对现代诗歌艺术完整性的探求，成为现代批评家解读诗歌晦涩的着力点。

20世纪30年代，李健吾较早注意到读者在阅读时具有的主观能动性，他以超前的理论设想，强调解诗批评是为读者提供一个思维兴奋点，给他们一种提示和启迪，具体的感受不能由批评者一手包办，更需要读者自己的参与和思考。卞之琳从诗的艺术完整性角度也反对过细的解诗。他说过，一首所谓的"看不懂的诗"，有时在字句上并没有什么叫人看不懂的地方，那么，让"读者去感受体会就行了"，因为这诗里面"全是具体的境界"[①]，并没有一个死板的谜底在里边。也就是说，对于所谓"难懂"的，甚至"不通"的诗，固然可以通过解诗来帮助读众去理解，但是解释诗的效果，如果弄得不好，可能会损坏诗美的完整性。因为一首诗常常是"直觉的展出具体而流动的美感"，对其过分"死"的解释，会破坏这种"具体而流动的美感"[②]。作为以新诗文本解说进入大学课堂的先驱者，废名倡导诗人解诗"不求甚解"，要给读者留有体味空间。他强调解释并不要求绝对的清晰，而是自觉追求一种含而不露的朦胧，甚至有意"不求甚解"，目的就是引领读者进入文本的诗的世界，但只走进门口为止，余下的缤纷色彩与遐想空间，让读者自己去思考、捕捉和体味。总之，诗人和批评家要注意并善于把握解诗的"度"，特别是对复杂难解的现代诗歌，只有这样才能掌握一种平衡，既体悟诗的真正意义，又不破坏诗的完整"美丽"。

与卞之琳和废名相比，袁可嘉对文本的坚守更蕴含着浓厚的审美动因，他注重读者在解诗过程中的地位，认为诗人和批评家说明或阐释现代诗歌的复杂文本对欣赏晦涩诗歌是不利的，"要了解他们感觉与思想的结

---

[①] 卞之琳：《关于你》，天津《大公报·文艺》1936年第182期"诗歌特刊"。
[②] 卞之琳：《关于〈鱼目集〉》，见刘西渭《咀华集》，花城出版社1984年版，第118页。

合也有赖读者根据诗篇的感觉曲线作自动的思索,任何直截了当的说明虽属可能但对于诗的欣赏终必有损无益"。"可惜的是想用散文阐释这一种诗的特质的可能性太小,如勉力一试,无意中又彼此能够限制原作在读者所能引致的影响,笔者几经考虑,觉得仍以诉诸读者自己为佳。"① 显然,袁可嘉原则上反对"直截了当的说明"诗歌,要求读者根据诗篇的"感觉曲线"创造性地思索,而不要让过于呆板的解释,损害了原作可能激发的读者的想象或欣赏,对解诗的必要性和实际效果始终保持一种警醒的思考。在袁可嘉这里,解读现代诗歌的晦涩,就是叩问与追寻作品复杂性中隐藏的创造力与美,引导读者凭借自己的理解力和欣赏力,接近于认知诗歌复杂奥妙的有机综合过程,因为这些诗歌的晦涩往往包含了作者由于艺术追求而进行的"反叛"与"抵抗",包含了最真实的"作者的人格"。可以说,袁可嘉关于现代诗歌文本的思考,除了探求他的"写实、象征、玄学"的理论构想之外,在关注复杂诗歌文本的解读时,始终追求如何保持文本整体性与尝试文本分析之间的平衡。

无论是批评家的解说,还是读者的感悟,对晦涩的解读都应该持一种欣赏的态度,反对"过度阐释"。这种"过度阐释"在许多过分认真的人那里,便是"总爱在作品里寻找作者思想进行的轨迹,给它贴上一个——ism 的招牌,或甚至舍弃了欣赏诗的根本态度为可有可无的零碎思想编出系统,糊糊涂涂的尊之为哲人、圣人。"② 而在读者那里,则是"常常有些读者自作聪明,要在他所认为晦涩的诗篇里寻找本来不在的东西,这种努力不仅徒费心神,而且使读者心境进入最不利的接受情况,这也常常是无中生有,造成不必要晦涩的原因之一"③。反思诗歌解读行为,也是现代解诗家体认晦涩时具有的探求品质。

---

① 袁可嘉:《新诗现代化的再分析——技术诸平面的透视》,《论新诗现代化》,生活·读书·新知三联书店 1988 年版,第 18—20 页。
② 袁可嘉:《诗与意义》,《论新诗现代化》,生活·读书·新知三联书店 1988 年版,第 88 页。
③ 袁可嘉:《批评漫步——并论诗与生活》,《论新诗现代化》,生活·读书·新知三联书店 1988 年版,第 89 页。

## 二 烛照的现代之光:"晦涩"体认的主体审美品格

面对晦涩的现代诗歌,一些具有现代发展眼光的诗人和批评家脱离众声喧哗的"争论"场域,确立了聚焦诗歌本体的超越理念,他们从作品本体的复杂性、多义性和艺术完整性入手,捕捉现代诗人奇特的思维方式,明晰晦涩解读的多重路向,发掘晦涩内蕴的审美空间,以科学理性的批评实践,极具说服力地瓦解了"晦涩难懂"的质疑论调。在他们的理论思考中,批评主体的现代特质明显浸透在晦涩解读过程中,逐渐凝成一种主体审美品格。

(一)自我发现的主体意识。为打开现代诗歌晦涩的神秘之门,主张解诗的批评家始终坚持作品本体观,他们的批评实践开创了具有多元探索品格的诗学批评空间。批评不再以阐释客观文本为主,而是通过聚焦作品本体,以期达到批评者和诗人之间双向的经验互动,以主体性介入使现代批评呈现迥异传统批评的新趋向:诗歌批评本身被看作是一种与创作同等重要的艺术创造,批评家与诗人围绕文本意义展开深层交流,文本的阐释完全通过两个或多个艺术创造者之间的对话完成。这种主体性的批评思想在现代解诗家的晦涩体认中有鲜明体现,在介入诗歌文本时,自我发现的主体意识明显增强,突出表现为两个转变:一是批评家在解读晦涩诗歌过程中,逐渐摆脱对诗人和文本的绝对依附性,增强自身的个体创造性,它直接关涉晦涩诗歌在被质疑的氛围中能否获得开阔的阐释空间;二是批评家对主体意识的一种自我警惕,指批评家依凭主体意识在引导读者认知文本的过程中,其主观创造性要避免对文本的单向裁判,不能以此扼杀读者的解读权利,主体意识必须转化为一种理解和鉴赏的批评态度,在给予读者的权利空间里提高批评主体创造力的实践效度。

20世纪30年代,李健吾与卞之琳之间就阐释晦涩诗歌文本的相互切磋,已成为现代文学批评史上的一段佳话,蕴含着李健吾重视批评家主体意识的丰富思想。在某种意义上,正是现代诗歌的晦涩激发了批评家这种鲜明的主体意识。针对传统文学批评强调的批评家对于作家、作品要"尽量的忠实",李健吾认为,文学批评应是"一种独立的艺术",强调批评家以自己的人生和艺术经验，参与文本的理解和阐释；作为一个参与者本身，也应当有一个批评者主体的"富丽的人性的存在"①。正是源于这种自我发现的主体意识，李健吾对卞之琳的诗歌得出不同于作者本人的阐释，使现代晦涩诗歌的言说取得了不同以往的阐释效果，打开一个令人耳目一新的批评审美空间。同时，李健吾所倡导的主体性批评思想与注重文本解释思想的"奇妙"相遇，为20世纪30年代"先锋性"的现代诗歌走进读者提供了切实可行的实践路径。批评家和诗人在平等切磋的对话中，深度交流现代诗歌的复杂文本，实质也是对诗歌晦涩内涵的深度剖析，是解读现代晦涩诗歌的积极尝试。

　　批评家自我主体意识的凸显，意味着批评中个人创造性的增强。但对一个富有创造性的批评家来说，批评不应是对既成文本的机械解释，而应是批评者、作者和读者之间共同的艺术创造。就"共同创造"的合作过程而言，李健吾是在与作者"或离或合的苦乐"中②，对卞之琳的晦涩诗歌取得不同以往的解读效果，这是批评主体意识的显层体现。与之相比，一些批评者在解诗过程中，大都希求能够给读者以导引，意欲与读者共同完成解读晦涩诗歌的任务，这样的批评目标和行为也是对批评主体性思想的"无声"回应。他们对被解读者不是指导与裁判，不是"武断"和"专横"，避免主体的创造性发展成为个人的偏好和癖好，而是以理解和鉴赏的态度将读者的存在、作者的存在融于"自己的存在"之中，这种保护主体意识的自觉也是主体意识强化的表现。前文曾提到废名解诗的"不求甚解"，卞之琳反对过细的解诗，袁可嘉对诗人和批评家阐释复杂诗歌文本的质疑，都是保护批评主体意识的自觉行为——绝不能以自己的"完美阐释"取消他者的存在。的确如此，虽然批评的主体性思想就是由批评家将"另一个存在"和"另一个人性""额外"地放进作品中，但"一件真正的创作，不能因为批评者的另一个存在，勾销自己的存在。批评者不是硬生生堤，活活拦住水的去向。堤是需要的，甚至于必要的。然而当着杰作面前，一个批评者与其说是指导的，裁判的，倒不如说是鉴赏的，这不仅

---

① 刘西渭：《爱情三部曲——巴金先生作》，《咀华集》，花城出版社1984年版，第2页。
② 同上。

## 第四章 审美价值认同论:从"朦胧"到"晦涩"的言说

是出于礼貌,也是理之当然。"①

(二)寻求发展的现代眼光。现代解诗家对诗歌晦涩的体认是在新诗现代化的发展进程中完成的,批评所获得的实绩完全得益于解诗家们具有一种寻求发展的现代眼光。批评家敏锐感觉到,传统阅读的思维定式框囿着现代诗的读者,导致他们"接触这类诗作的经验太少",茫然和困惑的心态使他们面对现代诗歌诸多的新"景观","像面对来历不明的敌人,一片慌乱中常常把它看作译过来的舶来品。"而实际情况却是,现代诗"许多欧化的表现形式早已是一般知识群生活的一部分,虽然来自西方却已经不是西方的原来样本"②。这也就意味着,读者的接受能力与"先锋性"知识群的艺术表现在审美解读的链条上不能有效对接,文学批评的传统观念在现代新诗面前也显得无能为力。面对原有诗歌观念和批评经验对解读现代诗歌的束缚,运用何种批评思想和方法,揭开现代诗歌的"舶来品"面纱,帮助读者获得解读诗歌的新经验,观念更新显得尤为重要。将目光转向西方,自觉学习和借鉴西方现代诗学批评理论,从异域寻找革新中国诗学批评传统观念的有效资源,成为现代解诗家的必然之举。这一时期,西方现代新批评派的思想与方法适时传入,为解读现代晦涩诗歌提供了新途径,成为批评家破解诗歌难题的有效"处方"。

在现代解诗学的实践者中,朱自清、闻一多、废名、袁可嘉、唐湜等均自觉借鉴西方现代批评的理论成果,就解读现代诗歌晦涩文本而言,朱自清和袁可嘉的现代眼光敏锐而独到。作为熟悉中国传统诗学批评的学者,朱自清是从反思传统诗学批评开始接受西方理论的,他认识到传统诗学批评存在一个弱点,即无论是以比兴观念笼罩一切的比兴派,还是随任己意评点的评点派,"这两派似乎都将诗分析得没有了"③,它们都忽视对诗的本来意义的分析。朱自清明显对这种分析方法感到不满,但又无法从传统诗学中找到能"将文本弄清楚"的理论资源。当时经曹葆华和叶公超等人的译介,外加新批评派大家瑞恰兹和燕卜荪20世纪30年代都曾在中国

---

① 刘西渭:《爱情三部曲——巴金先生作》,《咀华集》,花城出版社1984年版,第2页。
② 袁可嘉:《论新诗现代化》,《诗创造》1948年第12期。
③ 朱自清:《诗多义举例》,《朱自清全集》第8卷,江苏教育出版社1992年版,第207页。

讲学,西方新批评派的理论和方法已经引起中国诗歌批评界和学术界的极大关注,特别是瑞恰兹批评理论中关于意义分析和文本细读的思想和方法,对"求知若渴"的朱自清具有很大的吸引力,对他产生了直接影响。尽管朱自清更多地将这一方法运用在古典诗歌的阐释上,但其对卞之琳诗歌的阐释,对象征派和现代派诗歌的中肯评断,都与接受瑞恰兹和燕卜荪的批评思想和方法有某种直接或间接的关系。

袁可嘉对现代诗歌复杂文本的走近,也是在强烈的现代意识和科学批评观念指导下完成的,诗学批评中注重文本解读完全受到英美新批评派的影响。他特别关注和肯定西方现代批评的最新成果,认为"现代的倾向注重作品全面结构的分析,尤其是根据文字语言学的智识,字字推敲,寻出文字,意象,节奏,思想间互相作用的关系,这就是所谓'文本的分析'(Textual analysis),现代批评在这方面的成就是着实可惊的"[①]。他明确指出,介绍西方新批评派作品细读的分析方法,目的在于"接近具体的文学作品,而不在盲目接受别的学科所包含的理论体系"[②]。他还对"文本的分析"的细读方法发表颇具深度的见解:"如果只支离破碎地把一件作品机械地拆开摊散,自然无啥稀奇,更无多少意义可言,令人惊叹的是拆开后还要还它一个整体,用一二个核心的观念使之贯串,而使作品呼呼有生气。分析是批评的手段,正如动手术是医生治病的方法,它的最终目的仍在有机综合,还它一个活泼的生命。"[③]袁可嘉这些观念的背后,正是得自于他对西方新批评的观念和方法的理解与认同,并借此完成了他自己"欣赏文学,研究文学,创造文学"的目的。[④]唐湜也在自觉反思传统文学批评局限基础上,关注和借鉴西方现代批评,他觉得中国古代传统的文学批评"过于看重直觉的批评常是不切实际的,不

---

① 袁可嘉:《我的文学观》,《论新诗现代化》,生活·读书·新知三联书店1988年版,第110页。
② 同上书,第109页。
③ 袁可嘉:《批评的艺术》,《论新诗现代化》,生活·读书·新知三联书店1988年版,第156页。
④ 袁可嘉:《我的文学观》,《论新诗现代化》,生活·读书·新知三联书店1988年版,第111页。

## 第四章　审美价值认同论：从"朦胧"到"晦涩"的言说

免流于笼统、公式化与中心精神疲乏后的空虚，所以我们应该接受欧洲人的科学的批评方法、精明的分析和澈骨的刻画。"[①] 显然其中也包含一种解诗的现代眼光。

尤为可贵的是，批评家们的现代革新观念还具有辩证扬弃的发展品格，在解读现代诗歌时，他们并不完全执秉西方现代批评的理论成果，在借鉴和吸收的同时，能结合解诗实际合理摆布。西方新批评派主张把作者与批评者完全隔绝开来，甚至完全否定作品和作者这个创造本体的相互联系，强调读者的诞生必须以作者的死亡为代价，对于这一可能导致批评者自身迷误的"绝对旨意"，现代解诗家们认为，作为批评者在发挥主体创造性的同时，并不能完全脱离作者意图的制约性。因为客观地讲，任何一种诗学批评都不能否认一个由作者、作品、读者三者构成的公共关系空间的存在，批评对象审美创造的特殊性决定理解者视界与想象的创造性，机械地以作者本意为理解和阐释也必然被引入狭窄。但解诗毕竟不等于纯然的鉴赏，理解者的创造不能变为随心所欲的臆造，解诗仍要有限制。因此，朱自清、李健吾、废名、袁可嘉等在解读现代诗歌的复杂文本时，尽管各自的出发视点有差异，但却始终保持着解诗在作者和读者层面的有效性，使复杂文本的多义内涵与客观性得到统一。

（三）互动和谐的批评氛围。面对现代诗歌的复杂文本，与晦涩论争中充满意气的互相攻讦不同，现代批评家在解读晦涩诗歌的实践中，在诗人、批评家与读者之间努力构建一种互动的和谐关系。20世纪30年代，作为批评家，李健吾与诗人之间就现代诗歌复杂文本展开的平等对话，被视为主体性批评的经典表现。多年以后，曾经的当事者卞之琳还有过这样的回忆：

> 1936年春夏间，健吾曾为文评论我那本有幸被列入风行一时的巴金编《文学丛刊》第一辑的《鱼目集》，把其中一路大加揄扬，竟引起了我一点意外的反应。我感到在一些阐释上需要自己按原来的文本

---

[①] 唐湜：《〈意度集〉·序》，《意度集》，上海平原社1950年版。

安排加以牵引,指出他所说的有点欠妥,不能自圆其说。……我后来一直后悔,作为作者自己出来说话,总是多事,而批评家说话,是代表读者,总无可厚非……实际上,被评者,例如我这个作者,也只是作求全的补充,健吾果然心领神会。[①]

解诗双方的平和心性与谦逊姿态的确是在和谐互动的批评氛围中显露出来的。朱自清也认为,解诗中协调创作者、文本和接受者之间的公共关系,也是要予以科学对待的一项课题。在他看来,诗人的创作意图同作品的含义常常不是同一的,但是作为原创作者的诗人,对于自己的创作是有发言权的,因而在解诗中尊重诗人也是应该的。朱自清在解读卞之琳的《距离的组织》《白螺壳》和《淘气》三首诗之后,接受作者的批评,在《新诗杂话·序》中列举了三处经诗人指出的错误或补充,并作出了新的解说。他还提出读诗的"设身处地"原则,同样是一种走向诗人、走向作品、从而达到同诗人沟通的读诗方法,体现了解诗家读解作品所应有的"感情移入"的参与态度。在尊重诗人问题的另一面,朱自清强调"我们有我们的立场",可以走近诗人,但却不能等同诗人,应有自己的态度和立场,从而超越作者。对此,李健吾也有过激昂的表白:

> 如今诗人自白了,我也答复了,这首诗就没有其他"小径通幽"吗?我的解释如若不和诗人的解释吻合,我的经验就算白了吗?诗人的解释可以撑掉我的或者任何其他的解释吗?不!一千个不!幸福的人是我,因为我有双重的经验,而经验的交错,做成我生活的深厚。诗人挡不住读者。[②]

朱自清和李健吾都在强调解诗对诗人固有意见的突破,强调在诗人创

---

[①] 卞之琳:《追忆李健吾的"快马"》,《人与诗:忆旧说新》(增订版),安徽教育出版社2007年版,第101页。
[②] 刘西渭(李健吾):《答〈鱼目集〉作者——卞之琳先生》,《咀华集》,花城出版社1984年版,第134页。

## 第四章 审美价值认同论:从"朦胧"到"晦涩"的言说

作的空白处依想象搭起桥来,在某种意义上,解诗也是对于作者审美客体的再创造过程。

如何协调与建构作家、批评家和读者之间的互动和谐关系,20世纪40年代的袁可嘉也设计了一幅理想图景。与朱自清、李健吾与诗人正面的相互切磋不同,袁可嘉从反面就当时作家、读者与批评家之间的阻隔状态提出建设意见。"有一个黑色的恶性循环,隐隐中缠住了我们的文艺,而我们所谓文艺环境也仿佛就只是一环内的三角地带:作者盲作,读者瞎读,评者胡评;而三者又互相感染,彼此鼓励。"究其形成的原因,袁可嘉认为罪在诗人、读者、批评家"自觉意识的奇异的低落",这三方必须努力塑造"自觉的,有意识的,批评的"这三种品格。"自觉的"是有所求于作者的个体创造性;"有意识的"是有所求于作品的独创性;"批评的"则是要求个体与作品、经验与表现、主题与效果之间的适度相称。批评家或解诗家的责任,就是"如何使批评意识能在作者,读者,评者间一致高扬;以自觉的,有意识的,批评的活动来粉碎作者盲作,读者瞎读,评者胡评的黑色恶性循环,进而追求凝聚,集中,优越的标准和明朗的次序"[①]。如果说,朱自清和李健吾在细致的解诗体会中表现出一种和谐的建构姿态,为解读现代"晦涩"诗歌创造了一个宽松氛围,那么,袁可嘉的"自觉意识"理论则是这一氛围经过提升所达到的更高境界。正是在这样一个谐和的批评境界里,诗歌的晦涩才能获得最大意义的"破译"。

### 三 回归艺术本体:隐匿的解诗旨归

通过解诗实践,现代批评家极力拉近现代诗歌与读者之间的审美距离,致力拆解现代诗歌"晦涩难懂"的观念。表面看来,解诗行为似乎背离了"诗是不可解释"的中国古训,但"中国诗家学者并非一概反对诗可以解释。他们反对的是一种错误的解诗观念和方法。这种观念和方法,放弃了诗歌本体的'大旨',也放弃了诗如'镜花水月'的美学特征,从

---

[①] 袁可嘉:《当前批评的任务》,《论新诗现代化》,生活·读书·新知三联书店1988年版,第173—178页。

'物物皆有所托'的先验观念出发,一味穿凿附会,强求索解,就丧失了对于诗歌作品本身价值的把握"①。现代批评家的解诗正是从探寻"诗歌本体的'大旨'"出发,尊重现代诗歌的美学特征,张扬批评的主体意识,最终实现对诗歌本体艺术价值的把握和呈现。就晦涩的现代诗歌来说,正是因诗歌难于理解,才唤起人们对理解的追求,而难于理解又源于现代诗人对于诗歌本体独特的艺术创造和审美追求,如此就意味着,现代解诗学作为理解美的诗学,其致力的方向就是对现代诗歌独特的艺术本体追求的理解。如果说,正是在回归诗歌本体艺术的审美追求上,象征派、现代派至九叶派的中国新诗在朦胧、含蓄、晦涩中探入了艺术内核,那么,理解美便也是一种具有同等意义的美的创造,现代解诗学把理解美作为达到美的创造的桥梁,其行为正是追求诗歌本体审美创造的独特姿态,解诗与现代诗在接近诗美的路径上具有了相同的旨归。或者说,现代批评家之所以能够对现代诗歌的复杂文本给予丰富的深度解读,回归诗歌艺术本体的审美追求是其不可或缺的能动质素,这种审美追求实际就是他们对批评审美态度的深度思考。

现代解诗学并不单纯地为解诗而解诗,而是意在通过解诗来发掘和认定"晦涩"诗歌本体的审美特质,表现出尊重现代"晦涩"诗歌艺术特征的本体立场。他们并不把晦涩的现代诗歌视作难以破解的"怪诗"和"糊涂诗",而是把特定时代背景下诗人精神风貌的变化,作为把握晦涩诗歌艺术本体特征的基本前提,积极捕捉现代诗人特异的思维方式和新奇的创作理念,极力呈现这些诗歌独特的艺术美,进而为这些诗歌的朦胧性、多义性和不确定性找寻合理的存在依据。可以说,批评家们对晦涩诗歌的解读,表面看是为证明所谓晦涩的诗歌其实在很大程度上并非晦涩,而他们的实际行为却是肯定这些诗歌所包蕴的审美质素,肯定现代派诗人独特的艺术创造,批评实践深层内蕴的是批评家自身对晦涩诗歌的一种审美接受态度,这样的审美态度显然只有站在诗歌艺术本体的立场上才能获得。同时,批评家在解诗过程中,对诗歌本体的关注并不排斥对诗歌社会背景和

---

① 孙玉石:《解诗小议之一》,《中国现代诗导读(1917—1937)》,北京大学出版社2007年版,第2页。

## 第四章 审美价值认同论:从"朦胧"到"晦涩"的言说

诗人个人背景的考察,但他们摆脱了机械的庸俗论观点,把创作主体的背景作为与诗歌本体保有一定联系的基本质素,增大了诗歌本体的客观包容性,避免了对晦涩诗歌的解读出现"玄"的倾向。可以说,正是批评家在解诗实践中所坚持的诗歌本体立场,使得微观的解诗行为已经不仅仅是在诗歌批评领域来实现对诗歌艺术审美价值的发掘,其通过解读现代诗歌的晦涩,进而对现代派诗歌所作出的肯定性评价,在一定程度上也具有了推动新诗现代化步伐的诗歌史意义。

现代解诗学对晦涩的体认,"表现了批评家对诗歌本体自觉意识的强化。在纵的坐标上,它不同于只注重社会内容和外部艺术特点的社会历史批评诗学,开始进入对作品内在的意象和语言结构的分析,达到了由形式而走向内容。在横的坐标上,它区别于西方新批评派完全杜绝了解作者创作意图而将作品进行封闭式的细读和注释的形式主义,也区别于中国传统诗学过分追求字义的考据疏证从而陷入穿凿和烦琐的附庸主义,达到了为内容而进入形式的境界。"① 在晦涩论调占据主流的舆论空间里,具有可贵探索精神的批评家以体认晦涩的现代眼光,怀着与现代诗人思维接轨的渴望,努力探讨现代诗歌带有规律性的内涵,用智慧贴近智慧,用心灵理解心灵,最终通过诗歌文本的丰富解读实现了晦涩的"自赎",真正打开了现代诗歌艺术本体的审美空间,与作者和读者一起分享了现代诗人的创造之美。从这一意义上看,现代诗歌的晦涩何尝不是一种美丽的"缺陷"。正如朱光潜先生所言:"世界既完美,我们如何能尝创造成功的快慰?这个世界之所以完满,就在有缺陷,就在有希望的机会,有想象的田地。换句话说,世界有缺陷,可能性(potentiality)才大。这种可能而未能的状况就是无言之美。世间有许多奥妙,要留着不说出;世间有许多理想,也应该留着不实现。因为实现以后,跟着'我知道了'的快慰便是'原来不过如是'的失望。"② 由此可以说,具有现代倾向的所谓晦涩的诗歌,本身就具有一种"可能而未能"的"无言之美",它有"留着不说出"的

---

① 孙玉石:《重建中国现代解诗学——中国新诗批评史札之一》,《中国现代文学研究丛刊》1987年第2期。
② 朱光潜:《无言之美》,《朱光潜全集》第1卷,安徽教育出版社1993年版,第72页。

"奥妙",现代解诗学对它的体认并不希求明白的解释,而是努力引领受众去领悟与体味它的"无言之美",征服这样的晦涩,获得的将是一种超乎晦涩之上的美感拥有,这正是现代解诗学所追求并努力达到的深层批评境界。

# 结　语

　　20世纪上半叶，伴随新诗现代化这一漫长的历史转型过程，中国现代象征主义诗学完成了自身建构的艺术创造任务。本书通过探讨其核心命题看到，在新诗诞生以来的短短30年的发展历程中，围绕诗学核心命题的确立，现代诗人、诗论家、批评家之间既有冷静的学理探讨，又有不同观点的意气攻讦；有随时间的推移对问题内涵理解的层层推进，也有前进途中的迂回曲折；有些问题是诗学发展阶段性的标志，还有些是理论转型期的过渡性成果，种种努力共同孕育出这一建构历程复杂而命题旨意颇丰的诗学体系。它持守疏离主流意识形态的艺术本体立场，维护"诗之为诗"的诗歌本质观念，尊重艺术形式的独立性价值，以迥异于现实主义诗学的独特风貌，传递着注重文学现代性的一种努力，丰富了现代诗学的具体形态，成为现代诗学发展的一脉传统；它立足于中国新诗发展的现代语境，积极接受西方象征主义诗学的影响，自觉接通中国古典诗学的文化传统，在"融合"中西诗学的高层次上，推动了中国现代诗学由传统向现代的转换，使现代诗学获得面向世界的开放性品格；它以相对独立的、系统的艺术观念、形式法则和审美追求，赋予中国新诗新的特质，给新诗赢得了新的技巧、新的语言和新的生命体，并使新诗汲取西方诗歌的现代传统进而汇入世界诗歌的发展潮流，从根本上拓宽了新诗发展的新路向。同时，这些艺术法则和审美原则，不自觉地散发渗透到现实主义和浪漫主义诗歌中，成为新诗发展不可或缺的有机因子；它为探求新诗走向"本体"之路所进行的种种"革命性"的诗学变革，虽未产生巨大的社会影响，但其极富现代意义的艺术成就远比现实主义诗学更能经受住时间的考验,在中国新诗现代化的进程中获得持久的生命力。

20世纪下半叶,在中国现代诗学的舞台上,依附政治权力话语的现实主义诗学渐渐成为主角,多元鸣唱的诗学格局被打破,历史的"转场"阻断了现代象征主义诗学的发展之路,其"革命性"的艺术之举成为特殊时代的批判对象,在主流文艺理论家的眼里,曾经的象征主义诗学建构者也成为"异己"和"另类",现代象征主义诗学最终沉寂在一个以政治呼喊代替艺术美的探求、以集体意志代替个人心灵悸动的时代。当被冷落、被弃置的象征主义诗学法则重新出现在诗坛时,时间已进入20世纪80年代。捐起"人的文学"大旗的朦胧诗人们为表达解放的思想观念和复杂的心理意绪,执意打破"垄断"诗坛的政治抒情诗的单一模式,他们大量地运用"现代"诗歌技巧,象征、隐喻、变形、意识流等艺术手法重新带来了诗风的朦胧,"这些话语隐含着先前的革命意识形态无法辨识的信息,那些话语中似乎包含着语言上的重大空白"[①]。这种不断涌现的写作活动,在很大程度上激活着象征主义的诗学原则,诗歌又开始"以它自身的象征主义和独特的修辞学含蓄地否认了对社会的直接承诺,试图恢复诗歌话语自身的主权"[②]。但在被意识形态制约的历史语境尚未完全"解冻"之时,朦胧诗仍被大多数读者指责过于晦涩,一场关于诗学观念和美学趣味的激烈论争同样未能避免。时至20世纪90年代,不同写作路向的诗人或以具体、清晰、明白为诗歌所应达到的目的,对修饰词和形容词进行清除,在琐碎平庸生活的刻意强调中,试图用口语化改写当代的诗歌语言;或以繁复的诗歌技法,在多种异质性的语言中切割转换,运用炫耀技巧式的词语追求经验表达的复杂性。前者在产生了不小的震撼和革命效应之后将诗歌引向"非诗化"的倾向,后者在表现诗人自身处理经验和思考智慧的同时导致了诗歌的晦涩难懂。"纯诗"又成为20世纪八九十年代最具争议的诗学观念之一,它与社会现实的关系,它与语言的关系,它是一种诗歌理想还是一种诗歌类型等,再度成为当代诗歌发展的关注焦点。

---

[①] 耿占春:《失去象征的世界——诗歌、经验与修辞》,北京大学出版社2008年版,第109页。
[②] 同上。

# 结　语

历史好像故意和缪斯开了个玩笑，当"纯诗""晦涩"这些象征主义的诗学范畴重新出现时，它们在当代诗坛的境遇如同昨日，依然处于观念纷争中。虽然这已不是现代象征主义诗学建构层面的观念再议，但诗歌在找回"本体"之后，面临的还是何去何从的复杂局面。这里只能简单指出这些现象的表层存在，不能就问题的细部进行深入展开，但如果要深入分析 20 世纪八九十年代关于"朦胧诗""纯诗"等论争的问题实质，准确甄别诗人自我阐释的观念立场，回过头去追本溯源，发掘这些诗学观念既有的理论价值，则是十分必要且极有意义的研究行为。因为，"任何当代性都关联着连续的历史，任何当下性都回应着动态的历史。它们之间的'互文'，恰恰蕴藏着无限契机。"[①] 更重要的是，历史距离的拉长已使我们清晰地看到，20 世纪上半叶中国现代象征主义诗人和理论家为倡导"诗之为诗"的本质特征，证明诗歌本体存在的合法性和必要性，在曲折的发展历程中已对"纯诗""晦涩"等诗学范畴进行了内涵界定，在新诗现代化进程中赋予它们宝贵的诗学价值。如果离开这一重要的"连续的历史"，有意遮蔽这样的参照系，就很难识别"纯诗"和"晦涩"在当下诗人观念阐释中的真面目。[②] 就此意义而言，在新诗现代性追求的漫长进程中，中国现代象征主义诗学依然参与着当代诗歌的发展历程和诗学建构，那些内涵丰富的核心命题正在获得极具时代性的新的价值旨归。

作为象征主义诗学的核心范畴，当"晦涩""纯诗"等在当代诗歌"先锋"之路上被涂抹新的时代底色时，实际也表明现代象征主义诗学在以一种潜隐的方式对当下产生着影响。就现代象征主义诗学追求"诗本体"的艺术精神而言，它不以政治意识形态、社会伦理道德作为文学艺术的内在价值尺度，不以其作为审美批评的决定性因素，相反，诗歌作为艺术在本体和功能上有自身的尺度。这种捍卫艺术尊严的诗学精神经历了 20 世纪 40 年代以降的非常时期的抑制之后，在八九十年代的诗歌创作中又显

---

[①]　陈仲义：《整体缺失：新诗研究的最大遮蔽》，《南方文坛》2003 年第 2 期。
[②]　目前已有研究者对此作出了积极尝试，如魏天无在《新诗现代性追求的矛盾与演进——九十年代诗论研究》一书中，通过考察西方"纯诗"概念的由来、含义，以及它在 20 世纪三四十年代中国现代诗歌中的接受情况，指出八九十年代诗人对"纯诗"存在的误读和误解。

出它的持久影响力。朦胧诗、新生代诗歌继续捎起象征主义诗学艺术自主的精神旗帜,真实地写出对生命和生存的体验,使诗与思脱离刻板的千篇一律的模式,呈现丰富的面目,带来诗歌经验的复杂深度和话语的巨大包容力,以此彻底打破了意识形态对诗歌的"改造"机制,拆穿了诗歌是政治"升华"的神话把戏。可以说,在持守艺术自身发展规律的层面,他们接通了现代象征主义诗学的本体精神,即"在意识背景上,他们强调个体生命体验高于任何形式的集体顺役模式;在语言态度上,他们完成了语言在诗歌中目的性的转换。语言不再是一种单纯的意义容器,而是诗人生命体验中的唯一事实。"① 由此,当代诗人跨越时空与现代象征主义诗人和诗论家达成了艺术共识,并实现了更高层次的超越。从另一角度来说,这也不失为现代象征主义诗学赋予当代诗歌发展的一种精神动力。

就现代象征主义诗学的建构方式而言,它所具有的现代特质也为当下的中国文学建设提供有益的经验借鉴。最为突出的就是,现代象征主义诗学依据中国新诗发展的现实语境,实现了"现代化"与"民族化"、"西方"与"传统"的重构,这一点充分表明,诗学的现代性既不能一味地"西化",更不与传统相矛盾,现代性的建构历程本身也是一个"新传统化过程","新传统化"不仅是处于异质文化冲突中的民族文化的认同需要,它本身也逐渐成为文化建设的一种规律。而当下的中国文学与文化建设的现实却是,一方面是西方诗学和文化思想的大量输入和运用,当代思想脱离具体文学实践而与西方文化、西方诗学潮流进行沟通对话,这不仅忽略了对中国当下实际的感受、体验与把握,而且在宏阔空虚的阐释中,许多陌生的诗学语汇隐藏了诸多概念游戏;另一方面的情形却是,在西方诗学这样的"外部"力量挤压迫近我们的承受底线之时,便会试图借助"民族化"和古代传统的力量反驳外来的挤压。两种情形都造成当下文学与文化的现代性追求在一定程度上的"短路"。而中国现代象征主义诗学根据新诗现代化的发展需要,在面对西方诗学和传统诗学时,完全从新诗创作的

---

① 陈超:《中国先锋诗歌论》,人民文学出版社2007年版,第5页。

## 结　语

实际现状出发，采取了中西话语互释、中西文化观念互释的建构方式，这是一种立足现实"用东方话语在时空分离中重组欧洲话语的形式"，[①] 它对于今天的学术建设很有启发性，即"必须要正视这样一个基本的事实：这就是介入现代世界的文化循环、与其他文明形态发生有效的对话是不可改变的事实，中国古代文化的意义在今天只能是局部的而不再可能是整体的，现代中国的文化发展归根结底只能来自于现代中国人对于当下生存境遇的体验，只能来自于在新的生存境遇之中对自我意识的重新唤起和发扬。"[②] 由此说来，中国现代象征主义诗学建构的现代特点应该继续得到尊重和发扬。

中国现代象征主义诗学关于"诗本体"的建设实绩不容忽视，也不能否认其在当下所具有的影响力，但如果冷静地审视诗学体系的确立过程，却不难发现建构主体的诗学思考所带来的某些遗憾。现代象征主义诗学的内涵虽然是针对中国新诗现代化的迫切需要而进行的美学创造，但它毕竟受到西方象征主义诗学美学观和艺术观的直接影响，特别是后者执意创造一个独立于现实世界的自足的艺术世界，在这种审美价值取向的濡染下，中国象征主义诗人和理论家过于强调艺术本体的重要性，认为诗歌应该摆脱功利性、实指性和目的性，成为脱离外部世界的自足的艺术形式。这种与现实世界与社会生活相分离的纯粹的审美意识，使得象征主义诗学观念在某种程度上成为被提纯、被理想化的想象之物，诗学观念在获得理论意义的同时，必然降低理论本身对创作实践的指导意义，自然无法实现完全意义上的观念层向实践层的转化，即便转化也不得不面临被"改造"的复杂变异过程。其实，任何本体意义上的诗学建设都不可能彻底脱离活生生的现实，维护"诗本体"的出发点，反对的是把诗歌的社会功能作为唯一标准的诗学论调和行为，而并非是要把现实从"诗的世界"彻底摒弃，以此来建构一个"真空"的本体世界，中国诗论家在现代象征主义诗学发展后期作出的反思恰好说明了这一点。中西融合的建构方式是现代象征主义

---

[①] 陈太胜：《梁宗岱与中国象征主义诗学》，北京师范大学出版社2004年版，第231页。
[②] 李怡：《现代性：批判的批判——中国现代文学研究的核心问题》，人民文学出版社2006年版，第157页。

诗学得以确立自身的重要选择，它借用西方象征主义诗学以实现中国新诗对现代性的追求，又自觉将中国传统的诗学话语嵌入其中，通过不同程度的改造和误读，完成了诗学体系的现实构建，同时也导致中国现代象征主义诗学与西方象征主义诗学之间出现较大的差异，未能达到后者所追求的精神高度和体系建构的深度。如西方象征主义诗学整体表现为一种神秘色彩浓郁的超验本体论诗学，它通过契合、通感、暗示和冥思追求的是心灵与物质世界的对应、沟通和超越，而中国现代象征主义诗学更多立足于现实体验，虽然穆木天、梁宗岱等诗论家也把艺术目光投向心灵世界和超验世界，但他们的诗歌理论更多地植根于中国传统的艺术精神，努力创造的是一个主客消融、天人合一的艺术境界。中国现代象征主义诗学对语言和音乐性等艺术形式本体的强调，也未能达到西方象征主义诗学形式本体的探求深度。这些诗学差异的存在，虽有某种认识程度的偏颇，但中国象征主义诗论家对古典诗学传统的"集体无意识"，使他们在实现了以"西"激"中"、以"今"活"古"的目标的同时，也不自觉地放弃了对西方象征主义诗学精神高度的追求，这不能不说是诗学主体采用中西融合的建构方式所带来的"美中不足"。

雷·韦勒克曾言："我们要研究某一艺术作品，就必须能够指出该作品在它自己那个时代的和以后时代的价值，一件艺术品既是'永恒的'（即永久保有某种特质），又是'历史的'（即经过有迹可寻的发展过程）。"[①] 在这种"透视主义"研究方法的启示下，本书完成了对中国现代象征主义诗学建构的基本考察，其在20世纪上半叶的曲折建构历程中，所表现的执着的艺术探求精神，所创获的丰富的诗学本体内涵，所采取的中西融合的诗学建构方式，的确彰显其自身所具有的"永恒"的艺术特质。这些艺术特质蕴含着极为鲜明的现代意义，不仅在其"有迹可寻的发展过程"中推动了中国新诗的现代化步伐，还转化为"传统"因子为当代诗歌注入一种历史活力。

---

① [美] 雷·韦勒克、奥·沃伦：《文学理论》，刘象愚等译，生活·读书·新知三联书店1984年版，第36页。

# 参考文献

## 一 文献资料

1. 《创造月刊》，上海创造社 1926—1928 年版。
2. 《现代》，上海现代书局 1932—1935 年版。
3. 《自由评论》，北平自由评论社 1935—1936 年版。
4. 《人言周刊》，上海人言周刊社 1934—1936 年版。
5. 《新诗》，上海新诗社 1936—1937 年版。
6. 《人生与文学》，南开大学英文系社团刊物 1935—1936 年版。
7. 《诗歌杂志》，上海联合诗歌杂志社 1936 年版。
8. 《文艺阵地》，重庆生活书店 1938—1940 年版。
9. 《诗创造》，上海星群出版社 1947—1948 年版。
10. 王恩衷编译：《艾略特诗学文集》，国际文化出版公司 1989 年版。
11. 郭宏安译：《波德莱尔美学论文选》，人民出版社 1987 年版。
12. 黄晋凯、张秉真、杨恒达主编：《象征主义·意象派》，中国人民大学出版社 1989 年版。
13. 柳扬编译：《花非花——象征主义诗学》，旅游教育出版社 1991 年版。
14. 潞潞主编：《准则与尺度——外国著名诗人文论》，北京出版社 2003 年版。
15. 伍蠡甫：《西方文论选》，上海译文出版社 1979 年版。
16. 伍蠡甫：《现代西方文论选》，上海译文出版社 1983 年版。
17. 陈绍伟编：《中国新诗集序跋选》（1918—1949），湖南文艺出版社

1985 年版。

18. 杨匡汉、刘福春编：《中国现代诗论》（上编），花城出版社 1985 年版。
19. 张大明：《中国象征主义百年史》，河南大学出版社 2007 年版。
20. 郑振铎、傅东华主编：《文学百题》，中州古籍出版社 1992 年版。
21. 常文昌主编：《中国新时期诗歌研究资料》，山东文艺出版社 2006 年版。
22. 赵家璧主编、朱自清编：《中国新文学大系·诗集》（1917—1927），良友图书出版印刷公司 1935 年版。
23. 《中国新文学大系·文学理论集一》（1927—1937），上海文艺出版社 1987 年版。
24. 《中国新文学大系·文学理论集二》（1927—1937），上海文艺出版社 1987 年版。
25. 《朱光潜全集》，安徽教育出版社 1993 年版。
26. 《沈从文全集》，北岳文艺出版社 2002 年版。
27. 《朱自清全集》，江苏教育出版社 1996 年版。
28. 《冯至全集》，河北教育出版社 1999 年版。
29. 《卞之琳译文集》，安徽教育出版社 2000 年版。
30. 蔡清富、穆立立：《穆木天诗文集》，时代文艺出版社 1985 年版。
31. 李伟江编：《穆木天研究论文集》，时代文艺出版社 1990 年版。
32. 陈惇、刘象愚编：《穆木天文学评论选集》，北京师范大学出版社 2000 年版。
33. 黄建华、赵守仁：《宗岱的世界·生平》，广东人民出版社 2003 年版。
34. 黄建华、伍方雯：《宗岱的世界·评说》，广东人民出版社 2003 年版。
35. 李振声编：《梁宗岱批评文集》，珠海出版社 1998 年版。
36. 郭宏安编：《李健吾批评文集》，珠海出版社 1998 年版。
37. 徐静波编：《梁实秋批评文集》，珠海出版社 1998 年版。
38. 陈子善编：《梁实秋文学回忆录》，岳麓书社 1989 年版。
39. 《戴望舒诗全编》，浙江文艺出版社 1989 年版。
40. 《戴望舒译诗集》，湖南人民出版社 1983 年版。
41. 《戴望舒全集》（诗歌卷，散文卷），中国青年出版社 1999 年版。

42. 《穆旦精选集》，燕山出版社 2006 年版。
43. 杜运燮、袁可嘉、周与良编：《一个民族已经起来——纪念诗人、翻译家穆旦》，江苏人民出版社 1987 年版。
44. 孙玉石编选：《象征派诗选》，人民文学出版社 1987 年版。
45. 蓝棣之编选：《现代派诗选》，人民文学出版社 2001 年版。

## 二　译著

1. ［美］雷纳·韦勒克：《近代文学批评史》第四卷，杨自伍译，上海译文出版社 1997 年版。
2. ［美］卫姆萨特、布鲁克斯：《西洋文学批评史》，颜元叔译，中国人民大学出版社 1987 年版。
3. ［美］雷·韦勒克、奥·沃伦：《文学理论》，刘象愚等译，生活·读书·新知三联书店 1984 年版。
4. ［美］R.韦勒克：《文学思潮和文学运动的概念》，刘象愚选编，中国社会科学出版社 1989 年版。
5. ［德］黑格尔：《美学》，朱光潜译，商务印书馆 1979 年版。
6. ［法］罗贝尔·埃斯卡尔皮：《文学社会学》，符锦勇译，上海译文出版社 1998 年版。
7. ［法］让·贝西埃、［加］伊·库什纳：《诗学史》（下册），史忠义译，百花文艺出版社 2002 年版。
8. ［英］马·布雷德伯里、詹·麦克法兰：《现代主义》，胡家峦等译，上海外语教育出版社 1992 年版。
9. ［英］查尔斯·查德威克：《象征主义》，周发祥译，昆仑出版社 1989 年版。
10. ［法］茨维坦·托多罗夫：《象征理论》，王国卿译，商务印书馆 2004 年版。
11. ［美］雅克·巴尊：《古典的，浪漫的，现代的》，侯蓓译，江苏教育出版社 2005 年版。
12. ［美］埃德蒙·威尔逊：《阿克瑟尔的城堡》，黄念欣译，江苏教育出版社 2006 年版。

13. [德] 瓦尔特·本雅明：《发达资本主义时代的抒情诗人》，王才勇译，江苏人民出版社 2005 年版。

14. [美] 马歇尔·伯曼：《一切坚固的东西都烟消云散了——现代性体验》，徐大建、张辑译，商务印书馆 2003 年版。

15. [美] 弗雷德里克·R. 卡尔：《现代与现代主义——艺术家的主权 1885—1925》，陈咏国、傅景川译，中国人民大学出版社 2004 年版。

16. [法] 马塞尔·雷蒙：《从波德莱尔到超现实主义》，邓丽丹译，河南大学出版社 2008 年版。

17. [英] 特雷·伊格尔顿：《二十世纪西方文学理论》（新版），伍晓明译，北京大学出版社 2007 年版。

18. [法] 达维德·方丹：《诗学——文学形式通论》，陈静译，天津人民出版社 2003 年版。

19. [美] 布罗茨基：《文明的孩子》，刘文飞译，中央编译出版社 2007 年版。

20. [美] 乔纳森·弗里德曼：《文化认同与全球性过程》，郭建如译，商务印书馆 2003 年版。

21. [英] 威廉·燕卜荪：《朦胧的七种类型》，周邦宪等译，中国美术学院出版社 1996 年版。

22. [美] 哈罗德·布鲁姆：《影响的焦虑》，徐文博译，江苏教育出版社 2006 年版。

23. [美] 赫伯特·马尔库塞：《审美之维》，李小兵译，广西师范大学出版社 2001 年版。

24. [加] 诺思罗普·弗莱：《批评的解剖》，陈慧等译，百花文艺出版社 2006 年版。

25. [德] 弗里德里希·尼采：《历史的用途与滥用》，陈涛、周辉荣译，上海人民出版社 2005 年版。

26. 叶维廉：《中国诗学》（增订版），人民文学出版社 2006 年版。

27. [美] 张隆溪：《道与逻各斯》，冯川译，江苏教育出版社 2006 年版。

28. [法] 保罗·瓦莱里：《文艺杂谈》，段映虹译，百花文艺出版社 2002

年版。

29. ［法］保尔·瓦莱里：《瓦莱里散文选》，唐祖论、钱春绮译，百花文艺出版社 2006 年版。

30. ［美］苏珊·朗格：《艺术问题》，滕守尧译，南京出版社 2006 年版。

31. ［俄］列夫·托尔斯泰：《艺术论》，张昕畅等译，中国人民大学出版社 2005 年版。

32. ［日］柄谷行人：《日本现代文学的起源》，赵京华译，生活·读书·新知三联书店 2003 年版。

33. ［德］卡尔·雅斯贝斯：《时代的精神状况》，王德峰译，上海译文出版社 2005 年版。

34. ［奥］里尔克：《给一个青年诗人的十封信》，冯至译，生活·读书·新知三联书店 1994 年版。

## 三　中文专著

1. 赵一凡、张中载、李德恩：《西方文论关键词》，外语教学与研究出版社 2006 年版。

2. 袁可嘉：《欧美现代派文学概论》，广西师范大学出版社 2003 年版。

3. 葛雷、梁栋：《现代法国诗歌美学描述》，北京大学出版社 1997 年版。

4. 郑克鲁：《法国文学史》，上海外语教育出版社 2003 年版。

5. 裘小龙：《现代主义的缪斯》，上海文艺出版社 1989 年版。

6. 王岳川：《二十世纪西方哲性诗学》，北京大学出版社 1999 年版。

7. 张冰：《陌生化诗学》，北京师范大学出版社 2000 年版。

8. 刘燕：《现代批评之始——T. S. 艾略特诗学研究》，广西师范大学出版社 2005 年版。

9. 吴忠诚：《现代派诗歌精神与方法》，东方出版社 1999 年版。

10. 谭好哲：《现代性与民族性》，社会科学文献出版社 2005 年版。

11. 李欧梵：《现代性的追求》，生活·读书·新知三联书店 2000 年版。

12. 夏志清：《文学的前途》，生活·读书·新知三联书店 2002 年版。

13. 罗钢：《历史汇流中的抉择——中国现代文艺思想家与西方文学理论》，

中国社会科学出版社 1993 年版。

14. 刘西渭：《咀华集》，花城出版社 1984 年版。
15. 梁宗岱：《诗与真·诗与真二集》，外国文学出版社 1984 年版。
16. 梁宗岱：《诗与真续编》，中央编译出版社 2006 年版。
17. 袁可嘉：《论新诗现代化》，生活·读书·新知三联书店 1988 年版。
18. 朱自清：《新诗杂话》，生活·读书·新知三联书店 1984 年版。
19. 冯文炳：《谈新诗》，北京人民文学出版社 1984 年版。
20. 亦门（阿垅）：《诗与现实》（一、二、三册），五十年代出版社 1951 年版。
21. 废名：《论新诗及其他》，辽宁教育出版社 1998 年版。
22. 朱光潜：《诗论》，生活·读书·新知三联书店 1984 年版。
23. 唐湜：《新意度集》，生活·读书·新知三联书店 1990 年版。
24. 辛笛等：《九叶集》，江苏人民出版社 1981 年版。
25. 宗白华：《艺境》，安徽教育出版社 2000 年版。
26. 卞之琳：《雕虫纪历》，人民文学出版社 1979 年版。
27. 卞之琳：《人与诗：忆旧说新》（增订本），安徽教育出版社 2007 年版。
28. 潘颂德：《中国现代诗论 40 家》，重庆出版社 1991 年版。
29. 潘颂德：《中国现代新诗理论批评史》，学林出版社 2002 年版。
30. 刘炎生：《中国现代文学论争史》，广东人民出版社 1999 年版。
31. 温儒敏：《中国现代文学批评史》，北京大学出版社 1993 年版。
32. 蓝棣之：《现代诗歌理论：渊源与走势》，清华大学出版社 2002 年版。
33. 蓝棣之：《现代诗的情感与形式》，人民文学出版社 2002 年版。
34. 许霆：《新诗理论发展史（1917—1927）》，甘肃文化出版社 1994 年版。
35. 孙玉石：《中国初期象征派诗歌研究》，北京大学出版社 1983 年版。
36. 孙玉石：《中国现代主义诗潮史论》，北京大学出版社 1999 年版。
37. 孙玉石：《中国现代诗歌艺术》，长江文艺出版社 2007 年版。
38. 孙玉石：《中国现代解诗学的理论与实践》，北京大学出版社 2007 年版。
39. 龙泉明、邹建军：《现代诗学》，湖南人民出版社 2000 年版。
40. 龙泉明：《中国新诗流变论》，人民文学出版社 1999 年版。

# 参考文献

41. 龙泉明：《中国新诗的现代性》，武汉大学出版社 2005 年版。
42. 现代汉诗百年演变课题组：《现代汉诗：反思与求索》，作家出版社 1998 年版。
43. 王光明：《现代汉诗的百年演变》，河北人民出版社 2003 年版。
44. 王光明：《面向新诗的问题》，学苑出版社 2002 年版。
45. 罗振亚：《中国现代主义诗歌流派史》，北方文艺出版社 1993 年版。
46. 罗振亚：《中国新诗的历史与文化透视》，黑龙江教育出版社 2002 年版。
47. 罗振亚：《中国现代主义诗歌史论》，社会科学文献出版社 2002 年版。
48. 罗振亚：《20 世纪中国先锋诗潮》，人民出版社 2008 年版。
49. 李怡：《现代性：批判的批判》，人民文学出版社 2006 年版。
50. 吕周聚：《中国现代主义诗学》，人民文学出版社 2001 年版。
51. 杨四平：《二十世纪中国新诗主流》，安徽教育出版社 2004 年版。
52. 尹康庄：《象征主义与中国现代文学》，暨南大学出版社 1998 年版。
53. 吴晓东：《象征主义与中国现代文学》，安徽教育出版社 2000 年版。
54. 金丝燕：《文学的接受与过滤——中国对法国象征主义诗歌的接受》，中国人民大学出版社 1994 年版。
55. 董强：《梁宗岱——穿越象征主义》，文津出版社 2005 年版。
56. 陈太胜：《梁宗岱与中国象征主义诗学》，北京师范大学出版社 2004 年版。
57. 陈太胜：《象征主义与中国现代诗学》，北京大学出版社 2005 年版。
58. 陈旭光：《中西诗学的会通——20 世纪中国现代主义诗学研究》，北京大学出版社 2002 年版。
59. 贺昌盛：《象征：符号与隐喻——汉语象征诗学的基本型构》，南京大学出版社 2007 年版。
60. 许霆：《中国现代主义诗学论稿》，上海文化出版社 2005 年版。
61. 邓程：《论新诗的出路——新诗诗论对传统的态度述析》，中国社会科学出版社 2004 年版。
62. 曹万生：《现代派诗学与中西诗学》，人民出版社 2003 年版。
63. 刘继业：《新诗的大众化与纯诗化》，北京大学出版社 2008 年版。
64. 李怡：《中国现代新诗与古典诗歌传统》（增订版），北京大学出版社

2008 年版。

65. 谭桂林：《本土语境与西方资源》，人民文学出版社 2008 年版。

66. 耿占春：《失去象征的世界——诗歌、经验与修辞》，北京大学出版社 2008 年版。

67. 王家新：《为凤凰找寻栖所——现代诗歌论集》，北京大学出版社 2008 年版。

68. 南帆：《五种形象》，复旦大学出版社 2007 年版。

69. 王泽龙：《中国现代诗歌意象论》，中国社会科学出版社 2008 年版。

70. 陈爱中：《中国现代新诗语言研究》，中国社会科学出版社 2007 年版。

71. 奚密：《从边缘出发——现代汉诗的另类传统》，广东人民出版社 2000 年版。

72. 邹建军：《现代诗的意象结构》，国际文化出版公司 1997 年版。

73. 魏天无：《新诗现代性追求的矛盾与演进》，湖北教育出版社 2006 年版。

74. 黄曼君主编：《中国 20 世纪文学现代品格论》，武汉大学出版社 2007 年版。

75. 陈国恩：《中国现代文学的历史与文化透视》，武汉大学出版社 2005 年版。

76. 向天渊：《现代汉语诗学话语》（1917—1937），西南师范大学出版社 2002 年版。

77. 姜涛：《"新诗集"与中国新诗的发生》，北京大学出版社 2005 年版。

78. 张桃洲：《现代汉语的诗性空间》，北京大学出版社 2005 年版。

79. 陈晓明：《无望的叛逆——从现代主义到后—后结构主义》，陕西人民教育出版社 2002 年版。

80. 钱理群、吴福辉、温儒敏：《中国现代文学三十年》（修订本），北京大学出版社 1998 年版。

81. 王一川：《汉语形象美学引论》，广东人民出版社 1999 年版。

82. 栾梅健：《二十世纪中国文学发生论》，广西师范大学出版社 2006 年版。

83. 张新颖：《20 世纪上半叶中国文学的现代意识》，生活·读书·新知三联书店 2001 年版。

84. 季广茂：《隐喻视野中的诗性传统》，高等教育出版社 1998 年版。

85. 汪剑钊：《二十世纪中国的现代主义诗歌》，文化艺术出版社 2007 年版。

86. 林兴宅：《象征论文艺学导论》，人民文学出版社 1993 年版。

87. 施军：《叙事的诗意——中国现代小说与象征》，人民出版社 2007 年版。

88. 陈方竞：《文学史上的失踪者：穆木天》，北京大学出版社 2007 年版。

89. 王文彬：《中西诗学交汇中的戴望舒》，安徽教育出版社 2003 年版。

90. 唐湜：《九叶诗人："中国新诗"的中兴》，上海教育出版社 2003 年版。

91. 蒋登科：《九叶诗人论稿》，西南师范大学出版社 2006 年版。

92. 江弱水：《中西同步与位移——现代诗人丛论》，安徽教育出版社 2003 年版。

## 四　期刊文章

1. 孙玉石：《新诗流派发展的历史启示》，《诗探索》1981 年第 3 期。

2. 郑敏：《世纪末的回顾：汉诗语言变革与中国新诗创作》，《文学评论》1993 年第 3 期。

3. 孙玉石：《十五年来新诗研究的回顾与瞻望》，《中国现代文学研究丛刊》1995 年第 1 期。

4. 孙玉石：《中国现代诗学研究——断想与感言》，《诗探索》2002 年第 1 期。

5. 孙玉石：《"对话"：互动形态的阐释与解诗》，《文艺研究》2005 年第 8 期。

6. 龙泉明：《中国现代诗学历史发展论》，《文学评论》2002 年第 1 期。

7. 龙泉明：《中国现代诗学与西方话语》，《文学评论》2003 年第 6 期。

8. 龙泉明：《现代诗学史上的"为诗而诗"论》，《社会科学辑刊》2003 年第 6 期。

9. 吕进：《论中国现代诗学的三大重建》，《文艺研究》2003 年第 2 期。

10. 解志熙：《视野·文献·问题·方法——关于中国现代诗学研究的一点感想》，《河南大学学报》2005 年第 1 期。

11. 吴思敬：《20 世纪新诗理论的几个焦点问题》，《文学评论》2002 年第 6 期。

12. 吴思敬：《中国新诗理论：在现代化进程中的诗学形态》，《中国诗歌研究》2004 年。

13. 高玉：《重建中国现代诗学话语体系》，《西南大学学报》（社会科学版）2008年第1期。
14. 周晓风、荀学锋：《现代汉语诗学的传统与现代性问题》，《诗探索》（春夏卷）2004年。
15. 许霆：《20世纪中国现代诗学观念演进论》，《西南师范大学学报》（人文社会科学版）2005年第5期。
16. 李凯：《中国古典诗学在现代诗学中的传承和变异》，《文学评论》2005年第1期。
17. 王泽龙：《20世纪中国诗歌现代化历程的回眸》，《人文杂志》1998年第6期。
18. 谢冕：《中国现代象征诗第一人——论李金发兼及他的诗歌影响》，《新文学史料》2001年第2期。
19. 朱寿桐：《李金发对中国现代主义诗歌的贡献》，《新文学史料》2001年第2期。
20. 陆耀东：《戴望舒的诗论》，《中山大学学报》（社会科学版）2005年第6期。
21. 李媛：《知性理论与新诗艺术方向的转变》，《清华大学学报》（哲学社会科学版）2002年第2期。
22. 郑克鲁：《象征的多层意义和晦涩》，《复旦学报》（社会科学版）1995年第6期。
23. 张林杰：《20世纪30年代诗人的读者意识与诗歌的交流危机》，《江汉论坛》2005年第10期。
24. 高玉：《中国现代文学史上关于"反懂"的讨论及其理论反思》，《学术月刊》2006年第7期。
25. 臧棣：《现代诗歌批评中的晦涩理论》，《文学评论》1995年第6期。
26. 臧棣：《新诗的晦涩：合法的，或只能听天由命的》，《南方文坛》2005年第2期。
27. 刘波：《〈应和〉与"应和论"——论波德莱尔美学思想的基础》，《外国文学评论》2004年第3期。

28. 王光明：《"诗质"的探寻：从象征主义到现代主义》，《福建论坛·人文社会科学版》2004年第2期。

29. 张目：《意象：现代主义诗歌的核心之维》，《文艺争鸣》1995年第3期。

30. 张目：《象征：现代主义诗歌的意义统摄》，《东北师范大学学报》（哲学社会科学版）1995年第3期。

31. 张目：《隐喻：现代主义诗歌的诗性功能》，《文艺争鸣》1997年第2期。

32. 王泽龙：《论西方象征主义对中国现代主义诗歌的纯诗化影响》，《外国文学评论》1996年第4期。

33. 周小仪：《"为艺术而艺术"口号的起源、发展和演变》，《外国文学》2002年第2期。

34. 许霆：《论二三十年代我国的"纯诗"观念》，《中国现代文学研究丛刊》1994年第4期。

35. 段美乔：《实践意义上的梁宗岱"纯诗"理论》，《北京大学学报》（哲学社会科学版）2001年第2期。

36. 陈太胜：《走向诗的本体：中国现代"纯诗"论》，《社会科学》2005年第6期。

37. 陈太胜：《走向文化诗学的中国现代诗学》，《文学评论》2006年第1期。

# 后　记

　　本书是在我博士论文的基础上，经过近 5 年的沉淀，在课题立项的推动下，深入思考修改而成。期间因行政工作繁忙和家庭生活琐碎，改改停停，拖沓至今，想想因散淡行为而浪费许多时光，内心充满愧疚和感叹。

　　象征主义诗学是我从硕士到博士开始学术研究入门的一个方向，因自己是半路出家，心思又在读书和工作之间游移，所以选择相对熟悉的题目，实在是想为自己增添点学术自信。在津门南开求学的三载，与诸多极负才学之人为伴，我虽以"笨鸟先飞"鼓励自己，但学业表现终未让自己满意，焦虑常常占据内心。承蒙导师罗振亚先生的授业之真和不弃之情，从学习到精神始终耐心指点。先生时时叮嘱，在学业前行的路上，要努力保持一股韧劲；面对那些思考还不成熟的文章，先生总是悉心提出修改意见；在论文撰写过程中，从篇章结构到内容表述，从标题语词到文献注释，先生都加以圈点作出明示，无奈自己能力有限，终未能让论文再上新台阶。修业过程中，尤为感佩先生的学者风范，他对学生学品和人品负有的双重责任，令我这位已有多年工作经验的"大龄生"感慨万分，先生的训诫终生铭记在心。坚守枯燥而寂寞的读博生活，师母杨丽霞女士给予很多关爱和理解，令人愉悦舒畅，诸多情景依然历历在目。如今虽不经常谋面，但其美丽的容颜、大方的气质和豁达的性格，每每想起，温暖无限。永远爱她，祝福她！

　　回想当年，论文的完成还要感谢乔以钢、李新宇、耿传明、李锡龙等诸位先生，他们具有严谨的治学态度、扎实的专业功底和深厚的学术修

## 后　记

养，令学生钦羡不已，并有幸从他们各具特色的研究领域获得丰富的专业知识。特别是在论文开题时，各位老师提出的宝贵意见完善了论文构思，对顺利完成写作给予很大帮助，对此心系感念，只是遗憾今天不会再有直接聆听教诲的机会，这份收获也越发显得珍贵。还要感谢井泉、修建、爱中、卢桢、刘波、秀丽等诸位同门，他们以自己的才学和友善真心传递着鼓励和帮助，直至今天，情意的温度依然永恒。

满怀着感激，珍藏着情谊，博士毕业后的时光匆匆而过。期间总是想，要找一段时间静下来，深入思考研究未尽的问题，可一拖再拖，直到2013年获批黑龙江省高校青年学术骨干支持计划项目，才重新找回感觉。如今，论文即将面世，虽还不尽如人意，但也算是给最亲最近的人一个回报。特别是回到黑河学院工作后，原来的领导一直关心着本书的出版，经常询问，不断督促，并以实际行动支持鼓励我，这实属我人生之幸事。

本书的责任编辑郭晓鸿女士善解人意，虽不曾谋面，但其认真的工作态度和细致的专业水准，让我觉得十分幸运，感谢之余，期求自己能成为她的好朋友。

最后，感谢我的父母、丈夫和儿子，是他们无私的理解和支持陪伴着我，照亮我前行的路。我愿意毕生勤奋，努力进取，成为他们永远的骄傲。

2016 年 4 月 16 日于黑龙江畔·黑河